U0466973

警探长 3

JINGTANZHANG 3

奉义天涯 / 著

时代出版传媒股份有限公司
安徽文艺出版社

图书在版编目（CIP）数据

警探长.3/奉义天涯著.—合肥：安徽文艺出版社,2023.11
ISBN 978-7-5396-7716-3

Ⅰ.①警… Ⅱ.①奉… Ⅲ.①长篇小说－中国－当代
Ⅳ.①I247.5

中国国家版本馆CIP数据核字(2023)第039651号

出版人：姚巍
策　　划：宋晓津　姚衎　　　　统　筹：宋晓津　姚衎
责任编辑：成　怡　姚爱云　　　　装帧设计：徐　睿

出版发行：安徽文艺出版社　www.awpub.com
地　　址：合肥市翡翠路1118号　邮政编码：230071
营销部：(0551)63533889
印　　制：安徽新华印刷股份有限公司　(0551)65859551

开本：880×1230　1/32　印张：13.75　字数：400千字
版次：2023年11月第1版
印次：2023年11月第1次印刷
定价：52.00元

（如发现印装质量问题，影响阅读，请与出版社联系调换）

版权所有，侵权必究

目　　录

第二百五十章　继续出警／001

第二百五十一章　学法有用吗？／005

第二百五十二章　考试／009

第二百五十三章　一段故事的结束／013

第二百五十四章　岁月／017

第二百五十五章　即将启程／021

第二百五十六章　心中的柔软（1）／025

第二百五十七章　心中的柔软（2）／029

第二百五十八章　456／033

第二百五十九章　应得的开心／037

第二百六十章　阅卷／041

第二百六十一章　探长／045

第二百六十二章　尘封的历史（1）／049

第二百六十三章　尘封的历史（2）／053

第二百六十四章　珠宝店失窃案／057

第二百六十五章　专业手段（1）／061

第二百六十六章　专业手段（2）／065

第二百六十七章　内部人作案？／069

第二百六十八章　紧迫事态／073

第二百六十九章　推演／077

第二百七十章　金子呢？／081

第二百七十一章　这样就破案了？／085

第二百七十二章　讨论与小会／089

第二百七十三章　盗窃案结案／093

第二百七十四章　其他线索／097

第二百七十五章　未来的……／101

第二百七十六章　体检（1）／105

第二百七十七章　体检（2）／109

第二百七十八章　体检（3）／113

第二百七十九章　难得的温馨／117

第二百八十章　可以吗？／120

第二百八十一章　轻松／125

第二百八十二章　蝴蝶（1）／129

第二百八十三章　蝴蝶（2）／133

第二百八十四章　采访（1）／137

第二百八十五章　采访（2）／141

第二百八十六章　手术／144

第二百八十七章　碰面／148

第二百八十八章　感谢／152

第二百八十九章　集体办案／156

第二百九十章　彻底康复／160

第二百九十一章　出院（1）／164

第二百九十二章　出院（2）／168

第二百九十三章　日出东方／172

第二百九十四章　调证／176

第二百九十五章　在路上／180

第二百九十六章　竞聘／184

第二百九十七章　剧本是这么写的？/ 188

第二百九十八章　无机化学（1）/ 192

第二百九十九章　无机化学（2）/ 196

第三百章　舒心（1）/ 200

第三百零一章　舒心（2）/ 204

第三百零二章　白队长 / 208

第三百零三章　"中二"少年欢乐多 / 212

第三百零四章　经侦总队 / 216

第三百零五章　260亿元 / 220

第三百零六章　初步了解 / 224

第三百零七章　冷落 / 228

第三百零八章　霉运连连 / 232

第三百零九章　偷盗 / 236

第三百一十章　蹊跷 / 240

第三百一十一章　不同的战场（1）/ 244

第三百一十二章　不同的战场（2）/ 248

第三百一十三章　二手车 / 252

第三百一十四章　白松加入 / 256

第三百一十五章　棋子 / 260

第三百一十六章　矛盾升级 / 264

第三百一十七章　硬核式缓和关系 / 267

第三百一十八章　正式参与案件 / 271

第三百一十九章　发霉的钱 / 275

第三百二十章　天线 / 279

第三百二十一章　黑电台 / 283

第三百二十二章　羁绊 / 287

第三百二十三章　一点线索 / 291

第三百二十四章　追尾事故／295

第三百二十五章　交通事故／299

第三百二十六章　郑灿／303

第三百二十七章　宁静／307

第三百二十八章　石某的游戏队友／311

第三百二十九章　石某死因（1）／315

第三百三十章　石某死因（2）／319

第三百三十一章　小聚／323

第三百三十二章　奔赴湘南／327

第三百三十三章　大海／331

第三百三十四章　解决问题／333

第三百三十五章　GPS／337

第三百三十六章　塑料兄弟情／341

第三百三十七章　取下／345

第三百三十八章　电话／349

第三百三十九章　中继器／353

第三百四十章　关键证人？／357

第三百四十一章　第二处痕迹／360

第三百四十二章　湘南行（1）／364

第三百四十三章　湘南行（2）／368

第三百四十四章　上级的人／372

第三百四十五章　出师不利／376

第三百四十六章　对弈／380

第三百四十七章　健康咨询中心／383

第三百四十八章　打成一片／387

第三百四十九章　健康医院／390

第三百五十章　医院探秘（1）／394

第三百五十一章　医院探秘（2）／398

第三百五十二章　停止调查／402

第三百五十三章　舍友乔启／406

第三百五十四章　锻炼／410

第三百五十五章　柳／414

第三百五十六章　价值观／418

第三百五十七章　专业训练／422

第三百五十八章　妆容／425

第三百五十九章　暴风雨前／429

第二百五十章　继续出警

李教导员要走了。

白松吃完饭,和马希等人聊了几句才知道怎么回事。

10月份科级领导干部竞聘考试,在考试后一个月就有新的任命人选了。科级考试考一次,成绩三年有效,李教导员这批老领导去年就参加了考试,今年无须参加,因而他们面临的只是工作调动问题。

李教导员要离开,因为跟大家关系都不错,他想请大家吃个饭,但是由于工作原因,请全派出所的人一起吃不现实,于是分组请大家吃涮羊肉,以水代酒,也算是基层特色了。其实前几天,李教导员已经请了一组、二组和三组了,今天是最后一拨人了,白松因为一直在外面忙那个案子,对此事还真的不知情。

因为是中午请客,为了错开了十一点半到十二点的吃饭高峰期,就改成了十二点多吃,所以才有了刚刚那一幕。前台的师傅是第一个吃完的,最后给白松足足留了三斤肉,白松吃得很开心,一晚上的疲倦一扫而空。

李教导员要去哪里,白松很是好奇,但是问了好几个人,都没有得到答复。

不过,升职是肯定的了,而且肯定不会去刑侦支队。李教导员和马支队是一批的,他肯定不会选择去给马支队当手下,不然天天总得拌嘴,他还拌不过,早晚得被马支队烦死。

而且这个升职,肯定还是正科序列。科级和处级是两个不同的层次,到了处级,那就是正儿八经的领导干部了,可以跨单位、跨地区调任。科级是不可以的。

大家估计，李教导员这次会去某个科室或者派出所当个一把手，还是正科级，但是序列提前了。

这些白松也不算很懂，这也不是他现在需要考虑的。

白松也准备走，所以没什么伤感的，无论怎么说还是在九河分局这个圈子里，低头不见抬头总会见的。

中午吃完饭，和大家聊了会儿天，主要还是针对刚刚饭桌上讨论的陈某被杀的案子，白松和王所还被调侃了一番当天半夜回来的那个味道。

也就是大家都比较习惯了吧，不然的话，吃饭聊这个，一般人谁受得了？

从马希和白松接失踪案子到现在破案，白松从头跑到尾，一件件巧合说下来，让大家啧啧称奇，就连对案子不怎么熟悉的李教导员都听得饶有兴趣，甚至跟马希打趣道："要是没有白松，这个案子你能搞出来吗？"

马希自然是哈哈一笑，连道"自己不行"，倒是让白松不好意思了。

聊了会儿，又接到110报警，下午，紧张而刺激的出警工作又开始了，白松还是比较习惯的。遇到纠纷，能拉开谈就拉开谈，拉不开就站着，静静地听双方吵，吵累了自然就好说。

晚上八点多，白松在前台和马希聊天，110警情来了。

"啥事？"马希和白松一起问了出来。

"110警情这边，说的是有人往他家里排放毒气。"孙师傅乐了，"又是那个精神病报警？"

"什么玩意儿？往他家里灌毒气？谁？"马希有些不高兴了，忙了一整天，最烦这些拿警察开涮的。

"我打个电话问问吧，没事。"孙师傅看了眼报警地点，"这户一年报警三四十次，每次都一样的内容。"

本来白松还有些紧张，听到孙师傅这么说，心里立刻淡定了很多。

不一会儿，孙师傅打电话核实了一下，结果确实是那个精神病报警，虚惊一场，孙师傅跟报警人哄了半天才哄好。

"没事了。"孙师傅说道，"放心，我值班没什么大事。"

白松听罢，向孙师傅竖了竖大拇指，到底是老师傅，说话就是有底气。

人哪，就是不能吹，老孙刚刚说完，电脑音箱就传来了报警铃声。

孙师傅的笑容逐渐收敛……

"咳，没多大事情，扰民的警情。"孙师傅看了看手表，"这才几点，怎么就有人报警说扰民了？"

说完，孙师傅给报警人打了电话，挂完电话后说："又是东河苑小区，说门口广场有人甩鞭子太响了，还有人在那里跳广场舞声音太大，你们俩去一趟，劝一劝就是了。"

"又是这种警情，这才几点就报警？声音大，能有多大？"马希吐槽道。

"没办法，去一趟吧。"孙师傅满脸堆笑，可能是为自己的"乌鸦嘴"感到不好意思。

"好，"白松戴上了帽子，"马哥，咱俩一起去一趟。"

马希点了点头。

东河苑小区不远，很快地，二人就到了现场。

每年夏季的晚上，这种警情都非常多，尤其是跳广场舞的，得益于电子设备的低门槛，各种便携式大分贝音箱层出不穷。

这些音箱，丝毫不追求音质，只追求大容量、大音量和低操作难度，迅速风靡于各大广场，当然也不仅仅是广场，各种小区门口的平地也是如此。

二人到达现场时，发现现场声音极大，不知道是哪个作坊这么牛，这喇叭里面的歌声真的是响彻云霄！

"那是一条神奇的天路！带……"

下了车，二人才发现，在歌声里，还不断夹杂着啪啪的声音，仔细一看，有三个练鞭子的大爷，鞭子声又脆又响。

有时候，白松真的没办法完全理解老年人，跳广场舞的还可以理解，一些妇女锻炼身体，如果不扰民未尝不是好事……但这个打鞭子的，到底……

就这么一直打下去，是为了什么？

到底……有什么好玩的？可能是自己还没到那个年龄。

这个声音实在是太大了，两人立刻上去叫停，好不容易才把纠纷双方劝好，一方音量降低了几十分贝，另一方暂时不打鞭子了。

经了解才知道，搞了半天，这两拨人是呛火呛起来了，你的声音大，我必须盖过你。

一方喊破了喉咙，另一方甩烂了鞭子，就为了抢地盘？

第二百五十一章　学法有用吗？

很快，现场被控制住了，鞭子声停了，喇叭声小了一大截，不得不说，警察一来，双方多多少少还是给一点面子。

本来白松二人已经走了。结果刚走了几步，鞭子声音又响了起来。

这下给马希气坏了，立刻折返，迅速地给劝住了。

三个老大爷看到警察来了，停住了扬鞭子的手。几个老大妈本来想把音箱声音再调大一点，也停住了手。

"警察同志，你也别劝我，我不打鞭子也可以，你让那些人把音箱关了，我绝对不打鞭子，就安安静静地打会儿太极拳。"为首的大爷抱着自己的鞭子，冲着那些妇女说道。

这可让马希有些头疼了，那些大妈有那么好劝？

按理说，居民区附近，夏天的话，声音只要不特别大，一直到晚上十点，跳跳广场舞都是可以的。这个晚上十点的说法，据说是天华市环保局定的，但是具体的文件呢，其实谁也没看过，只是每次跟大妈们聊，说只允许到晚上十点，也基本上好谈。

派出所出警嘛，对这种事情基本上就是"和稀泥"，没办法，这事情本身就是"稀泥"。

白松不信邪，去跟几个大妈说了一通，最终还是败下阵了。这才八点多，我们声音又不大，凭啥不允许我们跳舞？

七嘴八舌下来，白松也明白了，这个声音只要低于一定的分贝值，确实是……不违法的。

但是，问题就来了，大妈的音箱声音可以调节，但鞭子声音不行。

鞭子要么没有声音，有的话，就是空气爆破声。

很多人不懂鞭子为什么会响，其实原理非常"高大上"，那就是鞭子的尾部超音速了。

是的，这跟超音速飞机速度达到临界值的时候发出的音爆是一个原理。熟练度不够，是舞不出声音的，所以这确实是个技术活。也因此，能舞出声音的大爷们对自己的这种本事很是着迷……

挥舞鞭子，是完全没办法降低音量的。

做不通大妈的工作，白松又开始过来劝大爷。

"大爷，不如您再移步一下？我看再远点的那个公园就不错，您这个鞭子啊，打的声音真的是声如洪钟，这个小区的居民怕是受不了啊。"白松先是捧了一段，谁都爱听好话不是？

"嗯，你说话还算中听，比那几个老娘们好多了。不过，她们还在放音乐，我要是就这么走了，她们不得笑死我？"大爷还是不愿意，其余的两个大爷也附和道。

马希给了白松一个眼神，白松心领神会道："大爷，咱们先把好话说在前面，别伤了和气不是？您这个鞭子声音实在是太大，一直扰民可是违法的。"

"是啊，咱们可是有相关规定的。"马希立刻唱起了"黑脸"，"都是一个辖区的，您也别让我们难办。"

"哟？拿法律吓我？"大爷表示根本不吃这套，"如果我没记错，噪声污染属于环保局管的范畴吧？环保局这个时间都下班了，啥时候公安局还管这个了？"

这就是赤裸裸的硬刚和嘲讽啊！马希立刻道："大爷，话可不能这么说，这边距离派出所这么近，对吧？"

马希打起了感情牌。白松有些气不过，这个大爷有点过分了，倚老卖老不说，还公然蔑视法律？马希说完，白松见大爷依旧不为所动，直接道：

"不知您所提到的，公安局不管噪声污染这事，是从哪里听说的？"

"吓？"大爷听到白松这么一说，有些不忿，"别以为你穿着这身衣服就代表你多么懂法，我跟你说，我儿子在公司就是做法务的，法律这块儿我门儿清，噪声污染就是归环保局管。"

"那可能您的儿子得仔细地再学习学习法律了。根据《中华人民共和国治安管理处罚法》第58条规定，违反关于社会生活噪声污染防治的法律规定，制造噪声干扰他人正常生活的，处警告；警告后不改正的，处200元以上500元以下罚款。

"我想，您也不希望您这么大岁数，被我们强行制止噪声扰民的违法行为，然后再开一封训诫书吧？或者，第二次还罚款？"白松声音都有些冷了，这是个很偏门的法律条文，白松看了一遍就背了下来。

"你不是诳我吧？"大爷一脸狐疑，"那个什么治安条例我也听过，还有这一条？"

见白松一脸肯定的样子，大爷拿出手机，往外走了20米，找了个安静的地方打起了电话。

马希见大爷走了，剩下俩大爷站得比较远，就问白松："我咋不记得有这条？我也听别人说，这个是环保局管啊？"

"是这样的，这个法律条文前半句说的'违反关于社会生活噪声污染防治的法律规定'，其实就是环保法之类的东西，咱们没办法直接处罚，需要环保部门先出具噪声污染的认定书，咱们才能处罚，所以挺麻烦的，实务中没那么容易。所以，久而久之，很多人包括咱们自己，都觉得这个事归环保局管了。"白松道出了实情，其实就是诳一诳大爷。

白松其实根本没有权力把大爷打鞭子的声音直接认定为扰民，这个需要环保局来认定，然后公安部门才能处罚。

但是，如果大爷一直不遵守这个规定，警察制止还一直不改正，那么就可能构成其他违法了，比如说阻碍执行公务。

总而言之，警察代表的也不是自己，也都不容易，跟警察较什么劲

第二百五十一章　学法有用吗？

啊……

过了四五分钟，大爷的儿子那边可能也是查到了这个"稀有"的法律条文，告诉他真的有，大爷直接骂了儿子两句学艺不精，讪讪地挂掉了电话。

大爷走出去20米花了十几秒，走回来足足用了半分多钟，看着一脸淡定的两名警察，他嘿嘿一乐："哎呀，警察同志，刚刚你说到哪里了？对对对，确实是有点晚了，今天胳膊有点疼啊，膀子也有些陈旧伤了，我先回去休息会儿。唉……你不知道，我当年的身子骨可是很好的！现在啊，人啊，不服老不行咯……"

第二百五十二章　考试

虽然知道这个法律条文在工作中可能用不到，但回去的路上，马希还是跟白松问了两三遍，喃喃着要背下来。

虽然警察没必要背法律条文，执法的时候可以直接说："根据相关规定……"但是直接口述原文，还是更有震慑力的……

一直到了所里，马希还是有些意犹未尽，追着白松，把一些公安常用的法律条文都问了一下，其实这些网上都有，但是马希还是觉得听白松说比较有意思。

《治安法》第42条、第43条、第44条……《刑法》第232条、第233条、第234条……

事实上，白松没怎么背法律条文，司法考试是不要求也不需要背法律条文的。这些在网上可以直接查的东西，司法考试从来不考。

又是一个繁忙的夜晚，又有几起打架、纠纷事件。

我想，各位看官都要看烦了吧？想到这里，作者君其实也笑出了声。没办法，这才是真实的派出所，没那么多惊心动魄，更多的还是这些"鸡毛蒜皮"。

一直到晚上十二点，白松回到了床上，才沉沉睡去。明天就要考试了。

2012年，按照天华市的工资收入标准，一个警察的月薪差不多4000元，一个本科毕业的法律工作者，月薪平均只有2500~3000元，而同样的本科毕业的有律师证的律师，平均月薪肯定要超过10000元。当然了，底层的律师收入也没那么高，但是奋斗几年，就很是可观了。

所以，司法考试这个东西到底有多重要呢？

简而言之，对白松没用，他纯粹是考着玩……

第二天早上七点，吃罢早饭，白松打了车，直奔位于外区的考场。

今年天华市一共有差不多3万人报名，与往年差不多持平，而去年的通过人数是700人。

作为非必要性的考试，而且报名费就要几百元，报名资格是本科起步，几乎报了名的都会学习一下法律，即便如此，通过率也从来没达到5%。

200多部法律，四张卷子，满分600分，通过分数360分。

今天考两场，上午一场，下午一场，每一场都是三个小时。然而，即便这么长的时间，大部分的学生还是答不完。这种考试强度，高考生是体会不到的。

拿到卷子的白松显得很是淡定，第一题，会。

第一张卷子，内容主要是法治理论、法制史、国际法之类的东西，主要是考记忆力，不是最费脑子的，白松全神贯注，一直做着题，三个小时一晃而过。

交完卷子，白松感觉有些充实，这就是脑子里全是知识的感觉。唉，有些烦恼啊……

中午，白松在附近找了家酒店，今天晚上不回所里了，安安心心地在这里住一晚吧。

吃了午饭，白松也没午休的习惯，拿出下午要考的《刑法》《刑事诉讼法》以及《行政法》，大体看了看，没问题，书上的每一个字，都认识！好，稳了。

下午，白松神采奕奕地进入考场，自信地等待着卷二的下发。卷二的内容主要是《刑法》《刑事诉讼法》《行政法》。

不如先看看有多少个行政部门，《环保法》《治安管理处罚法》等等，从行政许可到行政处罚再到行政复议……

好吧，废话不多说，做题。

第一题，嗯……拒不支付劳动报酬罪，这个学过，不难。

第二题，甲男与乙女恋爱。乙因甲伤残提出分手，甲不同意，拉住乙不许其离开，遭乙痛骂拒绝。甲绝望地大喊"我得不到你，别人也休想"，连捅二十几刀，致乙当场惨死。甲逃跑数日后，投案自首，有悔罪表现。关于本案的死刑适用，下列哪一说法符合法律实施中的公平正义理念？

……

为严防效尤，即使甲自首悔罪，也应判处死刑立即执行？

还是应该维护《刑法》权威，判处死刑？

……呃……

客观一点吧，若甲的行为可以判定为"极其严重"，那么可以适用死刑，因存在自首环节，还需要综合考虑是否存在"恶极"这个情况。

继续……

白松战战兢兢地看到第五题。

下列哪一行为构成故意犯罪？

A．他人欲跳楼自杀，围观者大喊"怎么还不跳"，他人跳楼而亡。

B．司机急于回家，行驶时闯红灯，把马路上的行人撞死。

C．误将熟睡的孪生妻妹当成妻子，与其发生关系。

D．做客的朋友在家中吸毒，主人装作没看见。

这个题真的是单选题？

谁来告诉我，这一题为什么不是选 ABCD？

好吧……

A 不是，围观者对自杀者并无支配力，对自杀者的行为不承担责任，因而围观者不存在刑法上的故意。

B……交通肇事罪属于过失犯罪。

C……好吧，主观上误认为是妻子，缺乏违背妇女意志的明知，不存在强奸的故意……

本题答案为 D。

好吧……还挺有意思……个头啊！这题这么出，真的不怕有人把选项 C 误会了，然后做了这样的事辩称不知道吗……

好吧，都是懂法律的人，懂得这里面还有很多别的情况……

这几题还好说，没学过法律的人也能评论个一二三四，但大部分题还是很专业的。实际上，司法考试从来都不考记忆力，而是考理解力。

三个小时，白松费了很大的力气，才算答完。50 道单选题，25 道多选题，25 道不定项选择题。

有的题有多难呢？一个选择题，给六个题干，六段话，结合几十个知识点，然后下面有四个选项，每个选项都很长，这道题还是不定项选择题。

管这个叫作选择题？这不应该是一道价值 18 分的大题吗？

所以，100 道选择题，30 多页 A4 纸……以至于，如果作者君在这里搬出来两道不定项选择题，就可以写上一整章了……算了，怕被打……

考完，白松感觉自己的头发已经冒烟了，比跑一次马拉松还要累一些。

已经记不清是如何交的卷子，白松只知道，考完之后，他就已经有明年再战的准备了，因为对于能考多少分，他实在是没有底。

第二百五十三章　一段故事的结束

住的酒店就在考场门口，很便宜，这里算是繁华地段，稍微大一点的酒店就很贵，白松也没什么要求，就自己住而已。

入住后，白松先是洗了个澡，接着美美地叫了两份外卖，昨天吃了那么多涮羊肉，但现在的感觉好像已经一年没吃肉了，叫了一份全家桶、一个汉堡套餐，外加一份鸡腿叉烧盖饭和一大堆喝的。想想，万一不够咋办？又叫了两份早餐。不行，早餐被提前吃了怎么办？白松又多点了一个汉堡套餐……

今天一天的考试之累，就好像跑了六个小时的长跑一般。事实上，学习的这段时间，白松虽然吃得很多，而且锻炼也变少了，但是体重居然轻了一些，实在是太费精力了。

吃着东西，酒店的隔音实在是不太好，很快，隔壁吵架的声音就传到了耳朵里。

这会儿白松很累，安安静静地吃着东西，啥也不想管，吵架这种事嘛，吵吵就过去了。

白松吃得虽然比较快，但是因为吃得比较多，还是花了20多分钟才吃完。其间，旁边屋子的人越吵越厉害，而且还不止一拨人，这是争吵升级了？

吃完东西，白松准备看看明天考试相关的书，结果隔壁已经闹得很凶了，甚至都开始砸墙了。

这可怎么行？

白松不得已，出了屋子看一眼，要是真有问题，就给报个警。

结果一出来，他发现楼道里已经站了好几个人，其中有几个服务员准备报警，而旁边几个小伙子却不让服务员报警，称是内部事情，自己解决。

隔壁的屋子门没关上，只是虚掩着，因而白松一听就知道，那个屋子里有人打架，而且还有好几个人在助威打气。这都什么跟什么啊……

门口几个小伙子，白松看着很眼熟，但是不记得是在哪里见过。现在的年轻人都干吗的？玩得够兴奋的。白松打量了这几个小伙子一番，实在是想不起来在哪里见过，应该就真的是第一次见。

白松打算回屋子，然后报个警，他现在一个人也不方便如何，结果立刻过来一个人，拦住了白松。

"你别动，你是不是打算报警？别报警，这个屋里面两个人闹矛盾，最多10分钟就能解决，你别管行不行？"一个小伙子说道。

"哦，那我回屋子。"白松耸了耸肩，不置可否地说道。

"你不能回去，在这边等10分钟再回去。"又围过来一个年轻男子。

"你们这是打算限制我的人身自由？是想非法拘禁还是想如何？"白松饶有兴趣地说道。

俩人看着像学生，一听白松的话，顿时犯了难，但还是并排站在了白松的房间的门口，企图阻止白松进去。

看到这个情况，白松也不急，转身直接去了闹得很凶的屋子，推开了门。

这一波操作把门口几个人看傻了，准备上去拦白松，但是白松径直进了屋子。

屋子不大，两个衣着光鲜的年轻男子扭打在一起，头上都是血迹，三五个人围在一起，给这俩人加油，而旁边还蹲着一个女子，披头散发，也不知道是怎么回事。

蹲着的女子，白松看了一眼就知道是谁，虽然化了浓浓的妆，但是白松能看出来是孙晓慧。再仔细看看那俩动手的男子，不是陈凯和贾飞又是谁？

白松曾经处理过俩人的报警,当时俩人闹得挺凶,还约定了以后再打架谁也不报警,看来这次是真的出息了,这么多同学围着,俩人一对一,打得那叫一个凶。

这会儿,外面的两个男子也跟了进来,想把白松拖出去,白松看着两个人要伸过来的手,瞪了一眼:"碰我一下试试?"

白松一句话出来后,屋子里的人立刻也看到了他,第一时间就想把他赶出去,就连打架的俩人都注意到了白松。

几个人正要上前来赶白松,陈凯二人一下子停下了手:"别动他,他是警察。"

听见陈凯这句话,孙晓慧也抬起了头,看到白松,瞬间又低下了头。

"你们跑这里闹什么??"白松可不认为这几个人是来参加司法考试的!事实上,这种考试,圈内人很重视,圈外的根本听都很少听过。

几个人都不说话了,也不动手了。虽然白松现在没穿制服,但是这几个大学生看到白松,都有些小孩在网吧上网被父母抓到的感觉。

"你叫贾飞,对吧?"白松盯着其中一人说道,"没记错的话,你今年6月份就该毕业了,和这些人还有什么事解不开的?天天跟个小孩儿似的,打架能解决什么问题?"

"警官,您这话可就不讲道理了。这家酒店,是我们家的产业,晓慧跟我在这边过得很好,这个陈凯偏要来闹事。这不,我们约定好了,签了生死状,各自受伤概不负责!"

陈凯不说话,最主要的是他刚刚好像没打过贾飞……

白松看了眼乱得不像样的床上摆着一张"生死状",有些无语:"个人对于自己轻伤以上的承诺是无效的,你们在这里闹哪般?散了吧,一天天的,这叫什么事?"

白松明白为啥服务员不管了,按理说怎么也该报个警吧!原来这位还是酒店老板的儿子,这么说来,孙晓慧和贾飞好了?

孙晓慧不太好意思看白松,白松向几个人挥了挥手,贾飞想说什么,看到白松的样子也是没说出来话,悻悻地走了出去。

呵,这俩即便是富二代,也是一群傻孩子,白松还不至于有什么别的担忧的。人都出去以后,白松看了眼孙晓慧:"这是你做的决定?"

父亲自杀,母亲进了牢狱,孙晓慧就这么自甘堕落了?

是,白松也承认,孙晓慧的父母不见得是什么好人,但是对孩子的爱假不了。

"是。"孙晓慧咬了咬嘴唇,过了十几秒,倔强地点了点头。

"嗯,也行。你自己选的。"白松点了点头,转身就走。

……

当对一个人的未来无所期待时,这个人的故事就算是结束了。

第二百五十四章　岁月

在考完试之后，人其实是有些空虚的。人都有惰性，有个学习的目标总比没有目标要充实得多。这段时间，白松的精力更多地放在了学习唐教授送的那本书上，其他的时间还是放在了工作上。

本来白松还打算去一趟上京市，但是工作确实是有些忙，也就没腾出时间去。上京市其实比起天华市要繁华许多，甚至都不是一个层次的城市，各有各的特点，白松在上京市实习过，上京的节奏真的是太快了。

赵欣桥最近这段时间过得也不错，学业上进步良多，白松一直也没有跟她提王若依的案子，这个也不着急，毕竟她的导师也很优秀。

呃……白松突然想到，自己一个单身狗，想这么多干吗？

10月初，王华东被四队点名要走了。因为之前素描的事，让他近乎有了"郝师傅关门弟子"的称号，而郝师傅据说要被调走了，也不知道是不是真的，但是这种事只要有了消息，基本上也就是八九不离十了。

市局的刑侦局想要郝师傅，这可不是一天两天的事情了。这次寻找王千意之前的那个案子的线索时，据说郝师傅又立了功，具体情况白松就不太清楚了。

王亮的计算机三级考试也过了，白松的司法考试成绩要到11月份出，不过他已经做好了二战的准备，想想也是不错的，有奔头的日子……比起饱食终日好多了。

在派出所待了一年，逐渐地，白松开始有些疲乏，日复一日地出警，如果没什么梦想，只为了这份工作还好，但是如果有一些额外的精神追求，就会逐渐地感觉到心累。

就连李教导员都找了白松一趟，跟白松促膝长谈了一番，并且也提到，希望白松可以去两个部门，第一个是法制支队，第二个是刑侦三大队。

白松并不想一直吃法律这碗饭，李教导员跟他说这个事情，白松听得出来是真的为他好，只是白松不懂，为啥会推荐他去刑警队。这可真是难得。白松感动得都要哭了。

三队这次算是大洗牌了。市公安局已经成立了专门的反电信诈骗平台，各分局也积极响应，但是毕竟没那个人力和技术条件，反电信诈骗的任务就交给了三队，据说三队的孙队长也要有所调动，这些事白松都只是听说，也没过多地关注。

白松报名，也是经过深思熟虑的，下个月巡警支队培训的两名新警察就要到所里了，他这个时候走，四组到时候就会分一个新人，而且孙唐明年也要回来了，组里的人员不足问题很快就能得到缓解。

这次三队的遴选，是公开报名、公开面试，从各单位招录40岁以下的警察。

刑警队并不比派出所"高级"，只能说是更专业一些，也因此，分局科室还有几个人报名，主要是为了反电诈这项艰巨的任务。

来这里面试的一共有30多人，集中到了这个周二的早上，白松到了刑警支队的院子时，一堆人看到他都打招呼，很是亲切。

来的这些人，白松认识一些，王亮也来了，除此之外，还有当初跟他一起进来的那一批人，比如新庄派出所的孙晓雯、天华市火车站派出所的高超等，其余的就是白松办案和提讯的时候见过的几个人，不过都不太熟悉。

在大家等待的过程中，十几个刑警同志路过，都很热情地跟白松、王亮打了招呼，还有的干脆就聊了几句，这让其他人都无语了。

喂喂喂！你们俩，"黑幕"能不能不要这么明显？

就连高超和孙晓雯都有些好奇，这二人尤其是白松，怎么好像把整个刑警队的人都认识全了？这一年以来，这二人经历了什么？

面试很快，其实刑警队这次招人，之前已经把所有人的资料都看完了，很多人进去只聊几句话而已，参与面试的是支队的于政委和三队的新队长，听说这个新队长昨天分局才正式任命，今天第一天上班。

王亮和白松当时是一起报的名，因此王亮面试完之后就是白松。十点钟左右，王亮先进了屋子，白松心里还是有点担心，王亮面色也有些沉重。

王亮进了屋子，也就是半分钟不到，屋子门就开了，王亮面色怪异地走了出来。

白松心里咯噔一下，怎么，王亮不行？一想，不对啊，不可能，那就是他们所里领导不同意？

白松进去之前，才对王亮的表情有了一丝别的理解，这一丝怪异，原因怕不是……

还没想完，白松就进了面试的屋子，坐在屋子中间的是于政委，旁边的那位，是三队的王教导员，而于政委的右手边……李教导员……

白松一脸问号，这是什么操作？李教导员摇身一变，变成李队长了？

虽然白松也知道李教导员曾经在刑警队待过几年，但是如此调动，还是让人无语，所以，这就是让白松来三队的原因？得，之前他白感动了！

话说，马支队呢？李教导员这不成了马支队的直系下属了吗？

脑子里想了一大堆东西，白松也不知道说些啥，这还面试啥？在座的三位哪个和白松都很熟悉。幸亏马支队不在，马支队如果在，那就更熟悉了。

"行吧，别浪费时间，你先出去吧。"于政委自然是知道李教导员——啊，从现在开始要叫李队长了——和白松本来就是一个单位的，而且白松可是好几个人都指名要的人，三队如果这次不要，二队的韩队、周队可是不止来说过一次了。

白松"啊"了一声，明白了刚刚王亮的"遭遇"。

这就是传说中的被内定的感觉吗？果然……不错啊……

这可没啥不好意思的，"越努力越幸运"这句话是没错的。

从屋子里出来，王亮还在那里乐，搞得后面面试的人都有些莫名其妙，这俩人是被骂出来了吗？

不像啊，俩小伙子看着都挺精神的，尤其是个子高的那个，看着也很帅啊……怎么会被一句话 pass 掉呢？想不通。

第二百五十五章　即将启程

报了名，并不是立刻就去刑警队上班，估计还要过一段时间。白松并不担心自己去不了，因此，对这段时间的工作，白松抱了极大的热情。

10月份，临近某重要会议，勤务工作逐渐多了起来，各种各样的"大神"也都跳了出来，大家都疲于奔命。如之前所说，派出所除了值班之外不是很忙，但是这段时间，除外。

而这样的时间，一年应该有一大半。

10月底，所有人的脸都挂上了疲惫的表情。

这个月白松等人还参加了科级领导干部考试，这些考试倒也不难，对于白松来说基本上也都学过，尤其是法律知识，做起题来，游刃有余。

2009年，在上京市实习的时候更累，白松在这边是四天一个班，他实习的那个派出所，是三天一个班。

这可不是上一休二，而是上一天休一天，第三天执勤。但是，这个所谓的"休一天"，大部分时间都是在搞案子。

因此就成了，值班二十四小时—搞案子一天—执勤一天—值班二十四小时……这样的循环，节假日？双休日？别想了。

那段时间，白松印象最深刻的一次是，实习的时候，有个老师傅，50岁左右，看着像60岁的人，每天都要吃四五种不同的药。有一次，这个老师傅公休了一周，回来以后白松差点没认出来，那气色好了何止一点，简直是青春焕发了！

只是可惜，仅仅一个星期过去，又变成了原来那个样子，白松当时看到十分伤感。

这才是大城市一线警察的真实现状,哪有那么多帅气的持枪照?更多的是一个个多病之躯的负重前行。

忙到一定程度,连白松这么乐观的人有时候遇到一些很无语的报警,也有些烦了。整个单位,白松这么长时间以来只佩服冯宝,这个人实在是太乐观了。冯宝工作能力很强,算是四组的顶梁柱,家中孩子刚刚出生,但是工作和家庭两不误,最主要的是,冯宝无比乐观。

虽然冯宝偶尔也会吐槽某些报警人过于招人烦,但是心态极好……这个可真不是一般人能做到的,天天嘻嘻哈哈,以至于如果要离开派出所,白松最舍不得的是冯宝。

白松就达不到这个水平,偶尔还是会想,就这么点破事,有什么可以报警的!

猫爬上树了,报警,是觉得警察会飞吗?

东西掉楼缝中间了,报警,是觉得警察会缩骨功吗?

家里晚上有蛐蛐叫睡不着,报警,是觉得警察……

这天,白松忙了一整天,接到了孙所长的电话,告诉他下周一去三队正式报到,白松认真地说了"谢谢",孙所长就挂掉了电话。

11月初,开始有些凉意了。

今天是周四,11月8日,值完班,明天周五休息。周六、周日也没勤务了,白松又有了三天的假期。

晚上八点多,白松已经很累了,忙了整整一天,也不知道到底忙了些什么。

"有个漏水的警,谁去?"孙师傅进了屋子里问道。

"我去吧!"白松应了一声,"三米,咱俩去。"

三米在准备明年3月份的专升本考试,近一个月,和白松关系越来越好,因为白松确实是给他提供了不少学业上的帮助。三米的底子太差了,都不要说专升本要考的这些东西,基本上数学、英语也就是初中水平,这一个月来，才算是勉强入了门。

很多辅警都在叫苦不迭，说自己没有机会成为正式民警……其实也不是没有机会，只是学习太累，他们不愿意学罢了。走三米这条路，就是可以走得通的。

开车到了现场，这个漏水的警比较复杂。

天华市一般是 11 月 15 日开始集中供暖，会提前一周左右加压测试，并通知所有住户，注意家里的暖气管道情况。

一般来说，这种加压测试，都会提前通知，也会在各个门洞贴上告示，但是总有一些人不怎么注意，测试的时候过分自信，不在家，结果家里就漏水了，今天这已经不是第一户报警了。

而这个报警的，是一楼的商户。这是一家没怎么装修的小超市，也就是把一楼这户的门面房买下后，自己拉了电线就开了小超市。

楼上漏水非常严重，严重到这个屋子的房顶有四五处地方漏水，几个盆子都接不过来，而且由于水太大了，电都已经跳闸了，屋子里很黑。

白松到了现场之后，经验也算是比较丰富了，第一时间拉下了这一户的电闸，关闭了整栋楼的暖气管道供水。

断了电，白松才敢进这个"水帘洞"。这种老小区没有物业，居委会和街道办的人也早就下班了。白松进小超市看了一通，楼上肯定是水管爆了，或者干脆就是水管脱落了，这个渗水量足足有几百升。

"楼上你们去问了吗？"白松问道。这种渗水不是一瞬间的事情，楼板里面可能还存着大量的水。

"没呢，警官，我们这下子损失可就大了啊……您可得为我们做主啊。"小超市的老板是个外地人，连忙跟上了白松。

白松拿执法记录仪，用手机拍了几张照片："我这里有录像，还有一些照片，你可以和楼上协商，让他赔偿你的损失。如果对方拒不赔偿，或者你们双方无法达成协议，你可以去法院提起民事诉讼，相关证据你可以告知法院，来我们派出所调取我这里的录像和照片。"

"警察同志啊,俺们不懂法,您能不能帮我们一下啊?"老板不太理解白松的话。

"行吧,上去看看吧。"白松先行一步,离开了屋子,上了二楼。

二楼一共有三户,因为楼下漏水的面积比较大,而且从楼道里也无法判断对应位置,这三户都有可能漏水,白松直接敲了敲中间一户的门。

第二百五十六章　心中的柔软（1）

中间这一户，是漏水可能性最大的，左边这一户次之，右边的概率最小。

然而敲了敲门，中间这一户却没人。如此说来，中间这一户漏水的概率更大了，越是屋里没人越容易造成这么严重的漏水情况。

白松立刻给所里打了电话，查一查这一户的户籍。

虽然现在暖气已经停了，但是不知道楼上到底积了多少水，白松还是挺着急的。

这会儿，右边这一户已经开了门，开门的是个年轻男子，听说这个事之后，就查了查自己家的各个管道，发现没什么问题，就哐的一声关上了门。

白松倒也无所谓，基本上可以断定是中间这一户了，右边这一户是基本不可能的。

楼下的商户看到这一户不好惹，嘟囔了两句，"唉"了一声，想去再敲门跟房主确认一下，最终还是没有尝试再敲这一家的门。

左边这一户也开了门。这里的房子都不大，老房子，一层三户的能有多大？50多平方米的样子而已，不过这家装修得比较考究，全屋都是木地板。

开门的是个60多岁的女子，看着安安静静的，听说这个事情之后，便邀请白松等人进屋待会儿，还给大家倒了水。

楼下的商户发现老大姐挺好说话，底气足了许多，就说让大姐好好检查一番，如果找出了漏水的地方一定要全额赔偿之类的话。

老大姐也不说话，仔细地检查了一下家中，说："各位不要着急，先喝口水，我家里应该没有漏水，不如你们再看看别家。"

这句话不知道为何就把商户惹怒了："喝什么水！我那里都漏成什么样子了，你知道吗？你家虽然水管没漏，但是很多管子都在客厅的地下走，你怎么就敢肯定不是这下面的管子漏水？"

"嗯，那我看看地板下面漏没漏水。"老大姐慢慢地去了卧室，叫出了丈夫。

从卧室里出来的男子应该也有60多岁，头发丝毫不乱，戴着一副轻盈的宽边眼镜。白松往上抬了抬眼皮，似乎是想看看自己的发型，顿时心生气馁……不用想了，忙了一整天的白松发型肯定是很乱的，气质跟老大哥没法比。

老大哥带了一个工具箱，仔细地看了看地板，似乎在考虑如何把地板起开。屋子不大，但是地板应该是实木的，看着就有些费劲，老大哥看了半天，也不知道该怎么撬开。

商户急得不行，又准备催，白松瞪了他一眼，商户不好意思地往后缩了缩，总算没有开口。

这时，白松的手机响了。所里已经联系上了中间一户的房主，房主就住在这个小区里，马上就赶到。这户房子已经租出去半年多了，租户赶回来还需要一点时间，不过房主也有钥匙。

刚挂了电话，就听到有人上楼，正是中间这一户的房主，白松和商户就迅速地离开了左边这一户，转身到了楼道里，顺手把门给带上了。

中间这一户的房主差不多50岁，他着急地打开了房门，第一个进了屋子。

白松第二个跟了进去。这个房型很简单，一个小过道，左边是墙，右边是一个小厕所和小厨房，右前方是客厅，左前方是卧室，卧室里已经全是水了，客厅也积了不少水。

进去一看，果然，暖气水管的阀门的水还在滴答着。

"这些暖气公司怎么可以这样？也不挨家挨户检查一番……"房主一进

来就开始推卸责任。

"抓紧时间先把水清理一下再说吧。"白松粗略地看了看，这个卧室有两三厘米深的积水，按照卧室 10 平方米来算，这些水有 200 升以上，不能这么放任自流，过多的渗水对楼体结构都有破坏。

万幸的是，这个租户没有在地上摆放插座之类的东西，几个插座都在墙上。不然的话，漏电就麻烦了。

在白松的指挥下，几人弄了一些已经湿了的衣物、被子，搞了一个"拦水坝"，然后用扫帚把水往厕所里"赶"，通过厕所的排水系统把这些水排出去。

四个人忙活了十几分钟，才终于把卧室的水放出去大半，勉强算是清理干净，剩下的就是拿拖把到处清理一下。

这下损失可就大了，白松检查了一下，发现根本就不是暖气公司的问题，而是这家人卧室的暖气放水阀彻底打开了。

很多供暖设备都有放水阀，一般是用来放气的。但是很多住这种老房子的人都偷偷用这个水作为热水源。

暖气里的水是不能用的，这里面混合了大量的磷酸钠等除锈剂，而且还有氢氧化钠之类强碱，一是为了软化水、防锈、除垢，二是为了防盗。这些水的造价其实高于自来水，价格是自来水的数倍。

但是，总有这么一些人为了占点便宜，取出一些热水，用来烫个东西，烫完再倒掉。

这个放水阀经过了改装，放水速度堪比大个的水龙头，根本就没关。

也就是说，今年 3 月份结束供暖之后，这个阀门就一直开着，今天一加压，就泄露了。

"这个阀是租户改装的？"白松蹲在旁边看了看，拿执法记录仪拍了照片。

房主眼珠打转，似乎要想一个好的说辞。白松看了一眼就明白了什么意思，直接道："行，我把暖气公司给你叫过来，一起看看这个事情怎么解决。"

房主一听，此时什么都明白了，只能吃"哑巴亏"了，连忙道："用不着用不着，这个事情我能解决、能解决。"

说着，房主就把商户叫到了客厅，商量了起来。房主也明白，这事说破了大天也是他的责任。因为之前的一点贪婪和健忘，这损失……

一会儿租户回来了，怕是还有第二波赔偿……

不得不说，人还是要有为自己的错误埋单的能力才行。

唉，加油奋斗吧！

第二百五十七章　心中的柔软（2）

离开屋子的白松，心中有些烦。

真的烦。

商户、这一层右边的住户以及这个房东……人性就这么自私吗？

当警察这段时间，坏人白松见了不少，杀人犯也抓过好几个，大骗子、抢劫犯也抓过，但是身边的老百姓怎么也有这么多人素质不高呢？

想到这里，白松有些心累。

也许这些阴暗面都让警察看到了？白松不由得再次想到为什么那么多的基层派出所警察得了心理疾病，为什么会有那么多一线干警工作中猝死……

怎么又想到这里了……白松摇了摇头，想把这些念头甩出去。

"松哥，左边那一户，咱们是不是还没跟人家说一声不是他们家漏水？"两人下了楼，三米突然提醒道。

"啊？他们应该知道了吧？咱们在隔壁这一家忙活半天了。"白松说道。

"这两口子岁数那么大，做事那么慢，耳朵不见得多好吧？要不，你等我一会儿，我回去跟他们说一声。"三米显得格外有耐心。

一想到刚刚那对老夫妇，白松心中莫名地温柔了一些："不用了，我和你一起去吧。"

二人折返回去，就听到了在中间这一户里，商户和房主的争吵，其实也不算是争吵，就是谈价格声音有些大而已。白松才懒得管这些，轻轻地敲了敲左边住户的门。

过了差不多20秒钟，门才缓缓地打开了。

临近供暖和刚刚结束供暖的时候，其实是一年中家里温度最低的时候了。但是老大姐的额头还是微微见了汗。

随着门被打开，白松赫然看到，老大哥已经撬开了十几块地板，此时还趴在地上找漏水点。

看到这一幕，也许很多人没什么感觉，但是当看到老大哥摘下了眼镜，换上了一件短袖，头发又有些乱的样子……白松莫名感觉到眼睛有些酸，连忙让老大哥快停下。

"刚刚我们检查过了，不是您这边漏水，是隔壁。"白松有些后悔，刚刚确定了之后，应该第一时间来告知一下的。此时，即便是这两位说他几句，他也不会有什么怨言。

"不是？"老大姐莞尔，显得很是开心，"那就好。"

老大哥也挺开心："来，搭把手，把地板装回去。"

看着老大姐去帮忙，白松心里酸酸的，安装地板这个事白松也不会，但是可以现学，立刻上前搭把手，带着三米一起把地板安装了回去。

安装比拆卸要容易得多，两个小伙子也帮了忙，三五分钟就装好了。只是这个地板这么一搞，比起之前缝隙可是大了不少，使用寿命大幅降低。

"太感谢你们二位了，"老大姐拿了两个杯子，倒了点热水，"没你们两个人我们还得多忙活一会儿，喝口水再走吧。"

"不了不了。"白松连忙摆了摆手，"今天这个事，真的是麻烦你们了。"

"没关系啊，小伙子，"老大姐笑道，"没事就最好，不是吗？"

……

白松已经忘了自己是如何离开这栋楼的了，以至于开车回去的路上，开到一半了，才缓过神来。在此之前，白松完全是靠本能在开车。

出了这么多次警，白松这次真的是被温暖到了。

"良言一句三冬暖，恶语伤人六月寒"，白松从小就会背，但是早已经忘得差不多了，而在网络时代，如此友善的事更是少之又少，令人叹惋。

回到所里，白松还没有从刚刚那对老夫妇的所作所为中缓过神来，也许这就是当警察的意义……总有那么多人值得警察去负重前行。

……

一整个晚上,白松又出了几次警,没有再遇见这样的夫妻,但是白松心情真的很好,搞得马希连连侧目,白松这是怎么了?

听说了白松要离开派出所的事情之后,四组的同事都有些不舍,白松跟大家约定了,等去三队的事安排好了,月底找时间请大家吃饭,所有人都愉快地答应了。

派出所的人员变动其实还挺频繁的,四组的同事们对此也都很支持,还给白松讲了一些刑警队的事情。白松这次去,直接就跟着之前的李教导员,而且师父孙唐暂时也在三队,可以说没啥需要大家担心的。

三队这次可以说是兵强马壮了,本来也就10个人左右,这次扩编之后,足足有18个民警,算上领导就有21个人了,一个副队长的位置还空缺着。

这些民警,基本上年轻人居多,而且有好几个与王亮相似,计算机水平可以达到二级以上标准,他们的任务主要是针对日益严峻的网络犯罪。

直辖市副科级的干部岗位很多,如果在地方,副科级那是妥妥的县公安局副局长的级别,但是在天华市就不算什么了。这就好比很多国字头大机关,处级干部比比皆是。

而这个周末,让白松最震惊的消息,则是分局对马支队的安排。

马支队要当局长了。虽然同是副处级的序列,但是地位和职务那可是天差地别。田局长还没有到退休年龄,本来听说田局长要退居二线,现在看来并非如此。因为分局一直也有副局长的空编,马局长直接接管了一部分治安工作和刑事工作。简单地说,分局分出了几个武警支队给马支队管,还分了几个派出所给马支队,哦哦,现在应该叫马局长。

白松突然明白李队长的想法了,马支队已经高升,在哪也躲不掉,干脆就听从安排,来三队担任一把手,倒也是个好的选择。毕竟分局重视电信诈骗案件,这是谁都看得出来的,这个位置可是风口浪尖,一般人可当不好这个一把手。

而新来的支队长，据说是市局下来的，白松对这事也不好奇，副处级干部调任很正常，跟他也没啥关系，反正市局的他一个也不认识。不过距离新队长正式上任应该还有点时间，现在暂时主持工作的还是于政委。

下一步，还是在三队，好好地工作，分内之事，责无旁贷！

第二百五十八章　456

在三队组建的第一次会议上，白松就有些心不在焉。原因很简单，今天早上八点半，司法考试就要出成绩了！

今天来开会的所有人，谁也不知道白松的这个情况，毕竟这种事对别人来说，没有一点点影响。

八点半，大家先在三队的会议室里一起参加分局的电视会议。这个会议室很小，办公桌子只能围坐10个人，其余的人只能坐旁边的椅子。白松来得比较晚，只能坐在办公桌旁。

大部分人初来乍到，都选择坐在稍微偏远一点的地方，以至于白松到的时候，只剩下了围坐桌子的座位。

刑警队工作与派出所不同，这里是六天值班一次，看起来比派出所轻松一些，但是这里的值班，第二天并不休息。也就是说，如果周一值班，周一早上去上班，下班的时间是周二下午五点半。

加班费？别开玩笑了好吗？

不过，周六周日值班的，周一一般安排补休一天，派出所也是如此。所以，公安局等需要每天24小时值班的单位，周一开会往往人来得不齐，全部到齐一般都是周二。

不过今天，三队的老队员和新队员，算上领导一共21人，全部到齐了。

电视里讲话的是政治处的一个领导，周一的会嘛，参加的人不多，也没什么跟大家有关的事情，白松心情复杂地刷新着司法部官网的数据。

一瞬间，全国数十万考生全部拥了进来，数据什么的也看不到。白松心情绪紧张而烦躁。

八点四十多，电视会议结束，李队长又给大家开了一个会。

白松把手机收了起来，魂不守舍地听李队给大家安排工作。

原本的一把手孙队长现在在刑侦支队担任副支队长，李队接管工作后，三队的工作暂时分为了两部分。一是传统工作，主要针对侵财类案件，抢劫、抢夺、盗窃和诈骗；二是新型案件，主要针对电信诈骗类案件。

前文提到过，侵财类案件多是派出所负责，因为小偷小摸太多，单纯靠三队是绝对忙不完的。毕竟十几个派出所的民警总数近千，三队这几个人怎么可能忙得过来？

这次新三队成立，最主要的就是负责电信诈骗案件。

派出所由于技术的限制，很多电信诈骗的案子根本就搞不了。没有技术支持，就连一个最简单的 IP 地址查询就够把人折磨坏了，最关键的是，各自为战也不利于一些案件的集中并案侦办。

工作组大体分了一下，王教导员负责一组的人员，也就是电信诈骗这一组，赵副队长负责三队原本的案子，李队负责全面工作。白松被分到了二组。

这倒是让白松没有想到的，不过王亮分到了一组，白松也大体明白了领导的安排。

在值班安排上，白松和王亮在一组，同一天值班的另外一个人是赵队。从这个值班分组来看，李队并没有把一组和二组彻底分开，而是组合着安排值班，而且每个值班组都有老民警或者值班领导。

这样的安排其实很科学，白松琢磨了一下也明白了李队的想法。三队是一个整体，但是又各有分工。

今天报到，没什么具体的工作。安排大家的住处，办饭卡，搬家，熟悉新办公室，这一天也就是这些事了。

这些都跟白松没啥关系……在这里他本就有住处，也有饭卡，也不需要熟悉环境，需要熟悉的也就是一张新的办公桌和一些新的案子而已。

据说，各个所里这段时间积压的电信诈骗案子很多，加起来有五六十件。这还只是刑事案件，治安案件就更多了。

案子办理先要经过受理与立案两个步骤。治安案件只需要受理，派出所就可以受理案件。而一旦案值达到一定的金额，比如说天华市目前的标准线是2000元，过了这个标准，就可以进入立案程序了。也就是说，理论上讲，即使被诈骗1块钱，派出所都应该受理的。

一组也就是反电诈组从明天开始，就要接一大堆案子。二组也闲不下来，这个夏天，好几个入室盗窃案还没有侦破呢。

夏天多发入室盗窃案件，因为人们喜欢开窗睡觉；冬天多发扒窃案件，因为穿得多。三队这么多年也总结了一些经验，不过这种案子还是多发，必须得严厉打击，破案率越高，越能震慑犯罪嫌疑人。

白松曾经听赵队说过，马局长就曾经在三队待过，专门抓入室盗窃的案子，那段时间，九河区的小偷可以说闻风丧胆，伸手必被捉，很多小偷都绕开走。不过这事白松是不信的！

当然，那都是之前的事情了，白松离开会议室之后，再也没了别的心思，第一时间，刷新了自己的手机。

登录进去了！页面弹出来了！

白松的心率飙升，双手捂着手机屏幕，像是赌博开牌一般，慢慢地把屏幕的边角一点一点地露了出来。

呼……呼……

确实是刷新出来了。

最先露出来的是自己的英俊的照片……

心安了一大半……这个现在有什么用啊……帅能当分数使吗？

四个科目，每个科目只要平均分超过了90分，就能拿下司法考试的A证！

卷一……分数127

白松眨了眨眼睛，这手机该不会是显示错误了？

呼……

卷一，不要慌，卷一是最简单的一科……接下来是卷二，一定要过 80 分啊……

116 分

看到这一刻，白松直接揭晓了答案。

姓名：白松　总分：456 分　已通过

456！

白松像"失心疯"一般……幸亏自己不是从后往前看的，不然看到了尾数 56，白松一定更愿意相信是 356 分，那样的话，不得哭死啊。

这么牛的事情，得分享一下啊……

可是，跟谁说呢？

就在白松兴奋的时候，手机响了起来，白松看了一眼来电显示，心情立刻平静了一大半。

赵欣桥，也就只有她这会儿还关心着白松的考试了吧。

第二百五十九章　应得的开心

白松很开心，这个电话接得有些舒服。

其实本来赵欣桥还想等着白松给她打电话呢，白松再慢，九点钟也该知道成绩了吧？但是，这会儿已经九点半了，还没有收到白松的消息，估计就是没过吧……

赵欣桥心里也有些不舒服，但是考虑到白松可能没通过考试，倒也是没生气，第一句话反而唠起了家常。

白松心领神会，压抑着心中的喜悦，自称刚刚开会，这边的网络很差，一直刷新不出来成绩，把自己的身份证号码和密码给赵欣桥说了一下，委托她帮忙查一下。

赵欣桥一听，顿时转忧为喜。毕竟在她看来，白松不会过不了，所以欣然答应。

挂了电话，赵欣桥仔细地输入了白松的身份证号码……37……19900504……

然后密码是……xinqiao666……

这是什么密码！

白松发完，突然想到自己把密码也发了过去，呃……这密码是当初注册的时候，自己瞎弄的，想到这个考试还是赵欣桥鼓励他考的，心血来潮，就设置了这个密码，不过还好后面的数字没有写成……不然的话，尴尬死了！

赵欣桥有些脸红又有些好笑，输进去之后，成绩一下子就出来了。

看到成绩那一刻，赵欣桥一下子就明白了。白松这新买的手机，虽然没有 4G 网络，但是不至于刷新不出来，这……明显就是向自己炫耀啊。

赵欣桥被气乐了，这会儿是第一堂课下课，她身边挺多人的，看到她那个表情，不少人围了过来。

在座的研究生二年级的学生，几乎全部通过了司法考试，一个人看到了白松的成绩惊呼了一番，立刻围过来一堆人。

"谁啊？456 分，这么高？"

"哎，这个照片是挺帅的啊……"

"这照片是穿着警服照的，一看就是小桥她大学同学呗……"

"我知道我知道，这个人我好像听欣桥说过……"

"什么什么？快讲讲……"

赵欣桥的同学以女生居多，谁承想这些高才生也这么八卦，争抢着看她手机里的照片以及分数，很快地把老师也吸引了过来。

不得已，赵欣桥全招了，把事情说了一下。

"派出所的警察能考这么高的分？我不信。"几个人表示了怀疑。

"是啊，我大学的时候考了 423，已经是我们系分数最高的了。"

"450 多，听都没听过，而且刑法能考 116，我感觉让我现在再去考，卷二都不一定能考这么高的分数。"

……

司法考试，如果通过了就不可以再考了。这点有别于 CET-6（大学英语 6 级），英语六级可以刷分，过了还可以继续参加，而司法考试不能，因此满分 710 分的 CET6，有人能刷到接近 700 分。所以司法考试能考 456，真的是很高很高了，一般全国最高分也就是 460 左右。

即便是赵欣桥甚至是博士在读的傅彤去考，也不见得能考很高分，原因很简单，她俩是学刑法的，但是司法考试里刑法一共才占 14% 左右的分数。

以至于整个班都没有一个人的分数比白松高。

这些人是谁？他们可是华清大学的研究生！

"有这个分数，哪怕学历不高，一些大律所也会开绿灯……"有同学羡慕地说道。

分数在此,由不得大家不服,白松取得这个成绩,确实是让一大堆天之骄子都深感佩服。就连老师都说:"一山还有一山高,好了,抓紧时间上课吧,这节课咱们聊一聊'证据'。"

……

律所和律所是不一样的。

很多人完全接触不到顶级律所这个圈子,事实上,真正牛的律所,不仅仅是做一些诉讼类、非诉类的案子,还会接受一些仲裁类的案子。

仲裁类的案子能有多挣钱呢?

法院审理民事案件只要不涉及商业机密和个人隐私都是公开的,因此很多企业不希望把一些事情公开,就会在签协议的时候,与另外一个企业约定了违约之后进行仲裁。

仲裁一般都是去双方认可的仲裁所,然后出具这次仲裁标的(仲裁金额)的2%作为仲裁费用,并找三个仲裁员。

其中一个是首仲,可以拿到这笔费用的35%。这个首仲,必须是双方都认可的人。另外两个边仲,一方找一个,各拿这笔费用的10%。剩下的钱是仲裁所的,当然还得除去一些税费。

很多人觉得这没多少,却不知道很多企业之间的资金来往,高的能有上亿。例如,银行与银行之间以小时计算的拆借。

银行之间的拆借,不像我们日常借款那般,它是直接以小时计算的,一笔款项上亿都有可能。一旦达到约定的时间,拆借银行未及时还款,就构成违约,责任一般也难以说得清,就得找仲裁机构仲裁。

这样的一笔钱如果违约了,走仲裁程序,如果按照约定的2%的仲裁费用,那依然是天文数字……

而这种事情,只会出现在顶级的律所里,也只有一些已经名满天下的大律师才能接这类仲裁的业务。

普通律所的律师,还是从100元一次的咨询费开始考虑吧。

白松患得患失起来,赵欣桥咋半天没搭理他?直到过了十几分钟,才收到一条微信:"恭喜啊。"

白松拍了拍脑袋,嘲笑自己智商怎么这么低了,也明白了赵欣桥的意思,不再多言。

这事也没什么可说的,白松想了想,除了赵欣桥,居然没有任何一个人是他想迫切告知这个消息的,给老爸老妈发了个微信,也就这般了。

中午吃饭的时候,李队长在餐厅主动问起白松这件事,白松没想到李队长还关注这个,有些"不好意思"地向李队长出示了手机里的截图。

"就这个?这分数怎么跟 PS 的一样?"李队长算是识货的人,也是极少参加过(未通过)司法考试的领导干部,不由得赞叹道,"不错。"

白松傻乐了一阵子,饭也没啥味道,一天就这么没心没肺地过去了。

第二百六十章　阅卷

下午，白松开始跟着赵队一起看几个尚未侦破的案子。

三起入室盗窃案，几起其他性质的盗窃案，一起抢夺案，一起接触性诈骗案。

"你刚来不久，这些案子有的你看看就行，实在没破案条件也没办法，主要是那起抢夺案，这个是咱们现在的重中之重。"赵队以前与白松共过事，对白松也算是比较了解，说起话来倒是很随和，让白松都有些不好意思。

"赵队，有啥事您安排就行，哪个案子我都能接起来，慢慢来吧。"白松说话也不客气，这种时候不能后退啊。

"嗯，你没问题，我对你还是很放心的。咱们这次分组，精兵强将基本上都给一组了，所以王教导员那边压力比咱们大，但是李队的安排你也看到了，对二组也很关注。抢夺的案子，现在孙东和沈兴在搞，你先找个盗窃案试一下。"赵队递过来五本案卷。

"那，这三起入室盗窃案，都给我吧。"白松看了看案卷，既然要搞，就三个类似的案子一起搞。

"行，有需要再找我帮忙，咱们队里办案也是一起办，你要是提了这三个案子，就得多费点心了。"赵队准备把剩下的两本盗窃案的案卷拿回去。

"别……"白松看到赵队手里还有两本案卷，其中一本还挺厚，就顺手接了过来，"我现在没事，这俩盗窃案也给我看看吧。"

赵队乐了，没见过积极性这么高的："行吧，反正这些案子也很多，你先拿着吧。"

各个派出所的案子都不少。有的盗窃案件很容易成为悬案，证据不够，谁也没办法，只能放入档案库，等待有一天因为别的案子把犯罪嫌疑人抓到了再和之前的案子关联起来。赵队拿的这些，都是最近比较新的案子，白松愿意多干一点，他可没意见。

这也就是白松，如果是别的年轻警察，赵队可能会觉得其好高骛远，不过对白松他还是蛮放心的。

白松拿过这几本案卷，用了一个多小时的时间，整个翻了一遍，并挨个儿做了笔记。

行家一出手，就知有没有，每一个案子的现场勘查都很细致，让侦查员阅卷的时候一目了然。但是白松阅卷并不多，纵使把案卷看了一遍，也没什么特别的感觉。

原本信心满满的白松，看完五本案卷之后，备受打击，一点额外的线索也找不到。

不过，这倒不至于让人气馁，三队的档案库里，这么多年的案卷，不说浩如烟海，也是琳琅满目、包罗万象了。

把五本案卷锁好，白松拿着自己的笔记本就进了档案室。

三队这层楼本来是有两个楼梯口的，不过出于保密，其中一个楼梯口被封上了，另外一个楼梯口也需要刷卡进入。其实三队没什么重要的保密物品，但是这层楼之前是给情报部门使用的，所以保密工作做得比较到位。三队搬过来之后，每一任领导都没动这里的配置。

因而，平时三队的档案室是可以直接进出的，也没什么专人看管，不过还是有内勤的。三队的内勤叫刘金，是个老内勤了，在三队已经当了十几年内勤，虽然说他不是什么搞案子的专家，但是对三队的大事小情还是了如指掌的，以至于每一任新来的领导都得找刘金了解情况。

白松去档案室，遇到了刘金，打了个招呼，就进了档案室。

白松这一进去就是几个小时，到了下午下班的时候，刘金过来锁门，才发现白松还没走。

"你在这干吗呢?"刘金有些好奇,看到白松的面前摆了几十本案卷。

"啊,刘师傅?"白松站了起来,他坐的这个位置平时都是刘金的,但是刘金很少在这个屋子里待着,"我来看看以前的案卷。"

"下班了,明天再看吧。"刘金好心提醒道,上次白松和王华东在这里忙那个抢劫案,他对白松多少有一些了解。

"谢谢刘师傅,您先走吧,钥匙留给我就行。"白松想了想,"等我走的时候,我把钥匙给今天值班的师傅。"

"嗯,行,早点休息。"刘金把钥匙放到了桌上,走之前还顺便把门带上了。

刚去所里的时候,白松经常看看案卷,但是所里的案卷以治安案件为主,案子也没有什么规律性。

简单来说,这些小偷多是流窜作案,但是一般也有一定的流窜空间,比如说整个九河区。很少有小偷能天天跨区作案,那反而会增加被抓的概率。因而三队的档案室可是个宝藏库啊……

从来就没有什么真正的天才,只是有一部分人不仅聪慧,还更努力罢了,嗯……白松就是一直这般骗自己的。

这些案卷,不得不说,给了白松很大的启发。因为大部分厚厚的案卷,都是已经结案的。比如说,某某于某日去某地偷了某物,某时被某警官抓获,进而如何如何……每一本成功破案的案卷,都是白松的"老师"。

不知不觉中,天色已暗。渐渐也有些冷了,主要是肚子还很饿。

过几天才开始供暖,晚上八点多,档案室里冷得已经快要能哈出气了,看了几十本案卷的白松站了起来,活动活动身子,把案卷按照顺序放了回去。

拿的时候没怎么注意,往回放的时候,白松看着整排架子,心中充满了满足感。一天看一摞的话,一个架子六纵八排需要 48 天,15 个架子全看完……需要两年。

正常人想到这个早就哭了,而白松却有些兴奋,要是一天看两摞的话,岂不是一年就看完了?

第二百六十一章　探长

越往里面的案卷，年头就越长，有的都已经几十年了，如果不是这个屋子一直做着干燥处理，估计纸都该长毛了。

正准备离开，白松突然发现有一个架子与其他的明显不一样，这个架子上的案卷更加整齐，装订风格十分统一，似同一人所为。

按理说，一个队的案子，都是大家一起侦办的，今天你订一本卷，明天我订一本，多多少少会有一些差异，但是这个架子上的案卷则十分整齐，装订线的距离几乎完全一致，引起了白松的好奇。

走到这个架子边，白松发现这些案卷已经有十几年历史了，案卷里的内容全都是手写的，没有打印的，白松翻得很轻。

办案民警：马东来。

这是谁？白松想了想，三队好像没这个民警吧……紧接着，白松回过神来，这不就是马局长吗？

是的，这是马局长在工作了十年之后，担任三队副大队长期间整理的案卷，是他那些年工作的记录。

这么说，赵队说的是真的，白松也顾不上吃东西了，慢慢地把一本案卷看完了。

猛地一看，这本案卷与其他案卷没有任何不同，但是白松今天看了不少案卷，还是发现了不一样的地方。也就是说，马局长年轻的时候，处理这些案子，一直在寻找规律。

很多小偷如果听说这事之后，一定会嗤之以鼻，哼，老子偷东西从来不讲规律，总是让警察无迹可寻！这是得了"失心疯"才会这么说，只要是人，就一定是有习惯的，而且一个人的智慧，总是比不过这么多警察的。

马东来办理这些案件时，每一本案卷的起诉意见书都是他自己写的，字字珠玑。一个刑事案件，等嫌疑人被捕之后，在移交审判机关之前，公安机关和检察机关都要写这么一份起诉意见书，很长很长，白松不由得记起了笔记。

按照时间来看，马局长工作十年之后写下的这些东西，条理十分清楚，他把每个案子抽丝剥茧地记录了下来。白松不由得多翻了几本案卷，发现了好几个很有效的思维方式，一转眼又是俩小时过去了。

晚上十一点了，肚子已经抗议到了极限，白松这才缓过神来，不经意间笔记已经写了四五页。

"哦，原来如此。"几个小时中，白松不止一次地有这种感叹，这种感觉，就好像马局长亲自在这里，把一个一个小案子揉碎了喂给白松吃一般。当然，白松消化能力非常强，一方面是他有很多大案的办理经验，另一方面就是他有足够深厚的法律功底。如果换作外人来看这些东西，只能事倍功半。

这是啥？这简直就是一仓库的"武林秘籍"啊……

消化了一番，白松再次扫了扫之前的一些案子，在本子上做了记录。

本来还想再看会儿案卷，但是实在是太饿了，再待一会儿就该冻得生病了，白松便收拾好东西，关灯，锁门，离开。

把钥匙给值班的师傅留了下来，他自己一个人开车回家，似乎又找回了准备司法考试时的感觉了。

忘了吃东西了……白松现在已经住进了自己的房子，因为只有一个人住，冰箱里没什么可吃的，只能煮了碗泡面，吃罢便沉沉睡去。

第二天早上，三队全体人员开会，会上，李队对三队的工作进行了具体的安排，并提出了一系列的要求。

本来三队也是有探长与副探长的职务的，类似于派出所的警长、副警长，这不算任何官职，有点类似于学校里的班长、副班长，没有管理权，但是多少也有点领导的职责。

于德臣牺牲之后，三队一直也就没有增设探长一职，昨天三队的几位领导开会做了研究，今天宣布了探长和副探长的安排。

一组，探长汪达，副探长王亮；二组，探长白松，副探长孙东。

这个任命把白松整蒙了。去年在这里忙那个抢劫案的时候，白松是副探长，天天带着王华东和两个辅警去找那个抢劫案的线索，但那只是临时任命，因为白松不是三队的人。

这就好像正式任命一个班长和"副班长生病了，你先替他忙一周"，这完全俩性质。

白松当即就发言了，自称年轻，担任不了这个重要职务。

"这么安排，是班子成员开会决定的。你别把这个当什么官职，这就是带着大家干活的。你昨天接了五个案子，现在二组的力量都在这里，抓紧时间集合一切力量把案子破了，比什么都重要。"李队直接给这个事情下了定论。

白松默然，认可了李队的安排，感觉肩上的担子更重了一些。

这个探长的位置，说不重要其实也确实不重要，三队的几个领导就可以自主任免，毕竟，班长在班上再怎么厉害，和老师也不是一个频道和层次的存在。

但是，说重要也重要。三队领导很少，而且还有很多业务之外的工作，平时带着大家干活就是靠探长了，简单地说，这是一个有功劳能出彩，没成绩或者犯了错要顶缸的角色，很多老民警根本就不愿意当。

会后，白松和王亮相视苦笑一番，各自回到不同的办公室继续开会。

赵队为首，把目前的几起案子都拿了出来，二组的人员大部分都是之前三队的人，对这些案子比较熟悉。讲到案子，白松提了个要求，离开了办公室，去档案室拿出了两本之前的案卷。

"这两个入室盗窃案,我仔细地总结了一番,与我们办的其中两起入室盗窃案应该是一人所为,犯罪手法很相似,虽然是去年的案子,但是我觉得应该并案侦查。"白松把两本案卷放在了赵队手上。

赵队有些惊讶,白松拿的两本案卷他自然也知道,因为一直没有破案条件,就放在那里。这两本案卷,白松各做了一个 A4 纸夹页,似一个规划图和犯罪心理分析,再仔细看看,其他的几本案卷也都有。

一时间,赵队进入了回忆状态。

第二百六十二章　尘封的历史（1）

这个方法，是马支队……马局长当年用的办法，如今，已经十年未见了。

赵队刚刚参加工作的时候，有幸跟着马局长一起共事过，那段时间，马东来已经是很有名的年轻领导了，外号"抓队"，就是天天到处抓人。

这个到处抓人的前提，得是你能找到谁是坏人……

这个整理材料的方式，别人不是学不会，而是太麻烦了，每个案子都得做大量的记录，一些东西全得记在脑子里，不是谁都能玩得转的。

赵队看了看熟悉的格式，又抬头看了看白松，思索了一会儿，轻轻点了点头："那行，这俩案子也放你那里。"

听了赵队的话，在场的几个老民警都有些愣了，这几本案卷是赵队当初接的，也是赵队放进档案室的，现在就这么被白松抽出来了，说"觉得应该并案侦查"，然后，赵队就这么认可了？

邪了门了……

几个老刑警看白松的眼神不由得有些怪了。倒不是佩服，这些人都认识白松，现在大家在想的是，白松跟马局长什么关系，以至于赵队都这么给他面子？

这些老刑警对支队的情况可以说了如指掌，但遇到赵队这个情况，也开始乱想了……

白松哪里知道还有这种误会，直接把四个入室盗窃的案子放在了一起，做好了一起侦查的准备。

赵队不知道为何有些伤感，把案子的事简单说了一下，给大家布置了一些工作，就离开了办公室。

孙东这边的抢夺案依然是重中之重，恶劣性质摆在那里，几个人还在那边调查，能留给白松这边的人手实在是不多。

这也不是客气的时候，白松看了看孙东那里人员的配置，叫了两个年轻的民警，打算开始办这个案子。

这俩年轻的民警也是从派出所里抽调上来的，一个叫周润，一个叫刘华，俩人年龄比白松大一些，跟冯宝是一届的，白松之前没见过这两位。

不认识倒也无妨，大家都认识冯宝，聊了几句也就聊到一起了，很快就熟悉起来。从赵队那里，周润和刘华也知道白松去年就来过三队，还担任过副探长侦破过案子，所以这次安排他俩也没什么不能理解的，毕竟二人算是初来乍到了，能来刑警队已经很开心了，其他事没必要强求。

这四个案子，白松分析是一人所为，这可以说大大地降低了侦办难度，每一个案子都有一些证据，但是都不够，那么加一起呢？

去年的一起案件中有影像资料，通过摄像头拍到了嫌疑人的身形体貌，而后面的几个则没有。

三人一合计，新发的两起案子，还是应该大量地调取周边监控来获取足够的人员信息。

很多科幻电影里对人员信息的认证，有的是靠指纹，有的是靠脚印，有的是靠刷脸，有的是靠虹膜，还有的是靠步态。

步态和犯罪心理学之类的东西，可不是一般人可以研究的。步态可以靠两种办法来分辨，一是靠智能 AI，就像科幻电影里全自动分析……别的不说，三队肯定是没有这个技术的。另一个就是靠人来识别，这需要侦查员有着不俗的认知。

三人互相大眼瞪小眼，你会吗？啊，我以为你会。什么，这个事不应该探长亲自来吗？

获取足够的外围证据，是王亮这类技术人员的工作，而如何从证据中获取破案信息，是白松这类侦查人员的必修课。

周润和刘华不想操这个心，跟白松说了一下，俩人就拿着相关手续去调监控了，这工作又省心又不累。天天想那么多事，发际线堪忧啊。

想到这里，周润不由得在路上和刘华吐槽起来，前几年去法制科的同事的发型现在都快成"地中海"了，哈哈哈……

两人走了之后，白松想了想，也没啥事，就跟赵队说了一声，泡档案室了。

如果有人告诉你，这里有一本武林秘籍，学会了之后就能变成高手，那你愿意学吗？

而如果这里有个书架，摆的是从四则运算开始的数学书、物理书，一直讲到费马大定理、群论和波尔、薛定谔、海森堡……然后有人告诉你，都学会了，你就是科学家了，你愿意吗？

我想，愿意做的人很少。

白松在做的，其实就是后者这样的事情。

马支队办理的案子很多，这里的案卷足足有几十本，后面上百本其实也是他侦办的，只是应该是别人装订的，所以看着没那么整齐。

而这里有一起挺有趣的案子，引起了白松的注意。

这是一起入室盗窃案，金额损失为2万元。这个案子报案的时间，距离案发时间，竟然长达两年，而且立案都耗费了几个月之久。

简单来说，老太太有5万块钱现金，放哪里都不放心，于是藏在了家中的暖气片后面。

这一放就是两年，老太太谁也没告诉。后来，老太太终于明白这样放钱不安全，准备去银行存钱，她从暖气片后面把掉到暖气片底部的钱全部放在了袋子里，就去银行存钱了。

银行柜员拿到钱，跟老太太说，清点完是3万元，要全部存进去吗？

老太太说是5万，双方争执不下，报了警。

警察到现场之后，发现确实是 3 万元，看了监控录像，老太太递给银行柜员的钱，经过清点确实是 3 万，没任何问题，老太太就报警说家里被人偷了。

本来派出所的人认为是老太太记性不好，但是老太太拿来了她以前的存折，确实是有 5 万元，而且两年前以现金形式取了出来。

于是，三队对现场进行了勘查。

啥也勘查不到。即便是被盗，这件事已经过去了两年，因而所有人都对这个事情存疑，一直也没立案。

立案的标准也不高，有犯罪事实发生，应该追究犯罪嫌疑人的刑事责任，且有管辖权即可。但是这案子，仅凭老太太单方面的说辞，警方怎么也认定不了有犯罪事实发生。

第二百六十三章　尘封的历史（2）

再后来，老太太一度抑郁，她的儿女还来找警察，说愿意自己垫上2万元，让警察配合着骗一下老太太，但是警察不愿意这么做。

儿女的意图很明显，无论是不是被偷了，这个钱并不重要，但是让老太太得了疑心病，万一再难受生病，就麻烦了。可是这种善意的谎言，警察是无论如何也不能说的，这就好像当初陈敏的父亲陈建伟希望白松配合他说谎一样。

说了谎，那就意味着警察对这个案子没信心了。

老太太的儿女的到来，让大家犯了难。本来大家都以为，这个钱如果不是老太太记错了，那就是儿女偷偷拿去用了，这种不肖子孙谁也没少见。可是儿女的表现却表明，儿女偷偷把钱拿走是不可能的，这事就引起了马东来的关注。

通常来说，真是偷东西的话，怎么会只偷一半？盗亦有道的事情还是太少了，能跑到这种老楼房偷东西的人，别指望是好鸟。

经过马支队仔细的分析，这笔钱放在这里时间久了之后，塑料袋逐渐破了，然后一部分钱掉落到了下面，一部分还在原处，掉落的被小偷看到了。

时任三大队大队长的马东来经过对老太太家的楼层、门锁、暖气位置、痕迹等一系列侦查，发现这个作案手法他曾经见过，嫌疑人的性格与他之前掌握的一个人也吻合。

根据马东来掌握的一些其他线索，当天晚上他就把之前抓过的一个小偷从住处抓获了。这个小偷也算是惯犯了，刑满释放后，最近几年还算老实，但是马东来一下子就认定是他，派人把他带回了三队。

从案卷上，可以看到整个案子的侦办过程。

可能是其他原因，当初第一个审讯这个嫌疑人的警察不是马局长，而是其他人，第一份笔录表明，这个小偷从头到尾也不承认。

第二份笔录，问得更加细致，笔录时间长达5个小时，但依然是没什么有用的东西。

而第三份笔录，是马支队录取的。

这份笔录表明，从一开始小偷就招了。

白松就跟看玄幻小说似的。这不是小说是什么？凭什么啊？长得帅就可以为所欲为了？是什么气息一开，就让小偷放弃抵抗了？

那自己岂不是也可以……

白松自己都有些不好意思了，又仔细地看了看笔录。

从一份笔录里能看到什么？大部分人只能看到两个人的对话，有的侦查员能看到其中的关键词，而白松却能看到文字的情绪。

文字是有情绪的。

白松看得出来，这个小偷对马支队很惧怕，甚至是唯唯诺诺。

这本案卷看完，白松又看了大半天别的案卷。周润和刘华带着今天调取的影像资料回到了队里，这会儿已经到了下班时间，白松又忘了吃午饭。

这些案卷，居然比司法考试还令人沉迷，沉迷久了是不是不好啊？

今天是白松值班，白松把周润和刘华给的东西都收拾好，就让二人下班了。

这两天白松都没见到王亮，晚上值班才看到王亮，二人攀谈了一番，这两天，二人都收获颇丰。

王亮并没有一直参与这些案子，李队可不是目光短浅之人，完全没安排王亮参与任何案件，而是给他安排到了市局的反诈骗中心，跟着几个技术大佬交流一下技术，最关键的是，交流一下办案经验。

本来李队托关系让市局安排的交流学习只有一天，因为市局太忙，有二三十个分局，如果每天都安排人来学习，不可能有那个精力，除非组织全体人员系统学习。但是王亮在那边还是挺受欢迎，因此待了一周。

机会是给有准备的人的……白松不由得感叹，古人诚不欺我。

正好白松看到王亮，给他找了个活：看监控。

"什么？我堂堂技术大佬，你居然让我看监控？你自己咋不看？"王亮刚刚炫耀完，结果白松就给他找了个活，让他格外不爽。

"啊？那算了，我觉得这方面你比我专业啊。你毕竟是电脑专家，说不定有什么我看不出来的东西，你就能看出来呢？不过你要是没时间，那就算了。"白松实打实地给王亮喂了个枣，愿者上钩。

"哼，别跟我提这些，一个破盗窃案，我才没这个兴趣，你自己玩吧。"王亮拿出手机，准备玩游戏了。

"行吧，要不是这个嫌疑人犯案多起，光咱们队就有四起案子，我才不找你。四起案子，涉案金额也不少了啊……"白松叹息道，"本来还想着你现在没案子，刚来这边，你就直接参与破获这么多案子，先给大家露露脸呢……"

说完，白松头也不回，走到办公桌旁，把U盘插到了电脑上。

公安部门的电脑，一般分内部电脑和外部电脑两种。内部的是纯保密机器，不能连接任何外来的U盘之类的东西；外部的就是普通的电脑，配置也一般。

白松在外部电脑上看录像，鼠标乱点，打得键盘啪啪地响，有些心不在焉。

不多时，也就是2分钟不到，王亮装作散步，慢悠悠地走了过来。

白松也不理他，看视频看得很认真。

"你这干啥啊？哪有你这么分析视频的？你得先用软件给这个视频去噪，然后也不能用这个播放软件啊，这个播放软件一旦加速就会掉帧……"王亮不由得吐槽起来。

"你来？"白松一脸疑惑。

第二百六十三章　尘封的历史（2）　｜　055

"行吧，行吧，谁让我现在是副探长，我来就我来吧，把这个 U 盘拔下来，插我电脑上吧。"王亮的笔记本电脑昨天就拿到单位了，自从和白松分开，王亮也搬回了自己的房子，台式电脑放在了家里，笔记本电脑就一直上班带着。

王亮的笔记本电脑的配置明显比单位的高很多，处理视频更加流畅，王亮似是炫技，虽然没啥必要，但是把鼠标点得贼快。

白松点了点头，声称要上厕所，就直接跑到了档案室。

有了苦力，真开心啊……

第二百六十四章　珠宝店失窃案

看了差不多一个小时的案卷，白松突然想到，好像还没跟王亮讲具体案情。

哎呀……

白松有些头疼，收拾了一下手里的案卷，还是回到了办公室。

"怎么，是地球的引力不够，还是厕所的吸引力太大了？"王亮头也没回，听到白松的脚步声，望着屏幕，一个字一个字地吐了出来。

"哎呀……"虽然坑一坑王亮，白松挺开心的，但是这一刻还是有些不好意思，走上前去，给王亮捏了捏肩膀。

白松捏肩膀的手法是在父亲那里练出来的，白玉龙以前每次回家都挺疲惫的，白松从小就挺懂事，就学着给老爸按摩。白松从小就人高马大，手上也有劲，被老爸调教了几次，手法越来越好。后来，白玉龙进了派出所户籍部门，白松也经常给他按。

"还挺舒服啊……没少给你爸按啊……"王亮把电脑的视频点了暂停，眯着眼享受了起来。

"是，我以前……"说到这里，白松立刻停下了手，一脸黑线，这王亮，占自己便宜！

我把你当兄弟，你居然占我便宜！

看着王亮那绷至极点的笑容，白松暂停的手又继续按压了起来。

占便宜就占便宜吧，谁叫自己坑人在先呢？按了得有半分多钟，王亮舒服得都不知道自己姓啥了，才缓缓睁开了眼睛。

"不逗你了。你看，是这个人吗？"王亮指了指电脑上的一个人，把一个截好的短视频拉了出来。

白松眯着眼睛看了三遍："就是他，把他的人像给拉出来。"

"幸好有你，这会儿就出来了，不然我看完视频还得浪费两小时。"王亮表示根本不需要知道案子是啥，不就是根据一年前的那个不清晰录像，寻找这十几段新的录像中的人吗？

"行行行，你牛。"白松确实是服，"剩下的交给我吧。"

停顿了三秒钟，白松接着道："反正案子破了，你绝对是头功。"

王亮这才满意地点了点头。

后续的工作其实还算简单，找出这个人是谁，抓住这个人。这都不是难事。

当小偷的，没有一个从来没被抓的，只是这些人确实是屡教不改。

同样的金额，盗窃比诈骗判得重，入室盗窃尤甚。这个案子的嫌疑人，四次入室盗窃，就奔着十年有期徒刑去了。

在刑法中，盗窃罪、抢夺罪、抢劫罪有相同之处，都是以非法占有为目的，把对方的财物非法转移到自己身上。

从私有制开始的那一天起，就有这么一些人，为人，却不做人事。

这个人估计都不止做过这四起案子，在别的区可能还做过，但是再高的技术，坏事做多了总是会被抓的。

晚上，白松找了技术部门，把犯罪嫌疑人的信息全部找到了，到这一步，后续就容易了。

王亮接着玩起了手机，白松接着看起了案卷。

白松的打算是尽可能地把这些案卷看细致，先把马局长当年经手的所有案子都看一遍、学一遍，再去看其他案子，然后尝试把马局长当年破案的手法融入其他案子中，再寻找其他破了的案子里的精华，多做对比，取其精华，并融入自己的想法……

这是一个漫长而孤独的过程吧……

三队一般晚上没什么案子，入室盗窃的警情一般是派出所先处理，没有侦办条件的再移交过来。一般只有很严重的侵财类案件才会出去，所以晚上大家可以休息。

当然了，这样一来，第二天要继续上班，不休息。

赵队和二人一起值班，晚上还去档案室找了一回白松，赵队有些感慨，要是每一个警察都像白松一样，那就没什么难案子了。

"这是嫌疑人的照片？"赵队看到白松提供的嫌疑人信息，不由得有些吃惊，这也太快了吧？

从早上开会到现在，一整天的时间，这个案子就搞定了？

赵队拿着白松给的嫌疑人信息有些发愣，直到走出档案室才缓过神来。

这是一种什么感觉？

赵队欲哭无泪，仿佛回到了十年前。

那时候，再难的案子，在当时的马队长手里，都感觉是那么举重若轻。

"这个是嫌疑人信息，联系当地派出所，今天晚上把人给我带回来……"

这是马东来十几年前经常跟赵队说的话。

那时候，只要大家等到这句话，就好像逃出笼子的狮子，战斗力极强，第一时间就能把人抓到，哪怕到塞北也要抓回来！

这种感觉？

……

赵队也不知道怎么说，算了，明天一大早，安排抓人吧……自己这个领导竟然被白松安排了……这……这叫什么事啊……

白松看完手头的案卷，才想到……

刚刚自己做了什么？

那可是领导啊，自己就坐在这里，把东西交给了站着的赵队？

呃……

白松收起了案卷，有些不好意思，刚刚太入迷了……想了想，还是决定

第二百六十四章　珠宝店失窃案 | 059

去一趟赵队办公室，解释一下吧，毕竟刚刚确实是有点过了。

走到赵队办公室的门口，白松听到了里面打电话的声音。

赵队这个屋子很小，隔音也不咋好，白松不是刻意想听，但赵队声音挺大，还是被白松听到了。

"望湖路派出所对吧？行，望湖路？老李，望湖路啥时候有金店了？我咋不知道？那边不就几家银行吗？

"珠宝店吗？珠宝店有什么东西被盗了？嗯？1300克黄金？还有一些钻石是吗？行，我知道了，我一会儿就过去。"

白松站在门口，汗都下来了……

走不走？

很显然，赵队接到了一个报警，而且要求三队出警，如果不是报警人虚报的话，这可真的是大案子了。

1300克黄金！哪怕没有钻石，这也是能震动整个九河区的事情！

通常的流程是，赵队接到报警电话之后，给白松和王亮打个电话，让他俩来办公室，接着布置一下工作。

可是白松这会儿就到门口了，如果贸然进去，就好像赵队只是个接电话的？

白松慢慢地离开了门口，挪到了办公室，静静地做个乖宝宝吧。

第二百六十五章　专业手段（1）

接到电话后，白松和王亮立刻到了赵队的办公室，甚至已经带上了本子、笔和必要的装备。

"嗯？你俩知道发生什么事了吗？"赵队有点神经过敏。

"不知道。"白松连忙摇头，"但您这么晚叫我们来，那肯定是有大案子。"

"嗯……也对。"赵队本来还想酝酿一点紧张气氛，刺激刺激这俩新兵，但是此时突然没了感觉。

"望湖路派出所辖区的一家金店被盗了，作案手法非常专业，警报响起来后不到两分钟，小偷就得手离开，损失了1300克黄金和一些钻石，走吧，去看看。"赵队没了说案子的兴致。

一路无话，本来激动人心的大案……

到了现场，三人的神经还是迅速紧绷了起来。

通常来说，这类盗窃案应该都在半夜三更发生，但是这次盗窃案发生在晚上十点多，街上还有行人。

如此猖狂？

现场已经来了三四拨人了，这个金店是一家小型的自营金店，不是连锁店，金店老板在望湖路附近也算是小有名气，是著名的"房哥"，门面房就有十几套，可以说家道殷实。

也正因为如此，虽然直接经济损失预计在50万元左右，老板陈云却没有过多惊慌，也没有着急往现场里面去，而是配合着民警做着登记，并在十几分钟前就把大门打开了。

整个金店只有一个大门,而且还做了特殊处理,里面另有防盗门。金店的门窗均没有损坏,被盗后内部的报警系统自动报了警,而警察来现场时,小偷已经得手离开,因为是晚上十点多,大街上人还不少,车子也不少,警察到了以后再封锁周边已经没了意义。

这个金店距离望湖路派出所足足有两公里,当派出所警员赶过来的时候,警报都已经响了七八分钟了。

四队的人第二时间到了现场,白松等人赶到的时候,郝师傅带着孙杰、王华东等人戴着防毒面具,正在现场进行勘查,赵队等人就在外面等候。孙杰虽然是法医,但也是勘查人员,今天他值班,就一起来了。

"这楼里面什么味?"白松闻到了一股很强烈的刺激性气味,皱了皱眉,看到了开启的排气扇。

"四队一来就开了排气扇,里面味道很大,好像楼板都被腐蚀穿了。"所里的一个民警说道。

"被腐蚀穿了?"包括赵队在内的几个人都愣了。

"嗯,一楼天花板上有个洞,应该是小偷事先把楼板搞了个洞,然后进来偷的。"

"什么东西能把这个楼板搞穿啊?这不是钢筋混凝土吗?"

……

几人都从外围往里面探望,勉强可以看到房顶的大洞。

从房顶的一侧,可以看到,整个房顶已经露出了一个直径有半米多的大洞,地面上则零零碎碎地掉落着一大堆混凝土残渣,颜色发暗,从这个角度看也看不清楚。

这个大洞真的看着有些骇人,上面还有一些光线变幻,显然楼上已经被警察控制了,但是小偷早就跑了。

"真的丢了这么多黄金吗?"赵队跟望湖路派出所的一个副所长聊了起来。

"差不多,这个姓陈的老板你们怕是不了解,这个人非常聪明,眼光也不错,可不是一般人,这种大是大非的事情,他不会瞎说的,而且也没必要。"李姓副所长说道,"这个情况你们也看到了,金店被盗,而且动静这么大,哪怕丢了一枚戒指,也不是小事。"

"是啊……"赵队点了点头,"我工作十一年了,都没遇到过金店被盗的案子。"

"别说你了,我都工作二十三年了,反正我没见过。就是九几年那会儿,好像是 1997 年还是 1998 年,我记得三木大街派出所辖区有个金店被抢了,当时就抢了几个镯子,然后市局调动警力,全市堵抢劫犯,把他堵住了。"李所说道,"当时三木大街派出所的一把手,也就是现在的田局,好像还立了功。"

赵队点了点头,这事他也听说了。今天遇到的事情,真的难办啊……

明明如此平静的夜晚,怎么就发生了这么大的事情?

聊了几句,李队也赶来了,李队听到这个消息后,第一时间就往这里赶,到了现场后迅速和赵队了解了一下情况,面色有些沉重。

能这么成功地把金店里的黄金偷走的人,哪里有那么简单?李队刚刚上任,遇到这种事,可真的有点难受。李队迅速找现场的派出所民警细致地了解情况。

不久,于政委和马局长也来了。

这案子居然惊动了局长,想想也是,1300 克黄金,外加一些钻石,涉案金额 50 万元左右,这钱在天华市的一些老旧一点的小区,都可以买一套房子了。而且朗朗乾坤,就这么偷了一个金店,九河分局的脸往哪里放啊?

"谁在里面?"马局长来了先问道。

"四队老郝他们。"李队说道。

"楼上什么情况?"马局长接着问道。

"楼上的房主已经到了,咱们的人也已经控制了楼上的现场。房子属于无合同出租,已经租出去两个多月了,每个月租金是 1500 块钱,高于这里的正常租金。据房主说，租房的是个女孩，二十岁左右，挺漂亮的。"李队想了想，接着道，"但是从金店里的监控视频来看，吊绳子进去偷东西的人，身型是男的。"

马局长往前走了几步，到了金店门口，看了看上面的洞，神色不变："谁能告诉我，这个洞是如何产生的？"

"这个……"李队也不清楚这是什么情况。

"应该是氢氟酸，也基本上只有高浓度氢氟酸才能够如此迅速地侵蚀含硅化合物。"白松见大家不说话，直接说出了自己的意见。

"氢氟酸？这东西是不是有剧毒？"马局长第一时间关注里面四个勘查民警的健康。

"有剧毒，但是可以戴着自吸过滤式防毒面具，我看他们都戴着，没什么大问题。"白松道，"马局长您往后撤一下吧。"

"好。不过即便有防毒面具，也先把人撤出来，等味道散了再进去。"马局长吩咐道。

第二百六十六章　专业手段（2）

听了马局长吩咐了之后，里面的几个人都迅速撤了出来。

一楼和二楼所有的窗户、门都打开了，等待现场刺激性气味自然挥发。

"嗯，咱们等等再进去。"马局长看了看警戒带，"把警戒带再往外拉一拉，别让人近距离围观。"

"赵队，你带着小王，把这附近的所有监控视频资料拷备一份；李队，你带着小白去楼上看一眼，把楼上的房主情绪稳定好了……"马局长开始了现场指挥。

这里是一条商业街，地下是车库，二楼以上是普通居民楼，一楼是商铺。

小偷的进入方式是，提前租了金店楼上的一家，然后，今天下午，就开始着手打通楼上与金店之间的楼板。

这里的楼还是比较新的，楼板都是钢筋混凝土结构，按理说打穿的难度极大，可是遇到氢氟酸，钢筋混凝土还不如塑料或者蜡制品呢。

氢氟酸和之前孙某自杀案里的氰化氢完全是两种东西。由于在水中无法完全电离，氢氟酸并不属于强酸，但是并不代表这东西不"凶猛"，实际上，它除了作用速度没那么快之外，酸性可以说很强了。

也正因为如此，这东西是管制物品，寻常人搞不到的，一旦出现，一般都不是什么好用途。白松提到了氢氟酸，大家也都不太陌生，因为它在很多案件中还有其他用途……

楼下，马局长听着郝镇宇的汇报，对现场有了更多的了解。

这种盗窃方式闻所未闻，主要是因为动静太大了，这个小偷真的觉得自己可以跑得掉吗？这样盗窃，留下的是海量的现场证据啊……

一般的小偷，就是开锁啊、偷偷撬门啊之类的，哪有这么顶着警报，顶着监控，搞这么大动静的？

但是在场的人，包括金店店主都有点叹服小偷的"硬核操作"了，此等脑洞，实属罕见。

经现场勘查，熔穿楼层板的，确实是氢氟酸，而且用量不少。小偷先是在楼上把卧室的地板撬开，接着在水泥地上画了个圈，然后用塑料板围了一圈，并把塑料板的四周用不知成分的物质做了密封，接着倒入了氢氟酸。

氢氟酸对二氧化硅、混凝土的腐蚀能力比较强，但是速度并不快，这是一个持续的过程，而且需要持续清理。

由于这个腐蚀不是直接向下，而是扩散式的，所以越往下熔，这个洞越大，最终还是熔穿了。

这种物质性质非常特殊，是一种弱酸。

弱酸，初中化学应该就学过，也就是醋酸之类在水中不能完全电离的酸。但是，当浓度超过每升 5 摩尔的时候，会发生自偶电离，此时氢氟酸就是酸性很强的酸了，腐蚀钢筋混凝土里的钢铁自然不在话下。

这东西有毒，高浓度的氢氟酸会自然而然地生成含酸烟雾，对呼吸道具有毁灭性的损伤，服用致死量也只有一两克。因此，防毒面具的效果也只能说一般，即便这个屋子里只剩残余物质，进入的人也应该穿全身性的防护服，使用氧气呼吸机。

白松现在在学的无机化学中，这属于很基础的知识了。

楼上的情况是，卧室不敢随便进去，一是怕损毁现场；二是担心楼板的质量问题，别发生什么事故。

房主真的哭惨了，这个情况，找谁来赔？这屋子怎么修？一时半会儿只能封锁了。

二楼先封锁，房主也被派出所的人带到所里做笔录去了。

李队和白松下了楼,到了马局长那里,把二楼的情况具体汇报了一下。

现在没有真正好的进入条件。氢氟酸的厉害,大家也有所耳闻,马局长无论如何也不让人进去了。他都有些后怕,如果不是郝镇宇经验丰富,要求大家必须佩戴护具和防毒面具,此时甚至已经出大问题了。

氢氟酸对人体的损害是一个慢性的过程,它会主动与钙和镁离子反应,导致靠这两种离子工作的器官逐渐衰竭。人体吸入后通常几个小时后才会出问题,一旦发现出问题就已经晚了。

马局长确认再三,还是不放心,安排派出所的人带着四个现场勘查人员去了一趟医院。王华东和孙杰都有一定的皮肤裸露,需要及时使用葡萄糖酸钙凝胶进行防护,这东西真的太凶了。

现场就在这里,宁可暂时不勘查,也绝不能让自己的手下有健康或安全隐患。

上次做人面素描的时候,马局长不愿意找分局以外的人,这次他不再含糊,直接给市局相关部门打了电话。

毕竟已经是副局长,马东来的电话直接打到了市局指挥中心,详细地叙述了一下现场情况。在此之前,其实他已经通过电台汇报过一次了,这次打电话主要还是求援。

涉及危险化学品,还是市里面的力量更强大一些,而且这种事上报实在是太正常不过了。

等待的过程中,马局长在现场开了个会。

根据现场已经提取到的东西和证据表明,被盗的首饰与金店老板所述基本相符。店里有六七个首饰柜,一半放银饰,一半放金饰,每个柜子里还零星地摆着几枚钻戒、铂金饰品。

小偷的盗窃非常有指向性,直奔存放镯子的那个柜子,其他的一概不动。

这个柜子的质量并没有想象的好,就是质量好一点的铁皮柜子,根本经不住撬棍撬。小偷似乎早有准备,直奔主题,把柜子里面的几十个手镯,还有零星的钻戒直接偷走了。

店里是有保险柜的,一般来说,新到的货或者不摆在台面上的货以及金砖、金元宝之类的,一直放在价值几十万元的大保险柜里。这个店的店员是没有保险柜钥匙的,因此平常东西也就放在各个柜子里。

小偷没有碰保险柜,也没有动其他的柜子。而目前来说,这个柜子确实是整个店里最值钱的一个柜子了。其他的柜子,哪怕里面放了100枚戒指,加起来也就400克左右。

不得不说,这个小偷筹划的时间应该很长。

第二百六十七章　内部人作案？

因为折腾得太厉害了，小偷虽然也蒙面，戴了呼吸机，戴了手套，但是依然留下了一大堆证据，而且使用的各种器械的痕迹也非常明显。

而且这里面的监控设备还是好的，小偷压根就不避讳，就图一个"快"字。

这个偷东西的人，是外行中的外行，这是所有人的共识。

不过，这也就增加了破案难度，惯犯就那么多，而新手……所有人都可能。

"二十分钟后市局的勘查队过来，技侦、图侦、网络等部门也全程开绿灯，这个案子，天亮之前，必须把人抓到，明天早会上让市局领导和殷局长听汇报，不能悬着。"马局长目视李队，神色平静。

但是李队也知道，马局长不是在针对他，而是动静这么大的案子，这么多线索，这么多力量，如果八小时内破不了案，他确实是难辞其咎。

一般领导都不会下这种限时破案的命令，因为很容易适得其反，但是这个案子，应该问题不大，而且到明天早上，这个时间已经很充裕了。

从现场监控录像可以看到，小偷是穿了防护服的，使用了氧气呼吸器，使用了吊索，使用了……

不知道为什么，当大家都考虑可能是内部人作案的时候，白松的脑海中却始终浮现一个词——"中二病患者"。

这要是没有"中二病"，怎么可能会做出这种事情来？

这个人，真的把犯罪想得太简单了，十几年刑期那是起步啊……

马局长去派出所了,他有很多工作,需要一个办公室办公,现场则全部交给了李队长。

晚上十点多,为了这个案子而来的领导已经很多了,和李队平级的领导也有很多,但此刻都得听李队指挥。这可不是什么好事,李队看着表,神情一直紧绷着。

晚上十点,租赁房屋的小女孩被找到了。

经询问,小女孩居然是独自居住,今天不在家。小姑娘人际关系很乱,拿到她的手机,微信上光"哥哥"就十几个,与其有亲密关系的不胜枚举。

但是小姑娘的微信朋友圈非常正常,就是秀美食、美图和各种PS照片,也因此有很多人追她,还有一些人给她发红包。

这种情况也没什么特别的,经询问,这个屋子的钥匙,小姑娘没给过别人,今天她也没有回过家。

这话显然没办法让李队满意,几经询问,小姑娘眼珠子乱转,车轱辘话乱说,反正就是不配合。这可真的把李队气到了,这姑娘看着也就比他的孩子大一点,长得也不错,而且也不算是做皮肉生意的,可真的不是什么好人。

骗人的话张口就能说,怪不得能骗得微信上十几个人都围着她团团转……

不过她还是太过幼稚,在场的哪个人好骗?在只有一把钥匙的前提下,作案人怎么进这个屋子?毕竟已经彻底排除了技术开锁的可能性。

所以,对她的小聪明和一些谎言,李队都安排人做了笔录,是时候让她知道这个世界的真相了!无论小偷抓不抓得到,就凭这个女孩的不配合和说胡话,定个包庇罪是没问题的!

市局的专业人员对楼上楼下的现场进行了彻底的勘查、取样,现场证据实在太多。

第一,就是在溶液中发现了适量的硫酸根离子,这意味着这里的氢氟酸纯度并不高。工业上制备大批量氢氟酸的方式是加热氢氟化钾或采用萤石混合硫酸加热，所需反应条件很苛刻，在家中基本上难以实现。正规的工厂制备氢氟酸有提纯、蒸馏等多道手续，基本上不会有硫酸残余，而这个溶液里面的硫酸明显是残余物。

这就能锁定一些低品质的工厂了。

第二，是溶液中发现了绳子的碎屑和锰、铬合金，与钢筋混凝土里的钢筋情况不符，这意味着作案人使用了不锈钢制品的钳子或者支架、滑轮等，并被腐蚀了一部分。

第三，白松还发现，起开楼上地板的工具是专业的，应该是从网上购买的。白松曾经参与过安装地板的工作，对这个细节很是在意，轻松地获取了一个新的线索。

不得不说，之前帮着老大哥做好事，还是有用的。

第四……

最关键的是，这个案子里的视频监控资料，多得令人发指。

在场所有人普遍认为，这个案子是内部人作案的可能性很大，因为作案人对这个金店的了解程度确实是够高的，虽然不太可能是本店的店员，但是很可能是有金店工作经验的人。

一个小时后，这附近所有金店的男性工作人员的信息都摆在了三队成员面前。金店的销售人员以女性为主，从事相关工作的人也不算很多，由于有标准的嫌疑人身型等建模，也就是半个小时左右，这些男性工作人员全部被排除掉了。

这倒是让大家都有些吃惊了，不是内部人员作案？

这个时候，王亮等人对多次来店内的年轻男性的视频分析报告也出来了。这个店里的柜子顺序每隔一段时间就变化一次，主要是为了让顾客每次来都有新鲜感。而上次转换这些柜子，是在一个星期之前。

这是个很容易分析的状况，既然不是附近的内部工作人员，那么就一定有人近期进来勘察过地形，否则哪有那么容易找到放镯子的柜子？

这个案子一上来，就只有这两个选项。

而王亮等人对这一个多星期录像的分析遇到了瓶颈，这一个多星期以来，没有一个身形与小偷相似的人员曾经进来过，这是其一。

　　其二，就是没有任何人曾经对金镯子的摆放位置、锁的位置、存放金镯子的柜子的结构有过多的观察，所有人都只对购物感兴趣，没有一个异常的。

　　金店不是菜市场，这个店这七天只有几百位顾客来过，这么多警察把这些人分析了几遍，也没发现什么问题。

　　如果排除这个可能，那么就只能是内部人作案，会是谁呢？

第二百六十八章　紧迫事态

李队等人也分析过另外一种情况，那就是小偷并非内部人员，但是有内部人员指点，而且指点得很详细。

这种情况当然是有，可是这些是没办法查的，就只能考虑其他线索了。

这就遇到问题了。

李队比谁都清楚，想找出小偷来很容易。

为了作案这个小偷购买了太多的东西，有的是在店里买的，有的是在网上买的，有的是通过一些非法的渠道购买的。这些一个也跑不掉，都能查到。

除此之外，小偷留下的线索太多，每一条追下去都一定能找到他。

但问题是，大晚上的，这些都没法查，很多单位、公司、网店都下班，甚至网络平台的某些部门，这个时间段也不一定有人值班。

如果明天白天再查清这个案子，或者说到时候再抓住这个嫌疑人，那李队这工作做的就实在是有问题了。

为什么一定要连夜把案子破了呢？明天天亮了再查不可以吗？让警察休息一下不可以吗？

不可以！

这就不得不讨论一个很重要的问题——小偷如何处置这些黄金？

如果今天晚上小偷把这些黄金卖了，那么依然可以追回来，他卖给谁，都能追回来，而明天，就不一定了。

我国有一个制度，叫作善意取得制度。

什么是善意取得制度呢？

法律原文是指无权处分人将不动产或动产转让给受让人，受让人在取得该财产时系出于善意，即依法取得该财产的所有权。

这句话的解释就是，假如一个人，他对某个东西没有支配权，比如说，小王借了小张的相机，那么小王是没有对相机的处分权的。

处分权属于支配权。

任何一个系的法律生，都要学习民法，这是最基础的法律。民法很简单也很复杂，简单地说，四个字可以概括：请求、支配。

这两个词包罗万象，概括了民法学的始终，遍查世界民法，万变不离其宗。

请求权是相对权，比如说债权；支配权是绝对权，比如说物权。

处分权是支配权，是绝对权，借用相机的小王对相机只有使用权，没有处分权，这个大家都好理解。

那么，如果小王把相机以合适的价格卖给了不知情的小李，小李是否有权获取该相机？

这里的善意第三人指的就是，对这个事并不知情的第三人。也就是说，小李确实认为小王是相机的主人。

这种情况，按照善意取得制度，保护合同的有效性和促进交易等原则，小李会根据善意取得制度，拥有这个相机，获得这个相机的支配权、所有权、物权。而因为小李获得了相机的物权，所以，小李有权不把相机还给小张。因为小李是善意的、无辜的。

当然，前提是小李是按照合适的价格购买的，如果明显低于市场价，那么，这个制度也不生效。

那么，小张咋办？

小张只能让小王赔偿原物或者赔钱之类的，否则小王可能构成侵占罪等罪名。

所以，对于不靠谱的人，就不要把自己的贵重物品借给他。

但是，善意取得制度，有例外。盗赃物不可善意取得。

什么意思呢？就是说，如果是小王偷了小张的相机，卖给了小李，即便小李对此事不知情，即便依然是合理的价格，但因为这是盗赃物，小李依然要归还，因为此时他没办法被保护。盗赃物，只能追回。

所以，不靠谱的人，卖给你东西，你尽量别买。

这里的盗赃，不仅仅是盗窃所得，抢啊之类的，都不行。

这里，又存在一个例外。有资质的当铺可以善意取得盗赃物！

当铺不属于个人，因为它的性质总能收到各种各样的二手货，比如说二手相机。

如果说，当铺收到东西之后，警察来找，说这是盗赃，要收回……长此以往，当铺就该倒闭了，毕竟，当铺的性质，就是回收二手物品。

虽然说正规的当铺一般都不会乱收东西，但是，谁也无法保证，这个小偷明天会不会想办法拿着这些金首饰去当铺做抵押。

如果他这么做了，即便抓到了小偷，黄金也拿不回来了，怎么办？

价值 40 万元左右的黄金和 10 万元左右的钻石，只抓到了人，东西没追回来，意义又能有多大？

解释了这么多，其实就是想说明一个问题，那就是，天亮之前，必须抓到人！

说到这里，有人会问，那不能明天早上提前去各个当铺门口堵吗？

问这个的人……直辖市，1000 多万人口的直辖市，有多少家当铺，了解一下？

而且，把东西卖给当铺的概率反而是最低的，藏起来才是最有可能的！

这些，都不是最让李队头疼的。

目前最头疼的问题，是如何抓到人，尽快！

第二头疼的问题，是有媒体来了。

也不知道是谁，说金店发生了爆炸，被炸出来一个大洞！结果各路记者蜂拥而至，都想进警戒带里看一眼。

这也难免，案子发生的时候，路上还有一些行人。老板现场打开门之后，还有一些人围观，自然也有人看到了那个洞，而这种洞是如何形成的呢？很多人就只会想到爆炸这种暴力手段，而且，这种事情传播得比什么都快！

网络上的热闹，有时候比现实凑热闹还可怕！

现实中，很多人怕危险还不敢往前凑，网络上……那简直是海量的流量。

众所周知，浏览量、流量、关注度＝钱。

这样的大新闻，各路记者纷纷大显神通，都想要获取第一手资料。

所幸马局长高瞻远瞩，把警戒带拉得够远，不然的话，被记者拍到几张现场照片，局势就难以控制了。

毕竟现在金店的大门和窗户完好，从外面看没任何问题，不像是发生了爆炸。但是，这也只是权宜之计，事态着实紧迫。

第二百六十九章　推演

现场的情况让李队面色有些阴沉，这还是白松第一次从李队脸上看到这个表情。职责所在，是他，也只能由他来承担这个责任。

目前主要有四五条路可以走得通，但是好走的路都已经走得差不多了，剩下的需要时间。

与李队的压力大不同，白松现在反而可以全身心地投入这个案子里。

他考虑的，是犯罪心理学的范畴。

任何一个人，犯罪总是需要动机的，这个案子的动机非常简单，作案人就是为了钱，而且是有一定文化水平、看过一些电视剧、还会上网、爱研究的这么一个人。

但是，是什么能让一个年轻人铤而走险，如此这般绞尽脑汁，做这样的一件事呢？这个理由倒是有不少，可是，一般人不会着急需要这么多钱。沾了赌毒的概率比较大。所以，犯罪嫌疑人应该也是一个社会边缘人，这让白松想起了李坤。

灰毛这个小年轻，曾经活在自己的世界里，虽然没什么本事，但总是觉得自己特别厉害，谁也不服。

这个案子的罪犯，就是典型的这种人，而与李坤不同的是，他比李坤多一些文化，多懂一些东西。但是，懂这些东西并不是什么好事，也正是这些知识让他干出了这么大的祸事。

现场终于可以进去看看了，有害物质含量降到了临界值以下，白松获得了许可，可以做好必要防护进现场看看。

现场勘察查人员再细致，也有一些东西需要侦查员用眼睛看。

现场的警察很多，大家都想进去看看，但是这肯定不行，不过好在白松在李队的眼里还是比较得力的，因此他获得了许可。

这个现场很熟悉。

为什么说熟悉呢？因为这里的一切，勘查人员都以文字和图片的形式记录了下来，白松看了很多遍，这一切都已经在脑海中思考了好多遍，基本上已经能做3D绘图了。

除了做3D绘图，白松还模拟了这个小偷从楼上下来那一刻的所有动作，因为全部在监控录像里有显示。

这些动作，白松做得行云流水，因为这些动作已在他的脑海中多次出现了。

犯罪现场重现之后，白松停在了柜子旁。

这个案子，一定是内行人做的。

白松自认为也算聪明，如果他是这个作案人，很多地方可以更加机敏，破绽更少一些，但是有些一定没有这个小偷专业，更没有这个小偷对这里的安排这么熟悉。

白松已经在脑海中把整个金店的样子想了很久，所以非常熟悉这个金店的样子，但是即便如此，白松还是感觉自己没有小偷对金店那样熟悉。

那像一种……像一种白松对派出所的熟悉感。

比如说望湖路派出所，白松一次都没有去过。但是身为警察，白松只需要去派出所转一圈，甚至不用转，只要有人告诉他，哪层楼哪个屋子是干吗的，他就能对这个地方感到很熟悉。

为什么？因为白松在派出所待的时间很久了，算是这方面的内行人。

但是金店不行，白松也不是没去过金店，但是那种熟悉感是装不出来的。

其实，内部人作案这点，是所有人第一时间的感觉，但是随着对周边金店的调查范围越来越大，几个小时过去，已经没人再提此事了。

但是白松不这么认为，他站在被撬开的柜子前，几乎可以肯定，犯罪嫌疑人一定是在金店工作过很久的人。

同时，这个人还要满足两个条件：一是心灵手巧，二是现在没什么正经职业。

心灵手巧，这个白松深有体会。地板并不是那么好撬开的，而这个人撬得很好，如果不是干过这个活，那就是手真的很巧。

没什么正经职业，这个也是白松的推算。如果一个人有正儿八经的金店工作，而且经验丰富，还有一双巧手，即使的很缺钱，为几十万就要这么铤而走险吗？

而满足这么多条件的人，又能是谁呢？

离开现场后，李队准备连夜对租房小姑娘进行审讯。

白松默然，这是有点急了，这个小姑娘，白松觉得，从人品来说，她还没有王若依好呢……别看王若依是杀人犯，但她只是个傻姑娘。而这个，精明似鬼……当然，也不能这么想，王若依走到现在这一步，也是罪有应得。

只是，白松也知道，这不是一个好的选择，去审讯这个女租客，有可能得到大量的假消息，这个女孩儿太能说谎了。而证实这些假消息也会耽误很多时间。

想到王若依，白松又想到了王千意。

据说，王若依的案子二审马上就要开始了，而王千意的案子，经过多次补充侦查，多次发现其他刑事案件，多次重新计算羁押期限，此时，一审还遥遥无期。

一般来说，逮捕是有时间限制的，最长就7个月，一个案子总要走到法院判决那一步的。但是如果有新的犯罪线索，这个逮捕的期限可以重新计算，所以到现在还没有一审，也是正常。

但是，这么多年王千意犯下的各种罪行，加在一起，死刑几乎是肯定的。

而与王千意一起的从案犯诸葛勇，也就是金店的店长，因为王千意的坦白，摊上了几个案子，估计罪行也轻不了。

甚至，不仅是诸葛勇，就连当初的一些店员也被警察查了个底朝天……

想到这里，白松一把拉住了准备上车离开的李队。

李队脑子里还在想一会儿审讯的事情，一下子被人拽住了，有些不高兴，转身才发现是白松，而且见他面色有些奇怪，不由得站住了问："啥事？"

这么多人呢，警察拉扯警察，成何体统？

"李队，我突然想到有一批人，咱们没有查。"白松直接说道，"您还记得诸葛勇的那个金店以及王千意的首饰加工厂吗？"

第二百七十章　金子呢？

　　一语惊醒梦中人，李队并没有直接参与李某被杀案。但是诸葛勇是住在爱荷花园的，那是九河桥派出所的辖区，白松又参与那个案子这么久，九河区就这么大，一起恶劣的碎尸案，李队怎么会不知道？
　　他不仅知道，而且对案子的来龙去脉还非常了解。
　　白松一说，他立刻反应了过来。
　　是啊，关闭了的金店，那也是金店，关闭了的首饰加工厂，那也是首饰加工厂！
　　而且，正因为关闭了，这些工作人员才更有犯罪的可能性！
　　李队看了看表，还不到晚上十二点，先不急，按照白松所说的，先查这个再说。
　　实际上，这个首饰加工厂和金店的所有工作人员，警察都曾经找过，因为王千意的案子还是比较严重的，所以涉及的这些人的信息都是有的。
　　很简单，也就是10分钟的事。
　　10分钟后，一个疑似是本案嫌疑人的男性信息被发到了临时组建的群里。李队立刻联系了当初给这个人做过笔录的二队民警，经民警回忆，这个叫王枫的年轻男子，与本案犯罪嫌疑人的身型高度吻合，综合考虑，具有重大犯罪嫌疑。
　　随即，技术部门立刻跟上，不出10分钟，这个人就被锁定了身份，就是他！
　　李队在车旁边站着，看到手机里传来的确切信息，不由得情绪有些复杂。

当他第一眼看到这个嫌疑人的信息、照片和身型的时候,他就在心里已经确定了,就是这个人。一点错都不会有。

王枫,正如白松所推测,确实是个手艺人,是王千意那家加工厂的人。王千意并不占有加工厂所有股份,但是加工厂还是因为参与了一些违法犯罪行为被封停。

这些年,因为手艺还不错,王枫没少被王千意照顾,而且总被带着出入一些高消费场所。王千意被抓之后,他也没了安身之处,本想找个好地方继续拿高薪,但是没人认可他,他又不想从基层做起,就一直闲着。

其实以他的能力,本可以轻松找一份月薪三四千元的工作,但是习惯了高消费的他,根本看不上这些工资。王千意是什么出身他知道,这些年他跟着王千意到处转,也知道了王千意不少事情。可以说,这次犯罪也是受到王千意影响的结果。因此,他自己就筹划了这么一起案件。

李队收到技术部门的答复之后,长舒一口气:"抓人!"

现场附近的三辆车子,接到命令后迅速出发,离开了这里。一些不甘心的媒体记者还在这里等着,还有一些不知道通过什么路子,已经到了望湖路派出所那边。

马局长可是谁也不见,要新闻?等明天早上再说。

现场已经彻底封闭,金店的大门锁好了,所有的窗户和门帘子也已经关上、拉好,暂停营业,一些人想拍摄也没办法。这毕竟是金店,密闭性非常好,想找个缝隙拍摄都极有难度,但是记者们也不担心,毕竟天一亮,公安部门就会发布相应的通告。

抓人并没有想象中那么复杂,尤其是这样一个人,抓捕没有丝毫难度。

凌晨三点钟,王枫在其位于天东区的平房内被抓获。

而此时在抓捕现场的所有人,其实并没有那么轻松。大家都赶到了那里,虽是深夜,但是王枫的住处,灯火通明,几个探照灯都拉进了院里。

王枫不承认自己的盗窃行为。

但这哪里是他不承认就可以抵赖的？

无论是他的手机，还是他家里的点点滴滴，都能确定王枫就是犯罪嫌疑人。

但是，现在的问题是，黄金找不到了。

现场十几个警察，把王枫的家仔细地搜查了好多遍，依然没有找到黄金。

钻石找到了，被埋在几个花盆的土里。

王枫的家不大，这处平房比起东三院那里的也就稍微好一些，而且因为远离市区，这个地方也没什么开发价值，这房子也不值钱。

经查，这还真的是实打实的王枫名下的财产，是他父母过世前留给他的。房屋的架构就是普通农村的住房结构，有个院子，家里很破败，感觉不经常住人。

不知道是不是因为"心灵手巧"，王枫挺爱花的，家里的几盆花都开得不错，而几枚钻戒就藏在了花盆的土里。

这些花盆里的土质不错，以黑土和棕色的土为主，要不是大家侦查得足够仔细，根本找不到这些钻石。

但是，即便如此认真仔细，依然没有人找到本案遗失的黄金。

院子里是水泥地，而且没有任何变动的痕迹，这么多人把这里找得底朝天了，还是没有找到金子。

钻石被找到了，王枫不得不承认自己盗窃的事实。但是，他不承认盗窃了黄金。

白松的脑海中几乎可以复盘金店被盗的全过程。

从几个摄像头里能看到，小偷把黑色的兜子放在了柜子的旁边，就往里面扒拉，但是具体扒拉了什么东西，谁也看不清楚。

从现场的勘查中可以认定，这个柜子里的这个位置平时是放东西的，而且确实是镯子状的东西，不可能是钻戒这么小的东西。

但是，金镯子呢？

按理说，金镯子可比钻石好找得多，几十个金镯子去哪里了？

如果说，没有镯子这回事，任谁都不会信的。

王亮这会儿找来了完整的监控视频，用笔记本电脑现场播放给大家看。

从监控视频里可以看到，金店的售货员确实是在下班前，把金镯子放到了下面的柜子里，然后锁好。

王枫入室盗窃之后，金镯子就没了。

视频是连续的、完整的，自始至终也只有王枫一个人碰过这个柜子。

如果说是有人要坑害王枫，任谁也不会相信，毕竟，偷东西的是他。

小偷的话，怎么能信呢？

但是不信归不信，现实很残酷，这让所有参与案子的警察都显得很是烦躁。

金子呢？

第二百七十一章　这样就破案了？

并不是说，金子就只能放在这个屋子里，当然可能被放在了别的地方。也因此，搜索范围连夜多次扩大，一些王枫可能藏匿黄金的地方都被搜了一遍。

不仅仅是王枫的家，对他的所有的行进路线，可能藏匿的地点，一些有痕迹的郊外、河边等地方，大家都开始广泛地寻找。

"黄金到底放在了什么地方？"

早上六点钟，三队的讯问室里，李队等人对王枫展开了讯问。

"我没偷黄金，我只偷了一些钻戒。"王枫对此不承认。

"没用的，监控录像非常清楚，本来柜子里是有金镯子的，你偷完之后就没了，你狡辩有什么用呢？"李队直接掐住了王枫的死穴。

"我没偷黄金，我只偷了一些钻戒，已经被你们找到了。"王枫还是原话。

"你可知道，主动退赃，你这个盗窃案的判刑，比起不退赃，刑期差多少吗？"王教导员苦口婆心道，"三四十万元的东西，你因为这个多判好多年，值当吗？过些年，你出来做什么行业你赚不了？何苦呢？"

"哼！"王枫对此置之不理。

按理说，这个王枫不应该如此。

人是不是在撒谎，有时候难以看出，但是王枫在撒谎，傻子都知道。

可是，这个人这么聪明，为什么就不招呢？

这么自信警察找不到吗？主动交代出来，和被警察找到，那可是两回事。除非他真的扔到河里不要了，否则怎么藏，按说都是可以找到的啊。

再次讯问了几句，李队把讯问任务交给了几个老刑警，便走出讯问室，白松也跟着走了出来。在走廊上，李队思索了几秒钟，有些不解地跟王教导员说道："这个人，哪来的自信？"

"我说这个人有点'中二'，你们还不信……"白松小声地嘟囔着。

"白松你说什么？"李队看到白松的嘴巴动了动，问道。

"啊？没事。"白松连忙闭上了嘴。

"中二病"这个词还是白松听王亮说的，来源于日本。原本指的是初中二年级的学生，特有的自以为是的思想、行动和价值观。而现在，主要形容很多成年人，没有什么成熟的价值观，意识狂妄，又觉得不被理解、自觉不幸。

王枫就是典型的"中二病"晚期，自己把自己想得特别牛，很是自负，典型的不见棺材不掉泪。

郝镇宇等人已经从医院回来了，得益于前期防护做得到位，四人都没什么大问题，现在也迅速参与了后续的工作。

但是现实却让人很难接受，一直到早上八点钟，黄金依然没有找到。如此强大的破案阵容，居然是这个结局……

王枫的家，作为发现赃物的地点，暂时被查封了，已经没什么可查的了，连个金子的影子都没有。

甚至于，大家还逆向思维了一波，把金店和楼上这一户也做了细致的查探，依然一无所获。

金店的损失有些大，这个屋顶的洞，目前只能是金店和楼上房东协商着修补。想让王枫赔，也只能等到刑事案件审理时附带民事诉讼。当然即便是附带民事诉讼，能不能拿回钱也是另说。

在此之前，两家还是自己协商着搞吧，还需要做具体的评估，不得不说，王枫玩得真野，小说都不敢这么写吧……

郝师傅等人给出的报告，让李队有些难以接受。

金子找不到，真的难受啊！毕竟，公安机关的责任就是保护公民的人身安全和财产安全不受他人侵害。

马局长也有些默然，到了这一步，其实跟李队没什么关系。犯罪嫌疑人抓得够迅速，而且有足够的证据表明这个人就是实施犯罪的人，那么就可以算是破案了。

从案发到破案，不到8个小时，本应该是一件很值得称赞的事情……

上午，分局给各个媒体的警情通报里，写明了这个案子的大体经过，并指出，犯罪嫌疑人已经于八小时内被抓获了。

这样就破案了？

白松忙了一夜，没什么困意，脑海中，一直在回想这个案子。

按理说，白松是有大功劳的，但是此时可不是开会论功行赏的时候，没几个人心情好。王枫确实是个小屁孩，但是真的把所有人都搞得团团转了。

迷迷糊糊的，白松还是睡了过去。

起床的时候，已经是下午了。通宵搞案子是真的难受，整整一夜的辛劳最终换来半个结果，更难受。

起床后，白松才发现四人小组居然都在这里。

孙杰和王华东被放了整整三天假。原因是身体还是接触了微量的氢氟酸，有一点点内分泌失调，需要休息调整一下。

"都下午四点多了，刚醒？"王亮吐槽道，"我上午看监控看到九点半，我都没你起床晚。"

"唉……"白松没有和王亮开玩笑的想法，"我一上午都没睡着，一直在想这个案子，也不知道想到什么时候，才睡了过去。"

"这个案子也不难啊。"王华东有些好奇，"就是个个案，从头到尾也就是这么一个案子，掌握的证据也就那么多，有那么多需要想的吗？以我对你的了解，一上午的时间，你都能捋出来两本书了。"

"是啊，就是因为很简单，所以我才想不通，这个王枫他能把黄金放在什么地方。"白松道，"我把这个案子所有涉及的地方，从头到尾地摸排了好几遍,也没发现什么漏洞。"

说到这里,白松叹气道:"有一种被外行人智商碾压的悲哀。"

"行了,这不怪你。"孙杰拍了拍白松的肩膀,"案子最重要的线索是你提供的,今天上午开完会,我们队领导还夸你呢,你知足吧。东西找不到,其实最郁闷的是我们。"

"是啊,我们四队的队长,现在压力比你们李队还大呢。马局长虽然没再说限期的事情,但是很显然,这事哪能就这么结束了。"王华东感叹道,"这样就破案了,但是,这怎么行呢?"

第二百七十二章　讨论与小会

"所以,你到底发现了什么疑点没有?"孙杰拉了把椅子坐下,"来,现在也都没事,距离吃饭还有一个多小时,聊聊吧。"

"嗯……"白松突然说道,"我就是感觉,这个王枫的家里,最违和的就是那几个花盆了,好扎眼。他都不咋回家,那几盆花估计买了没多久吧。你们说,那几个花盆会不会有猫儿腻?"

"行啊,白松,你这脑子确实是转得挺快的。"孙杰赞同道,"我也是起床之后才知道,今天中午的时候,郝师傅也曾经跟我们队长提过这个问题。于是,对现场所有的花盆进行了第二次检查,里面的土都倒出来了,每个花盆都做了检查,没有夹层,也不可能把黄金放在花盆里。"

"啊?查了……"白松不知道是高兴还是难过,"查过了就没办法了。那这些黄金到底藏在了哪里?"

白松又开始头疼。

"好了,晚上一起吃饭去,这事情明天再想。我和华东有点内分泌失调,不能喝白酒了,喝点啤的顺一顺……"孙杰倒是看得开。

"啊?"白松愣了一下,怎么聊到喝酒了,"我现在脑子不行了,经不起碳二氢五氧氢的摧残了,吃饭可以,我喝白开水。"

"什么东西?"王华东没反应过来,"乙醇就说乙醇,那么复杂。"

"啊……大海……"

"行了,到点了,该吃饭了。"孙杰打断了几个人的话,"案子确实不算成功,但是这个王枫,他毕竟屁也不懂,等他知道不如实供述能被判个十几年之后,估计能吓尿裤子,早晚会找到的。"

"也有道理,"王亮点了点头,"要这么说,我还希望他藏得严实一点,别放哪个垃圾桶下面了,时间久了肯定被人捡走了。"

"要那样,我们四队的就不活了。"王华东笑骂道。

"好了好了,不说了,吃饭去。"孙杰饿坏了,自从他爱上越野之后,倒是比之前开朗了很多。

也就白松现在还耿耿于怀,孙杰想得很开,天底下怎么可能所有案子都十全十美呢?

作为法医,孙杰可没学过怎么找金子。这是地质勘探专业学的?

刑侦支队会议室。

"听说,白松每天都去档案室看案卷?"

下午刑警这边开了个会,因为新的刑侦支队长还没到,马局长依然很关心刑警队的工作。

"是,他闲着没事就待在档案室看案卷,拿着您当初的案卷一本一本地做笔记。"赵队立刻附和道。

在场的都是刑警队的领导,十几个人,也都是昨天参与王枫盗窃金店案的相关部门负责人,所以大家说话也都比较随意。虽然马局长已经是局长,但毕竟是这边的老领导,大家没什么约束感,这个屋子里的人,最起码也互相认识八九年了。

领导才是最累的,白松他们累了一夜可以休息一下,但是这些领导,没有一个休息时间超过5个小时,而李队也就休息了两三个小时。

你越重要,就越不可被替代。这一点,白松体会挺深的,他虽然还算是个合格的侦查员,但是比起李队这些人,差远了。举个简单的例子,白松一天也就接三五个电话,李队则至少要接30个电话,每天。

"看我当年的案卷?嘿,这臭小子,还挺好高骛远的。"马局长笑骂了两句。

赵队听着都有些嫉妒了……这叫骂？

是，好高骛远确实是个贬义词，但是，得看什么时候说！有时候，领导说你一句"不错"，那可能就是你有点小成绩，或者干脆就是客气一下。但是领导在公开场合说你是"臭小子"，那……就是提携了。

啊，这该死的嫉妒心……

"四队这边，目前有最新的情况吗？"几句闲聊后迅速进入了正题。

"没有。"四队队长摇了摇头，对花盆的第二次勘查也没什么新的线索，没必要跟局长提这个事。

"也别压力太大了，记者那边已经没什么问题了。好在抓人还算快，没有造成什么恐慌。"马局长点点头，"陈云那边如何？"

"陈云倒是没什么问题。"李队解释道，"他跟望湖路派出所的刘所认识，对咱们工作也表示认可，虽说损失惨重，但是也不至于翻不了身，情绪还是比较稳定的。"

"嗯，某些方面可以适当地给一些照顾。"马局长表了态，"行吧，这个案子先这样，你们三队继续查，现在你们队可是身兼数职，殷局长和分局班子成员都盯着你们呢，得拿出点成绩来。不说这个金店的事了，最近，入室盗窃和电信诈骗有什么进展吗？"

李队刚要说话，赵队一下子把话抢在了前面："马局，去年过年的时候，那两起入室盗窃案，就是同一天晚上，在绿苑小区和冬雅苑发生的那两起盗窃案，犯罪嫌疑人已经被锁定了，我们队今天值班的人已经去拿他了。对了，这个人还参与了近期的两起入室盗窃案。"

"那俩案子？"马局长有印象，"那俩案子证据不太多吧？"

"嗯，但是并案了，这四个案子，应该都是他一个人干的，基本上问题不大。"赵队看了看手表，"看这个时间，估计我们队里的警察都开始动手了。"

"行啊，赵队，听你说得言之凿凿，这案子，你办的？"马局长面露微笑。

"呃……"赵队泄了气,"这个案子是我们的新探长白松搞的。"

李队听到这里都吃惊了。三队人多,案子也多,他又忙了整整一宿加今天一个白天,抓个小偷不跟他汇报也属于很正常的事情。

这个案子听着,就不是什么很简单的事情,这种事……

露脸啊。

淡定地咳了咳,似乎一切都尽在掌握的李队张口问道:"谁出去拿人了?打个电话看看,需要帮忙的话,队里虽然忙,但是也能抽出人来。"

赵队看了看李队,心领神会,立刻拿出手机,还没拨打,手机却先响了。

"赵队,人拿到了。家里赃物不少,需要再来辆车。"

……

第二百七十三章　盗窃案结案

正吃着饭的白松，看到三队的群里不停地有信息，好奇地打开看了一下，不由得有些惊讶。

之前说的那个案子的小偷，被抓获了？

好家伙！

这涉案物品……

白松把群里的图给孙杰他们看，王亮也打开了手机，看到了群里的信息。

小偷的住处是租的，但是家里各类物品很多，光手机就有七八部，还有十几瓶高档酒、一些金银饰品、手表、名牌包、人民币、美元……

这个小偷，与王枫形成了鲜明的对比，极度低调，但能力是真的很强。

因为他是惯犯，反侦查意识很强，多次跨区作案，已经有一年多没被抓了。

前些年被抓过几次，也算是经验丰富了。

没有人天生就懂得什么反侦查，比如说王枫这种自作聪明的，即便没有白松想到的那个问题，24小时内他也肯定被抓到。

当然，谁也不曾想过，8小时内抓到犯罪嫌疑人居然找不到金子……还是少见的……

而这个小偷，今年已经四十多岁了，成年后一半的时间在监狱里度过，他每次犯案都很小心，但是破案技术在进步，再有经验也没用啊。

这下好了，从他的住处搜到的诸多物品来看，运气好点，也得判个二十年吧……

　　有期徒刑一般最多只能判十五年，但是如果多个案子合并，那么就可能被判到二十年乃至二十五年。如果案值很大，性质过于恶劣，也不是不可能被判无期。

　　而且，这次还不止抓了一个人，在这个小偷的家里，还抓到了一个年轻人，经查，也是个小偷，而且还参与了其他案子。

　　这还开班带徒弟呢？

　　破了这案子是真的挺露脸的，最主要的原因是小偷还在别的区犯了一些案，这下子由九河区给一并侦破了，分局下午直接挂出了警情通报，李队的脸上都挂上了淡淡的谦虚之色，跟谁都客气。

　　孙东那边的抢夺案还没破，这边四起入室盗窃案就破了，再加上白松等人昨天忙了一夜，所以这案子也不用白松参与，队里也没通知白松和王亮去。

　　白松看到这个情况，饭后还是回到单位帮忙去了，毕竟没喝酒不耽误工作，这案子跟王亮没啥关系，王亮也就没去单位。

　　现在他已经是探长了，不同以前了，责任比之前大多了。

　　回到单位，白松见到了这次抓到的一老一少。

　　说是一老一少，主犯其实也就是四十多岁，而参与的从犯，也就是二十一二岁的样子，白松看了一下，这个主犯看着很普通，从犯倒显得锋芒毕露。

　　主犯没什么值得注意了，这趟大狱出来，基本上这辈子也就该结束了，这个从犯引起了白松的注意。

　　这难道就是师父曾经讲过的，从小抓到大的那么一批人？

　　真的有那么一大批不学无术的人，永远不思悔改。

　　年轻人叫张林，今年只有二十二岁，和白松一般大，这次是他第一次被抓。

　　经查，主犯犯下的这些盗窃案子中，最起码有一起案子涉及张林，虽然说这个案子案发地不在九河区，但是也因主犯被抓，九河分局获得了管辖权。

白松作为探长，负责对张林的审讯。

对主犯的审讯是赵队和二组的老刑警沈兴负责的，这是个技术活，白松现在还有差距。最关键的问题就是，此人犯的案子确实有些多，抓住逻辑性很重要。

白松最近从马局长那学来的一些本事，在审讯张林的时候派上了用场，张林虽然桀骜，但还是被白松牵着鼻子走，一步一步地交代得很顺利，还被审出了第二个案子。

"你还算配合，但是我看你这样，应该也不止这两起案子吧？有什么别的，一并说了吧，别让我挤牙膏。"白松说道。

"一人做事一人当，有啥事我就说啥事，就这些，记完拉倒。"张林似乎对此表示不屑。

"我刚刚看你的信息，孩子一岁多？"白松翻到了笔录第一页。

"唔……"张林小声地应了一声。

"嗯，咱俩岁数啊差不多，不过你这倒是够快的，都有孩子了。我也不瞒着你说，很多事你也不懂，你这两个案子，都算是从犯，给你的分成也不多，你这还打算保他？"白松不由得吐槽道，"你保他有什么用？你知道他能判多久吗？"

张林不想回答，但是身体还是坐得稍微直了一些，好像想听听白松接下来怎么说。

"无论你如何，他下半辈子，估计就在监狱里待着咯，你也想陪他？"白松问道。

"骗谁？不就是偷个东西吗？又没杀人。"张林直接反驳道。

"我不必和你解释，等你进了看守所，你会学到一些法律知识，盗窃罪，情节特别严重的，处十年以上有期徒刑或者无期徒刑。你也想你的下半生就一直和我们打交道？"白松不由道，"咱俩岁数相仿，你该不会想陪

第二百七十三章　盗窃案结案　｜　095

我一辈子吧？让我把你从小抓到大？"

"用你管！"张林目视白松。

白松平静地点了点头，仔细地看了看张林，神色轻松，张林与他对视了十几秒，不由得低下了脑袋。

孙唐曾经说过，有那么一些人根本就改不掉偷盗的恶习，从小抓到大，每次遇到类似的事情，都是这几个人干的。

笔录做完，收拾了一下东西，白松回到办公室开始忙活这个案子的相关手续，有很多东西需要扣押，各种手续也不少，一直跟大家忙到十一点多，才算忙完，把两个小偷送进了看守所。

虽然涉案金额大、涉及案件多，但对于三队来说，这也就是日常工作，毕竟如果是小案子，一般就是派出所办了，所以大家也没什么太多的感触，反倒是白松主动回来加班这件事让几个老民警对他的观感不错。

明天案子还要交一份报告，给马局长那边送过去。白松看完了赵队做的笔录，连夜写了1000多字的报告，把案子的情况细致地写了写，着重介绍了王亮在这个案子里的重要性，把王亮一顿夸。这案子，就算是结案了，之后要办的各种手续，也就是日常工作了。这反倒是白松不怎么需要考虑的了，毕竟大小他也算个领导！

第二百七十四章　其他线索

11月21日，星期三。

这段时间，三队的案子办得挺顺利的，每一个人都挺努力，其他几个小案子也办得有声有色。随着工作的开展，白松手里目前只剩下一起盗窃案没办成，负责办电信诈骗案的一组也旗开得胜，破获了一起涉案金额较大的电信诈骗案件，成绩斐然。

当然，并不是说所有的案子都破了，因为确实有一些尘封的案子实在是没有任何侦查条件，白松也没去过现场，那就只能暂时放在档案室里了。

剩下的这个盗窃案子倒是很简单，就是一个普通的扒窃类案件，看样子也不似惯犯所为，而且越查白松越感觉有点熟悉，估计离破案也就是一个灵感的距离了。

此事暂时不需要白松费太多心思，他的精力还是放在了之前破获的案子的一些总结工作和王枫盗窃金店案上。

王枫盗窃金店案还是引发了二次曝光。主要原因是，金店要重新装修营业，这就避不开任何人。

一、二楼之间的这个大洞，涉及整个楼梯的结构和强度，要重新进行混凝土浇灌和钢筋焊接，而且需要有资质的施工部门进行施工。

这些年，这方面的监管越来越严了，20世纪末各地频现的"豆腐渣"工程现在已经没几个人敢弄了。也正因为如此，这个大洞最终还是被媒体拍摄到了。

这种事其实不怕正规媒体进行报道，但是小道消息传得明显比真实的新闻要快,也不知道是不是有人在推波助澜,涉案黄金丢失没有找回这件事,还是引起了不大不小的关注。

其实,四队一直都没有放弃这个案子,最近还真的发现了几个其他的线索。

主要线索有三个。

一是购买记录方面,主要是找到了两条主线,分别是网络线和现实线。网络线查到了容器、烧杯、烧管、冷凝管等一些化学实验室里的常用物品,大体看了看,也没什么高端的东西,基本上就是初中化学实验用的一些玩意儿,估计也是为了这次行动做一些准备。现实线则发现了几个非法售卖违禁物品的案件,三个人被抓。

很多化学物品由于本身具有强腐蚀性和危险性,是禁止随意销售的,销售、运输甚至购买都是需要资质的,而王枫买到的这些化学物品,只能是那些见钱眼开的内部人员搞出来的,他们面临的,同样也是刑事处罚。

经查,王枫从两家化工厂里偷偷买到了硫酸、盐酸、硝酸、氢氟酸等各种酸类物质,并自称是"化学实验室"需要,也是混淆视听。除此之外,他还通过别的渠道买了酒精之类的东西。这倒不是管制的,但是也属于易燃易爆物品。

二是寻找未用完的酸,应该都已经被倒入了河里。在距离王枫家较近的河流中发现了河水 pH 值略低的状态,经测验,这里出现了酸类物质超标的现象,但是浓度太低,没法检测是什么酸,毕竟时间太久了。

pH 为 6 的酸类物质,各种酸根离子的浓度非常低,混在河边的泥土里,无法检测。即便是一公斤浓硫酸,如果倒入这条大河里,也基本上不会对河流有任何影响,所以最近才发现。

三是因发现 pH 值异常,对附近进行了更广泛的查找,找到了一些塑料和玻璃碎片,应该是王枫弄碎了之后抛撒的,这些天也确实被水冲走了大部分。

为了这事,四队还组织去河边勘探,但一无所获。

外界的关注还是带来了一些压力，虽然并没有给办案增加什么影响，但是四队的周队和三队的李队还是为这个事情商讨了多次，对王枫也开展了很多次讯问。

最令人无奈的是，王枫这孩子真的是傻得可以，这么大的事情，律师也不找一个。按理说，他找个律师，律师也会告诉他，如实招供比较好，能酌情减轻刑期。但是，他不找，谁也没有办法，谁的话他都不听。

一般来说，这种案子可能被判无期徒刑、死刑，对盲聋哑、未成年人等特殊人群，是可以提供免费的法律援助的，而王枫偏偏又都不满足这些条件。

话又说回来了，以他自负的样子，即便给他安排了援助律师，他也不会信。

终于得了空闲的白松，看了一下午的案卷，又在档案室里泡到了傍晚，实在是太热了，就跑到院子里放松一下。

暖气给得是真足啊……

每年只要开始供暖，就意味着冬天要来了。白松依靠在外墙边，看着旁边的看守所，不由得有些感慨。

一年过得好快。

去年的 11 月 21 日……

嗯？

白松仔细地回想了一番，去年的今天，恰逢抓捕王若依。

白松看了看二队那边的会议室，一年过得是真快，仿佛就在昨天。去年今日此门中，人面……

去年的今天，白松为了李某被杀案忙了很久，今天又是如此，很是充实……

白松算了算，下个星期，好像就是王若依二审开庭的日子了？

正想着这些事，手机响了起来。

"大警官啊，你这真够忙的啊……"打电话来的是徐纺。

"嗯？咋了？"白松莫名有些心虚。

"约了你几次了，新书有几个构想，还想找你探讨呢，张伟他在这方面啥也不懂啊。"徐纺咬着牙说道。

"啊？"白松都有些不好意思了，上本书他作为二作就没怎么参与，为这本书之前他在派出所的时候还见过徐纺几次，到了刑警队之后，一次都没跟徐纺联系过，真的有些不好意思了。

"你把你现在的稿子给我再看一下吧，我这几天就把我的构思和想法给你发过去，行吗？最晚下周末之前……"白松既答应了人家，还是要信守承诺的。

"好吧，你忙我也理解。主要是这里有个问题……我发给你，你看看就明白了……"

第二百七十五章 未来的……

徐纺的新书里要设计几起密室杀人案，侦探小说最常见的桥段。

基本上，所有的侦探小说都会有这种桥段，设计一个密室，然后造成死者自杀的假象。

……

为啥每次有人自杀，还得把自己家封得严严实实的？图什么啊？

好吧，不吐槽了，白松就准备和徐纺设计这么几个案子。

福楼拜曾经说过："所有的故事都被他们那一代人写完了，以后新写的故事无非是换了人物和背景。"这句话……真的对啊。

白松也看过不少侦探小说，密室杀人案基本上都被写绝了，白松也没什么好的构思，只能慢慢想了。唯一的构思就是，设计更复杂的物理和化学手段？

挂了电话，白松感觉更头疼了，本来一天天地搞案子就够累了，还得设计案子。白松都在想，会不会有那种人，杀完人之后在墙上开洞，然后再从外面完美地砌上？这才是真正的密室杀人吧……这几天给金店楼顶开洞的王枫都快让白松大脑中毒了。

脑子里乱七八糟，白松也没心情再看案卷了，这会儿早已经过了饭点，食堂没饭，他自己开车回了家。

一忙起来，白松有时候几天都不回家，家里很是冷清。他随便吃了点面，把家好好收拾了一番。

白松的这处房子，因为原房主条件也不错，装修得还蛮有品位，不过很多家具人家都搬走了，后来白松买了新的，所以家里较干净整洁，稍微收拾一番，还是很不错的。

毕竟警校毕业，虽然白松有时候忙起来也能好几天不洗澡，但是真要论收拾家、叠被子之类的技能，在军训期间正式培训过了。

第二天，白松总算听到了一个不错的消息：欣桥周六先过来，而且不是她一个人来，还要带着她妈妈来。

这倒让白松真的有点紧张了，紧张了整整一天，他突然发现了一个问题，紧张啥？

是啊，紧张啥？

话虽这么说，白松还是问了问到底怎么回事，这才知道，赵欣桥的老妈去年退休了，就经常去上京市陪女儿，也总跟女儿一起到处逛。这次来，她听说下周一女儿要来天华市，便想到天华市还没来过，就提出想来这里转一转，赵欣桥自然满口答应。

天华市的景点比起上京市要少很多，不过也算是有些特色。白松问了好几个人，仔细地分析了一下这边哪里适合长辈游览，还安排了好几处不错的天华市美食。

周五下午，咱们的白大探长把单位的工作忙得差不多了，洗澡，理发，接着把车洗得干干净净的……

转天一大早，白松就开车去了火车站。

一切很顺利，上午九时许就接到了赵欣桥和她母亲秦涛。

"先去哪里转转？"白松开着车，两位女士坐在后面。

"哪里好玩？随意啊。"赵欣桥很开心，四周望了一下，"你这是借你朋友的车吗？多不合适啊，其实咱们坐公交车也可以的。"

"啊……"白松不知道在想啥，回答问题明显缓了好几秒，"哦哦，孙杰把车卖给我了，这车我现在买来代步了。虽然不怎么样，但是代步还是不错的。"

"孙杰？就是你上次说的那个法医吗？"赵欣桥看白松紧张的样子，有些好笑。

"嗯呢,是他,他现在喜欢玩越野车了。"白松也不知道脑子里在想啥,居然聊起了孙杰。

"行吧行吧,咱们去哪这是?"赵欣桥看了眼老妈,又看了眼白松。

"去劝业街吧,那边以一百年前的建筑为主,还是挺好看的,比起上京市人少一些。"白松之前做了很多功课。

白松第一时间把赵欣桥母女二人送到了住处。还是上次的酒店,主要考虑周一那天赵欣桥要去法院旁听。安顿好了之后,白松带二人去了劝业街。

这边都是百年前的民国风情,周六人还挺多,白松也不知道干吗,就站在前面给二人开路,看得赵欣桥总是偷笑。

中午,白松找了个很清静的饭店。这家馆子只有很多老天华市人才知道,菜很正宗,但是白松基本上不咋动筷子,紧张啊。

到底紧张啥啊?

"吃啊,你们俩。"赵欣桥看着母亲和白松都不动筷子,"你们这是上午没逛累吗?这么好的菜,怎么不吃呢?"

赵欣桥灵动的大眼睛眨了眨,有些看不懂了。

白松连忙站了起来,用勺子盛了一块牛尾骨给秦涛:"阿姨,您多吃点啊。"

秦涛今天一上午没少观察白松,白松虽然穿着朴素,也没开什么好车,但是小伙子很有礼貌,知书达理,也很懂事,倒是让她刮目相看。

赵欣桥的父亲文化水平很高,女儿略有些叛逆,当初选择了读警校,父母也没怎么管。但是警官大学毕竟不太适合搞学术,本科毕业的赵欣桥还是选择了更好的学校读研,父母很是欣慰。

秦涛可不是第一次听女儿提到这个天华市的同学了,为什么她这次偏要来呢?自然也是很好奇,想来看看。

从支持女儿考警官大学可以看出,他们一家对孩子挺放心的,不过做母亲的,总想多了解一些别的。

第二百七十五章 未来的…… | 103

本来秦涛还担心，做警察的，有一些"大老粗的习惯"，或者脾气有些暴躁，但跟白松接触了这一上午，感觉还不错。不过，莫名其妙地，她最近胃有些不太舒服。

一顿饭，除了赵欣桥吃得很开心，秦涛和白松都没怎么吃。赵欣桥可不允许这样，硬生生地逼着白松吃了大半盘肉和一大碗蛋炒饭才算是饶了他。

而秦涛胃口确实不太好，自己的盘子和碗里的菜都堆满了，也仅仅吃了一点，搞得白松心里十分忐忑，偷偷问了好几次赵欣桥，阿姨是不是有什么忌口没说。

由于这俩年轻人太热情了，秦涛还是尽可能地多吃了一些东西，白松才稍微放心了一些。

第二百七十六章　体检（1）

"阿姨，您胃不舒服，要不要去看看？"白松不知道聊什么，开始关心起秦涛的身体健康来。虽然白松和赵欣桥都不断地夹菜，但秦涛吃得也不算多，她胃不舒服，让白松很是担心。

人真的很奇怪，如果白松自己胃有一点不舒服，他也不会多想，但是如果是赵欣桥或者她母亲身体有一点点不舒服，白松就很容易"小题大做"。

"不碍事不碍事，最近可能胃口不太好。"秦涛摆摆手。

"那好吧，阿姨，晚上去喝点粥吧。"白松对赵欣桥的饮食习惯还是比较了解的，基本上没什么忌口，就擅自做了主张。

下午，白松带着二位女士逛了一下民国时期几个军阀的故居，还去了一趟博物馆，算是很充实。

天华市作为全国唯一有生日的大城市，有六百多年的历史，建筑还是有特色的。

晚饭后，白松趁着秦涛去洗手间的工夫，和欣桥聊了起来。

"阿姨的胃一直如此吗？"白松这方面敏感得很。有时候请重要的人吃饭，如果这个人不怎么动筷子或者没吃好，也许别人发现不了，但是请客的人一般都能注意到。

"也不是。"赵欣桥听白松这么一说，也略有担心，"这几天都不太好，可能是水土不服吧？"

赵欣桥是杭城人，这般倒是也正常……想到这里，白松问道："阿姨是第一次来北方吗？"

"倒也不是，来过好几次了。"赵欣桥若有所思，"这次也不知道怎么回事。"

"你们俩聊什么呢？"秦涛从洗手间出来，看着俩孩子面色有异，问道，"怎么了？"

"没事，妈，您胃好点了吗？"赵欣桥问道。

"你这孩子，哪有问刚刚出洗手间的人这个问题的？"秦涛笑了一下，"不用担心我。"

"阿姨，明天您还有什么别的安排吗？"白松琢磨了一下，"要是没事，明天带您去看看，您看方便不？"

"去看看？"秦涛这才反应过来，"用不着，我平时饭量也不大，可能是这几天有点累，没什么大碍。"

"妈，咱们明天也没事，您退休之后也没有每年体检了，明天去一趟吧。"这次来这边，本来也没什么特别需要忙的事情，即便是周一的开庭，忙的是老师，也不是赵欣桥，听白松一说，她觉得也有道理，便劝说道。

"没事，体检也不急着这一会儿，等我回杭城，让你爸带我去。"

"啊？我爸？他那么忙。妈，您还是听我的吧。"

"那就等过几天回上京市再查吧。"

"上京的好医院人太多了，我也不认识人，这种事哪有往后拖的？您也得让我安心哪。"赵欣桥一脸恳求。

"那好吧，明天早上不吃饭了，去体检一下。"秦涛想了想，也就同意了。每年做体检还是有些用处的，以前在单位确实是每年组织一次，现在有孩子关心，秦涛也挺开心。

送两位女士去酒店休息后，白松就提前准备明天给秦涛体检的事情了，主要就是预约，需要找一家正规的医院，暂时就订了九河区中心医院。

市里的医院太难约了，这家医院也算是很有名的三甲医院，在九河区是最好的了。大城市和小地方的医疗资源差距非常大，很多县城一个三甲医院都没有，而九河区就有十几家，天华市就更不用说了。

这家医院白松经常来，主要是送犯罪嫌疑人体检，跟急诊科医护人员挺熟。

正常体检都是去门诊，但是警察送人体检往往都在晚上甚至后半夜，因此门诊那边白松真的不熟悉。

第二天上午 8 点多，按照白松约好的，三人一起到了医院，开始了一步步体检。

在这边，白松偶遇了一个"熟人"，王磊。

在派出所待久了，会遇到形形色色的人，出各种各样的警，而王磊的家，白松就曾经来过两次。

第一次去王磊那里，是王磊买了文玩核桃，被老婆打了，和老婆闹了起来；第二次是他家楼下邻居报警，说王磊他们家扰民，白松去了才发现是夫妻俩感情太好，声音有点大。

……

总之，白松和王磊算不上认识，却也面熟，而白松今天才知道，王磊居然是这边的大夫。

看到白松，王磊很热情，虽然他不是主治医师，但是对这边很熟，带着白松跑这跑那，搞得白松都有些不好意思了。

其实不好意思的是王磊，两次出警都不是啥光彩的事情，王磊真的担心，万一白松说出去他就死定了。当然他知道白松不可能往外说，但心里还是很复杂。

"你说的情况，估计是有点胃炎，做个胃癌早筛吧。"王磊给了白松一点建议。

"啊？为啥？"白松吓了一跳。

"只是这么说，其实主要是检查胃的情况罢了。"王磊解释道，"这个你就听我的吧。"

专业的事情，听专业人士的话，白松点了点头。十点多钟，才把所有的检查项目做完。做完后，赵欣桥本来打算让母亲吃点东西，但是秦涛一点胃口也没有。

找了一个主任医师给看了一下,大夫面色平静地道:"有几项数据不太正常,建议做个胃镜看看。"

"周主任,这是自己家朋友,您看这个情况……?"

"小王,你什么意思?"周主任打断了王磊的话,"是不是朋友,我都这么说。建议做个胃镜,如果现在预约,无痛的,下午应该就能做。"

王磊有些下不来台,频频看向白松,最终还是白松谢过了大夫,把王磊拉了出来。

第二百七十七章　体检（2）

"不好意思啊，白警官，我们消化科的周主任，其实医术很高，就是说话有点直……"王磊有些没面子，不过也没办法，医院是技术部门，大拿们脾气大一点，院长都得供着。

"这有啥不好意思的？你能帮我说话，我都不知道怎么感谢你。"白松不是不懂事的人，"就是问一下，这个周主任，他说的做胃镜，你觉得需要做吗？这东西太麻烦了，不能做个 CT 什么的吗？"

"这个……这么说吧，我不是消化科的，我建议你听他的。但是我知道一点，就是如果是一些不好的病，比如说胃癌，早期胃癌仅有胃镜下胃黏膜的改变，在 CT 或彩超上几乎难以辨别，只有在肿瘤发展到中晚期，形成较大肿块或者形成淋巴结转移，才能在 CT 上见到肿块。"王磊说完又补充一句，"你可能不知道咱们医院做胃镜的情况。"

王磊讲了一下，白松才明白，他想岔了。

这种水平医院的主任，根本就不会让患者做一些无用的检查，而且，这边的胃镜，如果是普通的胃镜，也就是只麻醉嗓子的那种，是可以直接做的，而无痛胃镜至少要预约半个月。

也就是周主任这种级别的医生，换作王磊想安排插个号都是不可能的。

而王磊也明确表示，周主任愿意帮这个忙，跟他没有一点点关系，只有一种可能就是，周主任觉得有问题，真的有问题，出于一种责任感，他才会这么安排。

白松听到这里明白了，心中有了些许计较，又具体了解了一番，谢过王磊，拿着化验单去找赵欣桥母女。

一路上，白松不知道怎么说。

胃镜这种东西吧，很多人还是很抗拒的，谁闲着没事会做这个呢？

从体检数据上看，秦涛还蛮健康的，无非有点低血糖，而且也在正常值之内，可以说这个年龄段她已经很健康了。

白松咬了咬牙，决定相信医生。

一个好的三甲医院的主任医师，需要至少二十几年的学习和锻炼，人家一句话，比自己分析半年都有用，看到赵欣桥和她母亲，他也就实话实说了。

赵欣桥看了看化验单，有些纠结。

倒不是不相信白松，她抬头看了看母亲。

秦涛看了看俩孩子，白松和女儿的心思，她都看出来了。

从内心说，她肯定是不想做这个胃镜的。

人很奇怪，如果你特别信任一个医生，他让你干吗你干吗，但如果是一个听都没听过的医生告诉你应该做个 X 光啊什么的，你肯定会有抵触心理。

但是秦涛看得出来，俩孩子都是为自己好，如果不答应呢，女儿会担心，白松更会难过。

事实上，白松的情绪很复杂，他啥也不能说，这种事情也不能劝，只能咬住了下嘴唇。

"无痛的胃镜，我十年前做过，也没啥事。"秦涛话说到这里，白松心中一凉，略有些不舒服。

谁承想秦涛话锋一转："所以我对这个也不抗拒，肚子确实是不太舒服。这边的无痛胃镜好预约吗？方便的话，做一个也无妨。"

"方便方便。"心情大落后再大起，白松特别高兴，立刻转身往消化科跑去。

"你乐什么？"秦涛坐在椅子上，看着女儿的表情揶揄道。

"啊?"赵欣桥笑容更明显了,"妈,你不觉得白松挺好玩的吗?"

"是,小伙子不错,看得出来。"秦涛很开明,"你不好奇为啥我答应了吗?"

"不好奇啊。"赵欣桥理所当然地说道,"这个事我挺支持的,尤其是到了这一步,做做检查更放心。虽然这医院的医生我不信任,但是白松他还挺靠谱的。"

"那好吧。"秦涛宠溺地看了看女儿。

接下来的事情就很顺利了,白松成功地预约了十二点四十分的胃镜,需要提前进行麻醉。

周主任对这个胃镜还是挺重视,不知道是不是一种医生的直觉吧,他原本下午不用上班,但还是在胃镜室一起看了看胃镜。

他其实不太会用这个设备,但是他看得懂那个 LED 屏幕上的画面。

医院的分工比公安局细多了,周主任很少进这边的屋子,结果镜子刚刚伸进去不久,就发现了问题。

"主任,这个做个病理切片吗?"

"做。"周主任直接点了点头。

胃镜的末端可以直接采集胃部样本,这个一般需要家属认可,这个事在麻醉前,他已经提前问过秦涛了,并得到了认可。

活检组织被取出来一点,周主任更不急着走了,但是知道这个事情的赵欣桥和白松却有些紧张了。

居然真的取活检组织了,是什么问题?

白松已经问了好几个人,这种问题很大概率是胃某处黏膜病变或者淋巴组织增生等,但是也存在别的可能。

有事还是得去医院看医生,千万不能随便在网上问。

白松的紧张情绪影响了赵欣桥,搞得赵欣桥也有些不知所措了,毕竟这里面的人……

不知道过了多久,秦涛被推出来了,麻醉药的药性已经逐渐消失,而周主任的一句话却让白松有些心惊。

"家属过来一趟。"

"你是病人的儿子?"周主任看到白松一个人过来,问道。

赵欣桥陪着母亲,就把白松派了过来。

"您把我当她儿子就成。"白松问道,"大夫,什么情况啊?"

"那不行,你把她女儿叫过来。"周主任摇了摇头。

"您这不等于已经公布答案了吗?"白松咬着牙,握紧了手。

周主任再次轻轻地摇了摇头。

赵欣桥和白松一起到这个屋子的时候,赵欣桥都有一点站不稳了,白松不由得扶住了她的胳膊。

"中重度不典型增生,怀疑胃癌。"赵欣桥看到了化验报告的那一刻,双眼一黑,差点晕过去,被白松一下子扶住,才没有倒下。

"医生,这个怀疑……是什么意思?"白松硬着头皮问道。

"字面意思。还需要等病理报告单。"周主任道,"好消息是,即便确诊,也是早期。"

第二百七十八章　体检（3）

白松此时此刻站得很稳。不知道为什么，遇到这种事情，白松比任何时候都冷静。

即便现在这个结果出现在白松自己身上，他也能站稳。曾经几遇生命危险，白松的心态早已经没了少年时的脆弱。

事已至此，只有两个方案。第一是去上京市治疗，第二是在天华市治疗。

医学水平的差距能有多大呢？

根据目前国内排名第一的医院对早期胃癌的统计记录，该医院对胃癌早期的患者术后十年生存率进行了统计，为 87%。

而这个数字，比很多医院的术后五年生存率都要高。

人为什么要努力呢？

还不是为了当最亲近的人遇到问题的时候，自己有能力尽可能好地解决吗？

天华市的肿瘤治疗水平很高，但是这种圈子，一般人真的接触不到，这个跟钱没什么太直接的关系。

看到赵欣桥的样子，白松只能说："振作一点，即便确诊，不幸中的万幸，早点治疗，没问题的。"

赵欣桥虽也不是小孩了，但还是站不稳，找了个椅子坐了下来，手掌微微颤抖。白松看着，垂下了身子，握住了赵欣桥的手。

赵欣桥没有躲避，心中稍定："医生，我想……听听您的建议。"

"早期其实没有你们想的那么恐怖，咱们医院就有手术条件，这个手术我就可以做。"周主任建议道，"如果你们有更好的选择，我也支持。你们俩应该都有些文化，自然不会信一些乱七八糟的人，这点我倒是比较放心，你们自己选择吧。"

周主任其实也不是一般人，这种手术可不是小手术，他的手术排得很满。只是这个早期胃癌是他从无到有发现的，而且患者手术条件很好，这种手术他还是愿意做的。

同样的病，比如说同样的早期胃癌，同一个大夫做完手术，患者恢复的状态依然会是天差地别。有的手术条件好的，发现得早，病人体质好，心态也不错的，即使治愈也不算什么新鲜事。这对于医生来说也是很开心的事。

谢过了医生，赵欣桥也不知道自己是如何走回母亲身边的。秦涛又不是七老八十了，这种事情藏不住，她看了看女儿，宠溺似的摸了摸赵欣桥的脑袋，盯着白松看了好几秒，才缓缓移开了目光。

"妈……"赵欣桥再也忍不住，抱着母亲，有些哽咽。

这还是她控制的结果，不然早就哭了出来。

秦涛把手搭上了女儿的肩膀："是晚期吗？"

"不是不是。"赵欣桥飞快地摇了摇头。

这已经算是默认了癌症的问题。

"早期？"

"医生说，最坏的可能……"赵欣桥纤细的手臂紧紧贴在母亲身上，"是这样的。"

"医生怎么说？手术吗？"秦涛表现得异常淡定，毕竟女儿在身边，她虽然也脆弱，但她依然是母亲。

"嗯。"赵欣桥声若蚊蝇。

"说起来，真的得谢谢白松，早期……"秦涛悬着的心算是放下了一半，她刚刚一直在考虑晚期的情况。她这个岁数，自然是懂这个的，90%的癌症一发现就是晚期，而晚期的话，日子就该倒计时了。

早期……听到这个消息，秦涛居然没什么难受的："担心啥？这个病，做个手术就没事了啊，这孩子……"

"好……"赵欣桥似乎也找到了主心骨。

"那，给我买张车票，我回家里的医院再复查一下。"秦涛道，杭城那边，她认识几个不错的医院的医生。

"阿姨，我不建议您回去。"白松咬着牙说道。

"嗯？怎么了？"赵欣桥转头看了一眼白松，眼里已经满是泪光，白松的心都要碎了。

"我曾经听说过，虽然杭城的医疗水平也很高，但是这方面，天华市应该更好一些。"白松道。

"你说的是周主任吗？"赵欣桥问道。

"不是。我在这边认识一个人。"白松做出了一个等待的手势，接着转身走了几步，拨通了一个电话。

快一年了，白松都没有给钟明打过电话，这次，无论如何，也只能麻烦他了。

电话很快接通，白松大致地说了一下。

"方便的话，这几天就带着那边的化验结果，来一趟肿瘤医院吧。"钟明听了白松的话，略作沉思，说道。

钟明的老师是肿瘤治疗方面的专家，在国内享有盛名，有时候会坐飞机到处飞，诊费高昂，即便如此，也不是谁都能约到的。

在肿瘤的治疗上，天华市处于国际一流水平，这一点在上京市也很受认可。白松联系完，心中默默感激，转身把情况跟赵欣桥和秦涛说了一下。

"嗯……白松，谢谢你。"赵欣桥沉稳地说道，"我还是先给我爸打个电话吧。"

"好，你可以跟叔叔说，我帮忙联系的是天华市医科大学肿瘤医院胃部肿瘤科的梁主任，如果还有更好的选择，去哪都行，上京也好，魔都也罢，我开车送你们过去。"白松也不是想炫耀什么，这种时候，无论是谁，都想选择最好的。"

赵欣桥没有说话,但是白松看出来她认真地听了自己的建议。这种时候,远在杭城的父亲是她唯一的依靠了……而白松,似乎也让她多了一些安心。

"别告诉你爸了。"秦涛拉住了女儿的手,"你爸他们课题组现在是关键时候,这个事咱们几个人能解决。"

"啊?妈?"赵欣桥一脸不解,"可是,你这可不是……"

"听我的。"秦涛的声音不容置疑,"这个病发展起来也得好几年,也不急着今天决定,我晚上联系一下杭城那边的朋友,综合考虑一下。"

赵欣桥最终还是答应了母亲的要求。

白松也是第一次遇到这个情况,傍晚带两位女士吃了点清淡的东西,便把她俩接到了自己家,这种时候不太方便住酒店了。

第二百七十九章　难得的温馨

唯一的好消息是，周主任表示这个发现得很早，几人等到的病理报告单上的结论虽然是癌症，但是手术条件很不错，根治的可能性很大。

秦涛拿到这些化验结果后，问了自己的几个医生朋友，大家都表示这是不幸中的万幸，治愈的可能性很大。

而最令秦涛开心的是，她还了解了一下，白松提到的那个教授居然是一位医学泰斗级的人物，全国抗癌协会理事，肿瘤学会胃肠学组副组长，尤其擅长胃癌标准 D2 根治术，根治彻底。唯一的缺点是，每年他只做 300 台左右的手术，普通人根本就约不上。

一行三人到了白松的住处。

"你啥时候买房了？"赵欣桥的情绪逐渐恢复了正常，任何事都得面对不是？她毕竟也是一流名校的研究生，路上也咨询了好几个她的学医的同学，明白这种情况并没有那么严重。

"呃……"白松挠了挠头，"这也不是什么大事吧？"

赵欣桥围着白松转了半圈："我怎么不知道你啥时候成为富二代的？这都不是大事呀！"

"可是，这个事……确实是……我跟你说干吗？"

白松说完有些后悔了，如果被赵欣桥误会自己把她看得不重要就不好了，不过欣桥显然冰雪聪明，加上她对白松的理解，知道白松只是不爱炫耀，笑着点了点头："还别说，蛮干净的。"

天华市的房价只有上京市的三分之一，2012 年房价还没大幅上涨。白松这房子也不是很大,两室一厅,他连忙收拾了一下卧室,给两位女士抱来了被子。

本来赵欣桥是肯定不愿意住在白松这里的,但是,因为母亲成了病号,这种感觉很奇妙,她感觉这里比冰冷的酒店要舒服很多。

晚上九点多,傅彤来了。

本来傅彤和导师都是明天早上再过来,但是听说了这个事情,傅彤还是第一时间就赶了过来,同时也和老师请好了假,明天的事情,几人都不去了。

导师听了这事,立刻给赵欣桥准了假。她的学生很多,这种场合愿意来的大有人在,所以就叫了两个男学生来,这都不需要大家操心。

傅彤虽然因为秦涛的病变得安静了很多,但还是让白松无比头疼。这个姐姐,真的是一双慧眼看穿一切,一张翘嘴不留情面,顶级律师的坯子。

自己睡哪里?

去单位吗?白松也跟李队和赵队请了假,明天早上还要带大家去医院,这样折腾也太累了,他只能睡沙发了。

毕竟白松可不愿意让秦涛跟俩姑娘挤在一张床上。

白松连续忙了很多天,三队的案子也没什么需要他操心的,按照加班的补休制度,李队大大方方地给白松批了好几天的假。

"看不出来啊,你还挺有本事的。"还没到睡觉的时间,大家坐在沙发上看看电视、喝喝茶,傅彤跟白松聊着,"我可是找不少人问了,你说的那个教授,可不是一般人。"

"还好吧,运气好,曾经坐过同一班飞机。"白松有点怕傅彤,不知道怎么说。

"怕是没这么简单吧。"傅彤熟练地剥了一根香蕉,递给秦涛,"阿姨,您吃点水果。"

"谢谢了,小彤,我没什么胃口,晚上喝了不少粥,你自己吃吧。"秦涛婉言谢绝了,现在的她已经恢复了不少配合治疗的信心,尤其是对白松说的那个医生有了很强的信心,这对任何疾病的治疗都是有好处的。

傅彤接着递给了赵欣桥:"小桥,你吃吧,我刚刚在高铁上吃过水果了。"

"学姐……这么晚了,我可不吃东西了。"赵欣桥连忙摆摆手,"而且,我也没啥胃口。"

"啊?"傅彤环顾了一下,看了看垃圾桶,最终还是抬头看了眼白松,"你吃了吧。"

白松可没有拒绝,拿过来一口吃了半根。

这一下子成功地把秦涛和赵欣桥都逗乐了,凝重的气氛也缓和了不少。

……

晚上,白松有些难以入眠。

倒不是沙发不舒服,而是这个事确实是让他感触挺深的。

白松不由得握紧了拳头,无论如何,一定要奋发努力,无论遇到什么事情,都一定要保护好自己身边的人!

越努力,越幸运!

屋子里的暖气很足,白松又不方便脱衣服睡觉,所以盖着一层薄薄的被子,热得睡不着,干脆拿把椅子,坐在阳台旁发呆。

阳台不大,但是也有个灯,而且还有一把躺椅。这个躺椅是原房主没有带走的,白松清洗消毒了一下就放在了那里,不过他很少用。

今天是农历十月十二,月亮七八分圆,白松望着月亮,有点发呆,不知道多久没有这么安安静静地坐着,看看月亮了。

人总是在失去了珍贵的东西后才知道珍惜。今天遇到秦涛的事,白松还是感触很深的,此时看着那亘古不变的月亮,觉得格外美丽。

"怎么?这是准备吟诗一首?"

不知道什么时候,赵欣桥出现在了白松身边,并且侧躺在了躺椅之上。

第二百八十章　可以吗？

"啊？"

白松都没有感觉到,自己的一声"啊",这么破坏美感与和谐。

若干年后,白松每次回想到这一刻,都想笑。因为他的第一反应,是检查自己的衣服有没有穿好……主要是,怕唐突了。

月光如一层薄薄的银纱,轻轻地盖在了赵欣桥的身上。

赵欣桥侧躺着,看着月亮,虽然刚刚那句话略带调侃,但脸上还是有些愁容。

白松自然是知道赵欣桥在为何事担忧,但是他的心绪早已被引到了九霄云外。

赵欣桥本就很美,身材也很好,此时此刻,更是恬静得不可方物,似一幅晕染了千年光华的《仕女图》,如一件温雅不俗的文房清供……

"看什么呢？"

赵欣桥每次看到白松这个呆呆的样子,都有些想笑,这一刻情绪也稍微舒缓了一些。

"第一次发现你穿睡衣这么好看。"

纵然是最蹩脚的情话,也比这个好听！白松这句话完全没有经过大脑思考,脱口而出后就追悔莫及,唐突啊唐突……风雅何在？

赵欣桥扑哧一声笑了,脸上微微带了些羞涩,不由得低了低头,然后又缓缓抬起,看了白松一眼。

最是那一低头的温柔,像一朵水莲花不胜凉风的娇羞……

怪不得徐志摩能追上陆小曼……看看人家的诗句啊！再看看自己！

此时此刻，白松感觉自己脑子里的东西，呃……各种法律书，物理、化学、解析几何……有屁用啊……

"白松，谢谢你。"赵欣桥轻声道，"如果没有你，后果……我都不敢想。"

如果没有白松的坚持，不会有这次的体检，更不会做胃镜，而这种病一旦过几年才发现，麻烦就大了。与之前的关心和坚持相比，找大夫这种事，反而不那么重要了。

"谢我干吗？都是我应该做的。"白松总算是把话接了过来。

"这怎么能是应该的呢？你时常带别人去体检吗？"赵欣桥问道。

"那怎么可能？因为是你妈妈，所以有点不舒服，我就很在意啊。"白松道。

"真的谢谢你。"赵欣桥看着白松，"你不知道，我爸爸他工作特殊，非常忙，我读大学之后，妈妈她饮食明显不规律了，总是自己对付一口，我一直也很担心她。可是，我从来也没往那方面想，这两天，要不是你坚持……"

过了几秒钟，赵欣桥接着道："我倒是没有想到，你提出做胃镜，我妈她居然会答应。"

"那很正常啊，我这么好的人……"

白松的自恋成功地把赵欣桥逗笑了，冰山可算是融化了一角："我怎么不知道你什么时候这么不要脸了？"

"认识你之后吧。"

……

阳台上，又陷入了安静。

"我……"

"我……"

"你先说。"

"你先说。"

"我没事,你说吧。"

"我也没事,还是你说。"

……

这句话好像也没那么难,白松脱口而出:"我喜欢你,可以吗?"

"可以啊。"

"啊?"一种不可名状的幸福感撞击着白松的心房,他根本来不及反应,赵欣桥就接了话。

"啊什么?你喜欢我有什么不可以的?你喜欢我,是你的事情,当然可以啊。"赵欣桥狡黠一笑。

"啊……"

白松敲了敲自己的脑袋,啥也说不出口了。

白松不说话,赵欣桥倒是有点无语了,这人智商也太低了吧!

白松转过头去,一下子站了起来,似乎要离开这边,刚刚起身,看了一眼赵欣桥,浑身变得没了力气,脚好像被钉在了阳台上,又恋恋不舍地坐了回去。

夜很静,静得让白松似乎能听到自己的心跳。

"可以……吗?"白松终于鼓起勇气,又问了一句。

"什么可以?"赵欣桥的眼睛有些灵动。

"我想,永远承担你的无限连带责任,可以吗?"

"这算是向我发起邀约吗?"

"不算,这算是承诺。"

赵欣桥没有再说什么,而是把手伸了过去,握住了白松的手:"可以。"

白松从未感觉到如此心安,相识第六年,谁承想因为这段故事,居然……

白松连忙抽出右手,用力地掐了一下左上臂的内侧,用力太大,差一点就把他自己疼晕了过去。

这时候，两个人都很安静，似乎整个天地就只有二人的声音。

"啧啧……"

白松颤抖了一下，回头看向卧室那边，却什么也没有看到。

阳台的月光明亮，此时看向暗处什么也看不到，但是白松很清楚……傅彤在偷听。

居然把她给忘了！白松想死的心都有了，他脸皮还是很薄的，一瞬间刚刚鼓起的勇气全没了，脸有些红，想抽回手来，却发现已经被赵欣桥给握住了。

"跟你说过很多遍的话，你记住了吗？"赵欣桥鼓起了勇气，似乎不在意师姐的八卦。

"啊？什么？"白松的大脑以平时破案时十倍的速度运转，依然没有想出来是哪句话，这是什么题？送命题啊！

"是督促我好好学习吗？你放心，我肯定好好学习，以后……"

赵欣桥把左手的食指放在了嘴边，做出"嘘"的动作，她不是那种无理取闹的人："你无论执行什么任务，一定要注意安全。"

"嗯，你放心！"白松非常感动，这一年来，他也习惯了跟赵欣桥报喜不报忧，一些事他会说，但是也有一些他不说。

只是，聪明如她，怎么会不知道白松有多拼命？

赵欣桥本就是警官大学毕业的本科生，警察这个行当的事情，有多少是她不清楚的呢？白松获得的那些三等功乃至二等功，有哪个是轻轻松松就能得到的？这还只是工作了一年多啊。

两人又没了什么话，白松开始沉思。

今天在医院的时候，他还曾想过，即便是自己得了癌症，也不过如此，但是此时此刻，那种被人牵挂的感觉，深深地在他心中系下了一个扣。

无论如何，都得谋定而后动，不光是对自己和家人负责，以后当了领导亦要对下属负责，不能莽撞。

傅彤觉得无趣便撤了，白松感觉到没了外人，他鼓起勇气，从椅子上下来，蹲在了躺椅的旁边。

四目相对……

第二百八十一章 轻松

昨晚的那个轻轻的吻，把白松钉在沙发上一夜未动。

平静的一晚很快地度过，这种安安静静的感觉真的让人很舒服。

第二天，白松带着三人一起去医院。路上，白松明显感觉到傅彤看自己的表情都不太对了，白松紧张得车都不会开了。

怎么快点让这个姑奶奶脱单啊？这……女博士强者，真的恐怖如斯，总给人一种在她眼里无所遁形的感觉。

这都把白松吓成啥样了？这句话好像不止说过一次啊。

……

白松一年没见钟明，感觉他的状态越来越好，说话比起去年要自信得多。

一年过去，钟明在自己的人生之路上已经走了很远，白松亦然。

事实上，医学是一项非常看重学历和能力的工作，即便是最好的医学院的博士后，刚刚毕业到一流医院依然只能打杂，需要经过多年的培养才能正式上岗，有的还需要在各个科室不断地轮岗学习。

这就是有大佬当导师的好处了，钟明非常努力，体力也不错，临床经验也有了一些，深受他老师的喜爱，因而在医院不少科室都算是脸熟。

而钟明昨天和导师提到白松，梁教授也是有印象的，毕竟上次手机落下了还是白松帮的忙。如果没这层关系，钟明也不会随意答应什么。

梁教授早上就有手术，上午还是由钟明给秦涛做了更细致的检查。

有钟明在，白松安心多了。不知道为何，白松明显感觉，来自学姐傅彤那里的压力小了很多。

但是,这个事情可不算完,这事不知道怎么就被大学同学们知道了。

郑朝沛等人更是打电话过来让白松请客。

到底是谁走漏了风声?

还能是谁?赵欣桥听说了这事之后,也红着脸把学姐和周璇说了一通。

当年让这俩闺密认识了……真的是战略级的决策失误。

而白松也没有什么不好意思,该答应的饭局一个也没落下,不就请客吗?谁怕谁?

持续两天的检查很顺利,手术时间定在了半个月之后。

手术条件非常好,梁教授也很愿意做这种手术,救人一命与把人暂时拖回生死线边缘是两种完全不一样的感受。

很多癌症晚期的病人做完手术后也得不断化疗,医生尽了全力也只是把排着队进入死神怀抱的病人往后拉了一把而已。

半个月虽然很长,但这已经是最好的安排了,一是需要服用相关的药物,并通过饮食和休息让秦涛的身体进入最适合手术的状态;二是因为梁教授那边实在是排不开班来。这已经是非常非常帮忙了,这份情谊……

唉……

好像不用补……

白松发现这两天在医院,傅彤温柔了很多。

王若依的二审结束了,二审判决,因王若依存在重特大立功表现,改判为死刑,缓期两年执行。

傅彤也回了上京市,赵欣桥则请了整整一个月的假,对现在的她来说,没什么比母亲的身体更重要了。

两位女士住在他那里,白松确实是有些不好意思了,这几天尽量住单位。虽然他很想和赵欣桥亲近一点,但是秦涛在他还是很不好意思。

若不是两位女士买东西不太方便，白松都能一个月不回家一趟。

有了足够的相处时间，白松把王若依的这个案子，从头到尾都给赵欣桥讲了一下，不知道是不是又成长了一些，白松现在看这个问题更客观了一些。

无论赵欣桥的导师是出于什么目的，王若依的举报确实是协助破获了十几年的悬案，参与破案的专案组还受到了市公安局的嘉奖，甚至有人说，马东来能这么顺利地当上局长，这个案子也有一点影响。

跨省的积年命案，影响力还是很大的。

"谢谢你跟我说这么多，其实这事我都知道。"赵欣桥面露微笑，"我和学姐她们几个早就研究这个问题了，我倒是觉得我们导师还是挺厉害的。"

"只是，换作是我，我不会这么做。"赵欣桥给了白松自己的回答。

白松听到这里，感觉到无比舒心，这是赵欣桥的心里话，他自然明白。

"好。"白松又伸出手，想牵一下赵欣桥的手，被对方躲开了。

赵欣桥好像没看到白松的动作，拿起白松桌上的几本书："你怎么什么书都看呢？"

"你上次给的《刑法学》，我基本上看完了，我发现再往上学就更侧重理论了，比较适合你，但是不太适合我。我还有一些其他爱好。"白松从书柜里拿出来几本书——解析几何、高数、天体物理学，"你感兴趣吗？"

"你觉得呢？"赵欣桥瞪大了眼睛，"数学这东西一辈子不学，我都不会想的！"

白松哈哈一笑："数学多美啊……"

说到这里，白松立刻追了一句话："啊，不过没有你美。"

白松说完这句"补救"的话，赵欣桥都懒得搭理他，拿出一本化学书："这上面的笔记是谁做的？"

"我要说是路边大爷送的，你信吗？"白松的汗差点流了下来，这上面的笔迹明显是个女孩子的。

"我大学选修过无机化学。"赵欣桥边说边翻看道，"这姑娘字写得很好

第二百八十一章　轻松　｜　127

啊,而且我怎么有点看不懂?这最起码也是个博士吧?空间点阵、晶胞和晶系……"

看了一点点,赵欣桥合上了书:"路边的大爷是姑娘吗?"

"我如果说这个大爷就是这教材的编撰者之一,你信吗?"

"哦,那就说得通了。天华市的各领域大佬,你认识不少呢。"赵欣桥挺喜欢看白松窘迫的样子,她挺开心,"有爱好很好啊。"

"嗯。"

赵欣桥可是接触过不少知名教授的,其中很多人都到了返璞归真的境界。

"在这边这么多天,你其实可以跟我聊聊你的案子啊。"赵欣桥双手合十,"我觉得还是蛮有趣的啊。"

第二百八十二章　蝴蝶（1）

很多案子也不涉密，面对面聊天确实舒服，白松讲着一些小案子，赵欣桥听得津津有味。白松经历的很多小事情，虽然没那么惊心动魄，更不是阳春白雪，但是"居庙堂之高"的人还真的看不到。

一些小事可算是让赵欣桥开眼界了，她都自嘲"久居庙堂之高而不知人间疾苦"了。

"确实都是一些小事，你碰不到也蛮好的。"白松聊了几件事，顺便还讲了讲那个撬开地板的好心老夫妇，讲了一些暖心的小故事，赵欣桥面色变得舒缓了一些。

"你怎么都不跟我讲你立功的几个案子？"赵欣桥有些好奇，"是因为涉密吗？"

"倒也不是……"白松不太想谈这些事，"也不是什么大事，没什么可谈的。"

"你是怕我听了以后担心你吗？"赵欣桥侧歪着头，大眼睛眨了眨。

"呃……"白松讪笑一下，"你也知道，其实也没啥危险的，对吧？"

"欺负我没当警察啊？"赵欣桥吐槽道，"爱说不说，我还不爱听了。"

"那好吧，我给你讲讲上次去南疆省的事情吧……"白松想了想，从头聊了起来。

这一讲，半个多小时就过去了。

"说好了，你得注意安全。"赵欣桥道。

见白松不为所动，欣桥伸出了左手，白松一把抓住了，嘿嘿一乐："没事啦。"

这段时间久居单位，对案件的侦破还是有很大帮助的。最近又有好几起盗窃案，大家办案热情高涨，三队也频频受到分局领导的表扬。

这段时间的成绩是有目共睹的，而白松追了十几天的案子也终于有了眉目。

刚来的时候，白松认领的案子里，最后一个没有破获的入室盗窃案，经过这段时间的工作，终于确定了嫌疑人的住处。

这个人有一个比较明显的特征就是头发比较长，年轻体瘦，而且不是惯犯，目前只发现他犯了一起案子，所以这么久才找到。

白松倒想见见这位是何方神圣，带了几个人，去了这个人的住处，准备"掏"他。

根据情报显示，这个人的住处，位于一个老小区的二楼，白松带着孙东和程建、沈兴一起去了。

就是个小偷而已，没什么难的，老程岁数稍微大一点，白松让他在楼下先待着，自己和孙东、沈兴上了楼。

敲门。

屋里没人应。

继续敲。

"谁啊！"屋里面传来一个男子不耐烦的声音。

"您好，快递。"

"快递？哪家快递？"男子声音依然很大。

"××公司的，您得出来签收一下！"白松说道。

接着，里面就没了声音。

过了大约30秒，里面的人还没有过来开门，孙东又上前敲了敲门。

还是没人来开门，白松觉出了不对劲。这要是高楼层还好说，二楼的话,很容易就跳窗逃跑了,白松示意孙东、沈兴二人在这里等着,自己下了楼。

窗户正面有程建伟守着,白松快步跑向了这栋楼的背面。

白松到了楼的拐角的时候,一眼就看到,有个人正准备从二楼往下跳!

这个人似乎看到了白松,不再犹豫,一下子就跳了下来,下面是空地,这个男子打了个滚,然后向着另一个方向撒腿就跑。

白松与他相隔三四十米,看着这个人非常眼熟,心中略微搜索一番,就想了起来,这不是当初李坤的搭档"黄毛"吗?

哦,不对,应该叫黑毛了,头发染成黑色的了。

白松看着他就来气,这什么跟什么啊?居然染发了!

如果一直顶着一脑门的黄毛,白松早就怀疑他了,但是发色一变,白松就根本没想到这一茬!之前的监控录像里面,嫌疑人是黑色头发,没想到居然是"黄毛",这让白松陷入了思维的死角。

白松边追边给孙东打电话,这附近白松还算熟,把"黄毛"跑的方向大体跟孙东等人说了一声,就迅速地追了上去。

又是追人,白松无奈,这都追了几次人了?这次是大白天,这人往哪里跑?

如果刚刚敲门的时候,不是自己说话,让孙东他们说就好了,这个"黄毛"听过自己的声音,太敏感了,直接就跳楼准备跑。

"黄毛"是个自命不凡的人,有点小聪明,跑了没多远就知道这样不行,接着就冲向了马路。

这会儿车很多,"黄毛"不知道哪里来的勇气,跑着跑着就横穿马路。

白松距离黄毛只有20米了,看着川流不息的车子,义无反顾地追了过去。

最危险的其实是"黄毛",司机看到"黄毛"横穿马路,都马上减速,等白松要跑过去的时候,车速也没多快,其实也没什么太大的危险,但"黄毛"险象环生。

第二百八十二章 蝴蝶(1) | 131

"别跑了，偷个东西，你至于吗?!"白松喊道。

"别追我了!""黄毛"紧张得不行。

"你别跑！多大点事！跟我走，老实交代！大不了就是拘留几天！"白松也有些气喘，"跑！你能跑哪里去！"

但凡是个惯犯，这种时候也不跑了，何苦呢？但是"黄毛"胆太小了，根本不听劝，白松也不能放任他眼睁睁地跑了。

"黄毛"看白松继续追，这会儿已经过了马路，他知道这么跑肯定是会被抓，立刻拐了个弯，斜着又穿起了马路。

斜着穿马路的危险性，远大于横穿。

如果司机从远处看到一个人匀速地过马路，假设车子不多的情况下，不会有什么恐慌。但是有的人斜着走、走走停停甚至前进一下再后退一下，这就太吓人了，任何司机见到都会刹车的。

"黄毛"这一下子让本来准备提速的几辆车都纷纷刹车，而"黄毛"此时正向一个十字路口跑去。

这边准备过马路的人很多，临近十字路口，车速也不快，白松还是追了上去。

见两人已经跑了过去，临近路口的几辆车子才纷纷提速，试图在绿灯时通过这个路口。

第二百八十三章　蝴蝶（2）

如果再给白松一次机会，白松一定不会犯这种低级错误。

身为探长，抓个住在二楼的犯罪嫌疑人，居然让他跳楼逃跑，这算是工作失误了。三队抓小偷这种事，大家也都没当回事。

小偷嘛，又不是杀人犯，遇到警察没几个跑的，小偷偷东西主要是隐藏自己，一旦隐藏不住了，基本上都挺配合的，不然就是给自己找罪受。

也正因为如此，孙东等人才觉得十拿九稳，跟着白松上去直接敲门了。

谁承想，小偷居然跳楼跑了？白松可真的没想到，这小偷居然是自己见过的人。

这也太巧合了。

而谁又承想到，这个"黄毛"，居然这么极端。

当白松就要追上他的时候，他也不知道是不是脑子坏掉了，恶向胆边生，一把推开了等待绿灯的小女孩，然后自己跑了出去。

这条白松横穿了一个来回的马路，绿灯时间即将结束，不远处的车子已经开始减速，而靠近斑马线的三四辆车子，车速都在时速 50 千米左右，按照车速来看，这几辆车都能在黄灯亮了之前过去。而小姑娘倒向的位置，是最右侧的车道，而这个车道上，恰巧就有一辆五菱之光！

小姑娘的爸爸在小姑娘被推倒之前，注意力还在手机上，孩子被推倒的那一刻，根本就没注意到。

周围的人惊呼了一下，纷纷避开了飞奔的"黄毛"，此时，注意力放在小女孩身上的，只有两个：司机和白松。

司机反应也算是神速，猛踩刹车，然后向左猛打方向盘。

时速50千米，载货的五菱之光刹车距离应该在12—15米，司机反应虽然快，但是车子立马停住是不可能的了。

白松哪想那么多，他本就距离"黄毛"一步之遥，此时也顾不得追"黄毛"了，一下子跳到小姑娘旁，一把拽住了她，接着就把她推向了她的爸爸。

紧接着，白松只觉得脑袋一疼，眼前一黑，什么都不知道了。

……

打了方向盘的五菱之光，因为向左打得有点急，并没有形成完美的转向，车子一下出现了向右侧翻的可能。面包车本就重心高，眼看要侧翻，司机本想拉回来，正常的话他只需要把方向盘往右拧一下，车子就翻不了。但是司机此时心里对小姑娘的安危的担忧胜过了一切，依然把方向盘向左打，车子直接靠右着地，侧翻了，在地上侧滑了七八米。

五菱之光是后驱车，侧翻时，也可能是后面载货的原因，侧翻的车子完成了一个180度的原地划转。后轮一下子撞到了白松头上。因一侧后轮着地，未完全刹死，而这个车又不存在差速锁，同一传动杆的另一个后轮依然保持和着地后轮一样的转速，就这么砸到了白松的头上。

这么大的事故，吸引了路口所有人的目光。

刚刚"黄毛"推搡小姑娘的行为，好几个人都看到了，此时见白松倒地，好几个小伙子再也气不过，一起把"黄毛"给堵了。

"黄毛"被堵，此时才迅速冷静了下来，转头看了看自己身后的白松已经倒在了地上，他一下子瘫软在了地上，彻底傻了，不知道自己干了什么。

女孩的爸爸这才明白刚刚发生了什么，拍了拍女孩身上的一点点土，四望了一番，连忙抱着吓坏了的女儿，转身跑掉了。

其实，白松即便此时清醒，也不会在意女孩爸爸的行为，毕竟要不是自己的决策失误和追逐，也不会发生这般恶劣的事件。

20 分钟后。

"那个小偷在哪里?!"

九河区中心医院,急救室,孙唐压低声音,向孙东低吼道。

李队拉了拉孙唐的胳膊:"这事,怪我。"

"你少给我做好人,这事我都知道,谁也不怪,他是探长,这个事他自己承担!跟你没关系!"孙唐怒不可遏地说道,"孙东,那个小偷现在被你们关在哪里?我要去看看,这个熊小子,长了几个脑袋,还敢当街杀人!"

孙唐已经第一时间了解了整件事情的来龙去脉。白松这么追人,犯了好几个错误,作为老警察,他自然也知道。但是,"黄毛"的行为,彻底地激怒了孙唐,如果没有"黄毛"的推人,怎么可能出现这么严重的事情?

他说得其实没错,这个"黄毛",在马路上,那么危险的情况下,明知马路上有急速行驶的车辆,还把小女孩往马路上推,这种行为属于故意杀人!

虽然未遂,但是案件性质不会变。

"孙唐,这是医院,注意你的形象。"马局长带了三四个人赶到了急救室,远远就听到了这边的声音,此时看着孙唐,面色冷峻地说道。

孙唐"哼"了一声,往后撤了一步,让开了一点路。

要不是马东来后面有外人在,副局长的面子他也不想给!他和马东来、李队都是一届毕业的老警察了,岁数相仿,职务高对孙唐根本没什么威慑,不过有外人在,孙唐还是遏制住了自己的情绪,但是依然握紧了拳头。

"人怎么样了?"马局长第一时间询问了伤情。

"还不清楚,在抢救。咱们谁也进不了抢救室。"李队回答道。

"观察情况呢?"马局长继续问道。

"刚刚在救护车上,医生已经开始给白松供氧了,呼吸、脉搏都有,瞳孔反射弱。"

"瞳孔反射弱?"马局长目露精光,灼灼的眼神似乎能看穿抢救室的墙壁,接着问道,"那个小偷在哪?"

李队看了一眼尕唐，接着说道："在我们队呢，没跑掉。"

"现场车祸处理的情况如何？小车司机怎么样？"

"都没什么问题，吊车把那个车吊起来扶正了，还能开。司机也只是有点皮外伤。"李队长仔细地回忆了一下刚刚听到的现场的情况，"没有其他人员受伤的情况。"

"好，那个小女孩抓紧时间找到，她是重特大案件的受害人。"马局长问了几个问题，接着布置了一番，就转身离开，乘医院的电梯上了楼。

第二百八十四章　采访（1）

白玉龙和妻子周丽坐在 ICU 门口有些发呆。

这是他第二次来天华市，上次是陪着儿子买房子。这次来，则是收到了马东来亲自打的电话。

听说白松出事后，白玉龙立刻订了两张机票，下午五点钟，就到了九河区中心医院。

颅脑损伤，导致了继发性水肿，目前还在昏迷状态，不排除植物人可能。

目前这份诊断报告，谁也接受不了。

站在抢救室的门口，虽然得知儿子暂时没什么生命危险，但是做父母的……

白玉龙的脸上看不到一丝表情，本来他是想自己来的，但是这种事也瞒不住妻子，把妻子放在家里他更不放心，只能带着妻子一起来了。

白玉龙是一名警察，儿子也是一名警察，他不能哭不能闹，否则妻子怎么办呢？

安抚着周丽，白玉龙头微微后仰，此时他真的有点不知道，当初让儿子选择这个职业，是不是对的……

虽然考警校是白松自己的选择，但他还是支持的，毕竟……

而此时？

……

"吴院长，专家会诊的情况怎么样了？"马局长公务很多，但是始终没走,一直待到现在,此时更是把医院的副院长请了过来。

这不能算是会议室,充其量算是医院的小隔间,也就能容纳三四个人,现在除了马局长,只有政治处的李然和三队的李队长在。

"马局,咱俩认识时间不短了,也都没外人。这个病人的病情,我们刚刚一起都看了,生命危险是肯定没有的,目前的问题也就是脑部的应激反应,随着慢慢愈合以及药物的作用,危险不是很大。"吴院长道,"我说这些,不是说不严重,而是不想给你们营造紧张气氛,毕竟情况依旧不明朗,不排除脑部有其他损伤的可能。"

"咱们医院这边,还有什么更好的办法吗?"马局长问道,"吴院,有什么好药、好的治疗手段,你完全不用在意成本。"

"现在倒不是这个问题,说来惭愧,我是做外科肝脏手术的,咱们医院也是以肝、胆、胃病为主的综合性医院,脑科……你也知道,天华市除了总医院,就只有南湖医院了。"吴院长叹气道,"要不是现在病人的状态实在不适合转院……"

"我知道了,吴院,很感谢你,你说的事情我也知道,下午我就联系了几家医院,可能晚一点大夫就会来一趟,"马局长略有些不好意思:"这个事……我没提前跟你说,不知道……"

"马局,你见外了!你说的是哪位大夫?我估计还认识,这很正常,咱们医院本来这方面就不擅长,没什么不好意思的,为了病人,怎么都行。"吴院长很给面子,一般这种情况他会建议转院,但是白松的情况,实在是没有转院条件。

"那太感谢您了,吴院长!不过,我说的大夫,不是咱们天华市的大夫,是我托了我的老领导,从上京请过来的,脑内科的孙院士,具体叫什么名字,我还真不知道。还请咱们医院这边行个方便。"马局长为了白松的事情,跟吴院长非常客气。

"你的老领导……唔……你这也够……"吴院长看了看李队和李然,改口问道,"你说的这个孙院士,是哪个医院的?"

"同和医院，其他的我就不知道了。"马局长也不太清楚，有时候，找人帮忙，那么最起码的，就是对找的人要信任。

一般地方性的医院，偶尔有一些手术，需要大城市的大夫来做，这种情况比较常见，而且很多都是请上级医院的大夫来，比如说有的县医院直接请上级的省医院大夫，不容易闹什么纠纷。

但是九河区中心医院，在三甲医院里也是不错的了，可以说，在某些内科方面，在天华市算是首屈一指的，很少出现需要上级医院来指导的情况，而从外地调医生，更是少见。

但是这个情况，吴院长一听，点了点头："我知道你说的是哪位了，几点到你跟我说一声，我去迎接一下，顺便把神经内科的几个主任也叫过来学习一下……"

吴院长话音刚落，就传来了敲门声。

"进。"马局长道。

进来的是政治处的人，进来便说道："马局，医院外面有很多记者，殷局长让您去一趟。"

本来对这种事马局长一直都推托，但是听了后面这句话，这次不得不去一趟。于是给吴院长留了句"孙院士来之前，我给你打电话"，便抓紧时间走出了屋子。

吴院长自然是很理解，连忙拿出手机，给院里的其他人打起了电话。

无关身份、职称与级别，在医院这个技术为王的地方，这种级别的专家，去哪个医院都是备受瞩目的，甚至有的牛一点的医生在医院跟明星一样。

这类院士大佬，教科书都是他们参与编写的。虽然吴院长不至于曲意逢迎，但是说实话，院士啊！他见都没见过几次。

马局长主持和参加过很多新闻发布会，见过的记者也不少，但是这种新闻发布会，他是最不愿意参加的，这次却没办法。

白松飞身救小女孩的视频在网上火了。

这个视频之所以火，有很多原因，而上级部门对这个视频的传播也持肯定态度。

原因还真的不仅仅是白松飞身拉开小姑娘，还有几个拦住了"黄毛"的本地人见义勇为的行为。在网友看来，推开小姑娘的"黄毛"无疑是穷凶极恶之徒，而普通市民能在这个时候拦住了"黄毛"，说明这里民风淳朴，人民有英雄气概，网友们纷纷点赞。

马局长到了楼下才知道为什么殷局长得让自己下来接待了，因为来的媒体不仅仅有本地的，还有国家级的电视台，这种情况，如果他不来，其他人还真的顶不住。

"您好，您就是马局长吗？"

"您好，请问受伤的人是九河分局的警员吗？"

"问一下，现在受伤人员身体如何？"

"请问一下……"

第二百八十五章　采访（2）

医院的人不少，但是好在来这里的没多少闲人，所以围观的人不多。但还是有不少人眼尖，看到某些话筒上的电视台的标志，拖着病躯来凑热闹。更有甚者，让老伴把轮椅推了过来。很快，这里就围了好几圈人，光挂着点滴的，就七八个，画面感极强。

"记者朋友们，大家的问题比较多，我刚刚也都认真地听了一下，我一次性做个回答。"马局长靠近伸到最前面的话筒，说道，"现在在ICU病房躺着的，是九河分局的刑警三大队二组的探长，名字叫白松，今年二十二岁，警龄只有一年，党员，状况暂且不详，还未脱离生命危险。

"今天上午十点多钟，白松同志，在九河区临江路和泰山道追捕一名犯罪嫌疑人的时候，为了救一个九岁小姑娘，遭遇车祸，被车轮击中头侧部，导致了颅脑损伤，医院正在全力抢救之中。情况暂时就是这样。"

"好的，马局长，我是××报的记者，我想请问一下，咱们的这名警员，在大马路上追的这个犯罪嫌疑人，到底是犯了什么罪？"

马局长面色微变，这个人想问什么，他很清楚，这明显是想带歪节奏？第一个问题就问这个，来者不善。

"这是一名重大案件的犯罪嫌疑人，目前至少涉及两个罪名，其中一个，是故意杀人罪。"马局长直接回答道。也许白松这样追一个小偷不见得多么正确，但是这个小偷有这种犯罪倾向，让他跑了，就更危险了。

"可是，根据消息得知，这个人只是个小偷。"记者把话筒伸到了马局长前面。

马局长没看这个记者，盯着记者话筒上的标志看了足足三秒，把记者看得心里发虚："我为我的话负责，不知，贵台的这位记者同志，你对你说的话，是否负责？"

记者突然明白自己面对的是什么人，立刻把话筒缩了回去："我也只是听说……"

马局长不再理他，接着回答起了其他几个记者的问题，又有一人问道："马局长，我刚刚听您说，不知道对不对，我们这位躺在里面的警官，今年只有二十二岁，但是已经在刑警队担任了探长，您能讲一下这是什么情况吗？恕我不太懂，这个探长是什么职务？"

这问题比较中性。马局长说道："探长不是行政职务，是我们刑警内部的职务，一般都是由业务能力强、素质过硬的同志担任。"

"啊？那马局长，这位白松警官，您说他业务能力强，能具体讲讲吗？"提问的记者很是好奇。

这个记者的问题倒是让很多人把话筒都往前递了递。这时候，人群中有一个记者说道："上次九河区的金店被偷的案子，就是这个白松警官破的。"

这些记者，没几个简单的，消息来源都非常广，除了一些涉密的信息他们不知道，其他知道的还真的不少。

在场的很多人都知道这个案子，纷纷问起了这个情况。

"这确实是其中一起，这个案子目前还未结案，不方便在此表述。"马局长不想把话题展开，再提到黄金案就有些扯远了，于是把话题拉了回来，"现在还在昏迷状态的这名警察，他曾经荣获个人二等功两次，个人三等功一次，个人嘉奖两次，分局通报表扬五次，荣获九河区 2011 年第四季度警星，曾多次破获命案要案，所在专案组曾多次获得集体荣誉。这位同志还曾得到过天华市公安局局长的单独表扬。"

"啊？只当了一年的警察，就荣获了两次二等功？"

"我只在……"

记者叽叽喳喳地讨论了起来，大家不是没有采访过警察，但这位只是工作一年的警察,谁也不曾想到。

几位记者,甚至把今天新闻的标题都想好了。

马局长继续回答了几个问题,紧接着,有记者提出想去 ICU 门口拍摄,马局长表示此事必须医院同意。

快速安顿好了这些记者,马局长看了看手表,千辛万苦请来的孙院士马上就要到了,这可是大事。于是,他请政治处的同志们继续接待媒体,自己快步绕开这里,到了医院的后门。

孙院士不是一个人来的,他带了一个团队过来,很多面孔都不是很年轻,看到欢迎的院方队伍和马局长一行人,简单地客气了两句,就抓紧上了楼。

孙院士看样子有七十多岁,但是身体很好,步伐也很稳健,来了以后,第一件事就是询问白松的状态。几个专业的医生立刻介绍起情况,他们说的专业术语马局长等人根本听不懂。

医院的电梯本来都需要等很久,吴院长特地安排,一行近 20 人直接乘坐手术梯到了白松所在的楼层。

无论是什么原因,孙院士为此奔赴这么远的路程,此时依旧保持着沉稳的工作作风,还是让所有人表示钦佩。

但是孙院士丝毫没有考虑这些问题,他也听说了白松的事迹,甚至为了研究病情,白松被汽车轮胎撞击的视频,他已在路上反反复复地看了很多遍,讨论了很多次,路上就做了一些手术治疗方案。

看到孙院士来,白玉龙夫妇立刻从门口的椅子上站了起来。白玉龙刚刚也知道了一些情况,虽然儿子的状况不可能让他现在情绪变好,但是依然不影响他对孙院士的感激。白玉龙敬礼致意,而孙院士听说白松的父亲也是警察,肃然起敬,上前和白玉龙握了握手。

寒暄不到三句话,孙院士就开始换衣服,准备和这里的团队进行交接,动作麻利,不出十分钟,这边就算是被孙院士的团队接管了。

第二百八十六章　手术

准备手术。

虽然耽误了好几个小时,但是由于 ICU 病房的设备很先进,白松的状态勉强满足手术条件。

但是这种时候开颅,一般人真的不敢做。

白玉龙和妻子就在门口,白玉龙想都没想,就在手术责任书上签了字。

"你可想好,开颅手术,没有人敢保证百分之百成功,我也不行。"孙院士亲自嘱咐了一句,看得出来,他对这对父子很好。

白玉龙面色稍缓,有些恳求又有些洒脱地说道:"医生您好,这个手术,我同意,我妻子也同意。您就放心大胆地做,开颅之后,发现任何情况,按照您的思路来,不必担心。

"我非常感谢您,即便我的儿子没这个福分,醒不过来了,我白玉龙一家人依然永远记得您的恩情。"

说完,白玉龙鞠了一躬。

孙院士这辈子见过多少家属他已经不得而知,什么情况都遇到过。此刻,他轻轻地点了点头,一言不发,进了手术室。

白玉龙的一番话,让在场的人无一不动容。

谁没有孩子?

谁能在自己孩子生命垂危的时候,还说出这种话?

这话说起来容易,但真的发生在自己的身上,又有几个敢说自己是铁骨铮铮的汉子,面对这个问题时依旧能站得笔直?

不少警察走了过来，拍了拍白玉龙的肩膀，似乎明白，为什么白松这么适合当警察了。

大佬做的手术可不是一般人能见到的，手术室内外，数十人直接或间接地观摩着手术的进行，手术室门口的所有人都焦急地等待着。

与此同时，孙唐带着三队的刑警，在讯问室对"黄毛"进行着审讯。

"12·11"诈骗案已经基本上进入尾声，但是后续工作可能还要断断续续，孙唐现在是两头跑，这个案子本来孙唐是不具有管辖权的，但是他想审讯也没人拦着。

其实"黄毛"没什么难审的，从小偏激、自以为是的他，知道自己闯下了大祸，吓得早已经没了魂，再加上孙唐的连珠炮般的追问，他更吓得连胆汁都快出来了。

最后，他竟然招了酒后听说"灰毛"李坤的一次盗窃案。这案子不查则已，一查孙唐才发现，这是白松办理的案子，因为李坤自首加上是胁从犯，案子已经办理完结了。

看样子，这俩人曾经关系还不错。也不知道为何，这可把孙唐气到了，虽然他不认可小偷之间能存在什么兄弟情谊，但是看着李坤的认罪认罚，再看看"黄毛"的狡辩脱罪……

继续审讯吧。

手术持续了4个多小时，门口十几个人都在一言不发地等待着，马局长公务太多只能先离开，以李队为首的三队近一半的人还有王亮、孙杰、王华东等人都在。

没人在这个时候聊什么天，谁也没有心情，大家一直盯着手术室门上的灯，等待着颜色的变换。

与此同时，这件事在各大网络平台上持续发酵，逐渐进入各网站新闻热榜。

别的不说，白松的同学群立刻炸了锅，白松的电话频频响起，白玉龙只能设成静音，实在没心情接。

白玉龙只想静静地陪在这里，等待最终的结果。

晚上十点多，郑朝沛、林雨等几个白松大学舍友和同学，通过不同渠道得到了王亮等人的电话，联系了一番，得知了最新的情况，并在同学群里讲了一下白松正在做手术的情况。

很多人想开车过来，王亮等人帮忙拦住了，这个时候人多也没用，只能多添一些麻烦。

终于……

凌晨一点多，手术结束，手术室的门被推开，白松需要继续转入ICU病房进行护理。

院士团队做完手术，和院方以及外面的几个代表握了握手，直接表达了要离开的想法，这让所有人都显得很振奋。

这就准备要走，手术必然是成功了！而且几乎不会有问题！门口的所有人立刻激动了起来，各种消息通过不同的渠道迅速传播了出去。

"他的身体素质很好，恢复能力也相当不错，已经没什么问题了，但是还至少要有三天的高护和静养，估计明天下午才能苏醒过来。"孙院士的一个徒弟给大家讲了一番。院士团队在所有人的千恩万谢中离开了，没有给白玉龙等人单独感谢的机会。

白松手术成功的消息，几乎在5分钟后，就在网络上传开，让众多网友悬着的心也都放了下来。

"先早点回去休息吧，"李队找到了白玉龙，"你们二位在这边有住处吗？我给你安排一下，早点休息吧，明天下午再过来就行。在这里熬着也不是办法。"

说完，李队看了一眼更加憔悴的周丽："你们都需要休息一下，现在已经是最好的结果了。"

"谢谢李队了，事后，我得好好感谢一下诸位，希望到时候您也能帮忙约一下马局长。"白玉龙诚恳地说道。

　　李队现在虽然算是马东来的下属，但是工作归工作，私交归私交，俩人已经很多年没在一起吃过饭了，这事全分局的人都知道，谁也不会提，但是白玉龙怎么会知道这个事？李队又怎么忍心拒绝白玉龙呢？

第二百八十七章　碰面

新闻热榜上，白松的事情逐渐降了热度，另外几个话题热度却提高了。

一是对抱女孩走的那个父亲的行为，网友彻底分成了两派，一派认为，他应该积极参与救助白松，即便帮不上忙也不该走；另一派则认为，作为父亲，孩子受了严重惊吓，抱走孩子实属可以理解……

二是九河区中心医院火了，几张术前术后的 CT 片被曝光出来，被几个医学大 V 纷纷转发并指出，这个手术水平即便是一些顶尖医院的医生也望尘莫及……

三是……

好吧，流量的狂欢与白松没什么关系了。

大家也都该休息了。医院紧张的气氛已经逐渐淡化。

白松在做梦，挺奇妙的一种状态，梦里面，自己学过的东西，似乎以一种更加直观的方式展现了出来。这种情况其实很多人都有过，一些我们已经回忆不起来的东西，但是梦里却突然能重现出来。

这个时候了，居然在想案子？

当然，这个梦不受白松的控制，只是，他醒来以后，似乎……档案室里，有两起盗窃案，好像在梦里，发现了什么眉目。

算这俩小偷倒霉吧……

白松脱离了最危险的时刻，白玉龙感觉有些站不稳，心紧绷了十几个小时，他这个岁数已经有些撑不住了。即便是强度再大的案子，也不及这段时间带给他的心理、生理压力的十分之一。

对于白松的朋友来说，此时算是得到了最好的消息，都轻松了许多，聊着天一个个地都离开了。

"咱们分局这边安排好了酒店，我送你们二位过去休息吧。"大家都走得差不多了，李队再次找到了白玉龙。

"不用不用，李队长，这次真的给您和单位添了太多的麻烦。"白玉龙晃了晃手里的钥匙，"白松的包在我这里，他这里有家门钥匙。我们直接去他的住处就行了。"

"也行，住在家里肯定比酒店舒服。"李队点了点头，"我开车把你们送过去。"

"这……麻烦您了。"白玉龙知道推辞不了，这次来已经麻烦了很多人，但是客气一番又没什么意义，他直接跟李队说了一下白松住处的门牌号。

九河桥派出所辖区，李队还能不熟悉吗？开车就直奔朝阳公馆。一路上，李队把白松好一顿夸，说得好像白松已经可以成为一级英模了似的……这也就是白松脱离了危险，不然这些话为人父母听着其实不见得舒服，但是此时听着，白玉龙夫妇还是对李队表示了很深的感谢，"这孩子您要是想揍就随便揍"这种话都说出来了。

"我送你们上去。"把车直接开到了白松房子的楼下，李队看了看表，已经凌晨两点多了，他也就比白松的父母年轻四五岁，但他是70后，就总觉得自己年轻许多，一定要把白玉龙和周丽送上去。

这回白玉龙倒是同意了，反正有电梯，上楼让人家喝杯茶很正常，反正白松总跟他视频，儿子家里的东西放在哪里，他还是知道的。

周丽则反对了起来，家里要是很乱，岂不是给儿子的领导留下了不好的印象？

当母亲的，感情有时候更细腻一些。

但是，谁也不曾想过……打开门之后，是这样一幕：

客厅的灯亮着，厨房的煤气开着，一大锅不知道是什么东西炖的汤在那里咕咚咕咚冒着热气，屋子里有一股浓郁的葱油香味，客厅的桌子上，煮着

第二百八十七章　碰面　│　149

一大壶普洱茶，一个身材高挑的小姑娘在那里坐着，看着茶壶发呆。

听到屋子开门声，赵欣桥立刻迎了上去。

白玉龙发誓，他真的没有走错门！

有钥匙做证啊！自己并不是技术开锁！

白玉龙连忙退了一步，看了看门牌号……

难道是走错楼号了？

"你是……？"周丽倒是没想那么多，看到赵欣桥，眼前一亮，连忙走上前去，走到了赵欣桥的旁边，问道，"你是白松的朋友吗？"

"阿姨您好，我是白松的朋友。我前一段时间带着我妈妈来天华市有点事情，结果我妈妈查出了一点问题，白松觉得我们住酒店不太好，就把我和妈妈一起叫了过来，现在我妈妈已经在次卧休息了。"赵欣桥甜甜一笑，"白松今天的事情我都听说了，他手术成功的事情我也知道，而您二位都来了，我也听说了。

"您二位是不是还没吃东西？我煮了点面条和热茶，叔叔阿姨别客气，快吃一点东西吧……"

白玉龙迷迷糊糊的，被妻子拉着吃起了面条，李队也没怎么吃东西，闻着这个香味，也不客气了，端起碗就吃了起来。

面条煮的时间略长一点，但是大家长时间没吃东西了，煮烂一点反而好消化，三人都连着吃了两三碗。

这个剧情，白玉龙是无论如何都没想到的。

周丽则不那么想，帮忙收拾好了碗筷，就跟赵欣桥拉起了家常。

赵欣桥虽然聪明，但是这方面怎么会是白松老妈的对手？周丽毕竟也当过那么多年的刑警队长夫人，为人处世说话办事都是滴水不漏，而且丝毫不惹人生厌，没过多久就把该聊明白的都聊明白了，而不该问的，周丽一概不问。

赵欣桥小朋友迷迷糊糊的，啥都说了……

凌晨三点了，实在是太晚了，白松可能会在明天下午苏醒，白玉龙匆匆送别了李队，跟李队约好明天不用来接，两人准备睡个懒觉再过去……

话是这么说，但是谁都知道，明天一大早白玉龙、周丽二人肯定会到医院，李队也能理解人家不愿意麻烦自己，就道了别，说明天见。

……

夜晚，无比平静。

赵欣桥今天一整天，也没有给白松打过一个电话，更没有在群里询问过一句话。

但是，她没有漏读任何一条消息。

已经过了农历十五，月亮，如同前几天看的时候那般略有残缺，赵欣桥一个人躺在躺椅上，寂寥无声。

第二百八十八章 感谢

大佬就是大佬！第二天中午过后，一点多钟，白松缓缓地醒了过来。

因为是白天，提前得知了医嘱的几个记者也在这里等着第一手消息。

门口，一个个子只有1米多一点的小姑娘俏生生地等待着。

几十名警察和一些社会群众也在这里……

一切如愿，白松醒了，医生对他的一些基础反射区做了测试，不存在任何问题，所有人才最终舒了一口气。

根据院士团队的人所说，还需要三天的高护，就可以转入普通病房了，为了白松更好地恢复，这三天还是暂时不能与他交流。

小姑娘的脸红扑扑的，她哪里懂得，她爸爸昨天晚上都成了网络焦点，她只知道妈妈说，一个警察叔叔救了她一命，所以今天是专程来感谢的。

纵使今天见不到警察叔叔，但是听到警察叔叔转危为安，小姑娘还是露出了甜甜的笑容。

几个记者想要采访小姑娘，马局长使了个眼神，小姑娘就被几位警察带离了医院，她还太小了，还是远离这些比较好。

……

晚上，白玉龙找了个清静点的地方，招待今天不值班的十几个白松的领导和同事。大家能来，尤其是马局长能来，那肯定是看白松的面子，当然也是因为白玉龙本就是警察，天下警察一家亲嘛……

谁没个出差的时候呢？

喝了点酒，大家把话就聊得比较开了，感情瞬间拉近了很多。

"老白，你说你，怎么当起了户籍警呢？"三队的沈兴喝得有点多，问道。

这个问题倒是引起了不少人的关注："是啊，你家庭压力也不大，儿子挺出息的，主要是和你聊天，感觉你绝对是干刑警的料子！"几个人纷纷附和道。

"唉……往事啊……"白玉龙喝了一口，"户籍警也挺好的，一天到晚也都是为人民服务。"

"话是这么说，户籍警也很辛苦，这点咱都知道，只是，老白，我可没有别的意思，咱说话都比较直，我觉得你啊，太适合当刑警啦，等你回去，可以跟你们局长说说，你还没到五十岁，还有十几年呢。"

……

周丽一般不怎么说话，但是此时只有她感受到了白玉龙的苦楚。

正如白玉龙不知道李队和马局长之间的事情一样，这里的人，也没一个知道他的事情。这么多年没人提起的事情，又勾起了白玉龙的回忆。

"我们家老白，其实以前当过刑警队长，后来……"周丽打断了大家的交流。

一句话让几个聊这个话题的，酒醒了一半。

这是揭人痛处了啊……都是人精，大家谁也不傻，立刻把话题引到了喝酒上面。

这么多年过去了，白玉龙倒是比较洒脱，聊到这些也不藏着掖着，当年的一个案子，白玉龙犯了一个很大的错误，虽然实属无奈，但他还是引咎辞去职务，当了户籍警。

大家听到这些都很理解，这种事在哪里都有可能发生。毕竟警察面对很多情况，都必须迅速做出选择，谁也不敢保证每次的选择都是对的，有时候犯下一个不可避免的错误，那只能怪命运多舛了。

这个话题过了，大家的关系更近了一些，频频举杯。

今天的气氛不错。

第二百八十八章 感谢

多年未坐到一起的马东来和李队长也碰了一次杯，让在场的所有人都惊掉了下巴。

关于这二位的矛盾，跟白玉龙的那件事被很多人所知不同，在九河分局，这俩人之间的问题有几百个不同的版本……

谁说警察不八卦的？

"诸位，借着这个场合，我有件事想问一下大家。"白玉龙举起了杯子。

大家都纷纷表示不必客气，知无不言。

"录像我看了好几遍。"白玉龙道，"按照常理来说，这是纯粹的意外事故，但是，毕竟前因后果我还是不了解，我特别想要知道的是，这个事，是不是完全排除了故意的可能？"

所有人都没有想过这个问题，因为太明显了。

这种事情，想故意都不可能吧，天底下哪有这么凑巧的事情？

如果这个问题是记者或者外行问的，大家必然嗤之以鼻，怎么可能啊？

把司机再找回来，重新开一次车，都不能保证车子那样倒下一次。这是巧合，白松去找"黄毛"，这也是巧合中的巧合，谁也不可能设定这样一个情况吧？

而且，司机明显存在紧急避让的情形，不能说完全无罪，但他已经尽力了，从录像里看得出来。

但是，这个问题是白玉龙问出来的，大家就不会那么轻视了。

一是因为他是白松的父亲，对儿子无比关心和担心实在是正常；二是从这两天大家对白玉龙的了解来说，他是个很沉稳的人。

"白兄，"马局长打破了僵局："何出此言？"

"马局长，"白玉龙沉默了3秒钟，"不是我过于紧张，而是也许那个车子再快一点，或者轮胎的力度再大一点，现在就不是这个结果。

"我在此，无比感谢马局长您的帮忙，如果不是您请来那么好的医生，这个事情也不会有这么快的转机。

"只是……"白玉龙似乎不想说出具体的原因，还是说道，"可能是我过于敏感了吧?"

"肯定是你敏感了,"马东来没接这个话,孙唐倒是回答了这个问题,"昨天我审讯了那个小偷,他的所有底子就那么点,没什么尿性,这点我可以保证。"

"嗯,谢谢。"白玉龙感谢道。孙唐是这些人里他唯一曾经有过接触的,白松可是经常提到自己的这个师父有多么厉害……上次他来的时候还接触过孙唐,白玉龙接着说道,"那我就放心了。"

说完,白玉龙脑海中迅速回忆了一下录像,也确实是不太可能有人故意所为,而且,在座的很多警察都比自己优秀很多,可能是自己多想了。

回忆痛苦的事情本来就不舒服,白玉龙端起了杯子,把话题岔开,向大家敬酒。

第二百八十九章　集体办案

这几天，白玉龙夫妇一直住在儿子的房子里，与赵欣桥和秦涛当起了"室友"。

当周丽知道秦涛是胃癌早期的时候，很是关心，立刻展现出一个合格的家庭主妇的满分技能。

女人哪，尤其是作为母亲，多少是有点迷信的。白松能有医术这么好的医生为他做手术，周丽就觉得，这是白松帮秦涛找医生所带来的福报。有这个想法，周丽自然要对秦涛好一点，似乎秦涛的身体恢复得好一点，儿子也能好得快一点。身为母亲，想的就是如此简单。

周丽知道秦涛不能吃一些乱七八糟的、有刺激性的食物，于是完全按照标准的食谱，变着花样地做饭，三天过去，秦涛的体重居然增加了！

很多人都觉得瘦点好，但是秦涛现在身体状态好一些、体重增长一点反而有利于手术和术后恢复。

要是平时，赵欣桥对下厨也没多大兴趣，但是看到母亲居然在周丽的照顾下胃口都变好了，这可把她惊奇得不行。

原来厨艺也有这么大的用处吗？

白松能长这么高的个子，看来跟他母亲的投喂不无关系啊……

知道再过两天，周丽和白玉龙就要回鲁省了，所以这几天赵欣桥啥也不干，天天跟着周丽学习怎么做饭。

周丽也爱教，简直是倾囊相授，不仅仅是这些养生菜，一些鲁菜和川菜的做法，都教给了赵欣桥。具体出于什么目的，就只有天知道了。

……

白松要是知道家里已经是这个情况了，估计会挣扎着从病房出来，回家看看这个"奇观"了。

他根本就不知道，他生病这几天，自己人生中有几个必须要闯的关卡，莫名其妙地……过关了。

这三天，白松并不是没有意识，他很清醒，甚至因为没人陪着聊天，有些无聊。ICU 是无菌环境，手机什么的都没法带进来，他就只能尽量睡觉。

很幸运的，之前梦里想到的两起盗窃案的细节被逐渐地整理了出来，这两起案子应该是一人所为，虽然在白松印象里，这个小偷已经被抓而且在押了，但是能破两个案子，那自然是好事。

担心自己忘了这件事，白松不得不找医生，把这件事情转达给了李队。

医生毕竟也不是这方面的专家，怕转达信息失真，于是用无菌袋子装上录音笔，把白松的声音传了出来。

如果发现犯罪嫌疑人在押期间漏罪，法院需要一起判决，然后更改刑期。

比如说之前小偷被判了三年，已经执行了一年半。后来发现之前未发现的旧罪时，不是重新判往上面加刑，而是综合之前的罪名一起判决，比如说改判为五年，这样就还需要执行三年半。

但是，如果是在监狱里犯了新罪，那就不是一起判决，而是重新单独判，累加刑期。

白松此时能想到两个案子的线索串并点，已经很不容易了，当然这些也只是猜想，需要进一步调查和提审。他其实想得挺简单的，有线索就及时告诉队里的同事。

但是，这件事情却被记者发酵了。

有叫好的，也有质疑作秀的，而更多的就是质疑。

在某博、某乎、某吧……几个相关大 V，挥斥方遒，从不同角度介绍了这种陈年积案的办理难度，仅仅通过一些作案习惯就能认定，是绝对不可能的。

不仅如此，更有人分析了白松的病情，表示这种伤情很严重，白松可能说话都困难，即便能说也可能是思维混乱，这事情应该是无良媒体引流。

但是无论事件怎么发酵，九河分局这边迟迟没有官方通报。

为什么？

因为这个案件需要调查，可不是白松几句话就行的。

整个三队的人员，无论是一组还是二组，全员上阵，对这两个陈年案件进行调查。

1997年修订《刑法》之后，已经立案的案件不受追诉期的限制。

"老赵，这个光盘交给你们组了，我负责这几段。"王亮熬红了眼，从一大堆像素极低的视频资料里，一帧一帧地找线索。

白松这次受伤，王亮这几个兄弟无比难过，而这种时候，最难受的，往往是对此无能为力的感觉……

档案室里从来没这么热闹过……

仅靠白松说的那两本案卷，证据根本就不够，线索也不够多。此时在监狱里，对这个犯人的提讯已经持续了5个小时，小偷都中场休息了。

犯人表示，自己并不是不想配合，而是有几条线索确实是想不起来了，但是经验丰富的警察还是从他的只言片语中搜集出了其他案子的线索。

通过这点线索，孙东等人找出来第三本案卷，然后串并了一番，连上了。

犯人的时间线和行动线就好像一个拼图，找到了这一块之后，整个拼图就完整了。

经过近10个小时的鏖战，三起尘封了数年之久的入室盗窃案被三队同时侦破，服刑人员对自己曾经犯下的这三起案件供认不讳。

早就过了下班时间，但是整个楼层灯火通明，三队的全体人员没有一个人下班回家，终于等来了一个完美的结果。

剩下的，就是把这些线索全部移交至检察院了。

网上这件事情的热度已经开始持续下降。

而不知不觉中，一封蓝色的警情通报悄咪咪地浮出了水面：

"目前，我市九河分局刑侦支队三大队全体成员通过重要线索，连夜破获尘封数年的三起入室盗窃案，犯罪嫌疑人对此供认不讳，现案件正在侦查之中@平安天华……"

第二百九十章　彻底康复

通报的时间，已经是深夜，搞得不少大 V 连夜删稿，然后被人不断地 @ 和扒分，好不热闹，以至于白松转过天来进入普通病房的时候，看了一眼自己多年不用的某博，居然涨粉十几万？

各种推送和信息之多，差点直接让他的账号炸掉了，手机都开始发热，白松手忙脚乱地把软件给卸载了，这才清静了许多，而这会儿微信的消息又一股脑地蹦了出来……

还没来得及跟所有关心自己的人报个平安，病房里就进来了六七个人，要不是医生拦着，还得进来几十个人。

白松之前就知道父母来了，他已经做好了心理准备，看到爸妈和领导，立刻表示感谢，并表示自己恢复得很好，什么问题都没有。

但是，当看到赵欣桥的那一刻，他还是充满了愧疚。

环视了一周，他没有想到，赵欣桥居然是第一批进来看他的人，就连王亮等人都没进来。

看到赵欣桥，白松轻声嘟囔了一声"对不起"，其他人没有听到，但是赵欣桥还是听到了，微不可查地点了点头。看到白松那一刻，她便放心了。

白松有些"害怕"地缩了缩，看了看父母，莫名有点心虚，也不知道……这几天……可别闹出什么误会来。

赵欣桥没说话，她就是想亲眼看看白松有没有事。马局长等人都来了，大家担心不能长时间探视，一会儿就全走了，然后进来了第二批。

这会儿，白松就好像吉祥物一般，陆陆续续被四五拨人排队参观了一番。本来白松还挺有精神的，但是每来一批都聊上几句，确实累啊……白松脑袋还有点疼，绷带也没拆，只能称不舒服，这样大家聊几句就走了。

没办法，大家都太关心他、太热情了，一个个恨不得能看到白松此刻日啖一牛才开心……

最后一个进来的是孙唐。

来探望白松的，基本上都是一批一批的，九河桥派出所就孙唐自己，其他人估计过几天也会陆续来看白松，所以孙唐就先来了。

"师父。"白松看到孙唐，还是很开心。

"感觉怎么样了？"孙唐四望了一下，看了看白松说，"看你气色还可以。"

"我感觉还不错，医生说我再住院两个星期就可以出院了。"白松道。

"嗯，下个星期，早点出院。"孙唐嘱咐了一句。

"啊？"

白松有点蒙，大家都让他好好住院，多休息几天，怎么师父居然让自己下个星期就出院？一时间他没反应过来。

"我问了医生，你手术之后，颅内压力已经正常，神经也没什么大的损伤，现在主要是注意休息和保护好头部，其他问题不大。"孙唐道，"但是，马上年底了，咱们分局的科级干部竞聘很快就开始了，正科级和副科级竞聘差不了几天，你这次也得参加。"

"师父，我……"白松最近想了很多，唯独没想过这个事情。

"你的成绩我给你查了，过了，分数还不低。"孙唐道，"你现在啥都不缺，就缺个好身体。竞聘可不是别的，必须有健康的体魄，不然不会有领导认可你。你早点出院，对你参加竞聘大有好处。"

白松懵懵懂懂。

转念一想，即便竞聘成功了，还是在这里搞案子，也是带着大家一起忙活，他心情就好了不少。

距离孙唐所说的竞聘，还有三个月呢，怎么着也得过了年，但是孙唐说得也对，早点出院，早点投入工作是对的。

白松瞅了眼师父，嗯……这种事估计孙唐年轻的时候干得出来！

虽然师父说得很严肃，但白松还是从中发现了不严肃的地方……

被撞了以后这脑回路……

孙唐被白松看了几眼，似乎发现了什么，咳了两声，又严肃道："你这次啊，算运气好，你的大好前途差点就完了。"

"我知道。"白松默然，这个他真的想过，也有些后悔。

身为探长，他前期没有考虑好如何抓住"黄毛"，让原本十拿九稳的事情变得复杂起来，这本身就是失职。

而且他后期就那么在马路上追逐，确实有很大的安全隐患。

当然，也有人说，警察追坏人不很正常吗？

是，正常，但是如果真的因为白松的这次追逐，小女孩被车撞死了，白松不仅会难过一辈子，这身制服估计也该脱了。

他真的庆幸，受伤的是自己……

孙唐怕白松不懂这些，把话说得很明白："现在在外面人看来，你很不错了，在网上也是夸你的多。在分局内部基本上就是功过相抵，你别难过也别开心。但是，这对你不是什么好事，你明白吗？"

"嗯？"白松没听懂。

孙唐看了看四周，确定没人，道："这话你听完自己琢磨一下，自己知道就好了。你这次追人，虽然是破了案，让分局扬了名，甚至市局再给你来个功劳嘉奖都未尝不可，但是，外面的人毕竟不知道全部的事情。

"可是，分局的领导哪个不知？一旦有领导觉得'白松这个同志，办案能力还是很强的，领导能力也不错，头脑机敏，但还是年轻毛躁，需要多考察考察'，基本上你这个竞聘就得等三年后了。"

白松点了点头，他虽然不是很懂这些，也不那么追求权力，但是谁不想建功立业呢？

领导说话，"但"之后的话才是真正的意思，这个道理白松是懂的，他不由得反思了起来。

"行了,你别想那么多了,好好休息,早点出院,以后做事情啊,尽可能沉稳一点,这两个月,抓紧转变别人对你的印象,明白吗?"孙唐轻轻地拍了拍白松的肩膀。

白松感激地点了点头。

第二百九十一章　出院（1）

有些事，白玉龙不是不懂，但是白松身边的事情、九河分局的事情，孙唐要明白得多。

这种话，按理说是不会有人告诉白松的，即便是李队。

以李队的身份，说这些反而怕白松误会，毕竟确实有领导在竞聘前去刻意提点下属一番，接下来……

大家都走了，医生也跟所有人说了，白松需要静养，今天除了他父母，其他人都已经进来探视白松了。

午饭时间，父母带着煮好的饭菜进了病房，和白松聊了起来。白玉龙还要赶回去上班，周丽也有自己的工作，他们都该回去了。

父母的担心和关心都溢于言表，周丽真的是强忍着没说出"要不别干了，回家吧"这种话，但是白松已经成长了很多，显得成熟了一点，倒是让周丽安心了不少。

上午孙唐走了之后，接下来几个小时里，白松除了和赵欣桥在微信上聊了半个小时，然后跟大家报了平安，其他时间一直在静静地思考人生。

无论是已经年近半百的父母，还是女友欣桥（呃，这个称呼白松还很不习惯啊……），都是自己要扛起来的责任，无论如何，做事都要谨慎再谨慎、细致再细致。

白松把师父孙唐说的事情跟父亲讨论了一番，父亲给白松做了更细致的解释。

虽然竞聘不需要所有领导全票通过，但是岗位就那么多，能竞聘成功的很多都是全票通过，所以如果有个别领导觉得白松不行，那他就基本上"凉凉"了。

白松实在是太年轻了，三十岁以下能当上副队长的能有几个？

而有领导欣赏又如何呢？马局长不过是新局长，在副局长里排名还垫底呢，那些三十岁左右年富力强的、受更多领导赏识的可是大有人在。

争取向上，增加经验，不必气馁。这是白玉龙跟白松讲的最主要的话了，白松满口答应。他并不是一定要争这个，付出最大的努力即可。

白松的想法让白玉龙很欣慰，如果白松很急切地想要进步，他反而要批评白松一番，这种心态是极不可取的。白松太年轻了。

聊了差不多1个小时，白松吃了一些东西，父母也安心了很多，告别了白松，下午就将踏上回家的列车。

看着父母依依不舍的样子，白松面色非常平静，尽可能地表现出一副老练的样子，随着母亲的身影离开自己的视线之中，白松侧躺着，心中思绪纷飞。

……

出院的最短期限是一周，这段时间，白松把大部分精力都放在了徐纺的小说上。

白松最近头疼，但仅仅是外部的伤口问题，并不影响思考，很多地方想得比以前更加细致和全面，触类旁通，他把整本书的所有案子都连了起来，构思了一个智商极高的校园犯罪案。

徐纺都惊了，她也算是博闻强记了，但是从未看过这么精巧的设计，小说从开篇到结尾，都是由一块糖贯穿的。

这本书似乎要和上一本搞个几部曲，同样是写一个小城的校园，但是主角是女的，行文更加细腻，主角的聪慧与灵动跃然纸上。

由于白松提出的主线实在是巧妙，以至于原作者徐纺都觉得，第一作者应该是白松，但白松严词拒绝了。白松属于那种构思还行，偶尔能根据生活和工作想出些好点子的人，但是文笔嘛，呵呵……

这几天时间，无论是张伟还是老郑，抑或是上京市的朋友，白松都和他们聊了不少，也算是受伤带来的福利了。

当然，这些都是无奈之举。想搞案子，李队不让，非要让他休息……

上次白松的一个想法让三队忙活了一整天的事情，李队历历在目。这件事情如果是白松自己来搞，可以节约不少人力物力，毕竟这些案卷白松都摸过，脑子里已有案子的雏形。

白松一句话，让三队跑断腿这种事，李队是打死也不愿意让它重现的。

休息了一整周，白松终于出院了。

说好的下午出院，白松上午就跑了。

谁知道有没有记者跟着，白松收拾好东西，一路小跑，就离开了病房。

这几天，白松一直在病房里走动，现在出来呼吸新鲜的空气，非常美好！

虽然白松在网上曾经当了一小阵子的热点人物，但是其实没人认识他，走楼梯离开这一层之后，白松就大胆地背着包，哼着小曲，慢悠悠地坐上了电梯。

临近一楼时，白松听到外面有点吵闹。电梯门开了以后，才发现是有人在这里躺着吵闹。

医院里这种事情也确实比较多，由于九河桥派出所辖区内没有医院，所以这种警情白松从来没有处理过，但是也听说过不少，跟别的纠纷没有本质区别。

本来白松打算上前看一下，想了想，还是站在了人群里，问了几个人，大体明白了是什么事。

简单地说，还是保守治疗的问题，病人得了癌症，已经在老家的小医院做过一次手术了，癌变组织清理得非常一般。

后来，病人家属也想了一些办法，最终来了这边，但是医院认为，这种情况没办法进行二次手术了，建议化疗，也就是保守治疗。

病人家属听说这边的胃癌手术清创很不错，想手术，但是医院认为做不了。

癌症手术，一般来说，第一次手术就要做尽可能清理干净，而一旦复发，癌细胞其实已经转移了，手术基本上没用了，只能化疗。

病人家属只能听医院的，但是几次化疗之后，癌细胞扩散情况还是控制不住，可以说，剩下的时间屈指可数了。

病人在老家县城有份正式工作，已经退休，正是领退休金安享晚年的时候，逢此大祸，其妻子有些接受不了，一定要医生做手术。

第二百九十二章　出院（2）

病人妻子咬定说，她的丈夫刚来的时候，癌细胞还没有全身转移，如果医院再做一次手术，她丈夫还能多活几年，她现在要求医院赔偿她，赔偿的标准是其丈夫三年的退休金。

这种奇葩的事情，医院遇到过不少，报警也不一定有最好的解决办法，医院的几个领导闻讯赶了过来。

这座楼是住院楼，比起急诊和门诊来说，这里的人一般也没啥急事，所以看热闹的人有不少。

医院的领导来了之后，妇女还是躺在地上不起来，几个领导仔细地查看了这个病人的入院检查情况，发现这个人住院之时，确实已经出现了癌细胞转移的情况，手术基本上已经没什么意义了。

这种情况，强行做手术再清理一下行不行？

如果患者的身体可以耐受手术，没有发现癌细胞转移等，可以二次手术，但是已经出现了转移，而且患者身体确实是不行了，医院不给做手术也很正常。

但是，妇女此时咬定了，她丈夫能耐受手术，这个词也不知道她从哪里学的，而且她自称当时的转移量非常小，在病灶处再做一次清理能有效延长生命。

白松不是很懂医学，但是他知道，像这类妇女，对"耐受手术"这种医学用词，是不会懂的，这后面必然有高人"指点"。

会是谁呢？

白松慢慢地退出了人群，不经意地四下望了起来。

病人妻子背后的人应该满足几个条件：一是很精明，而且对一些医学知识还是很了解的；二是应该就在附近，会经常不经意地看向这里，观察这里的情况；三是应该会与妇女保持特殊的联系，比如说出现突发情况，会有其他的招儿。

这个妇女举报的是医院的程序问题，几个领导谁也不敢直接就说医院没有任何问题，过了几分钟，连医院的吴院长都来了。

白松没见过吴院长，但是吴院长认识白松。白松个子高于常人，吴院长一眼就看到了他，但是也没说话，直接看起了这个病人的病历。

吴院长这方面还是挺专业的，仔细地看了看几份病理、CT报告，没什么问题，如果他接收这个病人，也不会建议二次手术。

"我们的大夫诊断没什么问题。"吴院长直接说道，"我是医院的副院长，这件事由我负责。在这里说也不是办法，到我办公室来，无论如何都会有一个结果。"

吴院长说这话的时候，白松屏息凝视，目不转睛地盯着妇女的表情。

果然，妇女顺着一个方向看了一眼，似乎在等待什么指示。

白松一眼就找到了人群中的那个人，也是个女的。

这人跟白松心中的画像完全不同，怪不得刚刚环视一周没发现。

白松盯着这个稍微年轻一些的女子看了几秒就确定，出主意的人是她。

吴院长本来没注意到什么，但是白松个子高，他又和白松是面对面的状态，顺着白松的目光，他也看到了这个女子，直接与女子对视了起来。

虽然只是一瞥，但是女子还是愣了。什么情况？围了几十个人，这个副院长为啥一眼就看到了自己？自己长得漂亮？她非常确定，她并没有给倒地的妇女任何指示，刚刚倒地的妇女看她的那一眼时间非常非常短暂，从吴院长那个位置不可能看得到才对。

好在吴院长一瞥之后，就把视线转开了，女子才略微缓了一下。

白松感觉，这个吴院长好像认识自己，因为吴院长的目光从女子身上转移之后，又看向了他。

哦，对了，自己曾经昏迷，住ICU，马局长等人来回跑，在医院的领导眼里，自己肯定也不是什么生面孔了。

白松侧了侧头，在那个女子的斜后方，冲着女子轻轻努了努下巴。

吴院长轻轻踮了下脚，又把目光转移到了女子身上："一起去我办公室坐坐吧。"

女子瞬间慌了神，眼神躲闪，似乎装作自己并不是与吴院长对视的那个人，转身就跑出了人群。

"查查那个人。"吴院长淡淡地说道，声音里充满了信心。

妇女更是慌了神，不知道该怎么办了。六神无主的时候，吴院长发话了："咱们医院，对一些特别困难的患者，有一些特殊的关怀，不过名额很有限……"

……

第一次配合演双簧，很不错。

这么大的医院，通常是不怕这些麻烦的，但是能省一些时间也自然是好事。医院的领导基本上也都是业务尖子，把时间浪费在这种地方，确实不值得。

看到问题解决了，白松也就耸了耸肩，背着包离开了医院。

这不是什么突发事件，没必要太着急上去帮忙，如果今天他一上来就以警察的身份上前调解，根本不可能发现支着的女子，这事情也没那么容易解决了。

想明白这些事，白松心情舒畅了，走出医院，打车回了单位。

这么多天没出来，白松还挺想跑跑步的，但是身体肯定是不允许，加上已经是12月份，万一摔一跤或者被风吹了脑袋，那就得不偿失了。

白松回到队里的时候，值班的几个民警都出去抓人了，白松目前的身体状况也不适合去，跟值班的王教导员打了声招呼，就去了档案室。

进入档案室之后，白松明显感觉档案室有了不少变化，很多柜子的顺序都变了，多了几张桌椅，各种文具和纸张也多了不少，近几年的案卷似乎全被翻了一遍。

想到破获的那三起案子，白松只能说，辛苦大家了。

第三本案卷，白松用了几十秒就找到了。

仔细地看了看，白松发现确实是没什么规律。这个案子虽然已经证实是一个人所为，但是犯罪手法完全不一样。

犯罪分子，每一个都是独立的个体，他们并不是NPC（非玩家角色），不会傻乎乎地一直按照习惯去犯案，每一个犯罪分子都不可小觑。

白松显得更严肃了些，正视对手，脚踏实地地工作吧。

第二百九十三章　日出东方

忙碌也好，悠闲也罢，时间的脚步丝毫没有停歇。

三四个月的时间，一晃而过，2013年的春天，比往常更普通一些。

年前，秦涛手术非常成功，回到杭城休养身体去了。赵欣桥抓紧回到学校开始补课，堪堪跟上了节奏，寒假过后，已经进入了研二下学期，她获得了博士保送的资格，最近正为写毕业论文掉头发呢。

徐纺的那本书进入了出版阶段，出版社很看好，而且有编剧好像找了过来要谈上一本书的影视改编，算是一个很不错的消息了。这本书应该能给徐纺和白松带来相当不错的收益，只是这件事之后，白松就打算退出了。徐纺已经有了足够的能力去驾驭这种类型的小说，白松工作越来越忙，也没精力去帮这些忙。

如果说帮不到什么忙，还要去"吃空饷"，白松是肯定不愿意的。

这段时间，还出现了一件挺有意思的事情。白松以高分通过司法考试之后，不知道什么原因，一些辅导机构得知消息，还以各种方式问他，能不能在某博上或者个人媒体上，把成绩单挂上，再写一篇稿子，诸如"我是××辅导机构的学生，在这里培训老师的悉心教导之下，最终获得了如此成绩"云云。

白松本来没把这件事情当回事，但是，有的辅导机构已经开出了5000元的高价，这倒是让白松有点咂舌了，这里面的卖点这么大吗？

白松的分数是非常高的了。虽然说司法考试只要过了360分，考多少都一样，但如果有辅导机构能放出来这样的分数做宣传，总会给人一种"我不用他这么强，我比他低 50 分乃至 80 分还不行吗"的错觉。

而后面的事情，就更让白松无奈了，居然有人找到了赵欣桥。也不知道到底是怎么回事，赵欣桥的手机上，居然收到了一些短信，希望她能去做做白松的工作。

不知道是不是白松的通讯录被什么人获取了，这让白松有些恼怒了，个人信息泄露得如此厉害吗？

查！

就这样，用了半个多月的时间，一个以白松为受害人，涉及几名公职人员犯罪的出售个人信息案，告破了。

……

嗯，这个案子不是白松办的，但是他从中也算是帮了不少忙。

小插曲。

之前的手术非常成功，白松的身体逐渐恢复，而且不知道为何，白松总觉得休息了那么久之后，头脑似乎更加清醒了。

当然这肯定是错觉，应该是脑子里的东西越来越多了。

一个刚刚从名校毕业的大学生，思维方式比起四年前不知道要开阔了多少，知识确实能带来这些改变。

几个月的时间里，白松把马局长曾经搞过的所有案子彻底地梳理了一遍，并做了详细的记录，还把近几年的案子也都看了，按照马局长的习惯，做了案件的信息点梳理和归纳统计，现在已经开始看其他案卷了。

当然，这几个月，最主要的工作还是办案。

2013 年第一季度，刑警三大队共破获刑事案件 103 起，其中入室盗窃 33 起、扒窃 42 起、抢夺 2 起、诈骗 14 起、其他盗窃 12 起；共抓获犯罪嫌疑人 57 人，追回经济损失 300 余万元。

这么大的案值，其实一大半是王亮所在的一组完成的，因为其中一起案子涉案金额就有 200 多万，这个案子涉及了十几个不同的案件。但是大部分的案子，都是白松所在的二组完成的。这一个季度的工作量，基本上达到了去年一年的工作量，李队去哪里都含着笑，等着别人先打招呼呢！

目前，白松这里的案子，除了极个别没有侦破条件的，其他全结案了。

什么样的案子会完全没有侦破条件呢？

这个责任其实还真不在警察这里，比如说，有的人家里被盗时不知道，发现的时候，已经不知道过去了多长时间。还有的实在是证据太少，暂时也没啥办法。

这种情况很常见，白松手头就有一个案子，受害人家里的首饰被偷了，经询问，上次看到这些首饰已经是半年前了。

有的小偷进来啥也不动，偷完还收拾干净，而主人又是马大哈，半年了才报警，这案子能立案都算是警察足够负责任了！

除了这类案子外，二组战斗力之强令人咂舌，最关键的是，遇到新案子，白松经常能找出来老案子，这种感觉，就好像玩连连看一般。

赵队过得也挺滋润的，到处抓人。白松前一段时间因为在养伤，不得不坐镇三队负责指挥，赵队则负责带着人到处抓人，成了法制科和看守所最熟悉的面孔，在局长眼里已是红人了。

年关过去之后，入室盗窃案数量开始大幅度下降，扒窃案数量增多，白松直接把目光对准了派出所没有精力查的扒窃案件。

以前，大部分入室盗窃案和所有的扒窃案基本上是派出所负责，因为三队就那么几个人，只有抢劫、抢夺、重特大盗窃案才会负责，而自从三队重整之后，情况彻底就变了。

虽然说三队增加的十几个人是为了处理电信诈骗案的，但是这些人把电信诈骗案拿走了之后，原本的人员就有了更多的力量搞盗窃类案件，盗窃案在白松的整合下，连着出成绩，把不少所里的入室盗窃案都拉了过来，提早侦破了。

破案这种事情，越搞就越熟练，尤其是这些频发的盗窃案，这段时间，随着开会和总结，基本上一个案子有没有侦破条件，一上手就知道了。同时办理三五起案件,丝毫不是什么问题,整个二组状态非常好。

那么,问题来了,案子不够了怎么办?

去抢啊!入室盗窃案抓完了抓扒窃案,扒窃案完了还有随窃案,什么?治安案件?

咳……

两年内盗窃三次,不论案值大小,都是刑事案件!

构成刑事案件了,办他!

第二百九十四章 调证

刑警支队已经过了四个月没有正式支队长的日子了。

新支队长早就说要来，但是一直没人来，一直是于政委在主持工作。于政委已经多次跟上级请示，但是新支队长不但迟迟不来，而且连到底是谁来担任，都保密得很。

几个月前，郝镇宇被市局刑侦总队抽调走，然后不到一个月的时间，就火速转了组织关系，正式成为市局的人。

借调是很常见的事，白松以前在派出所的时候，经常被借调，而转组织关系，那就是正式调走了。

郝师傅这一走，王华东其实是最难过的，他学的还是太少了，但谁知没过多久，他也被借调去市局帮忙了。

虽然王华东并没有正式成为市局的人，但是这几个月，也像消失了似的。

不过这种事，白松是从来不会问的，保密嘛，都能理解。

……

"白探长，你拿着移动硬盘，这是打算亲自去调录像啊？"白松刚刚走出这边的大楼，碰到了二队的同事，被调侃了一番。

"是啊，王大局长，我们队太忙了，没办法。"白松对面的这位，是二队的一位姓王的探长，天天低头不见抬头见的，被调侃也正常，"您老人家这是忙啥去？"

"我们哪有你们那么多大案子，没啥……"王探长面色平静，"不聊了，走了哈。"

白松看着他离开的背影，有些好奇，王探长可是出了名的大嘴巴，这估计又是出什么大案子了，唔，不如去二队抢个案子？

呃……

白松伸出了双手。

白松比画了一下，好吧，胳膊还是没那么长，三队是负责侵财类案件的，多办一些盗窃案实属正常，而且给派出所减轻了一些压力，没人说啥，如果真的去抢二队的案子，那就是打人家二队的脸啊。

这回是要去九河桥派出所调证据，这里白松是最熟悉的，大家都挺忙的，白松开着自己的车就去了派出所。

警队的车子严重短缺，私车公用已成常态，白松这类"领导"更是以身作则，基本上每个月油费要搭进去一成工资。

有日子没来，但还都是熟悉的面孔，不少人打招呼都喊起了"白探长"，搞得白松挺不好意思的。

在刑警队大院里被人这么叫，倒没啥，这种职务出了刑警队没人认，所里的同事也都是客气，白松只能一口一个师傅地回敬着。

三米从派出所辞职了，今年的专升本考试已经顺利通过，两年后毕业就准备正式考警察编制了，其他人倒是没啥变化，只是四组新来的警员和白松同岁，生日比白松略晚，姓徐，个子高，足足有一米九八。

白松一米八七已经很高了，新来的小伙……

最主要的是，小徐也被孙唐收作了徒弟，算是白松的直系师弟了，这个情况白松上次来就知道了。

一米九八啊，倒不是白松没见过这么高的人，只是从来没有和这个身高的人相处过，一向习惯了向下看，偶尔看看上面，脖子都有点不习惯了。

"调录像？"王所知道了白松的来意，直接道，"行，没问题，你直接去图侦室调就行了，不用跟我说。"

"那怎么行？这事不得您批准嘛……"白松嘿嘿一笑，"王所近来可好？"

"挺好，别跟我绕圈子，有啥事直说。"王所了解白松。

"咳……您也知道嘛，我们队现在忙，这不，我这出来办趟案子，就我自己出来了。一人为私，两人为公嘛……我一会儿拷完所里的录像，还打算去东河苑的物业调一下录像，想找您借个人。"白松说出了最终的目的。

这段时间，三队可不是第一次干这种事了，一个人办案，想办法借人。

没办法，人手再富裕，也架不住白松这样搞案子啊。

"行了，我知道了，就是凑个人数，反正手续、证件都有了，你带着新来的小徐去吧，虽然今天不是咱们组值班，但是今天有案子在搞。"王所摆了摆手。

白松嘿嘿一笑，回到所里就好像回到家一般。王所这一句"咱们组"，明显是没把他当外人。王所不把他当外人，孙唐这些人更不可能把白松当外人了。

在派出所调证据，不需要任何手续，因为这些所谓的手续，也不是刑警自己的，而是九河分局的，系统内的。调取的证据，直接附卷再写个说明，就可以在法庭上作为证据使用了。

和王所打完招呼，白松先去图侦室把想要调走的录像拷贝下来，接着就跟师父说了一声，把小徐借走了。

白松的车本来就不大，他坐着都顶头，小徐进来直接就得把前座放倒大半。两人也不是第一次见面，白松说明了来意，两人就一起出发了。

东河苑的物业经理没换，还是那个胖子，这胖子有点手段，为人很谦和，也难怪能在这里混得这么好。

东河苑虽然脏乱差，也不好收物业费，但是毕竟一层就有八户，人员非常多，物业工作人员却不多，这里的弯弯绕绕没那么简单，这个胖子收入可能比白松都要高一些。

"哎呀，白警官哪，您看，您这一去分局，立马就变了，这点事，还用带人来？您给我打个电话不就好了？"胖子连忙端茶送水，"您等着，我把录像的硬盘拆下来,您拿去拷贝。"

这胖子也是熟悉白松的,知道白松不可能这么做,话说得满得都快要溢出来了。

"程序合法,肯定得来两个人,没办法。"白松更客气。

他知道,和这种人打交道,不能在小事上打马虎眼。因为程序不合法,最终被人利用翻案的事情可不是一次两次了。

"嘿嘿,成,听您的。把您的文书给我,我签字盖物业章。"胖子还是笑眯眯的,他对白松还是挺尊重的,越是讲规则的人走得越远,胖子明白什么人应该虚与委蛇,什么人应该一直捧着。

"对了,你们小区最近的盗窃案,可是有些频发啊。"白松突然想到了什么。

第二百九十五章　在路上

胖子神色一凛，随即反应神速地答道："白警官，都说兔子不吃窝边草，这是不是说明，咱们小区，没有任何小偷在这里住呢？"

说是"咱"，胖子这明显是拉近乎了。白松听了点了点头说道："你说的也不无道理，但是上次在你们小区抓的那俩人，都是惯犯，你可知道？"

"啊？还有这种事？"胖子摇摇头，"唉，人心不古啊……"

白松也不是为了别的，治安差跟物业没有太直接的关系，就是敲打敲打他："上次电梯的事情，我可是听说，保险公司没少赔，你给工人的工钱……"

说到这里，白松话锋一转："小区的监控和安防设施有些老旧啊。"

"哈哈，白警官您说得没错。"胖子立刻明白了白松的意思，"我们这个月就已经在规划新的安防设备了，监控的经费也筹措了大半，高清、夜视！"

"嗯。"白松点了点头，"还有，我问你个事，我发现最近一直有几个某某省的小子到处转悠，在你们小区附近出现了好几次了，你知道他们住在哪里吗？"

要是平时，胖子可不愿意得罪人。

胖子明白白松嘴巴非常严，不可能把自己说出去，而且最关键的是，和白松交好对自己只有好处。胖子连忙说道："我知道他们住哪里，不在我们小区，应该是在鸣翠苑附近。"

"这你都知道？"白松之前通过查看录像等手段，查出这伙人的居住地可能在这附近，就抱着试一试的想法来问胖子，结果还真问到了！而这个地址可就远了，不在九河区，而是在天北区。

胖子所说的鸣翠苑，虽然名字还挺好听，但是其实背靠化工厂，是挺一般的小区，距离这里差不多有 15 公里。

"哈，我有个物业经理的群，附近的小区基本上都有联系嘛。"胖子挠了挠头。

"物业群？从这里到鸣翠苑，中间隔着几百个小区，你们的群是情报群啊？"白松一脸不信，胖子配合他，他能理解，但是这么配合，白松还是第一次见。

"呃……"胖子纠结了一会儿，还是说了实话，"您说的那几个人，是三个小伙子吗？两高一矮，矮个子是三人里的头，二十六岁，右脸上有个痦子？"

"是。"白松心道这胖子啥时候成情报人员了，"你说说？"

"唉，这三个人以前是我们这里的租户，没交物业费，然后还拖欠了一个月房租，就跑了。房租好说，有一个月押金不是？可是这个物业费……"胖子从档案夹里轻轻抽出一张 A4 纸，似乎是怕白松看到其他的东西，"您看，这里是他们三个人的信息，您用手机拍一下，别给我拿走。"

说完，胖子接着道："对了，这三人要是犯法了，您抓着他们以后，别忘了让他们三个把物业费给我补上！"

白松看了一眼 A4 纸……

行吧，这胖子不当情报人员可惜了。白松都怀疑，要是这个胖子能随便去查小区监控，这三个人他都能直接找到！

这里的物业公司有个奇葩的规定，一旦有些物业费实在是要不上来了，如果物业工作人员把这笔钱要回来了，可以直接拿走一半！胖子这个册子……

看着白松两眼放光的样子，胖子连忙把册子收了起来："以后再有啥线索，我第一时间跟您汇报还不成？"

第二百九十五章 在路上 | 181

"好吧，你有我电话。"白松二话不说，也不拍照了，直接把这张A4纸拿走，然后带着拷贝好的录像扬长而去。

胖子正患得患失呢，只见白松又折返回来，往桌子上扔了一条玉溪："别人送我的，我不抽，你拿着吧。"

回去的路上，白松这一通操作可把小徐羡慕死了，他在车上道："白哥，刑警都这么牛吗？"

"牛啥啊？"白松无奈，"这是我自己买的，你以为出去办案那么容易啊！一个月怎么着额外都会花个1000块钱吧。不过现在分局对办案还是有奖励的，这些也不是花的工资。"

"奖励？"小徐道，"还有这事？我怎么不知道？"

"只有排名靠前的几个单位才有，咱们所案子少，一般都没有。"白松看小徐一脸气馁的样子，继续解释道，"知足吧，你要来我们队，很累的！"

小徐不以为然，累点怕啥？有钱就好啊。白松看了他一眼，唉，可怜的孩子，刚来不久，还没体会到工作的苦啊……

今天这件事情干得挺漂亮的，白松心情也很好，最近的几个案子都很顺利，眼见着就没啥案子了，想到这里，白松开车拐了个弯，打算去买几本书看看。

书摊一如既往地在这里，书的品种还是那些，白松打眼一看，还是从赵国峰的仓库里搬出来的东西，看来好东西还在车上啊。

"好久不见啊，白松。"老唐看到白松，挺开心的，"最近怎么样？"

"挺好的，唐教授。"白松苦笑了一下，"就是您拿的书，我实在是看不太懂。我想再买一本高中的书……"

"哈哈，不懂就问啊。"老唐很高兴，他在这里卖书，一个月也不见得遇到几个爱学习的，看白松格外顺眼，"过两个月，我就不在这里待了，在外这段时间，感触挺深的。6月份左右，我就回天华大学继续教书了，你有空可以来，网上有课表，你进来我不拦你。"

"嗯嗯，提前谢谢您了。"白松很高兴，自己在车上翻到了几本书，"就买这些，结账。"

"你还真是啥书都看……盖房子的书你也看？"老唐点点头说，"也对，当警察，啥都懂一点，也不错。我这里还有一本书，送你了。"

老唐拿出了一本早已经泛黄的书，递给了白松。

白松看了一下，一脸黑线。《穿甲力学》……

"你确定？"白松一脸蒙。

"这本书是我国近代力学之父钱老的著作，已经绝版很多年了，送你了。"老唐道。

"珍藏版啊……"白松郑重地将书收下，知识不怕多，触类旁通。

第二百九十六章　竞聘

回到三队,已经是中午时分,白松带着几个人开了个会,并通知了……不对,是请示!请示了赵队,把上午偶然得来的线索说了一下。

"这个线索现在还没有查实,但是犯罪嫌疑人的信息肯定是能对上的,这三个人就是之前找的那几个合伙扒窃的。赵队,我打算今天去查查。"白松请示道,"你看可以吗?"

"这有啥可说的?下午,我带队,去拿人。"赵队立刻道。

"呃……赵队,我们去就成。"白松拍拍自己的脑袋,"我的伤早就好了,这次保证万无一失。"

"咳,不是觉得你不行,这次要抓三个人,一起去。"赵队点了点人数,"去八个人,队里的三辆车全开走。"

"那行,赵队,中午我先过去查一查,查到具体地址,确定了再说。"白松点点头,"你帮个忙,跟王教说一声,安排王亮跟我去一趟。"

"好。抓紧时间,今天早去早回。"赵队嘱咐道,"明天还有很重要的事情。"

白松认真地点了点头。

明天,是竞聘的日子。赵队也要参加。

科级的任职,三年一聘。赵队也过了聘期,需要再次竞聘。当然,只要没犯什么错,他竞聘副科是稳稳的,竞聘正科才是他的重中之重。

今天这可是三个嫌疑人,如果顺利抓到,怎么都是好事,在一个副科一个探长的带领下,大家奔袭外区,根据一个小线索……

三队成员摩拳擦掌,这活越干越熟练,而白松比起四个月前,也成熟了不止一星半点。

下午五点四十多,天色已经渐渐有些暗了,化工厂门口的面馆里,稀稀拉拉地坐了几个人。

随着这些年对环境污染的严格治理,整个天华市的化工厂越来越少,还在营业的这些,工人也不多了,这边太偏僻了,就几个居民区,面馆看着有些破败。

面馆外屋大约有30平方米,里面还有个10平方米的厨房,外面摆着五六张桌子。白松等人进来的时候,老板一看,足足九人,很是开心,连忙招呼道:"几位吃点啥?咱们这里的炒菜也不错。"

"不吃了,谢谢老板,跟你借几个人用用。"白松说的话让老板一脸不解,其他几个人,已经围住了一桌吃饭的三个小伙子。

"够给你们面子了,看你们面快吃完了才进来的,抓紧把账结了,跟我们走吧。"赵队拍了拍三人中矮个子的肩膀。

几个小偷做梦也没有想到,这次被抓,直接原因是拖欠物业费!

让他们吃完饭,结完账再抓,这是白松的主意,要不然带回去,还得管他们吃饭,现在直接一口气忙到晚上,就能拘留了。

可是,谁也没有想到,这三个人啊,这几碗面可没白吃,还吃了老板两头蒜。

这味啊……把白松气的,愣生生拖着矮个子回到面馆,把大蒜的钱单独给老板结了,然后又让他们自己掏钱买了三袋牛奶,一人一袋,喝上一口含一分钟。

安排了一辆车,派三个人对他们的住处展开搜查,其他人带着这三个嫌疑人直接回到了单位。

到了单位,大家吃了点饭,闻着蒜味才好受了一点,要不然这真的受不了。

第二百九十六章 竞聘

下午时分就找到了这三个人的住处，抓捕方案很简单，守株待兔，这三人不可能在家待一整天吧？然后就一直等到了傍晚，让人有些郁闷。

唯一让大家都很开心的是，当问到这三个人为什么住这么远时，他们的回答都很统一："听说九河区最近抓得太严了，想避一避风头。"

这虽然是嫌疑人的话，但是，可算是对辖区警察的最高褒奖了。这段时间九河区的小偷已经都被抓得怕了。

赵队听了更是满意啊，这件事情，这句话，要写进明天的竞聘演讲里，嗯……

忙到晚上十一点多，赵队给所有人第二天都放了一天假，大家最近都辛苦了，手头案子也不多，劳逸结合还是必要的。

第二天，分局三楼等候室。

白松还是有些紧张，跟他同期的王华东、王亮、孙杰等人都没来，整个屋子里他最年轻。

按理说，竞聘最起码也得有三年工作经验，白松只有一年半，但是这不是硬性规定，他有二等功在身，可以优先竞聘。

23岁参加竞聘，如果竞聘成功，就能成为副科级。虽然在很多大机关，这并算不上什么。真正的大机关，有人二十六七岁都是处级干部了……但是在九河分局，他这样的绝对是历史上第一个。

天华市的公安科级干部任免由分局决定，处级由市局决定，再往上就是天华市委决定了。

而今天竞聘之前，还传来一个重要的消息，刑侦支队的新支队长来了。

这个事传出来让所有人都心中一凛，啥时候来不好，偏要这个时候来，新支队长谁也不认识，万一打分的时候随便打，那该如何？

想到这里，所有人都打起了十二分精神，无论如何也要给新领导留下更好的印象不是？

这里面，最头疼的就是白松了。

白松现在才知道，竞聘不是投票制度，而是打分制度，最后还是看分数，这对他是有好处的，因为立功受奖本身是能加分的，但是来这里的人，一大半都有立功的情况，这种打分制度，他很难得到什么高分。

竞聘啊，尤其是副科级竞聘……确实有一部分人，就是来转转……而更多的是赵队这般本身就是科级领导的。

等候区的气氛还算是很融洽。

白松却显得格格不入，他真的紧张。

第一次啊……

谁第一次不激动呢？

"刑侦三队，白松。"门口的文职人员喊了一声，"下个是你，准备一下。"

终于到自己了吗？

白松的心理素质一向很好，但此时也变得无比紧张，站在大会议室的门口，心率直奔140。

第二百九十七章　剧本是这么写的？

站在门口，白松开始重复一会儿要说的话……

虽然紧张，一些早已背了十几遍的东西还是能够浮现出来，大体内容是：

"各位领导、同志们。

"我是白松，刑侦支队三大队的民警，现任二组探长。我出生于1990年5月4日，现二十二周岁，2011年8月1日参加工作，11月初前往九河桥派出所……

"我参与过'10·21'杀人案、'12·11'跨境诈骗案……

"共获得个人二等功三次，三等功……

"我竞聘的理由是，我思想非常坚定，能力非常突出，非常热爱工作，冲锋在前……

"谢谢大家。"

后面那个理由，会不会有些太夸张了？但是听师父说，这种时候不能说自己不行！

这种时候，男人不能说不行。这是师父的原话。

白松对这句话不认可，应该是：在任何时候，男人都不能说不行！

好，进场。

呼。

"进门，前面是讲台，上去敬礼，说话……对，这是流程啊。"白松自言自语道。

前一个人下了讲台，前面有个政治处的同志向白松招了招手，白松就往前走。

这个会议室挺大的，一进去迎面是第一排座，讲台在右前方，白松往前走了七八米，才发现走过了，然后敬了个礼，转身上了讲台。

这里的领导，包括殷局长在内的局长级干部白松都见过，他们大部分也都熟悉白松，除此之外，还有刑侦处、经侦处、政治处、法制处等要害部门的一二把手，人数也不少，有的白松见都没见过，因此，他根本就认不出来谁是新来的刑侦支队长……

呃？

不对！

白松一下子看到了！

秦无双！

白松虽然跟他只接触过一次，但是印象非常深刻。原市局刑侦总队四支队副支队长，秦无双。孙某自杀案，第一时间提出"不排除自杀可能"的法医大佬。

新来的支队长居然是他。白松高兴坏了！同样是刑侦支队长，不同的领导性格不同，做事风格差异会非常大。有的领导也许年龄大一些或者曾经因公受过伤，可能没那么有朝气，跟着这样的领导能学到"不容易犯错"，但是白松不喜欢。

他还是喜欢那种睿智、机敏，能够看穿一切并带着大家往正确的方向走的领导，干活很痛快。而秦无双，白松对他非常敬佩，有好感，虽然人孤傲一些，但这不是问题！

我可以！

想到工作上的事情，白松立刻放松了。

是啊，不就是竞聘吗？不成又如何？二十五岁再来一次又如何？能好好地做自己喜欢的事情，不香吗？

而秦无双同样认出了白松，白松个子高，很容易让人记住，而且孙某的案子的整个过程，他都是了解过的，也知道白松在其中发挥的作用，于是当白松看向他时，他毫不避讳地点了点头。

白松转头再与秦支队对视一眼，瞬间感觉信心满满，对未来的工作充满了向往与激情。

飘了。

白松一下子有些飘了。

众所周知，人啊，一放松，就容易出问题。

讲台两旁有两个花盆，一边一个，距离讲台很远，按理说是不可能有人碰到的，只要看着路，谁也不可能看不到。

但是多种情绪的集合……白松就不偏不倚地碰了上去，而且是一抬脚就踹了出去。

这可能也是"海拔"太高的劣势，距离自己不到半米的花瓶，白松根本就没有看到，这一脚过去，花盆直接就倒了，土撒了一地。

这屋里是有服务人员的，立刻过来几个人帮白松收拾东西。

每次竞聘都有各种原因发生的紧张事件，有的人话都说不出来，因而大家也没说啥，几个服务人员还催促白松上去演讲，这边不用他帮忙。

虽然这么多大领导等着，但是白松可不是自己犯了错还得麻烦别人的人，他也没什么工具，直接用手捧着一捧捧土，就放进了垃圾桶，然后主动接过扫把扫了一下。

差不多半分钟，就收拾得差不多了，白松拍拍手，上台，先道了个歉，接着开始了自我介绍。

这不是什么公司的面试，领导是否愿意让你当队长，并不会太在意一件小事，最关键的还是看能力和一些关键的素质，所以并不是说白松这就彻底没希望了，一切还要综合考虑。

当然，这会给一些不熟悉他的领导留下"不稳重"的印象也很正常，这主要还是跟白松的年龄有关。

白松已经没那么紧张，因而说得很顺畅，他其实没什么比年长的同志强的地方，但是成绩是实实在在的，参与的那些案子，在场的主要领导都知道，没人不认可白松的成绩。

白松最终还是没有提那些很励志的话，把自己的情况说了一下，顺便表达了一下自己想要继续做贡献的决心，然后就准备下台了。

然而，简简单单的自我介绍，三次二等功，即便是下面在座的不乏一等功获得者，但是也不敢说都有两个以上的二等功……

如此一说，还是让人蛮震撼的，几位领导都窃窃私语起来，讨论起这个竞聘的年轻人，更有几个不认识白松的一脸不信，跟旁边的人打听起这个小伙子的事来。

下一位竞聘的同志站在门口，没有看到政治处的人的手势，一直也没上台，主要是白松一直没下来，他只能静静地等待着，也不知道刚刚到底发生了什么。

而白松，此时站在刚刚花盆倒的地方，双手搓了搓，突然感觉到了什么。

上次进入这种状态，是什么时候来着？

去年？

白松此时此刻，似乎一下子明白了什么。

黄金！黄金在哪里，白松知道了！

这一刻，所有的线索，在几个月之后，就这么被串了起来，汇集成了一个答案。

黄金，从来就没有离开过那处房子！从来就没有离开那个花盆！从来就没有离开花盆里的土！

白松直挺挺地愣在了那里，嘴里不知道嘟囔着什么。

第二百九十八章　无机化学（1）

评委席的私语逐渐结束，白松还在那里站着。

政治处的人给白松使了个眼色，示意白松可以下去了，但白松还是没动。

这哪行？立刻有一个人站起来，准备去看一下白松的情况，马局长突然张口了："别动他，让他想。"

在场的人，无论是谁，都不会不给马局长这点面子，所有的人都看着白松，台上的他却毫无感觉。

也就是20多秒，白松缓了过来，激动的心情一下子平复了下来，他这才想起这是在哪里.

天哪……

完了，三年后再见吧……

这么一来，估计没人会对他有什么好印象了。想到这里，白松有些头疼，但还是给大家鞠了个躬，准备离开会场。

"等会儿走，"殷局长叫住了白松，"哪个案子让你走神了？说说。"

白松"啊"了一声，才发现这可是一把手局长问的话，立刻如实回答："实在抱歉，殷局，我刚刚一下子，好像是想到了去年的那起黄金被盗案的黄金在哪里了。"

"好像？"殷局长对这件事情自然是知晓的，到了他这个层次，普通的个案情况，他一般不会过问，但是这个案子他还是听说过好几次的，为此还开过会。

"嗯，我估计没问题。"白松点了点头。

"好。"殷局长转过身来，"秦支队，正好咱们这里的同志你也不是很熟悉，今天让你来也是难为你了。你从支队叫上几个人，一起去一趟，中午前给我汇报一下。"

"是，殷局。"秦支队一下子站了出来，像是被解放了一般。

马局长仔细地看了看白松，他无法想象白松是如何找到了黄金案的线索，即便对白松有信心，他也不由得有些许患得患失。这个案子的现场他亲自去过，根本就没有一点金子的影子。如果白松真的找到了，那这就是一段佳话，刚才这个碎花瓶的故事，估计会被编排成各种不同的段子传出去。而如果白松想错了，那么这事也不是不能收场，只能靠时间慢慢地淡化了。

当然了，白松还很年轻，也不是耽误不起，想到这里，马局长也放下心来。

打分制度，看的是平均分，秦支队的离开丝毫不影响后续工作，反而让后面竞聘的同志心情更放松了一些。未知的人，谁不怕啊……

而此时，秦支队带着白松，直接打电话通知了二队、三队、四队的几个领导，然后直奔现场。

四队不少人本来就认识秦支队，二队、三队的领导基本上也都见过秦无双。毕竟这位是市局的专家级人物，大家多少都听说过。

看来，这次把郝镇宇调走，市局并非纯粹地挖人才，秦无双的来到也证明了这个事实。

秦无双被提拔，谁也不会拦着，但这种人才走一个，总得填充一个不是？

几路人马，从不同的地方出发，一起赶到了王枫的那所房子。

房子早已经被查封，目前是冻结状态。王枫已经处于**移审起诉**阶段，珠宝店提出了附带民事诉讼，并申请了对王枫的财产进行冻结和保全。

当然这只是杯水车薪，这个房子充其量值三五万，而且还是王枫的唯一住房，因此很难执行。

2015 年的民法改革之后，也就是"两高"出台了相应的司法解释之后，对责任人唯一住房可以申请强制执行，但是当时这个房子是没办法被执行的，只是被查封保全了。

当然这房子也没人看得上，只是表明一个态度罢了。

李队等人在接到命令的第一时间，就去法院申请了对现场进行侦查的手续，现在所有人都到了，就在等这个手续呢。

"到底在哪里？你倒是说啊。"孙杰看到白松，急得牙痒痒，大家都在这里等着，谁不好奇？

"还是等我进去看看再确定吧。"白松此时不敢把话说得太满了。

虽然他已经把话在最重要、最关键的时候说出去了，如果真的没有，在局长那里，他也认了。但在同事、朋友这里，还是留有一点余地比较好。

熟悉的、肩负重任的感觉，在场的所有人都期盼着这个案子结束。

无关其他，这案子的热度也过去了，没多少人关注，但是，王枫这小子，太气人了！每次审讯的时候，就是一脸牛皮上天的样子！没一个警察对他有好印象！

谁都想把金子找出来，狠狠地打他的脸！

不多时，李队长气喘吁吁地跑了过来，几个人听到法院的手续已经没问题，就一起开了门。

白松做好了相应的防护措施，第一个进了院子，秦支队和三四个四队的成员紧随其后。

可能是市局的案子进入了尾声，秦支队这次回来，王华东也回来了，他这段时间收获颇丰、进步不小。

剩下的人只能翘首期盼，在外面等着了，没办法，这地方是现场，总不能全进来围观。

白松看到几个花盆还在，深呼一口气，还好，如果这些花盆丢了，他就真的没办法了。

几个月没人浇水，所有的花都已经枯萎死亡了，一整个冬天也没人打理，反倒是花盆里长出了几棵青草。

"到底在哪里？"王华东有些着急，这几个花盆？拜托，已经检查 100 遍了！

"就在我们眼前。"白松上前，直接把一个花盆里的土全倒了出来。

长时间没人打理，土壤已经板结，白松费了很大的力气才倒出来，大家不疑其他，纷纷过来帮忙。

不一会儿，所有花盆里的土都被倒了出来。

"黄金在哪里？"秦支队问道，对白松的行为表示不解。

"就在这里。"白松捧出一把土，"这里面，就是金子。确切地说，这土里混合了金子。"

就在大家都以为白松得了"失心疯"的时候，白松接着说道："这不是单质金，这是黄金的化合物、氧化物，氧化金。"

第二百九十九章　无机化学（2）

这个说法并不能让现场所有人理解。

初中就在学，钾钙钠镁铝……铜汞银铂金。

常见金属里，黄金的性质非常非常稳定，用高温灼烧都无法被氧化！自然界中可以看到的黄金，基本上都是单质金，怎么会有氧化金这种东西存在？

因为黄金和银性质极其稳定，在自然界中一向以单质存在，且数量稀少。除了人为因素，几乎一切元素都是超新星爆炸之后的产物。在化学元素周期表中，铁之后的物质，基本上丰度越来越低，金在银后面，所以黄金更为稀少，珍贵是必然的。

人类冶炼金属的顺序，其实与上述的这个排序正好相反。最早的是铜器，后来才有了铁器，而到了拿破仑时期，铝器成了最有钱的人才能拥有的东西。

说了这么多，氧化金到底是啥？

"是啊，到底是啥？"孙杰问了出来，他也不是没学过化学，但是谁学过这个东西？

"就是这些。"白松从沙土里翻找起来，"这里面的棕黑色粉末，大部分是土，但是其中的百分之一，其实就是氧化金，三氧化二金，也就是黄金的最稳定的氧化物。"

"那这个王枫，他怎么能把黄金氧化掉？"秦支队还是有些不解，他也没听说过黄金还有这种性质的化合物。

如果是专门做化工的，比如说用氧化金做涂料的，那必然知道这些，但是现场的所有人，都对这种东西无比陌生。因为氧化金虽然可以做涂料，但是成本……

这是一种一克好几百元，还不金光闪闪的涂料，用得到的地方太少了！

"这个需要一系列的化学反应过程。"白松开始讲述起来，"王枫除了买氢氟酸之外，还买了硝酸和盐酸。浓硝酸和浓盐酸的混合物，被称为王水。王水是一种腐蚀性极强的物质，虽然与氟锑酸等还是没法比，但是氧化性已经到了很可怕的程度，王水可以腐蚀黄金，但是不能腐蚀类似聚四氟乙烯这种塑料。

"王水与黄金反应，会生成四氯合金酸，这种东西是一种淡黄色有潮解性的针状结晶。

"把它加热，就会变为氯化金和氯化亚金。

"这两种氯化物与火碱也就是氢氧化钠反应，会生成氢氧化金。

"然后把氢氧化金加热，即可制备氧化金。

"这里面的反应过程，除了第一步的王水制备和反应需要一定的技术含量，其他的，就是单纯的加热，只要在加热期间防止中毒即可。

"而氧化金，是一种棕色或者棕黑色粉末，这般放入土里，如果再混合搅拌一下，只要我们对这个性质不了解，就永远也不会找到黄金。"

"还有这种事？"所有人都啧啧称奇，这也太复杂了吧？虽然白松说得好像很简单，但是谁能记得住啊……

"怎么检验你说的是对的？"秦无双没有被白松的话直接带偏，他处理过各种各样离奇的案子，但是此时，他还是需要确定白松说的是真的还是臆断，因为他要跟领导汇报，可不能只有这个推论。

"氧化金有三个办法可以提纯为金。第一是与盐酸反应，重新变成氯化金，成为溶液，进而在溶液里用铁粉等更活泼的金属粉进行置换反应；第二个办法更加简单，氧化金见光就容易分解，我们放在阳光下，就会发现有变化；第三个办法就是加热，这东西加热到250℃就可以完全分解为黄金和氧气。"

"好，先抓一把土，放在阳光下，看看会不会生成金粉。"秦支队点了点头。

这会儿已经临近中午，今天天气还不错，大家听从秦支队指挥，用一大张证物纸盛了一些土，摊平了放到阳光下。

随着时间的推移，一切如白松预料，这些土里逐渐闪现了金光！

金子啊！

此时这堆土的价值，陡然上升无数倍。

其实对这里的查封非常简单，就是贴了几张封条，如果真的有小偷知道这个秘密，肯定早就进来偷走了，但是事实上谁也想不到这一点，而王枫自然不可能把这件事告诉任何人。

黄澄澄的金子，此时刺激着每一个人的肾上腺，秦支队也有些激动。

秦支队立刻拍了照片，接着就拨通了马局长的电话。

虽然他很激动，但是逐级上报的规矩不能忘了。至于给殷局长汇报，还是得等这里面的黄金全部提取出来之后。

剩下的事情，交给专业的人做。

无论是分离土壤还是加热，都轮不到白松来做。这个案子的案值非常大，这些黄金的价值就近40万元，谁也不敢掉以轻心，一行近10人，护送着这100公斤左右的土，一起去了专门的实验室。

为了防止清理得不干净，就连几个花盆都带上了。

其中的步骤非常简单，说白了，一个农村老头都有办法。

100公斤土，放锅里炒一炒，然后炒出金子，再淘金不就好了？

当然，实验室不是这么做的，而是先溶解、搅拌、离心、分离等，再专门加热……毕竟，氧化金的密度远远大于土壤。

只是这些东西，均匀地混入100公斤的土之后，没有任何人能够感觉到土会变重,不然早就发现了。

  而事实证明,秦支队的担心是多余的,1326克金粉,提纯完毕!

第三百章　舒心（1）

啊，舒服！……

参与这个案子的人，没有一个不舒爽振奋的。

1300多克金粉，提炼出来需要的时间并不长，天华市公安局借用了省级实验室，当天下午，所有的金粉就摆在了大家面前。其实以实验室的条件，把这些金粉重新熔为金锭也不存在任何问题，但是没有必要，这东西无论怎样都不会贬损价值。

其实，如果有技术可以把这些氧化金做高度提纯，直接保存氧化金更有利于证据的保全。但是之前氧化金被混合得太散了，还是转换为黄金更有利于保存，且便于估算涉案价值。

"就这么点？"金粉摆在大家面前时，所有人都有些不太相信，怎么这么少？

电子秤不会骗人，显示屏上的数字更不会骗人，大家一一上前，把盛着金粉的烧杯挨个掂了掂。

是很压手啊……

所有人亲自试了一遍，认可了电子秤的数据。

这1300多克的金粉，一只200毫升的烧杯，居然盛了还不到一半，也难怪大家不信了。这如果倒进500毫升的可乐瓶，就是盖一点底啊。

随着实验室准确的数据公开，几分钟内，这件事情的始末以及获得的黄金克重便传到了殷局长的耳朵里。当得知确实找到了黄金，而且数量也对得上时，殷局长拿起了电话，拨通了一个熟悉的号码。

警情通报并不那么平静，当天傍晚，所有的官方渠道都开始转发，并着重指出这个案子的始末，对案件进行了揭秘。

"……根据我分局刑警的持续侦查，从犯罪嫌疑人家的花盆中发现了大量的氧化金，九河分局立刻开展了对氧化金的分解提纯……"

几个月前的案件好像一瞬间又被媒体点燃了。

嫌疑人跑了，警察肯定不舒服。但是能抓住跑了很久的逃犯，那之前的一切都是值得的。

而王枫自己都不知道，他火了，在盗窃界"一战成名"了！

偷东西的人大都只是想，如何在不被抓到的前提下多偷点有价值的东西，但王枫是在赌自己的智商超过其他所有人，被抓也无所谓，反正不会判死刑……

这里面使用的手段，尤其是藏金手段，是最容易让所有人产生"灯下黑"的误判的。

一时间，"氧化金"这个词上了热搜。

这是99.99%的人一辈子也不会接触甚至完全不会听说的事情，由此引发了网上的大讨论。

而案件的侦破者，就是去年那个上榜人物，因救小女孩被车撞到的探长，年仅二十二周岁就已经荣立三次二等功的"传奇"警官。

今天没啥后续工作要忙，新来的秦支队还要先熟悉一下整个支队的班子成员，白松也不想跟领导们去凑桌，哼着歌自己开车回家。

没承想，刚刚出大院门，就有好几个记者围了上来。白松眼尖，趁这些记者还没确定是他，一脚油门，车子扬长而去。

呼呼……

白松躲记者都躲出来经验了，车子虽然不是啥好车，但是他的车技还可以，很快就消失在了众人的视线中，想追也来不及了。

白松哼着小曲，慢慢地把车子开进了小区，这心情舒畅的感觉，真的……

等等，这是谁？

到了自己家楼下，白松一眼就看到了一个漂亮的姑娘，但是……

这个人他真的不想见到啊！

周璇……

刚刚开车没看微信，这会儿白松才看到微信上赵欣桥发的消息：

"对不起了，她找我要你的地址，说我要是不给的话，就天天来学校找我……只能牺牲你了……"

What（什么）？

周璇看到白松来，立刻就跑了过来，一下子站在了白松的车前，手里还拿着一个自拍杆，上面挂着一个手机。

"各位朋友，我璇宝宝是那种食言的人吗？我说这名最近爆红的警官是我同学，居然还有人不信。喏，你们看，这位就是白松警官，大家可以多看几眼。"周璇对着手机屏幕说道。

白松整个人都不好了，还有周璇这种人？

这热度还可以这样蹭吗？

白松找到黄金的事情，其实本身不算啥，警察破个奇案，原本就是本职工作，没什么可炫耀的，但是白松自己都不知道，因为之前的几件事情，他已经逐渐成为一个半公众人物。上次金店案抓犯人，以及救小女孩，让他有了一定的知名度和流量，此时再破奇案，被媒体炒作也很正常。

所有媒体都找不到的白松，居然被周璇给堵了。

"不跟你闹啊，我们有纪律，这些采访，你得找我们分局的专职人员，案子的事情别问我。"白松连忙摆了摆手，纪律是第一位的。

"咳，谁问你案子的事情啊！你现在这样还上班吗？又没穿制服……"周璇跟白松搭了一句话，立刻把脸转向了手机屏幕，"我完成承诺了吧？怎么样？"

"你这是干吗？手机直播吗？"白松问道。

"手机要是能直播就好了呢！现在还没有这个功能，我这是录像，然后晚上直播的时候,可以给我的粉丝们看。"周璇收起手机,"你配合我一下啊。"

"要不是同学一场,我肯定早跑了。我跟你说了,你要是采访,就带着记者证去我们分局指挥室宣传科,别直接找我,我也不知道该说什么。"白松颇有些无奈,这姑奶奶打不得啊。

"你这话也太不够意思了吧!"周璇气鼓鼓地说道,"我不会乱说的。"

白松锁好车,看着周璇,她这么快就从上京市跑到这里,他能怎么办?人都到这里了,还能真的把她晾在这里?

"走吧,上楼喝个茶?"白松看了看时间,"你还没吃饭吧?要不我请你吃饭,吃完饭,我送你去高铁站。"

"行,算你有良心,不过不用你请客了,你一个月才多少工资啊?"周璇说道,"今天你立功了,我要是让你请客,回头我的粉丝朋友们该骂我了。走吧,你挑地方,我请客。"

第三百零一章 舒心（2）

这件事情的传播速度已经快到了白松不太理解的程度了，再这样……

周璇都说，下一步就该把案子编入教材了……

这还真不是开玩笑，这个案子，居然把这么多专家瞒了这么久，也算是很经典的案子了。白松上学的时候就学过很多有趣的、经典的案子，确实是能发散思维。

"你的录像关了吗？"吃着饭，白松还是有些心有余悸。这个饭店档次还是不错的，虽然说白松对周璇有些无奈，但还是得好好招待她一番，至于周璇所说的她请客，白松自然不会放在心上，一顿饭而已。

但是白松挺不喜欢被很多人看着，有点事情自己处理就好了，直播……

嗯，不太喜欢。

"关了关了。"周璇有些不耐烦，"你知道每天我的直播间来多少人吗？我这也是让你火一火，让你们领导更重视你啊。"

"你想整死我就直说，别绕弯……"白松不想理她，"有问题可以问，录像不要播，你那录像都暴露我家住址了，你这是害我啊！"

"啊？"周璇离开警校久了，一点这方面的意识都没了，立刻拿出手机把视频彻底删除了，"问你几个问题，总归是方便的吧？"

"行吧……"白松揉了揉太阳穴。

她虽然把录像关了，可是她承诺了她的粉丝，一定把大家想要知道的东西都问出来。

周璇的直播间是有管理员的，她不在的时候，管理员负责收集各种各样的问题,并把最受大家关注的 10 个问题统计出来,她开播的时候要回答。

本来周璇对这件事情丝毫不担心,因为她和白松是四年的同学,还是很了解他的,而且白松的感情问题她全都了解,回答 10 个问题肯定是信手拈来,不会被白松知道的。

可事情突然就不一样了。

"问一下,前一段时间很火的两本书都是侦探风格的,里面的作者之一叫白松,请问是这个警官同志吗?"

"很想知道,白松警官平时都看什么书?"

"前一段时间网上有人传,有个警察司法考试考了 456 分,之后这个信息被撤了,据说还有人因为出售个人信息被抓了,是这个警官干的吗?"

……

逐渐地,白松的历史被网友疯狂地找了出来,就连当初他前往南疆省,与大饵县的领导同志握手的照片都被人扒了出来……

周璇慌了,这些事,她一件也不知道!毕业才多长时间,白松都经历这么多事情了?

问白松?怎么可能?白松本来就对她以自己为素材直播有些不喜,这些问题白松是不可能告诉她的。

可是……

"怎么了?菜不合胃口吗?"白松皱了皱眉,看了看时间,"你几点的火车?吃完我送你。"

"啊,没事,我今天不急着走,在你这里住也行……"周璇回过神,随口回答道。

"随便你,酒店自己订,我就请一顿饭,别的我不管。"钢铁直男还怕这个?

"哈,你是不是怕我住你这里,欣桥会误会啊?"周璇似乎把握到了什么,先占据主动权,然后后面的事情不就可以徐徐图之了?

白松直接斜了周璇一眼,很轻蔑地说道:"你所提到的那个人,可是赵

第三百零一章 舒心(2) | 205

欣桥。"

周璇一听，也气馁了……她虽然也自诩是个美女，但是这得看跟谁比，要是跟赵欣桥比，她一点自信都没有。

她可是记得，有一次直播的时候，不小心把赵欣桥拍了进去，直播间立刻有人刷火箭希望赵欣桥也露脸直播……

直到现在还有人提这个事情呢，唉……

嗯？

想到这，周璇突然想到，可以曲线救国啊……这些事她不知道，赵欣桥还能不知道吗？

接着，她满怀信心地给赵欣桥发了微信。

"对不起，对方还不是你的好友，请……"

什么？被拉黑了！

我不就是……强迫她说出男友的地址吗？至于吗？

而且，周璇发现，这半天，白松居然都没有看手机，难道这对情侣这个时候居然不需要用微信互相报告一下吗？互相这么放心吗？

想到这里，周璇更气馁了。

"白松……"周璇没了胃口，纠结了十分钟，终于张口问道，"我有几个问题想问你，可以吗？"

"这有啥不可以的？你问吧。"白松继续吃了一大口肉，这地方可不便宜，不吃就可惜了。

"听说你还写过书，是真的吗？"周璇道，"还有那个徐纺，我可是查了，她可是个美女作家，你该不会……"

"哦……"白松既不承认也不否认，"你到底想问啥？"

和白松对视了不到三秒，周璇彻底败下阵来，且不说现在她有求于白松，她真的发现白松比起大学的时候，变化非常大，眼神坚定，丝毫不像二十多岁的大学毕业生。这段时间，白松到底经历了什么呢？

"行了，我错了。"周璇很聪明，迅速摆正了自己的位置，"哥，以后我在桥桥那里，一定都只说你的好话，行吗？我也不问你很多，你回答我三个问题就行。"

"行吧，不涉密就行。"白松还是点了点头。说好话这件事情，听着还是挺香的。

这几个问题都没啥，也不是什么涉密的事情，白松一一作答了，尤其是被问到看了哪些书的时候，白松倒是挺开心的，把自己书架的照片给周璇发了过去。

虽然低声下气不是周大小姐的风格，但是总算可以对粉丝有个交代了……周璇松了一口气，打开了白松发的照片，下载了原图。

"你平时都看这些书？"周璇瞪大了眼睛，"你是在逗我吗？这不都是高中、大学的教材吗？"

"教材才是最好的书啊。"白松指了指照片，"真的，教材是最好的书，虽然没几个人信。但是我看的都只是基础书，不搞科研，就是增长一点见识。"

"好吧。天体物理学……这些书有啥用？"周璇无奈地点了点头，"我这小主播没文化，啥也不懂了，唉，被瞧不起了……"

"什么跟什么啊……我的好哥们也有个做兼职主播，和你是一个平台的，哦，对了，他的女友，就是和我一起写书的那个作者……"白松介绍了一番。

第三百零二章　白队长

这段时间，无论谁看到白松，都会笑着打个招呼，叫一声"白探长"，白松也很有礼貌地回叫一声师傅。

这种变化非常明显，因为之前很多人都叫他小白，只有三队的几个年轻人和一些比较在意称呼的人才叫他白探长，现在就连有的领导都这么称呼他了。

太年轻了不服众也是很正常的事情，而黄金案彻底让大家服了。

事情如何发酵，白松已经不会去在意，那些事情总会过去，但是还是有一件……嗯，有一件小事要说一下。

白松银行卡里的数字。

看着一个多达六位数的转账记录，白松自己都怀疑这算不算受贿了……

可是，一个小民警想受贿也没那个权力啊……

这笔钱不是别人打来的，正是徐纺。白松的事情，带火了他自己，也带火了那两本小说。虽然徐纺在自己的某博上也明确指出，接下来的这一系列作品白松并不会参与，但是这并不影响前两本书卖断了货。

事实上，发博客之前，徐纺就这件事给白松打了电话，虽然收益很可观，但白松还是打算不再参与接下来的小说创作了，他有预感，未来几年工作会更忙。

白松之所以能分到这么高的收益，是因为这两本书都成功地卖出了改编电视剧的版权。也就是说，它们将被拍成电视剧，白松自然应该获得其中的一部分收益，而且接下来还有其他收入。

这笔钱相当于白松五年的工资收入……

想到这里,还得感谢一下周璇,毕竟没有她,这件事也不会被宣传到如此程度……

算了,白松可不想再跟她打交道了,太累了……

虽然白松工资并不高,但是他对钱的需求不是很大,如果可以的话,换一辆车还是不错的,毕竟他现在用车的机会越来越多,而这辆二手车实在过于狭窄,他这个身高确实是够憋屈的,因此白松最近一直也在关注车子。

日子还是慢慢地过着,这段时间的几个案子也算是顺利,三队仍然以一种良性的势头在运转着。白松也逐渐地习惯了"白探长"这个称呼,大家都这么叫,那就接受吧,反正也不是什么调侃。

但是这种日子很快就发生了改变。这天,白松到食堂吃饭,二队的王探长看到白松,直接喊了一声"白队长,请客哈"。

王探长这个人嘴巴大,乱说话也不是一天两天了,白松不以为然,但是一顿饭遇到好几个人都转变了称呼。

今天的情况很奇怪,白松明显感觉大家看他的眼神都有些复杂。恭喜?感叹?些许距离感?白松是个感觉很敏锐的人,对这种情况颇为不适应。

白队长?

白松有些摸不着头脑,啥意思?

他不知道,但也不敢问啊……

食堂真的是二手消息集散地,白松吃完饭,就听到了好多个版本,但是所有的版本都指向一个问题,竞聘结果下来了,白松成了九河分局历史上最年轻的副科级干部,成了白队长。

白松都不敢信,在看到聘书之前,他只能打个哈哈。

说谢谢?万一这是个谣言,岂不是丢人了?

说不是?这种事真的不能太谦虚了,因为这可不是他自己的事情。

队长和探长不一样,这直接代表着九河分局的形象,是正儿八经的领导层级,有了行政级别——副科级。

这种期待感还是让白松有些激动，毕竟升职加薪谁都喜欢……

与食堂里大家近乎公开的讨论不同，三队倒是没什么动静，吃完饭回到队里，也没人讨论这事。三队的人最近一天到晚往分局跑，按理说消息是最灵通的，既然三队没人在传播这事，那么，嗯……看来是谣言吧。

如此想来，忙着工作，白松很快地就把这件事情抛之脑后了。

最近案子多，不停地有犯罪嫌疑人刑事拘留时间届满宣布建捕，需要执行逮捕。白松跟检察院打交道的次数很多，下午还有两个嫌疑人要被宣布逮捕，白松提前做了准备，一旦检察院宣布逮捕，他可以立刻把这些材料上传。

直到下午四点多，白松才接到了李队的电话，明天一大早，去分局开会，领聘书，听安排。

李队的声音非常平静，虽然也说了恭喜，但是明显心情不是很好，白松激动之余，才想到了原因。

三队的成员不是不知道这件事情，很可能知道得更早。

但是大家都知道一件事，白松只要被提拔了，就不会在原单位了，调动更有利于管理。

想到这里，原本的激动此时一点也没有了，白松显得无比平静，比当初被安排为探长的时候还要淡定。想了想在三队度过的几个月，白松真的有点舍不得。

这几个月来，王亮那个组暂且不论，白松所在的组，所有同事都非常给力，不辞辛苦、任劳任怨，而且，档案室里还有一大半的案卷没看完呢……

平静地度过一天，忙着熟悉的工作，第二天去分局接受聘书，这一切都很平静。

白松被任命为刑侦支队十大队副大队长。

十大队？

白松接到任命的时候，看着聘书，有些不能理解，十队还存在吗？

在刑警队待了这么久，每个队是干吗的白松很清楚，可是那仅限于八个队,九队和十队一向都是没什么工作的,每个队里也就三五个人,而且大部分被借调出去了,队里本身也没什么具体工作。

手下有20个精兵强将跟有三五个老弱病残完全是两个概念,刑警的这些队伍,前八个队,数二队、三队、四队人数最多,兵强马壮,其他的也算是各有千秋。

九队作为打拐的部门,这些年都快被裁撤了,因为这类案件非常少,估计过几年就被并入二队一起忙重案了。

那么十队呢?

第三百零三章 "中二"少年欢乐多

虽然不愿意承认,但是白松早就听说,十队就是个挂编制的地方。十队的队长已经五十多岁了,常年借调政法委,一年到头也不回来。

十队的教导员编制空缺快三年了。

副队长倒是有一个,但是跟队里的其他三个民警一样,被借调到了不同的部门。

一把手不在,二把手没有,白松这是直接就可以当老大了?

问题是,管谁?

案子是啥?

来干吗的?

看仓库吗?

……

聘书已经下了,倒不用立刻上岗,因为去了真的没啥可干的,整个十队现在上班的人,就白松自己。

组织关系明天就会转过去,不管白松承认不承认,现在他已经是白队长了。

但是今天,他还是三队的人。

白松回到队里的时候还是上午,而三队所有人全部改口叫起了"白队长"。

身份不同了,白松开了一上午的会,此时感触还是蛮深的。

"白队,恭喜啊。"赵队这次竞聘之后还是副科,但是他比白松大了十几岁。

"赵队您也客气,有事还是得多跟您学习。"

"好说好说,自己人。"赵队道,"你抓紧收拾一下东西吧,明天就过去了,这边的工作你交接一下应该也不麻烦吧?"

"不麻烦,现在手头的案子基本上都诉出去了,有啥事我和他们几个说一下就行。"白松想了想,有个问题还是问了出来,"赵队,我能不能问一下,十队……在哪啊?"

"啊?你不知道十队在哪里?"赵队一听有些惊讶,不过旋即明白过来,白松不知道也很正常,"十队不在咱们大院里,在四队的楼上,有专门的五间屋子,不过基本上没人去,钥匙你还得找四队的人要。"

"四队那边?哦,我知道了。"白松点了点头,四队那边他常去,不在刑警大院里,但是他还真的没去过顶楼那一层。

"行,一会儿安排几个人帮你把东西搬过去。"赵队道。

"不用了,我的东西很少,一趟车就拉完了。"白松道,"等下午再说吧,之前约好了今天再提审一次王枫,我打算忙完了这件事再说。"

"也行,一起去吧,我倒想听听他要说啥。"赵队也知道这件事情,王枫昨天跟管教说了,有重特大犯罪线索需要举报。

俩队长约好了,去看守所提审很简单了……

很神奇……

王枫已经知道自己的犯罪所得被警察发现了,这次相见,再没了之前的桀骜和不忿,而变得患得患失,眼神游离起来。

"有什么事?快说。"白松问道。

"我得先说好了,我举报的可是大事,我说完了,你们要给我……给我减刑!"王枫声音有些尖锐。

"你先说,我得听听是什么事。"白松坐得很稳,"而且减刑也不是我说了算的,这得法院判定。"

"我跟那个管教说了让来个领导,你说了不算你来干吗?你说了不算,我不和你说。"王枫又有了一丝桀骜。

"哪那么多废话!"赵队看这个小子早就烦死了,这个装×的样子到底是跟谁学的?之前的事情瞒了大家几个月,赵队还憋着气呢,"你在这里都四五个月了,但凡你动动脑子,学点法律,也知道减刑是法院的事情,在这里跟我摆什么谱?我们俩都是领导,有话就说,没话我们现在就走,你留着开庭了跟法官说。"

"可是……这个事情真的很重要!"王枫还是有些患得患失。

"重要就说。"白松唱起了红脸,"按照法律规定,如果你说的是真的,确实是能算重大立功表现的,我们会把这个情况告诉检察院。但是如果你不说,我们这就走,不会有别人来了。"

王枫支支吾吾了半天,还是说了出来。

说了半天,居然是他之前的老板王千意的事情……

白松听完,和赵队相视无语。

"啊?你们不激动吗?这可是个很久以前的命案啊!我说的是真的,骗你们天打五雷轰。"王枫信誓旦旦,"是个命案,走私的,我都知道在哪里,而且我说的这个王千意,就是去年你们抓的那个……呃,不对,前年你们抓的那个。"

"你说的这个王千意,因为这个案子,都枪毙了。"赵队嗤笑了一番,"你还有啥想说的吗?没有我们就走了。"

王枫听到这句话,整个人都震惊了,怎么可能?

"不可能,他那件事情,没有别人知道!"王枫瞪大了眼睛。

"这个屋子全程录音录像,我们有骗你的必要?你说的他杀的那个人,是不是……"白松直接道。

听了白松的描述,王枫整个人傻了。

他跟王千意在一起挺多年的,王千意之所以待他不薄,主要是因为他偶然间知道了这个秘密,这个事他一直记在心里。

为什么这次盗窃他这么横?跟他心里以为的"底牌"有很大关系。王枫认为，偷个东西而已，有举报杀人案这么大的功劳，他还不立刻就被放了？

不得不说，中二少年思路广啊……

举报他人犯罪立功这样的事情，那必须得是公安机关尚未掌握的，要是掌握了的，就没有任何价值和意义了。而且并不是立功就一定减刑，这个只是酌定减刑的一种可能，得法院说了算。

看着王枫终于有些后悔和难过的样子，赵队心情舒爽了很多。

没啥可聊的了，赵队喊了声管教，让管教把王枫带了回去。

回去的路上，赵队开心得差点哼起曲来……

白松也觉得好笑，他是真的理解，这几个月，这么多警察被这个中二少年气成啥样了……

第三百零四章 经侦总队

一路上赵队心情不错,和白松聊得很开心。这时,白松的手机突然响了起来。

"白松,"电话那头传来一个很有磁性的声音,"我,秦无双。"

"我知道是您,您的电话号码我存了。秦支队有啥事?"白松连忙道。

"嗯,刚刚开完会,给你布置一下你接下来的工作,你先休息两天,搬搬家收拾收拾东西,你的办公室是505,你回头可以把东西都搬过去。"秦支队顿了一下,"不过,你不用去那边上班。刚刚支队开会研究了一下,你下周一去市局经侦总队报到,去了那边找曹支队,我一会儿把他的电话号码发给你。你去那边,服从那边的纪律,有事给我打电话,明白了吗?"

"明白。"白松啥也不敢说,只能服从命令。

说完,秦支队就把电话挂了,接着白松手机就收到了短信。

"啥事?"赵队有些好奇。

"说让我下个星期去经侦总队报到……"白松有些无语,"我啥也不会,不知道让我去干吗。"

"经总?"赵队想了想,笑道,"嗯呢,跟我想的也差不多,把你安排到十队,明显不是让你去干活的,肯定要借调走。估计十队的罗队这次就该回来了,他在那边两年了,也该调动一下了。"

"罗队?是十队的另外一个副大队长吗?他一直借调经侦总队?"白松好奇地问道。

"是副队长,但不是经总,他在技总那边,前几天还回来竞聘正科了,估计该动一下了。"赵队道,"你和他情况不一样,你太年轻了,估计领导也是担心你缺乏管理能力,正好市局那边有案子,就这么安排你了。"

"咱们这借调市局很正常吗?"白松逮着这个机会肯定要多问几句的。

"挺正常的,市局的编制是死的,但是案子是活的,有时候案子多了起来,为了保证办案质量,只能抽调人手机动安排,这才能保证人员不浪费。"赵队解释道,"不过去了那边,你就跟在这边当个探长差不多,算不上领导了。"

"嗯呢,这倒不是问题,真的把我放在十队,我估计能闷死。"白松吐槽道,"有案子忙还是好事。"

"嗯呢,你这么年轻,肯定得多一些朝气,不错了。"二人走到楼道附近,赵队准备回屋子,他提醒白松道,"经总那边我去过,涉案金额非常大,你去了得多注意一些。"

"好,谢谢赵队。"白松大体有了了解,接着问道,"那边具体是做什么工作的,您了解吗?"

"和咱们分局的经侦差不多,咱们分局经侦支队也经常有人被借调过去。一般就是一些经济类案件,虚开增值税发票、非法吸收公众存款、集资诈骗、合同诈骗之类的,需要具有比较高的法律水平和数学水平。"

"照这么说,我是不是应该考个注册会计师?"白松自言自语道。

"你们年轻人行,像我这个岁数的……"

"赵队您才多大啊……"

说着话,两个人到了办公室门口,白松和赵队分开,白松先去跟大家交接了一下工作,这并不难。

当然,也没有太多的伤感,白松还是九河分局的人,早晚有案子还会再碰到一起,能够高升这种事,谁都会祝福的。

白松的东西不多,即使车子不是很大,依然能够轻松放下,王亮还打算送一下白松,白松婉拒了,说这几天晚上下了班再坐坐吧。

晚上,白松约好了去师父那里。

而第二天，孙杰、王华东和王亮可把白松狠狠地宰了一顿，要不是有"外财"，白松就真的有些肉痛了……

这几天，白松和自己的朋友们都聚了聚，但是心里一直还在想着师父那天晚上喝酒之后聊的一件事情。

无论是这边的工作还是经总的工作，白松都不是特别担心，这些事他都能解决，但是孙唐讲到的一件事，他印象非常深刻。

这件事无关其他，而是关于他父亲的。

本来孙唐也不会提这个事情，可能是酒喝多了就说了，白松却颠来倒去想了好几天。

白玉龙怎么会提这个事情？

为什么父亲会那么执着于担心有人想要害他呢？

如果说是母亲这么担心，白松自然不会多想，但是父亲可不是那么随便说话的人。白松对老爹太了解了，他酒量好得不行，排除掉乱讲话的可能，那么就一定是他发现了什么。

在侦查办案方面，白松可以说没有父亲水平高，但是这个案子他肯定比白玉龙了解得更多。

无论是临时起意去抓黄毛还是之后的所有事，白松在脑海里已经仔细分析了几十遍，他即便再笨，也肯定了一个答案——这个事故一定是巧合。

如果排除掉这些可能，白玉龙却还要在这么多领导和同事面前，问出这句话来，那真相就只有一个——父亲对他的安危表现出了额外的担忧。

白玉龙当过这么多年警察，刑警是啥工作他最清楚不过，不至于因为儿子受一次重伤，就担心成这个样子，按照这个逻辑来分析，那就是白玉龙有其他事情，担心儿子被报复。

也就是说，白玉龙因为自己的问题，对儿子额外担心。

白玉龙当初调换工作肯定是有别的原因，而且可能是这件事抑或是其他事情，使得白玉龙有了一个仇人，而且这个仇人与白家的关系是不可调和的。

也正因为如此，白松当初找工作的时候，白玉龙才会推荐他去外地，并且急着给儿子把房子买好了。

白松心中有了些许计较……

其实关于父亲的事情，尤其是换工作的事情，白松早就想了解了……

等这次回家，是时候了解一下这件事情的始末了。

白松知道这件事过去这么多年，早已经不是一天两天可以解决的，目前考虑的还是如何做好接下来的工作。

大机关啊……会如何呢？

第三百零五章　260亿元

经侦总队不在市局大院，而是位于天北区，还挺偏僻的。白松提前做好了功课，知道了具体位置。

4月15日一早，白松开车到了目的地附近。

经侦总队附近有个废弃的工厂，还有几排平房。这里距离市区有点距离，白松上班开车要半个多小时，这里最大的好处就是不堵车，有足够的地方停车。

总队的院门并不大，不像一般分局大门那么恢宏。白松看见门口围了七八个百姓，附近几家饭店、超市也没什么人。如果不看门口的牌匾，这里更像是一个镇政府。

大门的正对面，并排有六七家律师事务所。即便是白松这种对律师行业没啥了解的人，也听过其中三家律所的名字，这都是天华市很有名的刑事案件辩护所，早早地都开了门。

白松把车开到大门口，出示了一下证件，说明了来意，顺利地进了大院。

停车和保安聊天的时候，白松听到门口这几个人说的话，应该是来询问案件进展的，这几个老太太的钱投资之后全没了。

这种事真的太多了……

白松进了院以后，看到院子很大，粗略估计足够停放两百辆车，现在已经停了一半的地方，他就刻意把车子停到了比较偏的地方，尽量不占用别人常用的车位。

白松的车子挺破的，但是洗得很干净。停好车，白松突然发现了一个情况。刚刚他停车的时候就感觉有问题，现在仔细一看，这周围的车子，好像不太对劲啊……

附近有十几辆车子，每一辆都蒙着厚厚的灰，看样子起码有几个月甚至几年没人动过了，有的车子已经盖上了布，还有的就那么停在那里。

但是即便车被蒙住，还是让人一眼就看出来车子的品牌，劳斯莱斯、宾利、法拉利、迈巴赫……

整个一豪车集中营，这里随便一辆车的购置税都能买十多辆白松的车子，而这些豪车现在竟然就这么停在这里。

涉案物品？

也只有这一个可能了！

跟这些车子一比，自己的那也能叫车？

白松无语了，围着几辆车转了转，欣赏了一番，好吧……真的该换车了。

停好车子，才八点钟左右，陆陆续续地有车子开了进来，白松直接拨通了曹支队的电话。

"白队是吧？你直接来404会议室吧，八点半就有会，你过来跟大家熟悉一下。"听声音，曹支队估计有五十多岁了，但还是挺随和的。

这里有三栋楼，但是只有一栋是高楼，白松很快就到了曹支队说的地方。这是个会议室，但是与一般的会议室不同，里面至少摆着七八个大柜子，每个都是满满当当的。

这种柜子堪比三队档案室里的文件柜，也就是说，单单这个会议室里面的案卷，数量就有三队档案室的一半。

白松是第一个来的，想了想，他坐在了第二排，主要是后面的桌子上都是案卷，初来乍到，乱翻别人的东西不仅不礼貌，而且违反纪律。

很快，一个五十多岁、身穿白衬衣的警官推门进来，他应该就是秦支队所说的曹支队了。

曹支队头发很短，微胖，让人看着就很容易有好感。

在学校的时候，白松一天到晚总能看到穿白衬衫的人，而刑侦支队的院里却一个都没有，此时突然看到穿白衬衣的警官，白松连忙敬了个礼。

曹支队回了个礼，随即摆摆手道："别客气，坐，八点半才开会，你在这边等会儿。等开完会，我找俩小孩带你转转，了解一下这边的情况。"

"之前通电话的时候感觉你很年轻，但是你比我想象的还年轻，白队应该不到三十岁吧？"

"呃，曹支队，再过半个月我二十三岁了。"白松心道，自己看着这么老吗？

"二十三岁？二十三岁就现职副科了啊？英雄出少年，不错不错，咱们这边的案子，就是需要年轻人。看来你们那边的小秦还算是不错，知道给我们来点精兵强将。"曹支队强调了一下"精兵强将"四个字。

"曹支队您过誉了，我来就是学习的。"白松客气地说道。

"嗯，行，那就一会儿跟着大家好好学学。"曹支队点了点头，示意白松坐着等会儿，接着就出去了。

嗯？不按套路出牌啊，不应该互相客气一下吗？

白松发现，他刚刚说出自己的年龄的时候，曹支队的态度一下子就发生了变化，白松有些疑惑，想了想，大体知道了什么原因。

想到这里，换作别人可能会有些郁闷，但是白松不悲反喜，这样的领导才是最适合带着大家干活的……

市局的同志好像都非常守时，八点二十分的时候，这里还一个人都没有，而短短的几分钟之内，屋里陆陆续续地进来了20多个人，平均年龄在三十五岁左右，大家都挺安静，对白松也就是多看了一眼，没什么别的反应。

八点二十五分，曹支队和另外两个领导进了屋子，介绍了白松一番，立刻就讲起了案子。

这个专案组叫作"笛卡金融专案组"，是针对一起非法吸收公众存款案件而成立的专案组。这个会议室里的所有案卷,都是这一个案子的,而且只是其中的一部分。

没错,这只是一部分,除此之外,还有一个仓库的案卷,包括了大量的票证数据和电子数据。

专案组不仅有在场的这些警察,前段时间有几十个银行的工作人员也被调到了这里,现场配合经侦总队办案。

目前案子已经进入了中期,人员基本上也都被抓了,经初步查实,涉案金额巨大,超过260亿元。

第三百零六章　初步了解

这就是赵队说的涉案金额非常大？

怪不得在场的各位警官都如此淡定沉稳，被这个案子洗礼这么久，任谁都会成熟许多。

屋子里的人，一半左右是从各个分局借调过来的精兵强将，现在案子已经进入了中期，最早的时候，专案组成员超过150人。现在逐渐裁撤、轮换，但依然有四五十人之多。

这种案子，很多人做的就是最基础的工作，不需要对整个案子都有所了解。比如说，取笔录，调取银行证据，整理证据和流水信息等等，都是一些很辛苦的基础工作，一天忙上十四五个小时算是家常便饭。

曹支队等人没有单独顾及白松的情况，还是按之前的计划继续案子的工作，目前案件的难点，还是梳理线索，继续完善补充证据链，因为涉及的东西太多，待定罪量刑的时候，一份证据都不能少。

司法考试考前学习的时候，白松曾经听说过一个案例。

某船厂受某国公司雇佣生产一艘数万吨的大型游轮，技术很先进。这个船厂的生产能力很强，按照委托方的技术要求和图纸，如期交付了这艘游轮。

数年后，该船厂自主生产销售了一艘游轮，该游轮与之前的非常相似。

后来委托方一看，这不是抄袭吗？立刻申请知识产权诉讼，认为该船厂侵犯了委托方的专利。

然而，这是一艘数万吨的游轮！

光图纸，就拉了整整五辆卡车。

作为一名警察，白松立志成为一个知识比较丰富的人。那么法官呢？法官自然也都是博学之人，但是遇到这种事情，知识储备还是有些"捉襟见肘"。

当然，我们丝毫不怀疑，承办该案的海事法院的数名法官组成的合议庭很专业，也相信这个案子找到的几个专家辅助人是行业专家，但是……

五辆卡车的先进图纸，百吨重的书籍、图画、文字资料和大量的电子资料……

如果你是法官，怎么办？

……

而这个案子，因为涉及重大刑事犯罪，把整个案子的脉络整理清楚，是必需的。

非法吸收公众存款罪很复杂，毕竟金融这种东西，有时候确实需要更自由的市场。

但是，根源还是在于，很多有了一点存款的人，他们对于自己的金钱的支配能力低得吓人。尤其是很多年龄稍大，父辈一直过苦日子，自己又攒了一点钱的人。

从未支配过金钱的人，逐渐有了积蓄之后，不知道该怎么处理了。

钱放银行里？利息似乎有些低。

买房？又不太够。

买车？不行啊，不能随便花了，要攒着。

投资？

那好吧，怎么投资？

经常可以看到各种各样的投资公司宣传：

"银行的理财许诺4%的利息太低了，家门口的金融产品，稳定可靠，利息9%……"

"咱们的理财产品，**紧跟时代**，投资西亚、非洲、拉丁美洲东南亚……"

"是，我们的产品有风险，但您可是第一批会员，前面的吃肉啊……"

总之，各种许诺又不要钱，很多人被"套路"了：10万元进去，12万元出来；再拿3万元，15万元进去，18万元出来；再拿12万元，30万元进去，一分钱出不来了……

而这个笛卡金融，利息稍微低一些，因而资金链可以存续得更长一点，最后就造成了金额这么庞大的问题。

白松有点跟不上这个会议的节奏，他手头也没有案卷，只能拿着本子记了不少东西，大体了解了一些情况。

会后，曹支队安排了一个人，带着白松去找了个宿舍。最关键的就是，白松被编入了这个专案组，可以自由地翻看整个案子的材料。

这个宿舍是双人宿舍，有两张独立的单人床、两个柜子和两套办公桌。舍友白松还没见到，估计也是个副职领导。

案子该抓的人都抓得差不多了，案子的密级下调了一次，白松签了保密协议，整个案子的所有材料都可以在不影响他人的前提下翻阅。

想了解案子的情况，有证据册。案子的专案内勤是经侦总队的一个副大队长，叫王威，今年三十四岁，他从开始到现在一直跟进这个案子。

看得出来，曹支队知道白松的年龄后，似乎不太想把案子交给白松做，对他没有进行任何安排。白松也懂其中原因，收拾好了住处之后，主动去找了王威。

王威有自己独立的办公室，见白松敲门进来，连忙起身，倒了杯茶。

"王队您好，我是九河分局新来的，过来找您了解一下案件的情况。"白松也不知道王威是个什么样的人，直接表明了来意。

"哦，刚刚开会时看见你了，白队长是吧？别客气，这里有证据册的复印件，你拿一份去看一下，基本上案件的脉络都在这里，看完记得还回来。"王威说话不偏不倚，从柜子里拿出了一个盒子。

一套复印件还需要归还啊，白松有点不太喜欢这种被限制的感觉，但是还是接过了盒子。

"哪个是证据册?"白松看到盒子里一共六本案卷,问道。

"都是。"王威接着拿出一个收发文簿,"麻烦签个字,复印件有点多,也只复印了四五套,别弄丢了。"

"好,没问题。"白松看着屋子里的材料,表示同意,签完字就回了宿舍。

这个盒子,掂量着有三四斤重,这里面装着的是整个案件目前为止所有的证据册和案件简介,基本上都是王威整理复印的东西,记录着这案子的始末。

第三百零七章　冷落

翻开这个案子的证据册，白松有点无从下手的感觉。

可能是案子刚刚走到中期，又过于复杂，这些证据册没有经过系统的整理和分析，如果是外行，根本看不懂。

不过好在白松这段时间至少整理和阅览了上千本案卷。另外，在案件办理过程中阅卷对他来说不是一次两次了，这个案子再复杂，也是殊途同归。

他硬着头皮，一点一点地翻着，"啃"了两个多小时，勉强算是能看明白一点了。

初步统计，这个案件的被害人遍布全国，超过 30 万人"投资"。

即便到了现在，每天收发室都会收到各地转递的文书，都是各地公安部门的立案材料和笔录材料以及相关证据材料。每天收发室收到的材料都得有一大箱子。

因为每天都有大量的新材料，分拣工作并不是王威一个人做，他也根本忙不过来。白松大体看了看，这基本证据册的行事风格说明应该有四五个人分拣。

看马支队整理的案卷看多了，再看其他人的案卷时，明显就能看出行事与习惯的差距。

多人共同整理的案卷，又没有顺序，半路杀进来的白松看这个案卷看得头疼。

这就好像没有读过初中，直接开始读高中一样，虽然是能看懂每个字，也明白很多东西的意思，但是想彻底理解就有些不太现实了。即便白松入了门，依然头疼得很。

这种案件真的费劲，如果是诈骗案，一旦骗子的老窝被端了，就不会有新的案子，最多半个月，也就接不到新的报警了，很快就能汇总所有的报警记录。但是这个案子不行，很多人一直对这个金融公司抱有信心，即便公司的 App 已经停了几个月，还有人被骗了，所以现在仍有源源不断的案卷，而且根本不知道什么时候结束。

慢慢"啃"吧……

没人管白松，他连个饭卡也没有，到了中午，屋子里一直也没人进来，白松自己带了一些吃的，随便吃了一点，就接着看起了证据册。

直到下午五点多，白松才搞明白这案子到底是什么情况，也知道了犯罪嫌疑人的组织划分及相关手段。

现在并不是所有人都抓到了，虽然案子的框架已经搭了起来，但是主犯还不知道是谁。被抓的人里，不少都和主犯见过面，但是没有人知道他的具体信息。根据多人供述的相貌信息，主犯已经被通缉了几个月了，但至今没有被抓获。

主犯身高一米七五左右，北方人，中等身材，长相很普通，三十岁左右，外号"怡师"。白松看了一眼这个人的画像，给人的感觉就是，看了第一眼，转过头之后，就会忘了他长什么样子。

王威办公室。

"晚上吃什么？"曹支队在王威办公室，给王威递了根烟，"最近大家都够辛苦的，晚上别在单位吃了，出去吃吧。"

"今天新来的东西挺多，我就不去了。"王威婉拒道，"不然明天会更忙。"

"有多少？要人帮忙吗？"曹支队关切地问道。

"不行啊、曹支队，这个案子主办的人已经够多了，再不多待会儿，我都快不知道新来的是什么情况了。"王威苦笑道，"案子越来越麻烦了……"

"这事你是最累的,等案子结束了我肯定向领导汇报。"曹支队鼓励了一番,接着问道,"今天有啥进展吗?或者说,今天有啥情况?"

"没有,还老样子,主犯一点线索都没有,其他东西也就那么回事,整理得差不多了。"王威道,"哦,对了,今天新来的那个姓白的副队长,来我这里拿了一套复印件走。除此之外,没什么别的事情了。"

"哦,白松?"曹支队一拍脑门,"我把他给忘了,估计他都下班了吧?"

看了看表,曹支队自言自语道:"咱们这里下班时间是六点,一般他们分局刑警都是五点半下班,估计没跟我打招呼就直接走了,这一天也没什么动静。"

看了看表,曹支队说道:"我打个电话问问。"

拿起手机,曹支队想了想说:"我去他屋子里看看吧,反正就在隔壁。"

没敲门,曹支队直接推开了门,映入眼帘的是床上的衣服和包。他面色略有阴沉,把刚刚放入口袋里的手机又拿了出来。

"曹支队。"白松正记着笔记,发现门开了,看到曹支队的身影,立刻站了起来,"您有啥事?"

"嗯?"曹支队这才看到门后侧办公桌边上的白松,立刻放下了手中的手机,问道,"你这一天都在这里?"

"嗯,有什么事情吗,曹支队?"白松一脸疑惑。

"哦,没事,过来看看你。在这里还习惯吗?吃住都行吗?"曹支队问道。

"挺习惯的,有案子我就习惯。"白松微笑着道,"对了,曹支队,饭卡在哪里办?"

"你看我这个脑子。"曹支队拍了拍脑袋,"办饭卡你找咱们的日常内勤小孙就行,就是把你领过来的那个。你应该留他电话了吧?"

"嗯,咱们这里工作时间是上午八点半到下午六点,中午休息时间是十一点四十到两点。每天早上都有临时的会,地点就是之前的屋子,案子的事情你可以问王队,就这样,你最近就多看看这些案卷吧。"

"对了,今天看得怎么样?"

"还行,把案子的大体情况……"

"嗯,行,"曹支队打断了白松的话,"最近多看看,不急着办案。"

"好,明白了。"白松点了点头。

曹支队说完,略有些沉闷地离开了,白松在原地愣了半天。

白松待人接物,一向是有啥说啥,尤其是跟领导说话更是如此。秦支队把自己交付给了曹支队,白松自然是把曹支队看成了自己的直接领导。

第三百零八章　霉运连连

　　曹支队走了之后，白松纠结了大约 10 分钟。
　　白松不是个爱纠结的人，而这次的原因是，自己被轻视不算什么，但是会不会连累秦支队呢？
　　白松看得出来，秦支队一定是好意。
　　白松很年轻，在九河分局且不说资历，真论起能力也不敢说多么突出，毕竟处理事情还很少，尤其是处理人际关系方面就更少了。
　　首先，这里是个新的环境，有新的领导和同事，而这里与九河分局也相对独立，即便处理不好关系也算是增长经验了；而处理好了，那经验就更多了。
　　其次就是案子本身，秦支队当然希望白松能在这里出彩、露脸，但是即便不能，也是个很好的锻炼机会。
　　想到这里，白松有些担忧，自己这般，会不会让秦支队被诟病呢？
　　白松看了一整天，大体了解这个案子是啥了。这其实很难，大部分人来这里好几天才能说出具体的情况，而白松这么年轻，在这么短时间内却说自己大体看懂了，于是曹支队认为他这是在吹牛……
　　有时候人的第一印象就是如此。
　　纠结了一会儿，白松明白，此时不用想这些事情，努力工作先把案子弄明白再说。
　　不得不说，处理人际关系上，白松还真的一般，曹支队说的那个日常内勤的电话，白松就没留，他没有主动和人结识的习惯。

本来还打算今天在这里吃完饭再看看案卷,但是找不到人办饭卡,只能到点下班了。

中午吃得太少,六点整,白松饿着肚子,也看不进去了,把东西都整理好,锁到了自己的柜子里。柜子上是有钥匙的,白松锁好柜门,直接把钥匙装到了口袋里。

本来还想带回家的,但是这些东西即便下调了密级,依然是保密材料,不能带走,今天心情不太好,明天再慢慢看。这个案子,最起码要搞半年以上,甚至两年,也不差这一天。

白松前脚刚走,曹支队又来了一趟办公室,看了看时间和干净的桌面、柜子,面色不喜地离开了。

饿极了的人哪想那么多,脑力劳动一样耗费很大的力气,一出院子,白松就找了最近的小馆子,点了一小份酱棒骨、凉菜和米饭。

同样的东西在食堂里可能也会有,白松不是第一次听说市局单位食堂不错,而且价格很低,不过自己花钱买的这些,依然香气扑鼻。

他本来就爱吃肉,饿极了以后拿起棒骨,啃起来的样子自然也不会多优雅,刚吃两块就听到了邻桌的嗤笑声。

"哪来的土包子?没吃过肉吗?"

声音虽然不大,但是清晰入耳。

本来就开了个破车过来,又穿了一身很普通的便服,嘴角都是油,白松颇有些自嘲,没怎么搭理这几个人。

来这吃饭的要么是警察,要么是律师,要么就是附近工厂的工人或者打零工的,白松这身装扮,怎么看都像是个普通的工人。

"老板,再来一份棒骨。"这种棒骨的肉不是很多,骨头占了80%以上,但是炖的味道很好。

也不知道是出于什么目的,邻桌的一个人端着小半盆的棒骨,直接放到了白松的桌上。端盆的男子是个光头,三十啷当岁,把盆直接从距离桌子十几厘米的地方，扔到了白松的桌上，盆里的汤汁飞溅而出，溅到了白松的衣服上。

"你不用再买了，我们这边吃不完，送你了。"光头嗤笑道，"跟没吃过肉似的。"

白松没有抬头，看了看自己衣服上的两滴酱汁，从背包里拿出一张湿纸巾，轻轻地擦了擦，彻底无视这个光头。

"什么意思？"光头喝了点酒，被无视得有些莫名气愤，正当要发作的时候，他看到了白松平静的眼神，一瞬间有些如芒刺在背。

白松也没心情再吃了，好在已经不怎么饿，跟老板说第二份不要了，把30块钱放在了前台，转身就走了。

白松出了屋子，光头四顾，发现人已经走了，不由得为自己刚刚被白松的眼神吓住的行为感到很丢人，准备追出去，却想到那样更丢人，哼了一声，嘟囔了一句："给你们饭店面子！"

……

这种人白松见多了，他已经不是那个遇事容易毛躁的新警察了，这般动起手来，即便他把这三五个人全部撂倒，又能有什么收获呢？

四月的这个时间天色已经暗了下来，白松开始考虑是回单位住还是回家住，车开得有些心不在焉，这附近本身就不熟悉，一不小心就把车子开到了死路。

这边是一个废弃的工厂，大门还锁着，但是墙早就塌了一大半，几个铁丝网形同虚设，附近杂草丛生，路面也坑坑洼洼。

看了眼烟囱的位置，白松大体确定了自己的方向。白松在经侦总队的宿舍兼办公室里，就能看到这根烟囱。

很多自诩为老司机的人容易犯一个毛病，以为自己知道路的时候，就不喜欢开导航。白松也是如此，凭借着方向，感觉自己应该能开出去，没什么问题，向着来的方向开了几百米，接着就按照方向感，拐了个弯。

走了差不多200米，白松就觉出来不对劲了，路况越来越差。这里的路很窄，白松只能倒回去。这条路年久失修，白松刚刚倒了几十米，咔的一声，原来是这里的一座小桥上的水泥梁塌陷，左前侧轮胎一下子陷了进去。

这是一辆前驱的老轿车，路面又很窄，白松轻轻地打开了门，下了车才发现，前轮已经整个陷了进去。

为什么是动力轮陷了呢……白松自言自语道，难不成是自己太重了？

不可能啊……我才一百七十多斤啊……

第三百零九章　偷盗

但凡车子是个四驱车或有把差速锁,这丝毫不是什么问题,白松从后备厢里拿出一只千斤顶,搞了半天也没办法,只能叫救援了。

以白松对保险公司的了解,没一个小时是别想来救援了。

这会儿已经七点多了,天全黑了,白松怕车子怠速有震动,一会儿容易陷得更深,就把火熄了,在这里无聊地等着。

不幸中的万幸,现在是个既不怎么冷又没有蚊子的季节,天上的星星很多,这个地方没有光污染,具有非常棒的天空观测条件。

白松静静地看了会儿天空。附近有车子的声音,但是声音太小了,还没听清就消失了。

四处望了望,白松看到远处的铁丝网那里有手电筒晃动。

有人?

白松的车子也就一吨左右,如果有三四个成年男子过来帮忙抬一下,再找根木头,那连保险公司都不用叫了,大不了一人给100元辛苦钱。

本来他还以为是工厂巡夜的人,慢慢走近了白松却发现不对劲。

白松看到了一个光头。

而这个光头好像刚刚见过……

冤家路窄。

看着明晃晃的反光和几个手电筒亮光的方向,这几个人倒不是想往他这边走,白松心里稍稍缓和下来。

回想一下刚刚吃饭时的情况,应该是五个人。

心中的好奇抑制不住,加上保险公司还没来,白松决定去看看。

这里的星光还是挺亮的,但是那几个人都拿了手电,因此在有灯光的情况下,他们的视力比起身处于黑暗中的白松要差了不少,只要他们不把手电筒打到白松这个方向,就都行。

从光线上来看,这几个人是要往这个工厂里面走的。

工厂到处都是坍塌的墙壁,想进去实在是太容易了。

这些人要进去干吗?

白松这么直接跟是不行的,他靠近了一些,距离这些人六七十米,就蹲下仔细地观察了起来。

一、二、三、四。

算上光头一共四个人。

白松仔细地回想了刚刚吃饭时的情形,光头来找事的时候,其他四个人都在看热闹,也就是说这五个人肯定是一伙的,那么第五人的位置就值得商榷了。

看着这几个人进去,白松不敢贸然跟过去,仔细地四下观察。

虽然有月光和星光,但是破旧围墙的周围还是非常阴暗,"手电筒"一个个进入了厂子,外面又恢复了宁静。

白松轻轻地把手机调到了静音模式,屏气凝神,瞪大双眼观察起来。

"啪"。

远处传来了轻微的打火机的声音,打火机的火光一闪而逝,白松一下子发现了第五个人的位置,距离自己 30 米不到。

如果刚刚没有那几个人的脚步声做掩饰,如果自己贸然上前,那么此时一定会被发现。

确定了第五人的位置,白松缓缓后退,直接退出了 100 多米,这时候连燃烧的烟头都彻底看不到了,白松找到一处坍塌的地方,小心地翻了进去。

这里非常破败,之前应该是一家水泥厂,当然也可能是炼钢厂,已经倒闭好多年了,估计很快也要被纳入拆迁规划。

第三百零九章 偷盗

这几个人来这里干吗？盗窃？

盗窃什么呢？

这地方，除了一些难以拆卸的废铁，几乎没有任何有价值的东西。

而废铁并不是那么容易获取的，简单来说，想获取里面的废铁可能比直接在外面拆铁门还要难一些。

当然，也可能是白松外行，对这里的情况不太懂。他进去之后，看着远方的手电筒光，缓缓地跟了上去。

白松不敢跟得太紧，大约20分钟之后，这四个人每个人扛着一根钢筋、铁棍或者其他乱七八糟的铁器就走了出来，和外面的人会和，接着开着一辆面包车，就这么离开了。

事实证明，这条路是通的，只是白松不敢开车继续往前走了。

车子远去，白松才确定没有问题，拿着手机进了院子，到了刚刚四个人待过的地方。

这边已经是园区的尽头了，有很多废弃的铁器，但是基本上都固定在机器上，难以拆卸，这个园区墙的后面就是经侦总队。

偷了一些没价值的东西，几个笨贼感觉无聊，就出了园区。

又过了半个多小时，保险公司才姗姗来迟，派来了一辆拖车。

本来白松想直接把车子拖出来就可以了。但是拖出来之后，保险公司的人看了一下，发现车子的左前轴在剧烈的碰撞中已经发生了断裂。这种情况是说什么也不能让白松继续开走的，拖车直接把车子拉走，维修的费用由保险公司和汽修厂谈吧。

车没了，白松也没法回家了，他跟着拖车到了经侦总队的门口，白松打算在单位住一夜了。

回到单位，白松找到了辖区派出所电话并拨通，反映这里有人来偷铁，估计是惯犯，提醒派出所注意。

进了门，白松在院子里转了一圈，车子，接下来买什么车呢？

是法拉利的弟弟吉利呢？还是布加迪的弟弟比亚迪呢？很纠结啊……

纠结了半天,白松才上了楼,在自己的办公室里看起了案卷。

几本证据册上午看了一本,下午看了一本半,现在还有三本多,白松看了整整六个小时,才全部看完,接着整理成了笔记,把案子的来龙去脉整理清楚了。

不知道是不是因为白松看的东西太简单,他明显感觉这个案子的证据方面有不少缺失的环节,几个重要证人的笔录也对不上。这个没办法,只能等看具体的笔录后再说了。

第三百一十章　蹊跷

不知不觉，笔记本上写了十几页，光是问题就有四五十个之多。

凌晨两点多，白松才堪堪入梦，虽然这些证据册都已经看完，但他还是带着一肚子的疑惑沉沉睡去。

也许是睡得太晚，早上起床，白松看了看时间，吃早饭已经来不及了，主要是他也不知道去哪里找内勤办饭卡，虽然肚子咕咕叫，但只能先去会议室开会。

已经留下了不太好的印象，再因为这点小事惹领导不高兴就更麻烦了。

因为王威提到这些复印件只有几份，白松想着早点把这些证据册归还，于是他会前先去了王威的办公室，然后带着笔记本到了会议室。

还是昨天那么多人，还是昨天那么多案卷，不同的是，今天会议的内容白松已经都可以听懂了，而且还解决了他笔记本上的两个问题。

正因为如此，一个多小时的会议，白松就记了几笔，划掉了俩问题。

会后，饿着肚子的白松第一时间去找内勤办了饭卡，留了电话，其他事情也没人找他，连个电话也没有，这种感觉让白松颇不习惯。

回到屋子，饿着肚子的白松坐在自己的办公桌前看着昨天写的笔记。

又是个雾霾天，坐在办公椅上，白松望着外面的烟囱发呆。

也不知道警察有没有抓到这几个小偷。白松想到这里，嘴角浮现出了浅浅的笑容。如果警察把这几个小偷抓了，那自然是……想着想着，白松突然意识到了什么，随即笑容慢慢地消失。

不对啊……

昨天跟踪的时候有点紧张，居然犯了这么严重的错误。

如果说这五个人真的是来偷铁的，为什么搬一趟就走？怕被发现？

虽然白松也觉得这几个人没多么聪明，但是也不至于傻成这个样子啊。他们完全可以慢慢地拆卸，依次搬到围墙那里，然后一次性搬到车上拉走。

一趟只搬个一百多斤废铁，够得上人工和油钱吗？

那条路，白松的车子根本走不了，平时肯定也没多少车会走，那这几个人急什么呢？

除非，他们并不是为了偷东西。

不是偷东西，那是在干吗？

白松看着高高的烟囱，有些失神，这个破工厂除了有点废铁、废砂石料，还能有什么东西？

昨天那顿饭吃得不是很舒服，但是白松也看得出来，这几个人不是什么好人，也不是特别差钱的人。

无冤无仇，拿吃的东西侮辱别人，这可不像是混混干的事。

这个地方临近经侦总队，治安还是不错的，像之前"灰毛""黄毛"吃霸王餐这种事应该也不会发生，那这五个人的来路和所作所为就值得深思了。

白松的心情差了起来……

如此，白松没心情看案卷了。饿着肚子的白松几乎是掐着表，十一点四十就跑到了食堂。

狼吞虎咽地吃了几块肉，白松的心情才略微好了一些。这一天半的时间，着实有点烦。

以前在分局的时候，每个人都很和善，大家相处起来非常简单，几个领导也好像自己的亲戚长辈，有什么事都可以直接说。

但是大机关单位不一样，人与人之间似乎总是有些隔膜……

白松的分析是，这里的人员流动比较大，加上距离大领导近，大家的所作所为都比较谨慎。

第三百一十章 蹊跷 | 241

这是好是坏白松也没法评价，但是他知道，自己也必须更加谨慎一点。

这里的伙食很不错，白松却吃得没有丝毫味道。

10分钟不到，白松就吃完了，拿着餐盘洗涮了一番，十一点五十多，他往餐厅外走去。

"曹支队好。"白松打了个招呼。

呃……

曹支队会不会以为自己提前就过来了？

擦肩而过，没办法解释了，这事情也没有解释的必要，白松的心情不由自主地烦躁了起来。

"呃？师弟？你怎么在这里？"

白松正低头走路，一下子被人叫住了，抬头一看，正是师兄王凯。

"师兄？"白松哪儿顾别的，直接走到了王凯身边，能在这里遇到熟人真的是太难得了，心头的阴霾一下子被吹开了一大半。

"还真是你，你怎么来了？"王凯也不急着吃饭，这里午餐供应到一点钟。

"笛卡金融的案子，把我借调过来了。"白松反问道，"师兄你也是借调过来的吗？"

"嗯呢，咱们分局经侦支队基本上一直有三四个人在这边帮忙，这不轮到我来了嘛，我那边有个集资诈骗的案子。"王凯见到白松也很高兴，"你这是吃完了？"

"嗯，我吃饭快，师兄你住哪个屋子？有时间我去找你。"白松不太想打扰王凯吃饭。

"我住西配楼202。从南黔省回来到现在，这么久，咱俩还没在一起聊过呢。"王凯拉着白松离开了食堂门口，"我都来这边俩月了，但是和我们队的两个人都不是一天值班，在这边就没有能说上话的。"

"我昨天刚来的……"白松听到这里也深有同感，"确实是不容易。"

"对了，师弟，你昨天刚来，那分局的事情你肯定知道。我听说咱们分局今年竞聘，有人二十三四岁就竞聘副科了，是哪位？这得是什么门路啊……"王凯问道。

"呃……"白松有些尴尬地说道，"师兄你说的人应该就是我。"

"你？"王凯愕然，"好吧，我还说呢，你立了这么多功劳，去年还差点出大事，给你倒也不亏。"

"也挺难的，领导把我安排过来，日子不好过啊。"跟自己师兄，白松还是有什么说什么。

"行，我先去吃饭了，一会儿吃完再聊。"王凯扬了扬手机。

"嗯……"白松说完，突然想到了昨天晚上的事情，问道，"师兄，你的车能不能借我一下？我去外面买个东西，很快就回来。"

第三百一十一章　不同的战场（1）

开着师兄的车，再次回到这条路上，白松把车子停到了一个无人的地方。

昨天晚上那条路，白天看起来还是能走的，这个季节草也不算高，只要避开几个坑，还是没问题的。白松步行一段，看到了自己的车昨天陷下去的地方。

很明显，这就是对路面不熟悉造成的。

如此说来，这几个人应该对这里挺熟悉的。

附近一个人也没有，白松四下里张望了一番，雾霾天成了他最大的掩护，能见度小于 200 米，他顺着昨天几个人走过的地方进入，丝毫不担心任何人发现。

仔细地检查着痕迹，前些天不敢说，白松可以肯定，昨天这里确实只有四个人进入然后出来，对这种最基础的痕迹鉴别，白松还是有信心的。

也就是说，这几个人昨天确实是只来过这里一次，如果有多次，那也不是从这个口进来的。

走了一段距离，烟囱的轮廓映入了眼帘，白松确定了一下方向，快步走了六七分钟，才到了烟囱的后面。

这里的建筑与建筑之间有通道连接，整体结构为钢结构，外附的铁板已经被人拆卸了一些，估计这些年没少招贼。

这里早晚要拆迁，相关部门估计巴不得小偷把这里搬空才好，这些生锈的铁的价值真的一点也不高。

这些年，钢铁厂的产能已经严重过剩了。

再往里走，白松发现了地上有几块被敲下来的铁板、铁支架，看痕迹应该是昨天刚刚弄的。

回想着昨天的情况，白松可以断定这里面有问题。

昨天四个人在里面的时候，站位比较分散，而且三个人拿着手电筒，只有一个人在拆卸这些东西。

当把东西往外带的时候，还是亮着四只手电筒。

按理说，难道不是每个人双手扛着或者抱着东西，尽可能多拿一些，然后一个人拿手电筒指路吗？

剩下的这一堆，少说也能卖 20 块钱啊。

想到这里，白松找了一些沙子，均匀地抛撒在了附近，然后清理了一下自己的痕迹，接着走到了这里与经侦支队相邻的一处围墙。

也许是这里的围墙后面还有别的围墙，而且经侦总队的围墙更高，因此这一段围墙风化的程度很轻，没有任何毁塌的痕迹。白松顺着围墙走了几百米，也没发现什么问题，这些墙并没有任何被攀爬、破坏的痕迹。

能见度太低，白松也没什么称手的设备，只能再次清理了一番痕迹，撤出了这片区域，开车回到了单位。

九河分局，刑侦二队。

从昨天上午开始，王华东、王亮被叫到了这里，参与二队的一起涉密案件。

这原本是一起自杀案，二队的领导、王探长等人已经忙了很久。

案发时间在半个多月之前，二队民警、四队民警到达现场之后，经侦查，发现这是一起自杀案，很快就封锁了现场，临时交通管制，对现场进行紧急处置。

死者石某，死亡方式是跳楼，楼层为 13 层，租住房屋，地点在大望街派出所辖区内一处公寓式建筑。

石某是个失败的"京漂",八年前就去了上京,写过小说,街头卖过唱,当过剧组龙套演员……没有一项得到认可,穷愁潦倒,心灰意冷,后因朋友帮助,来到天华市,手头非常拮据。

最终,还是自杀了。

死之前,石某写了一封简短的遗书。

"我亦飘零久!十年来,深恩负尽,死生师友。

"叹哉、叹哉……

"身无长物,既如此,勿念。"

第一行的这句诗词来自清朝顾贞观的《金缕曲》。原意为"我和老师是有很深厚交情的朋友,我在外地生活十年,辜负了他的希望,没有报答朋友的恩情"。

很是应景。

经确认,这确实是石某的笔迹,从现场来看,也不存在被人推搡的情况,加上石某这种情况也很难有什么仇家,经过侦查,二队认定石某是自杀。

尸检结果表明,石某自杀前有饮酒行为,并且身体上无其他殴打、服药的迹象。

这案件本来很简单,二队都已经把调查情况发给了分局,并发出了警情通报。

但是,第二天就出问题了。

石某的家属从外地赶过来,说了一件很蹊跷的事,石某在前一段时间,跟家里人说,他买彩票中奖了!

而且,还是二等奖,足足有50万元。

二队的人很快去彩票站调取了记录,天华市这一期的彩票,确实是有人中了二等奖,而且就是石某亲自去领的。

50万元的大奖,扣掉税还有40万元。

一般省一级的彩票站,都会给一、二等奖的中奖者佩戴面具,除非中奖者自己不要求戴。

石某也戴了头套。

奖金领完之后，给了银行卡，之后一般有个捐款环节。

很多一、二等奖的获得者会象征性地捐一些奖金，有的甚至一次性捐几十万。

但是石某一分钱都没捐，他出去找了三家银行，把所有的钱都取了出来。

一分钱都不捐，其实并没有任何问题，彩票中心也不会强求，但是，这种人这个时候会自杀？

警情通报已经发了出去，案子却没有任何的额外发现。

石某的家里，没有发现钱和任何有价值的物品，一贫如洗。

杀人一向是需要动机的，这世界上几乎不存在没有动机的杀人案。之前的石某，就是一个没什么人会对他有想法的人。但是现在不一样了。

40万元现金，也就能装满一个手提包，但是已经给了杀人足够的理由。

钱没了，这就是理由。

秦支队来了之后，对这个案子高度重视，一改之前的秘密侦查的作风，直接要了各个部门的精兵强将，势必要早日破案。当然，现在这个案件依然涉密。

幸好白松不知道"家里"正在侦破如此大案，知道了更得郁闷死。

此时的白松，还在新环境里小心翼翼地努力工作呢……

第三百一十二章　不同的战场（2）

真的，一天当领导的感觉也没有。

这几天，白松还算是勤恳，笔录一摞一摞地看，材料一本一本地读。

这案子的笔录数量之多，只要还处在"人"这一范畴，就不可能一时半会看得完。

以"万"为单位的笔录，以"吨"为单位的转账记录单，这是上百人的队伍整理了几个月的结果，白松只能挑选一些提供重要证据的材料来看。

很明显，他和王威等人还是不够熟悉了解，没有人告诉他哪些重要，哪些不重要。

即便如此，白松还是硬生生地从一些被认为"不重要"的案卷里找到了一些可以认定这些人犯罪的线索，并做了登记。

被案卷折磨了一周的白松终于迎来了周末。

车子修得差不多了，但是白松已经不打算再开了，已然周末，是时候去看看车了。

白松不太懂车，就叫上了孙杰和王亮，王华东也不请自来了。

之所以没主动叫王华东，主要是这哥们眼光太高，张口闭口就是卡宴什么的……

上次给王华东打电话的时候，白松都想把他叫到经侦总队看看院里的车，杀杀他的锐气。不过那些也不是自己的，估计到时候还得被笑话一番，想想还是算了。

白松手头有个二三十万元，能买辆不错的车了。白玉龙听说儿子要买车，连夜打了 6 万块钱过来，并特地嘱咐，一定要买个安全系数高的车。

这还是白松死活不要的结果，要不然白玉龙直接把十几二十万元打过来了……

客观地说，车子越大安全系数越高，这是没错的。

从车子事故死亡率来看，B 级车以上、中型 SUV 以上，主动和被动安全系数都要更高。

白玉龙对白松的行车安全特别重视，把各种父辈的理论传授给了白松……

……

坐在孙杰改装之后的车上，四个人聊天聊得很尴尬。

只能聊车，白松这边的案子涉密，另外三人搞的案子也涉密，可把四个人憋坏了，一路上就是扯待选车辆的优劣。

"对了，我听说最近你买无人机了？"王亮对王华东问道。

"啊？你怎么知道？"王华东惊奇地问道。

"你朋友圈的视频一看就是从天上拍的啊……"王亮一脸黑线，"你这炫耀得太明显了吧。"

"哈哈，还行、还行。"王华东笑得很开心。

"行？都玩这么贵的东西了，我听分局的人说这东西非常贵。"孙杰也是一脸好奇。

"不贵啊，小几千，四旋翼飞行器，挺先进的。"王华东作为科技发烧友，也算是个极客了。

"大疆公司？听名字是国内的公司？"白松好奇地问道。

"嗯呢，国内的，这公司很厉害的。"王华东称赞道。

"嗯，借我用用。"白松直接张口说道。

"你这什么案子？还用得到这个东西？"王华东问完，接着道，"哦哦哦，不能问……好烦，我们的案子特别有趣，也不能跟你说。"

"你们最近在一起忙一个案子？"白松环视三人，"这么说的话，那又出什么命案了？命案有啥可涉密的？哦，我想起来了，二队王探长前几天神神秘秘的，最近也没什么破案的警情通报，那你们肯定是一个案子了。"

"你最好别问，我们什么也不会说，别看你是十队的副队长，没签保密协议，啥也不是。"王亮嘲笑道。

"哦，"白松点了点头，分析道，"我走之前，你们可没有参与这个案子，这么说，这是我走之后新来的秦支队组织的？

"唔……该不会是前一段时间的自杀案变成他杀案了吧？我发现你们周二就去专案组了，也没别的警情通报。"

之前的自杀案是有警情通报的，白松还是比较了解的。

"呃……"王华东无语了，不知道怎么接。

"行吧，你们都默认了。"白松点了点头，"要这么说，这个案子肯定是挺有意思的，这个男的居然是他杀？这个人已经够倒霉了，水平多高不知道，一天到晚怀才不遇的样子，本来就在崩溃的边缘了，这种情况还有人杀他……没理由啊……"白松纠结了起来，"这个人是不是家里有什么大笔遗产继承了？还是说有什么很深的感情纠葛？再或者就是惹到什么人了吗？"

"……"

三个人都不说话了。

"白松啊，"孙杰道，"要不这样，你给秦支队打个电话，就说对这个案子感兴趣，秦支队肯定能把你加进来，行不？你这样分析下去，我们就该犯错误了。"

"你们以为我不想啊……"白松吐槽道，"还是这种具体的案子吸引人，你们要是来我这里，看看我的状况，就知道我现在的处境了。"

白松对这个案子很感兴趣，决定今天忙完，明天去支队看一眼。

他现在的身份很自由，十队的队长也不在支队，他只要能把市局那边的工作做好了，支队这边有什么事都可以找秦支队。

王亮不敢逗白松了，连忙把话题岔开了。

孙杰也提高了车速，四人很快地到了汽车城。

买新车还是一件很开心的事情,四个人一起,1个多小时,把各种常见车型的 4S 店都逛了一圈。

白松身高太高,买 SUV 是必然的了。站在 4S 店里,正聊着呢,白松突然看到了一个头上有些反光的人正在大厅里看车。

第三百一十三章 二手车

光头？

真是冤家路窄啊……

大家看着白松的眼神，连忙问白松怎么回事。

"我不方便出去，你们帮我出去看看这个光头一共带了几个人来，都在干吗，打算买车的话，是想买什么车，这是其一。其二就是看看院里刚刚停放的车里有没有一辆面包车，车牌号码是多少。如果有可能的话，听听这个光头在聊些什么，别太刻意了。"白松拜托了一番，接着躲进了维修区的一间办公室里。

这里的办公室都是磨砂玻璃与透明玻璃搭配着装的，白松在刻意看的情况下还是能看清光头的举动的。

不到20分钟，三个兄弟就陆陆续续地回来了，带回了白松想要的线索，而且还都找人查了一番。

首先是面包车，这辆车属于光头。光头是本地人，有前科，曾经因打架、盗窃等几件事，被处理过两次。今天与光头一起来的有两个人，都不是本地人，其中一个曾经是与光头一起盗窃的同案犯。

那次盗窃的另外一个同案犯的信息也有，但是人不在这里，白松看了一眼，确定是前几天在饭店遇到的人之一。

这几个人确实是来买车的，而且是打算贷款买，但是因为征信问题贷不出来款……

按照掌握的线索来看，光头手里有10万元左右的现金。

从哪里来的？

这几个人突然就有了 10 万元现金，白松可不认为这是什么正经的钱。

不过看样子，这贷款购车的打算是黄了。三个人开着面包车扬长而去。

"用我找人查一下监控吗？看看他们的住址。"王亮主动道。

"不用，"白松摆摆手，"有这几个人的线索，想找他们还不容易？这个事你们别管了，谢啦。"

"啧啧啧，当了领导了，还会说谢谢了……"王华东调笑道，"那你这车怎么办？还看吗？会不会一会儿和他们在别的地方遇到了？"

"不会的，他们肯定去二手车市场了，10 万块钱，不贷款的话，买不了他们满意的新车。"白松摇了摇头。

"也对。"王亮点了点头，"对了，你怎么不考虑一下二手车？"

"不懂，怕买到有问题的车。"白松如实回答。

"行吧，再逛逛。"王华东道，"你可以贷款买辆好点的。"

"太招摇了吧？"白松有些吃惊地说道。

"怎么，白大队长是吃拿卡要了，还是贪污受贿了？"

"行吧，去看看。"白松还是点了点头，谁不喜欢好一点的车子呢？

今天可能是运气不错，白松刚到另一家 4S 店，就又遇到了熟人——李坤。

许久未见，李坤的状态好了很多，身体比之前增重了差不多三十斤，虽然略有小肚子，但是肌肉着实增加了不少，显得更精神了，头发也是很清爽的发型，和白松的一模一样。最主要的是，整个人的状态比之前好了太多，白松一时间还没有认出来。

"白警官？"李坤第一时间打了招呼，"你怎么来了？来看车吗？"

"瞎转转，行啊，你这混得不错啊，都买豪车了？"白松非常吃惊。

"怎么可能！"李坤摇了摇头，"我又不干什么违法的事情，去哪儿赚那么多钱？今天是陈总准备置换车辆，我当司机，来陪着。白警官你等会儿，我去叫陈总。"

"唉，不用不用，我们就转转。"白松摆了摆手，琢磨着李坤的话。

曾经的"灰毛"李坤，如今已经彻底走上了正途，现在给陈建伟当起了司机。他说得对，正经渠道普通人很难迅速赚到大量的钱。那么光头他们到底是干吗了？哪来的10万元左右的现金？

"哎呀，白警官，好巧好巧。"

去年女儿跳楼的事情彻底解决，陈敏乖巧了很多，家庭也变得非常和谐，老陈的生意越做越大，随着房价上涨，资产乘势而起，完成了大的跨越。

"你好。"白松简单地握了握手。

"有日子没见了，从你去三队就一直没啥信了，最近怎么样？还在三队吗？"陈建伟问道。

"不在了，去十队了。"

"十队……"陈建伟在九河区待了不少年，很多人也都认识，但是白松这么一说，他反而接不下去了，十队是干什么的？他一个人都不认识！听都没听过！但他还是不甘心，接着问道："听单位名我不熟，不过你一提人名，估计我都知道，现在十队的领导有谁？"

白松提了俩人名，接着道："加上我一共三个，不过都借调在外，你不认识也正常，最近陈敏还好吗？"

"加上……"陈建伟反应神速，"我家那闺女现在听话多了，这得多谢白队，有机会，我约几个人……"

陈建伟不是不知道白松的年龄，这么年轻就当副队长了，但是他丝毫没有表现出来，接着道："来这边，打算买车？说不定我能给点建议，这边4S店我也熟。"

"看看就是，买不起。"白松道，"4S店不也有年头短的二手车吗？我来看看。"

"二手车？"陈建伟顿了一下，"我准备置换的车是2010款的，中等配置，新车当初配齐了不到40万元，跑过工地，所以现在4S店给我的置换抵扣价是 24 万元，你要是觉得行，可以看看。说好了，这车跑过工地，里程 4 万公里，但是开得很仔细，除了漆面有点划痕，一点毛病没有。"

第三百一十四章　白松加入

白松不愿意占便宜，问了一下 4S 店，这辆车确实是抵扣 24 万元，老陈卖给谁都行。陈建伟也知道白松肯定不愿意占他的便宜，就 24 万元的价格，一分不多，一分不少。

陈建伟跑的那些工地，白松是知道的，都是天华市里的，路况较好，作为一款搭载 2.0T 发动机、前置四驱的 SUV 来说，这根本不是什么问题。

而且颜色还是白松最喜欢的黑色……

心动的感觉……

"恭喜白队长喜提新车……"

在几个兄弟的祝贺声中，白松有些飘了……

手续全部交给李坤去搞，下周三之前，这辆车就完全属于他了……

"这种好事，还不请客？"王亮比白松还兴奋。

"请请请，不过，先回趟队里，我打算找秦支队，把案子多了解一下。"白松心情非常好。

"工作狂……"孙杰吐槽了一番，还是拐了个弯，朝支队的方向驶去。

回到支队，秦支队今天没休息，听了白松的话，他不由得乐了："怎么了这是？经侦总队那边的案子不够你忙？"

"这倒不是，但是咱们支队有案子帮不上忙，心里不舒服啊。"

"行，你去找二队韩队说一声就行，毕竟你也是咱们支队的人。"秦支队对白松的好奇心也算是理解，他年轻的时候也是这般，接着问道，"你去那边一个星期了,感觉怎么样?"

"还不错。"白松不想让秦支队担心。

"还不错?"秦支队面色有些怪异,"曹支队是个严格的人。去那边就要稳一点,不要急。其实咱们这里的案子,我个人是不建议你参与的,市里的案子没一个简单的,你精力多分配一些在那边。"

"嗯,我明白。"白松点了点头。

"那,你自己看着来。"秦无双对白松的工作不想过多干涉,办案的事情他其实并不擅长,他的精力应该放在法医那里。

……

离开秦支队这边,找周队签了保密协议,白松就离开了支队,和三兄弟一起去吃饭了。

之所以不急着看案卷,是因为在座的三位"一综合",比任何案卷都更翔实。

"之前可把我憋坏了,终于能和你聊聊这个案子了。"王亮喝了口可乐,在包厢里一五一十地把案子讲了出来,王华东和孙杰做了补充。

法医、现场勘查、图侦,近两年的时间里,这三位已经成了各自单位的顶梁柱了,对现场的还原很专业,白松很快对案子有了完整的了解。

"财杀对吗?"白松皱眉,"财杀的话,石某写遗书干吗……"

"目前被怀疑的人有十几个,这十几个人是石某所有的人际交往圈了。而可能知道石某这次中奖的人,应该只有 5 个人,分别是死者的父母、死者在上京交往过的一个女子左萍萍、死者的大学同学李君悦和孙小军。

"死者的父母一直在老家没有过来,没有犯罪可能,他们俩也不存在什么犯罪动机。

"左萍萍近一个月都在老家湘南,有足够的证据可以证明。

"李君悦和孙小军倒是在天华市,所以时间上我们也更容易掌握,他俩也都有不在场证明。"王亮道。

"这么说来,其他人都没有可能知道他中奖的事情,是吗?死者的手机查了吗?"白松问道。

"之前一直以为死者的手机被盗了,但是我们问了好几个人,都跟我们说,死者就没有手机。"王华东道,"都什么年代了,居然没有手机。"

"没有手机?"白松有些疑惑,"那他如何告知别人他中奖的事情?"

"他住处有座机。"

"座机?"

"嗯,不是他自己安装的,是房主弄的,一直放在他的屋里,平时他也偶尔去交电话费,不过现在座机的费用非常低了。我们查了他半年的通话记录,只打了不到20个电话。"

"还有啥线索吗?"白松问道。

"他死之前,还曾经去网吧待了几个小时,但是他的QQ没有什么聊天记录,从网吧的记录里,也看不出来什么。"

"游戏记录有吗?"白松想了想,"查一下他的所有游戏记录,现在很多游戏都开始实名制了,如果没有实名制的,那只能先这样。顺便查一下他的QQ号下有哪些游戏,有没有充值记录,是不是参与网络赌博了。"

"你说的这些,"王亮沉思了一会儿,"有的已经着手在查,不过确实是有一些没查的,吃完饭我回去一趟,跟周队汇报一下。"

"不着急,这案子都这么多天了……"白松自言自语地说完,打算把话题换一下,但是突然想到了什么,一句话又把案子拉了回来,"还是要查查他的情感问题,这个事情不能轻易地把重点放在财产问题上。"

"我看你这个意思,要不把你从经侦调回来得了,咱们这边还有一起命案呢。"孙杰吐槽道。

"行啊,杰哥你要是能把我调回来,我绝对请你吃大餐啊……你说的,还有一起?是上次杀猪的那个吗?"白松问道。

"哦,你知道,那就不说了。"孙杰略感无趣,"聊别的吧……"

"行啊,聊聊感情问题吧。"王亮打断了几个人,"不是说那个跳楼的很可能是情感问题吗?先聊聊咱们几个的?"

"聊什么?"王华东瞥了王亮一眼,"你们三个都有对象了,现在在这里故意刺激单身狗是吗?"

"你这是单身贵族好吗!"孙杰笑道,"现在谈恋爱多难啊,你这样的我可羡慕了。不过话说回来了,王亮啥时候有对象了,我怎么不知道?"

"他?"白松嘲笑道,"老牛吃嫩草就是说他的。"

第三百一十五章 棋子

每年的命案一般也不多,而且大部分还是激情杀人,很容易破。

刚刚聊到的杀猪的这个案子,就是一个卖肉的男子和媳妇吵架,拿刀吓唬媳妇,结果动起手来,把媳妇砍了……

这个杀猪的跑了不到四个小时就被抓了。这个事情白松是听说过的,这种案子是偶发的个案,但是不会绝迹。

除此之外,最近还有一起比较严重的聚众斗殴案,造成了两人重伤,牵扯了二队和三木大街派出所不少警力,不过案子的前期工作已经忙得差不多了,嫌疑人已经锁定。

提到感情问题,除了王华东,其他几人都聊开了。

如果论起家庭条件和颜值,王华东在四个人里肯定是标准的又富又帅的类型,但是一直单着,天天沉迷于各种好玩的东西。

用王华东自己的话说,摄影、机械、物理、现场分析乃至画画、音乐都很有趣。

孙杰和严晓宇谈了快一年半了,两个人处得很好,周末经常出去旅行、越野,感情不错。严晓宇马上研究生毕业了,准备定居天华市,不出意外的话,孙杰距离结婚没多久了。

王亮和马志远的妹妹马宁宁还真的谈起了恋爱,王亮是 1989 年的,马宁宁是 1994 年的,岁数差距……

不过王亮倒是过得挺开心,白松也很支持。而这个事……马志远到现在可能还不知道,白松也没跟他说,这种事白松不掺和。

至于白松和赵欣桥，用四个字来形容，就是"一如既往"。欣桥研二就要结束了，毕业论文也选好了课题，因为已经直博，压力倒是小了不少。

白松打算下周开新买的车去找欣桥玩，给女友一个惊喜……

嗯……王亮也准备跟着去上京。

除此之外，最近还多了一些八卦，比如说四队的段菲怀孕了，孙杰的老同学钟明似乎最近也恋爱了……

聊了大半天，白松先跟着孙杰去了华东那里，借来了无人机，并简单地学习了一下，然后便自己打车回了家。

破案这种事，一个人的力量永远是有限的。

白松很享受这种感觉，几个队友一起分析一起努力……

白松愿意成为一枚棋子，但是他更适合执棋。

在市局的这一个星期的工作，白松就算是当了棋子，而且是与整个棋盘无关的棋子，自己单独跑来跑去，与在支队侦破案子完全没有可比性。

现在摆在白松面前的有两条路。一是想办法处理好人际关系，让人家重视自己，把自己这枚棋子慢慢地挪到棋盘上，融入这个棋盘，从而慢慢地参与这个案子。

还有一个，就是把自己这枚棋子变得越来越强大，直到大得可以影响棋盘。这本是白松最不愿意做的事，但是此时已经没有办法了。

他不得不孤军奋战了。

事实证明，并不是白松擅长和别人打交道，而是之前遇到的领导和同事们都太友好了。

回到家，白松看了很久的书，查阅了不少资料。在家里的阳台上，白松在脑海里分析了整个非法吸收公众存款的案子。

白松已经看了上百份笔录，他不知道哪些是重点，只能从不同省份、不同年龄段、不同性别的被害人里各挑出几个做统一分析。

"投资者"普遍年龄在四十岁以上，相当一部分是老年人。

证据册里，王威曾经做过金额与地域的汇总，基本上与经济发展水平呈

第三百一十五章·棋子 | 261

正比，天华市是犯罪嫌疑人的窝点，成了重灾区。

其他地域分布上，基本上也都符合大数据的统计，当然这还是太浅显了，白松已经对这些数据进行了多次分析。

现有的证据链还是有所欠缺。

白松这几天也看了不少这方面的书和文章。

这种非法吸收公众存款的公司，基本流程就是：第一步，虚构和夸大一个项目，这个项目也可能真的存在；第二步，进行宣传，接着就会吸引客户投资，钱就到了公司；第三步，给客户收益和返款，这些钱给了客户之后，这些客户大概率会继续投入，变成了老客户，循环往复，钱一直放在公司，直到公司的资金链断裂。

这个案件最难的地方，白松总结了三点。

一是庞大的人员关系网。

公司的高层组织严密，业务员更换频繁，问题很大。高层虽然相对固定，但是组织非常严密，很多东西并不好查；而业务员中，有的人也从中牟利不少，但是已经离职，这些人同样应当被处罚。

当然，主要处罚的还是业务负责人、宣传负责人、行政负责人和财务负责人，这同样是个很庞大的人员组织。

二是复杂的资金流水。

即便现在已经引进了操作相对方便的软件系统，但是想统计完全，使得每一笔转账记录都具有法律效力，仍然非常费时费力。这一仓库的银行材料，不可能直接拿铲车运到法庭上，更不可能由公安局这边随便写个数、盖个章，法院就认可。

三是主犯在哪里？

白松最感兴趣的就是这一点。

这种案子怎么会不知道主犯是谁呢？

按照常理，这类案件，根本不可能不知道主犯是谁。海量的钱，去了哪里？

邪了门了……

白松现在还没有理清账目，也没有做自己的归纳推理。但是从证据册上看，公司高层的很多钱，确实是投入了一些"投资项目"，而且有的还都是正规的项目，公司还持有一些正规公司的股票，公司高管们也都有很明显的资金变动。

这个笛卡金融，投资的公司和项目数量简直惊人！

毫无疑问的是，主犯肯定是通过这些手段转移了财产，但至今查不到什么线索。

白松继续捋了一下案件的脉络……天色已经越来越晚，接下来还是得沉住气，潜心地当一枚棋子。

第三百一十六章 矛盾升级

此时的天华市,几乎还没人玩无人机,很多人都不知道这个东西是啥。

中午吃完饭,白松操纵着无人机在经侦总队的后院缓缓升起。

这款无人机的升高上限有100多米,可以轻松到达32层居民楼的楼顶,操纵距离近千米,在天北区这种空旷的地方,即便白松是个新手,操作起来也十分轻松。

今天是个雾霾天,能见度并不高。白松本来想操纵无人机看看工厂,但是无人机飞出去100多米就看不到,虽然雾霾并不影响无线电,但是此时的无人机抗干扰能力没那么强,不依赖目测,风险有点大。

当然,即便炸机,华东也不会让白松赔,但白松还是很仔细,只能把无人机撤了回来。

这会儿的无人机还是比较简易的,续航时间只有十几分钟,充电却需要一两个小时,试飞了不久,电池就已经到了预警线。

无人机收了回来,白松开始拆卸旋翼,正好看到有人朝他走了过来,仔细一看,是他所在的专案组的内勤孙海涛。

白松在这里一个星期,打交道比较多的是曹支队和王威王副队长,跟这个日常内勤接触倒是不多。

但是实际上,白松也不傻,慢慢地琢磨了过来,这个孙海涛是个优越感很强的人,自恃市局公务员的身份,总是感觉自己高人一等。

白松刚来的时候,按理说饭卡这种事情,都是内勤帮忙操办,且不说白松还是副队长,单说他是外面刚刚借调过来的同志,内勤也应该帮忙安排好。

但是孙海涛没有,白松上周刚来的时候不知道办饭卡的事,孙海涛也不主动提。而随着曹支队对白松越发冷淡,这内勤更瞧不起白松了。

"孙哥,"白松还是很客气,"过来忙什么呢?"

"刚刚吃完饭从宿舍里就看到你在这里玩这个小飞机,"孙海涛有些傲慢地说道,"你这也不小了,怎么还玩这小飞机?这都是我孩子那个年纪玩的东西吧?还有就是这东西有点吵,以后不要在中午午休的时候玩了。"

"嗯呢,我注意一点,以后不在午休时间用了。"白松点了点头,无人机飞行时确实有点声音,但是哪有那么大影响?

不过既然人家都这么说了,白松也就答应了。本来他也打算等下了班到工厂附近再试试,临近5月份,六点钟下班天还没黑。

"嗯,这里可是市局大院,很多领导都在。我倒是没事,但要是有大领导看到了,如果说你几句,对你可不好啊。"孙海涛说道,"别把这里当成你们分局。"

"行,谢谢了,我知道了。"白松应了一下,把摄像头和电池拆卸了下来。

这是把白松当孩子了?白松可不怕这个,人家大领导怎么会这么闲?

白松心里如明镜一般,如果秦支队把他送到了技术部门,网络、刑侦、指挥等等,这都是以后低头不见抬头见的部门啊……

话说回来了,如果白松真的把组织关系调过来了,受这里的领导管辖,那么,孙海涛还归白松管呢!

白松已经够客气了,但是孙海涛感觉到了被无视,三两步就走到了白松身边:"你这是啥?你这个东西怎么还有摄像头?你这个东西能录像?"

"是的,怎么了?"白松一脸疑惑。

"怎么了!"孙海涛一脸惊讶,"这是什么地方?这是市局经侦总队!涉密单位,你在这里拿这个拍摄?你怎么想的?"

"什么时候经侦总队的结构图和外墙都算上涉密了?咱们这里什么时候

第三百一十六章 矛盾升级 | 265

成为军事管理区了?"白松说道,"再说,这里什么时候有禁飞的规定了?"

"规定?"孙海涛道,"行,我是为你好,你不听,你这个东西先不能用了,我得跟曹支队反映一下。"

"反映吧。"白松淡淡地说道,"无聊。"

说完,白松东西也不拿了,直接走了,把孙海涛晾在了那儿,实在是懒得跟他浪费时间。

白松这一走,孙海涛更气了,拿起手机就准备打电话,想了想还是打算亲自去一趟,直接把白松的这个无人机背包背起,气冲冲地就走进了大楼,边走还边嘟囔着:"有病,穷得都开破车了,还花钱买这么个玩具……"

经侦总队这边,白松见过的一些办案民警,不论关系处得如何,至少工作能力都是有目共睹的,有些地方真的得跟人家学习,但是哪里都有孙海涛这种人,白松以前在所里也遇见过,他一向敬而远之。

回到屋里,白松没把这个事情当回事,他还有很多案卷需要看。

白松明白,曹支队无论如何也不可能真的把这个事情当回事,这点他还是了解的,回到屋子里,白松直接开始看起了案卷。

过了半个多小时,白松还是接到了曹支队的电话。

第三百一十七章　硬核式缓和关系

"曹支队，您叫我？"白松敲门进入。

"嗯。"曹支队屋里除了他，还有一个正在写作业的学生，看样子应该是曹支队的儿子，正在旁边伏案沉思。

曹支队看到白松，便问道："你和小孙怎么回事？"

"没事，一点误会。"白松微笑道。

"误会？"曹支队本来以为白松也会说一大堆孙海涛的不是，听白松这么说，沉思了三秒钟，接着道，"咱们的内勤工作还是很负责的。"

"嗯。"白松点了点头。

白松明白，曹支队这算是变相地给自己面子。

白松是副科级领导，曹支队可以天天说白松，孙海涛却不应该说。

当然，曹支队不是白松的直属领导，所以虽然有些地方他看不惯白松，但他都不说。

"你这个东西，我刚刚看了里面的内存卡和录像了，你是打算看看那边工厂吗？"曹支队问起了别的事情。

"嗯呢，感觉略有些蹊跷。"白松斟酌着语言，一般在没有确切证据的前提下，白松不会跟领导提什么。

"行，不过小孙说得也对，以后这东西尽量避免在咱们大院里用，毕竟这里的领导同志比较多，而且这东西毕竟有危险性，万一掉下来，砸到人就不好了。"曹支队说完，指了指无人机。

简单来说，曹支队对白松的态度就是懒得管，白松太年轻了。

"曹支队您放心就是。"白松知道这个事情说到这里就算是结束了，下一步曹支队就该让他拿东西走了，但是难得来一趟，这可是缓和关系的好时机。白松主动道："这是您儿子吗？看样子上高中了吧？"

"嗯，高二了，他们学校就在这旁边，两点多上课，中午没地方待，就来我这里看书。"曹支队看着儿子的目光满是欣慰。

白松看了看表："够辛苦的，这都一点钟了，也不休息一会儿。"

"高中生确实没办法。"提到孩子，曹支队不得不聊几句，"我听说你可是鲁省考上警官大学的高才生，你高中的时候比他还累吧？"

哦？白松心道，曹支队这是侧面对他了解了一番啊……看来即便领导认为他年轻没经验，也并不是对他毫无了解。

"哪有，都还给老师了。"白松摆摆手，说着话，走到了曹支队的儿子旁边，"现在他们学的这些……哎？这是竞赛题吗？"

"哥哥你能看出来这是竞赛题？"曹支队的儿子曹宇有些吃惊，反正所有的题，在他爸爸看来，都是一样的……不会。

"也不是，主要是看这都是大学的知识了。"白松看着曹宇正在思考作答的卷子，这不是大学化学题吗？而且还是研究得比较深的内容啊，随即对曹支队说道："您儿子很厉害啊，我没猜错的话，这最起码也是全国竞赛的题了。"

"嗯，是。"曹支队很高兴，向懂行的人炫耀才是最开心的事啊……

这就好像你玩游戏"吃鸡"抽到了玛莎拉蒂的皮肤，你去向玩"吃鸡"的小伙伴炫耀与向父母炫耀，完全是不同的感觉啊……

"哥哥你很厉害啊，那这个题你帮我看看行吗？"曹宇把卷子递了过来。

"这个题让你们高中生做，真的有点难为你们了……"白松看着这个思考题，"不过确实拓展思维，也需要一定的数学和物理底子。"

这个题目考点非常宽泛——对元素周期表第八周期以后的元素有哪些思考？

"是啊，我听说，所有的元素，最多能到173号，但是按照前七个周期的排列方式，第八周期能排到 168 号元素，是不是还会有第九周期？"曹宇问道。

白松想了七八秒，组织了一下语言：

"这个问题其实没有一个完全标准的答案，也只是思考题的范畴，因为目前并没有什么明确的论断。

"元素周期表到了第五周期就开始与众不同了。且不说镧系和锕系，举个例子，我们常说的稀有气体，也就是零族元素，氦、氖、氩、氪、氙、氡，到了氡气这里，性质就根本不像稀有气体了。

"氡气非常活泼，虽然它的最外层电子层是满的，但是前几个电子层的电离能很低，导致最外层的满电子依然容易失去。

"再比如说，我们常见的金属黄金，最外层的核外电子层是一个电子。

"众所周知，锂、钠、钾这些外层只有一个电子的金属非常活泼，但是金原子的性质除了最外层的那个电子，还跟倒数第二层电子层有关，这里面就涉及了相对论效应。

"第八周期的元素，这方面的问题就更严重了。

"按照目前的构造，第八周期到 168 号元素就结束了，但是波尔模型里，到 137 号元素就结束了……

"除此之外，还有一些其他模型，比如说……

"这些模型很有趣，有的理论认为，由于电子轨道的重叠量太大，电子的层次填充问题非常大，甚至有人提到，第八周期的最后一个元素是 172 号元素，而 165—168 号元素会跑到第九周期……

"这里面基本上都是假说，你可以去网上搜索，西博格模型、弗里克模型、Nefedov 模型、佩卡皮寇模型……"

白松越讲越多，顺便解释了一番这里面涉及的相对论原理和量子力学原理，一不小心就一点半多了。

"嗯，大体就这些，我那里有本书，回头我拿过来给你看看。"白松的那本《无机化学》已经看完了，而且书上他还做了不少注释，对曹宇应该有帮助。

　　白松说完，曹宇一脸激动："好，谢谢哥哥。"

　　很显然，曹宇听懂了一大半，而且还有所思考，而曹支队则彻底蒙了……

　　这是哪里？是自己的办公室吗？曹支队第一次开始怀疑起自己了。

第三百一十八章 正式参与案件

这也不是什么麻烦的事，虽然现在没什么统一的理论，但是作为奥赛的思考题并不算难，白松又和曹宇聊了聊别的，很快就到了曹宇上学的时间。

曹宇背着书包去上学了，曹支队和白松才开始聊起案子。

经过刚刚白松跟曹宇的交流，曹支队对白松的态度转变很大。

其实这个周末他给秦支队打了一个电话后，他对白松的印象就已经有点变化了。他听说白松是鲁省人，在天华市没有任何亲戚，取得的所有成绩都是靠自己，曹支队对此十分惊讶。

放下心里的成见之后，简单一交流，曹支队突然发现白松对案子的理解很透彻，比一些来这里几个月的人都要深刻一些。

"所以，你对主犯的推测是什么？"曹支队聊了一会儿，问道。

"我感觉不见得是一个人。"白松道，"这几个团伙里高层的供述我都对比了几遍，有20多个人对这个主犯进行了描述，居然没有统一的描述，这说明要么有问题，要么就不是一个人。"

"人越多，就越不容易躲避侦查，多人的概率反而更小。"曹支队道，"现在还有一种推测，这个人可能根本就不存在。甚至有可能是这些高层互相约定好，如果他们被抓了，就编造一个人出来，这样就可以不承担主要责任。"

"不存在？"白松思考了一下，"存在应该还是存在的，我总感觉有人在外面下棋。"

"不着急，慢慢看吧。"曹支队不太想继续聊这个话题，"这案子没有主犯，也能把案子办了，慢慢地总会水落石出的。现在那几个组织者，也完全可以定为主犯。"

白松点了点头，这问题确实是没什么可聊的，现在也都只是猜想。

"你回头有时间可以去帮帮王队，王队办事还是挺严谨的。"曹支队说完，接着道，"我回头跟他说一声。"

"谢谢曹支队了，我肯定认真学。"白松认真地说道，其实他还想继续谈谈他的一些发现，但是很多都是猜想，还是跟王队聊吧。

"嗯，有什么需要帮忙的，可以跟我说。"

来了一个多星期，白松可算是真正意义上碰到了案子，回到屋子里收拾了一下自己的笔记本，再回到专案内勤王队这里，王威的态度一下子就有了变化，虽然还是不亲不近，但是也乐于和白松交流了。

"王队，我打算去提讯一下，您这边能安排一个人陪着我吗？"白松说出了自己的目的，这些犯罪嫌疑人，他都想亲自去再提讯一次，并不是不信任之前的刑警，而是这么多犯罪嫌疑人的笔录都是不同人取的，白松的想法是亲自把这些人的笔录全部取一遍。

"这么多人，你打算挨个提讯一番吗？"王威很是惊讶，"自称见过这个'怡师'的人就有20多个，还有一些人嘴巴比较紧，一点都不说，加起来人可是不少。

"而且由于同案犯回避制度，这个案子的嫌疑人分布在天华市近20个看守所里。这事我说了可不算，你得跟曹支队说。最关键的是，咱们专案组的车子很紧缺，现在还有好几组人在外面跑线索。

"你这等于是想把这些已有的证据再重新来一遍。白队，哥哥我年长几岁，我可跟你说，这个事可是有可能得罪人的。"

天华市还算蛮大的，从南至北将近200公里，各个区的看守所都去一趟的话，可不是简单的事情。而且王队说得也对，他去这么重新取一遍，岂不是看不起之前取笔录的人？

"得罪人也没办法了。这些人的笔录都是四五拨人取的，描述得没法说。我回头跟曹支队申请一下,如果没有车子,我就开我自己的车。"白松看得出来王威是为他着想,很是感激,"王队,我还是得麻烦您一下,帮我找个人,一起去。"

"行吧,这倒是不难。"王威见白松一定要这么做,他就点了点头。

说实话,这个事情他也想干,但一是没时间没精力,二……理由刚刚也说了。

既然做了这个决定,白松就开始着手整理提讯这些人的线索和行程安排。

第一步肯定是去找一些相对配合民警的。囚徒理论在这种人数众多的案子里显得格外突出。接下来就是按照重要程度、原笔录的情况和嫌疑人所在位置来具体规划。

白松算了算,光是这个工作,顺利的话,差不多都要忙半个月。

"对了,"白松拿出一个U盘,"王队您看一下这个对您有没有帮助。这是我上周整理的犯罪嫌疑人分布图和受害者分布图。根据函数计算,除了我们天华市之外,还有一个区域的嫌疑人人数、受害者人数与地区工业生产总值、人口的比例,明显超过了其他地区。这个地区就是湘南省。"

"函数计算?"王队有点没听懂,"这是什么东西?"

"就是计算这个比例的权重,然后做一个建模就可以了。很多非法吸收公众存款罪的案件,都是底层的业务员从自己的朋友和亲戚开始发展的,因此湘南省这个数据,可以表明那里也是本案重要的发源地之一。

"我发现,这些主要犯罪嫌疑人的地点分布并不是这样,所以我大胆猜测,主犯可能是那里的人。"白松说出了自己的猜想。

"嗯?"王队思索了一番,"行,你把U盘放这里,我看看。"

王队停顿了几秒钟,又说:"嗯,要是有我看不懂的地方,我再问你。"

有了王队的支持,白松看到了更多更新的材料,也找到了一些重要的材料,他沉住气,在单位慢慢地看了两天,把这些事彻底了解了一番。

周三上午,白松请了假,前往天东区的车管所,配合李坤把车子的手续全部弄完了，挂上了临时牌照，白松终于算是正儿八经有辆车了。

"你这钱，怎么有些发霉啊？"白松从李坤那里接过来一沓钱，是自己之前的二手车抵扣的费用，好奇地问道。

第三百一十九章　发霉的钱

汽车的商业险和强制险等费用，因为二手车本身就有，现在只需要变更一下即可，牌照还需要几天才能邮寄到。当然，临时牌照并不影响上路。

之前和陈建伟签订购车合同的时候，白松一次性把钱给了对方，其他费用很少，白松告诉李坤从自己那辆二手车的折价费里扣除即可。

"我也不知道，"李坤有些不好意思地说道，"你那辆车 4S 店直接就转给二手车商了，他们店里虽然也卖二手车，但都是自己品牌的精品二手车。

"这钱也不是 4S 店直接给我的，是车贩子那边的钱转了一手到我这里的，是有点发霉，但都是真币。要不白警官你等我一个小时，我去银行帮你换成新的。"

"不用了，我自己去就行。"白松已经迫不及待地想开自己的车了。

车子被陈建伟做了一次精细的保养，清洗、抛光、打蜡，之前车上的一点划痕此时也消失得无影无踪。

就这个卖相和车况，如果重新放到二手车市场，二十六七万也卖得出去。老陈很用心了，这情白松只能领了。

办完手续，白松和李坤告别，准备开车先去一趟银行。

油是满的，这车虽然不能算是什么豪华车，但是比起之前那辆车已经好了不知道多少。

人开车的时候，如果没什么确切的目的地，就很容易走一些习惯走的道路，以至于白松早就忘了去银行换钱的事情，开心地开着车先回了趟家。

刚刚进小区门，有辆车出来。

吱——！

白松的车子一瞬间刹死，时速三十公里的车速，车子一下子停在了小区门口，轮胎下一道深深的刹车印。

与白松迎面而过的老哥吓了一跳，连忙开车走了，心道这对面的哥们太客气了，让个路而已，刹车踩到底够意思。

白松被自己吓了一大跳……这才发现……

第一次开自动挡的车，左脚习惯了踩离合，想刹车的时候左脚习惯踩到底，结果一脚踏在了刹车上，若不是安全带瞬间卡死，他估计会一头撞到方向盘上。

出师不利啊……

再启动车子进小区，白松谨慎了很多，恨不得在开车的时候把左腿捆起来。

回到家，白松搬了一些生活用品、书和自己的天文望远镜到车上，虽然最近有雾霾，但是偶尔来一阵大风，天北区的夜空还是非常适合观星的。

搬了几趟，白松闻到了一股霉味，这才想起口袋里装的钱。

好好的钱，怎么会发霉呢？

人民币的主要成分是特制的短绒棉和木浆，本身就比普通的纸张防水防潮，这得是什么人，才能把钱都放得发霉了……

白松似乎闻到了贪腐的味道。

嗯。

似乎还有别的味道。

白松立刻开车回了总队，找到了王队。

"王队，我和曹支队说过了，曹支队也同意这几天给我配个人一起工作，您帮忙给我安排个人行吗？"白松问道。

"现在就要人吗？今天就打算出去提讯了？"王队想了想，"人倒是有，但车子都出去了，昨天又新借调了几个人过来。"

"想去调个证据，一个人办不了。"白松道，"您随便安排个人就行，车子我有。"

"行，你等我打个电话。"王队顿了一下，打电话给白松安排了一个年轻人，挂了电话后说道，"他也是新来的民警，天北分局的，和你同届的。"

白松这一批来天华市的毕业生有上百人，除了九河区的，其他的都不太熟悉，但是本校的人还是很亲切的。

很快有人敲门，进来一个身高一米八左右的帅气民警，王队直接说道："小柳，你就跟着白队，这几天跟他跑这个案子。"

"白队，我叫柳书元。"帅气的民警主动打了招呼。

"你好，我叫白松，咱俩是一届的同学。"白松伸手和柳书元握了握手，接着聊了几句，没想到他和王华东是同学，寒暄了几句，算是认识了。

"一届的？"柳书元有些愣，心道这得是什么门路，同是参加工作不到两年，人家这是开挂了？

"是啊，华东你不也认识吗？他现在也在九河分局，在刑警那边做现场勘查工作。"白松道。

"嗯，我听说了，我也在刑警，听说他已经在那边当探长了。"柳书元道，"不过还是没有白队进步快……"

"咳，都是同学，叫我白松就行。"白松道，"我打算去调个证据，你带警官证了吧？手续我这里有。"

"带了，随时可以出发，有啥事我跟你走就是了。"柳书元道。

跟王队打了个招呼，二人就离开了办公室，白松先回了趟屋子，把无人机带上了。

"这是干吗用的？"柳书元好奇地问道。

"无人机，可以录像的。"

"土豪啊！这东西我在我们分局见过，好几万块。"柳书元赞叹道。

"哪有，我穷人一个，这是王华东的。而且没你说的那么贵，现在国产的也就几千块。"白松背着无人机的箱子，带着柳书元到了车旁，打开后备厢放了进去。

第三百一十九章 发霉的钱

"穷人都开奥迪吗?"柳书元轻轻嘟囔了两句,有些无语。

"啊?你说什么?"

"没什么。"

"行,出发。"

开着车直接去了天东区的二手车交易市场,调取了相关监控。

果然不出白松所料,这些略有发霉的钱,确实是来自光头那里。

光头等人在这里买了一辆2003年的奥迪A6。

白松很快脑补了一部电视剧……一个贪官家里摆着发霉的现金,找到了光头等人,让他们去那家工厂做了一些不可告人的事,目的是想通过做一些破坏或者其他事情,把这家工厂和这块地买下来?

到底是什么动机,白松不知道,还需要进一步调查。

"咱们下一步干吗去?"柳书元问道。

"去查查刚刚视频里这几个拿钱的人,到底是因为做了什么,赚了这笔钱。"白松说道。

第三百二十章　天线

天北区距离这里有十几公里，路上柳书元不断地跟白松请教这个案子的情况，白松知无不言，把这个案子从头到尾地讲了一遍。

这案子太复杂了，光是讲人员构成就得讲很久。如果这个搞不明白，这个案子也只能算是听个热闹。

事实上，这些人名柳书元记了十几个就快要记混了，这并不是一个简单的工作。

"我服了，你别讲这么细致，记不住啊……"柳书元无奈了。

"啊？"回去的路上，白松开着车，不方便看柳书元的表情，只能说道，"要是不听这个，单纯说案子，那……一分钟就可以讲完了呀，不就是这几个人，虚构了一大堆特别赚钱的东西。

"什么火，炒什么。

"国家有什么政策，他们第一个拿出来说，美股跌了，他们拿出来说话，美股涨了，他们又继续编出了新花样，各种数字币、各种投资机会，总之就是说得天花乱坠，机会难得，今天你不来，明天就没机会了这种，然后把人忽悠进来，许诺高息。"

"嗯，讲完了。"

"呃……"柳书元拉下了副驾驶的遮光板，看到镜子里的自己，有些无语了，"哥……你说的这些，我知道……

"好吧，你说的案件的细节，我这几天虽然也看了，但是这么多我还是记不住，毕竟我才来两天，呃，你来了几个月了？"

"比你早一周。"

柳书元合上了遮光板："那……你讲,我认真听!"

"好。刚刚把主要的架构讲完了,现在有几处存疑的地方,主要是在这个组织的宣传部门上。目前这些人中不少人都找了律师,有几个人前几次的笔录和找了律师之后的笔录出现了明显的偏差,主要针对他们的犯罪动机做了不同的……

"提到这里,接着讲一下主要的资金流动,这里面涉及的主要公司账户有137个,其中……"

柳书元扶着车门,揉了揉脑袋,下了车说道:"你说得有道理,回去我确实得把证据册整个看一遍……"

缓了差不多20秒,柳书元才发现白松把车子停在了距离经侦总队足足七八百米的一个小区旁,不由得问道:"怎么把车停这里了?"

"在咱们院里用这个无人机不方便,我打算在这里用。"白松把无人机安装好,就开始起飞了。

这里位于工厂的另一边,也就是当时光头等人开着面包车离开的那边,附近是一个回迁楼小区,类似于东林苑,楼层非常高,大多是32层。

"白队,"柳书元还是觉得这么称呼比较妥当,"我一直也没看明白,下午跑出来查的这个事情,跟咱们这个专案有什么关系?"

白松看了眼手机屏幕,确定无人机飞行方向正常,转头跟柳书元道:"我要是跟你说,我也不认为有什么关系,但是总觉得蹊跷……你信吗?而且,即便与咱们的案子没关系,这也是一起很可能存在的犯罪,我想查一下。"

"那……"柳书元斟酌了一下问道,"这天北区的事情,即便查到了,你也不见得有管辖权啊。"

"嗯,是这样的。"白松丝毫不在意这个问题,缓了几秒钟说,"对了,你是天北区的刑警啊,要是这有案子,你不就有管辖权吗?如果真的如我所料,查到了什么贪腐案件,你们把相关的东西交给检察院或者纪委,不也是功劳一件吗？"

无人机已经飞出去了很远，白松操纵着无人机，围着几个厂房转了起来。

总觉得有什么问题，却没发现。

这里很大，白松把当天晚上光头等人去的烟囱附近看了好几圈也没发现什么，但是不排除他们之前还来过，所以白松打算分多次把这里整个看一遍。

过了接近 10 分钟，无人机的电量已经剩下不到 40%，谨慎的白松准备操作这个东西返航，他这次还带了一块电池，换一下即可。

"这东西挺厉害的啊。"柳书元盯着白松的手机屏幕，"能飞多高？"

"我听说能飞 100 多米，不过没试过。"白松看了看 35% 的电量显示，问道，"要不要试试？"

"行啊。"男生都喜欢玩具，只是随着年纪增长，玩的玩具越来越大了而已。

无人机的性能还是很不错的，电池的电压也非常稳定，垂直上升没有什么操作难度，很快，手机屏幕上的视角越拉越大，显示的飞行高度也逐渐增加。

90 米……100 米……

刚刚过 90 米的高度，小区的楼顶就尽收眼底了。

100 米以上的建筑必须设置防火层，成本过高，所以民用房屋除了地价超贵的地区之外，一般最多也就是 90 多米，飞机上的仪器轻松显示出了楼顶。

"从这个角度看，确实是不太一样，看得我都有点恐高了。"柳书元道。

"嗯呢，我也是第一次这么看东西，这种视角以前只有在飞机上见过。"白松有些感慨，不过很快他皱了一下眉毛说，"这个东西是啥？"

"这个？"柳书元凑近了，"是天线杆吗？"

"要这个天线杆干吗？"白松把视角拉远，"其他楼顶上都没有。"

第三百二十章 天线 | 281

"估计是谁家的免费机顶盒上的东西吧,我看这里有个线路。"柳书元指了指一条细细的线,"拉近了看看。"

"没电了,我先让它下来,换块电池再看看。"白松谨慎第一,毕竟不是自己的东西,还有20%的电量就开始操作返航,然后换了块电池,又操作无人机起飞。

这是一根直径3厘米左右的柱状天线,长度大约有1米,被焊接在了天台的一个角落,电线顺着墙,伸到了32楼的一户住户家里。

从无人机拍摄的画面可以看到,这个屋子里没有任何家具和生活用品,就是个简单的毛坯房,一室一厅,客厅里放着一个金属盒子,上面有一排排按钮。

"这个东西是啥?"柳书元一脸疑惑。

"这么说吧……"白松也不知道具体是什么,"我说这个东西肯定不合法,你信不?"

第三百二十一章　黑电台

"不合法？"柳书元疑惑，"这个东西能有啥用处？难不成是什么间谍设备？"

"那倒不可能，哪有这么明目张胆的？"白松有点佩服起柳书元的脑洞来，"这个东西的线路很粗，而且你看插座插头那里都是很粗的电线，估计功率不小，应该是个无线电设备。而这种无线电设备，功率这么大，真正合法的，要么是正式的电台，要么就是一些小玩家。而这些能在无委会备案的小玩家，怎么会玩这么大？"

"无委会又是什么单位？"柳书元对这个新名词不太了解。

"无线电管理委员会，呃，反正这些东西是受管制的。"白松望了望周围，"这附近是哪里的辖区？这个事得解决。"

"既然这么说，这个事交给我。"柳书元点了点头，拿出了手机。

柳书元打完电话，很快，辖区派出所的民警就到了这里，是两位年龄比较大的民警，这种事一般也不用刑警队过来帮忙。

"孙师傅、陆师傅，"柳书元忙打起了招呼："怎么您二位都亲自来了？来两个辅警就可以了啊。"

"咳，这不是听说柳探长来了嘛。"陆师傅道，"听指挥室说，是黑电台？"

"还没确定。"柳书元如实道。

"估计八九不离十。"陆师傅抬头看了看楼顶的方向，"这个楼不用电梯卡，你们俩先上去，以防万一。我和老孙去一趟物业，查查这个房主，这种都是租房的,没有哪个是自己的房子。"

兵分两路,二人先上了楼。

这边与九河区不同,人口密度低,虽然这些房子都有主了,但是很多房子空置没人住,32楼更是一户住人的都没有,楼道门和楼道的窗户都开着,楼道里甚至还有飘进来的塑料袋。两人找到了紧锁房门的这一间,却发现门上已经满是灰尘。

整个地面上和门板上,早已经没有了脚印之类的痕迹,覆盖了一层灰,粗略估计,可能一个月没人来了。

电表上的数字还在慢慢地跳动,说明机器还在运行。

过了差不多半个小时,孙师傅和陆师傅上来了,还带了一个人来。

"警官,我没骗你们,这里的租户真的就是三个月前给了我半年的租金,所以什么合同也没签,你们知道,我们这边的房子想租出去很困难,尤其都是毛坯房,还是个32层。"房主是个中年妇女,不断地絮叨着。

"行了,没事,你开门,我们进去看看。"陆师傅没有多言。

这种楼房的高层,如果有大风,是会有轻微摇晃的!所以一般租房的很少有人愿意租高层,妇女看样子也没必要骗警察。

进了屋子,大家四望了一番,什么都没有,就只有这一套设备。

"还真是黑电台。"白松仔细地观察了一番,这个设备上的铭牌,全是英文,大概意思就是,无线电发射器,可以调节频道的波长范围之类,功率挺高的。

黑电台,日常生活中并不少见。

有时候到了晚上,听众搜到一些熟悉频道的电台,本来应该是播放相声、歌曲,结果莫名其妙地就变成了投资、治疗疑难杂症的广告。

尤其后者,简直是重灾区,基本上的套路就是,请"专家"讲课,然后十几个不同的"托"打进电话讲疗效如何之好,接着就是宣传"现在打进来电话,名额只剩下几个了,各种大优惠"。

他们卖的药,很多都是成分不明的中成药,或者有良心的,会买一些低价的钙片充当特效药，总之，三四千块钱买一个疗程的药那种。

由于这些黑电台侵占的都是正式电台的信道，让很多老百姓误以为是官方电台的广告，从而容易相信这种东西。

白松叹了口气，作为警察，他真的想把所有的犯罪形式都给群众普及一下，然后告诉大家，这都是骗术！

可惜，白松没那个影响力。

想到这里，白松不由得想到了自己的好兄弟张伟以及徐纺，呃，严格来说，还有他很不感冒的周璇，他们都是主播和知名自媒体用户……

想到他们这些人，白松才想起自己的某博好像还有很多粉丝？等有空了，白松打算用电脑登录一下某博，宣传一下防诈骗知识。

救不了天下人，能拉一个算一个吧。

"白队，你觉得这个怎么处置比较合适？"柳书元问道。

"虽然说租房时间还有三个月，这些人还会出现，但是咱们不可能任由这个电台继续工作三个月。

"即便我们拔走去检测，会打草惊蛇，这个'蛇'也只能惊了。不能任由这些东西危害社会，派出所得搞个现场检查的手续，把这些东西收缴了。"白松虽然不是辖区领导，但还是直接说道，"我们不能等这些东西的主人了。不过这套设备也值不少钱，被咱们扣押了，一时半会儿也算是打击了他们的气焰了。扣押之后，抓紧时间去无委会鉴定，顺便查查里面到底有什么。"

随即，白松特地跟柳书元小声说道："我怀疑，咱们的那个案子，类似的电台都有宣传。"

"有道理。"柳书元点了点头，"这东西怎么鉴定，你知道吗？"

"拿着全部设备去趟无委会，人家是专业的。除此之外，这上面的U盘记得拔下来，里面估计有不少文件，可以逆向查找一下，肯定有一些组织的电话、地址之类的东西。这些都有所谓的'热线电话'。"白松说完，略有些遗憾，"也就是这类案件没办法指定管辖……"

一般来说，九河区是绝对没办法管辖这里的案件的，除了毒品案件可以由市局直接指定，这类案件没办法更换管辖权。

"怎么处置还是交给你们考虑吧。"白松斟酌了一会儿，觉得自己指挥不太合适，跟柳书元说道，"我说的也只能是建议。"

"不过，"白松还是说出了最终目的，"U 盘里要是有关于咱们这个案子的线索，记得给我拷贝一份。"

第三百二十二章 羁绊

"黑电台?"王威在办公室里思考起这个案子,与柳书元对面而坐,"你们怎么出去查这种案件了?"

"唔……"柳书元听到王队叫他,就知道是这个事情,说出了准备已久的说辞,"白队查线索的时候发现,很多人上当是通过黑电台广播,于是我们就针对一些高层建筑进行了查找。没想到还真的在咱们单位附近找到了一个。这个东西危害很大啊,对吧,王队?"

"我们这个案子里,很多人是通过黑电台上当的?"王威思索了一下,好像确实是有人说过是从收音机里……唔……笔录太多了,记不清了……

柳书元一喜,王威的反应告诉他,白松干的事虽然与这案子无关,但是这并不影响他这么表述。这个案子太复杂,到底有没有人被黑电台骗了,柳书元是不知道的,而王威……估计也记不清!

有几个人有白松这种变态的记忆力?柳书元现在还在为白松讲的人员构架图头疼呢。

"嗯呢,他可能是想通过这个往回找线索,具体的您就得亲自问他了。"

"行吧,"王队点了点头,"白队他也很年轻,你们好好配合。"

……

事实上,这个电台里面,没有关于这个笛卡金融的宣传音频,全是卖假药的。这一点,拿到黑电台里的 U 盘不足一个小时,就已经被柳书元确认了。

柳书元都有些看不懂白松到底在查什么,也不知道白松查的那个视频里的光头到底是干吗的。

但是,首先他并不是经侦总队的,没必要啥事都往笛卡金融这个案子上考虑;再者,白松也是他老同学,肯定是更亲近一点。

至于黑电台这个事情本身,确实也没什么有价值的线索,这种事连通报表扬都不会有,派出所处理类似的案子多了去了。

接下来的两天,白松除了下班的时间继续用无人机去转转之外,精力都放在了提讯上。

因为提前打了招呼,这两天还是有幸排到了公车,白松知道这很不容易,立刻更改了路线,去了最远的三个看守所。

新买的奥迪啥都好,就是百公里13升97号汽油的油耗……

现在,有公车可以开的时候,尽可能去远点的地方。

两天下来,白松没有获得什么额外的线索,但对这五六个人的讯问,让他有了一种额外的感觉。

尤其是周五这天,在同一个看守所,一口气提讯了三个人之后,白松心里可以确信一点,这个案子一定是有主犯的,并不是凭空捏造的。

"有点奇怪,"柳书元道,"这几个人都见过他们老总,但是都只见过一次,感觉有点蹊跷啊。"

"幸运者偏差啊,"白松解释道,"只有20多个人自称见过这个人,但是大部分都只见过一次,咱们这不是专门挑着见过的取笔录嘛!都是一次不很正常吗?"

"这倒也是,不过我听着怎么像是有两个人?一个脾气好一点,一个脾气差一点。"

"嗯,这不好说,也不排除一个人不同时期性格不一样。"白松分析道,"毕竟像他这种人,异常谨慎,有时候还化化装。"

"确实,咱们明后天还来吗?"柳书元问道。

"周末休息,这边案子也没那么急,双休日还是能保证的。"说真的,白松都有点不太习惯这种晚上不需要值班、周末还有双休日的日子了,白松之前从未享受过,"最主要的问题是,看守所周六、周日除了值班的人做一些羁押和释放的工作,一般也不让提讯。"

"也是,这种大案子,最快也得忙上一年。"柳书元点了点头,"我以前也在市局忙了一个案子,是个连环杀人案,当时华东也在,就一口气忙了小半年。"

"哦?那案子解密了?"白松有些好奇。

"还没……"柳书元吐了吐舌头,"人都抓到了,但是案子应该还没过保密期……嗯,具体内容不能说。"

"嗯,这案子我知道一点,我们支队的秦支队因为这个案子迟迟没有来我们这边履职,当时我就听说是个连环杀人案,但也仅仅是听说,具体死了几个人我都不知道。"白松感叹道,"这小子怪能跑的,居然躲了这么久。"

"唔,是这样。"柳书元很想说这个事情不是白松想的那样,但还是不能说,憋得很难受。

"嗯?"白松似乎听出了什么,想了想,"估计也是个很精彩的案子,不过,我还是不问了。前几天我们支队也有一起命案,我还去找我们支队长说了一下,主动签订了一个保密协议才了解的呢。"

"嗯,我特别能理解你这个心情。"柳书元道,"新奇的案子我要是不知道就心痒难耐。不过,你也算厉害,市局的案子,当时一听说,我就想去,想方设法才调过去了。"

"你厉害……"白松点了点头,这位同学家里能量可是不小啊……

"所以,我看咱俩性格差不多,你是怎么忍住不打听的呢?"柳书元好奇地问道。

"嗯?"白松还真的没思考过这个问题,可能是家里条件不一样,白松遇到这类事情不会去打听的,打听也没用啊……想了想,白松淡淡地说道,"这世界上精彩的事情太多了,每时每刻都在发生,但不是每件事,都要知道,对吧?"

"还是你境界高,怪不得能当队长。"柳书元有些佩服。

"还好……"一路聊着天，100公里的路程也并不遥远，晚上六点半，车子才到了经侦总队，停好车子，白松说："下周一咱们继续提讯。"

"好，那下周一见了。"柳书元也开始计划起周末的安排了。

……

第三百二十三章　一点线索

明后天要去上京找同学们了，白松早早地就请好了假。

出市是要请假的，即便是周末。

开着车子，白松先去加油站加满了油，慢悠悠地开回家。

到了小区门口，白松看到了一个熟悉的身影。

"你怎么来了？"白松见王亮背着包，停下车看了看手表，"你该不会等了一个小时吧？"

虽然距离白松的家就几步路，王亮还是拉开车门上了车："你们市局不是准点下班吗？我六点半准时过来的，这都七点一刻了。"

"你来也不跟我说一声，我今天去大齐区取笔录了。"白松慢慢地把车开到了楼下，停好车，带着王亮上了楼。

"这么远？啥案子？"王亮刚刚问完，随即想到了白松那里的事情，立刻变得没有兴趣，"跟我又没关系。"

"你是打算在我这里蹭晚饭，然后明天一大早一起去？"白松怀疑地问道，"我怀疑你没请假。"

"哈，别问。"王亮扭过了头。

"行吧。"白松也知道王亮这是在"保护"他，"晚上吃什么？"

"泡面就行，"王亮倒是不挑，"我带电脑了，晚上还得干队里的活呢。"

"呦？"白松吃惊了，"你啥时候觉悟这么高了？"

"还不是咱们一起查的那个跳楼的案子？您老人家大领导啊，动动嘴，你可知道这些东西有多少需要查吗？"王亮吐槽了一番，但是也没真的不开心,毕竟白松说的几个方向都是有道理的。

"现在案子查得怎么样了?"

"你说的,那天晚上他在网吧做的事情,我们费了很大的工夫,做了数据恢复。"王亮想想就头疼,"好在他们的主机一直没有关过机,不然根本就找不到一点数据。

"你也知道,网吧的电脑每次重启,所有的记录都会抹掉,但还是从主机上找到了一些相关数据,忙了好几天。"

"就这点活,你居然忙了这么多天,你没偷懒我可不信。"白松打开了房门说,"你睡次卧吧,有专门的电脑桌。冰箱里有……"

白松还没说完,王亮熟练地从冰箱里拿出来两瓶可乐,递给白松一瓶:"你说啥?"

"算了,没事。"白松接过可乐……

累了一天,白松也不会真的让王亮吃方便面,好在这几年外卖越来越发达,白松订了两份炸鸡、汉堡,顺便还订了一些鸡翅、鸡腿,订完就回屋看书了。

20分钟后,就有人敲门。

"烧烤?"白松有点愣。

"我订的。"王亮喊道。

"喝点啤的吧……"

晚上东西没吃完,酒也没多喝,白松十点多就早早休息了。

天蒙蒙亮,白松还做着梦,就被王亮摇醒了。

"啥事?"白松看了看时间,"你这么着急去上京?你这小女友……"

王亮踹了躺在床上的白松的屁股一脚:"刚刚队里的电话,说有线索了。"

"什么线索?"白松咕噜一下就坐了起来,这么早就联系,肯定不是什么小事情。

"这个跳楼的，他那天玩的游戏，是《英雄联盟》，用的不是自己的账号，玩了六七场，然后我们发现，他这六七场，都是和另外一个玩家一起玩的。"王亮兴奋地说道，"这个账号性别为女性的玩家，很是关键啊，存在作案嫌疑啊！"

"这个人是谁？"白松问道。

"还得继续查啊。"王亮指了指自己的手机，"查到这个就很困难了，毕竟这是平地抠大饼，从无到有的过程啊。"

"这个人没有手机，也没有 QQ 通话记录，是如何联系朋友一起玩游戏的呢？正好遇到上线的朋友？如果是这种情况，这个朋友也应该不存在作案可能吧？"白松分析道，"除非他在语音里瞎聊。"

"不知道。我们问了企鹅公司，这种游戏的视频他们是不保存的，除非游戏里有其他违规行为。所以聊了啥不得而知了。"王亮分析道，"要我说，就是跟他的女情人吹牛了，然后被灭口了。"

"嗯嗯嗯，我知道你牛，但是为啥说是女玩家？确定身份了吗？"白松好奇地问道。

"你看看这战绩，这都是啥啊！七场都玩索拉卡，是个奶妈，男的有几个能做到啊？"王亮傲娇地说出了自己的推测。

"我怎么记得……"白松一脸黑线，"你不就是职业玩索拉卡的吗？"

……

王亮足足愣了 10 秒，才缓过来："你懂什么？我最懂这个英雄了！男的玩，比如说我，都是先出各种法强类的装备！这样治疗量更大，法术强度高，技能伤害也高！你看这个游戏记录，这个号的出装都是功能性道具，还出肉……这肯定是个女的……"

我怎么感觉……是你菜……

这话白松还是没说出口，什么局势都不顾……真不知道有这个逻辑性的人怎么学的编程……

"所以，这个人的身份很快就能确认，对吧？"白松指了指游戏记录中

第三百二十三章 一点线索 | 293

的图片,"那你今天还能去上京吗?"

"去,我和领导说了,我得休息了,昨晚我可是忙到很晚的。"王亮道,"基础性工作交给他们吧。"

"啧啧啧,有点领导的气质了……"白松揶揄道,"如果查到了,别着急,这个案子从现场看,也没什么有价值的线索,到底是怎么跳的楼?"

"他只租了一个单间,这个房子有三户人住,卫生间、阳台还有厨房都是公用的,最开始以为是自杀,警察去之前,好多人跑进去看热闹,现场的脚印啥的根本就没价值了。不过可以肯定的是,他跳楼的那个窗户附近没有什么外人的痕迹,他身上也没什么痕迹。"

……

第三百二十四章　追尾事故

"这我知道。"白松点了点头,"总之,从现场来看,这个人确实是像自杀,不然第一时间也不会被认为是自杀。"

"怎么总有这种邪门的案子?该不会又跟你们所以前姓孙的那个人一样故意自杀!图什么?总不能也是为了骗保吧……"王亮说完自己都笑了。

"嗯,这俩案子的区别很大,那个一看上去,就是凶杀现场,但是实际上是自杀。凶杀现场是孙某自己和家人伪造的。"白松道,"但是这个,看着像自杀现场,钱没了,反而存在他杀的可能。"

"反正我觉得我说得对,就是为情所困,被女人利用了,凶手肯定是个女的。"王亮笃定地说。

"唉……"白松深深地叹了口气,"我感觉你这是在反向剧透啊……"

"啥?"王亮没听懂。

"恕我直言,你说的话,往反方向猜,反而最容易破案……"

"去去去,没个正形,就你这还领导呢!"王亮哼了一声,"这个案子虽然我不是专案内勤,但也是扛把子了,咱们三队能尿二队吗?"

"嗯,这倒是。"白松之前也只是开玩笑,王亮对这个案子应该是最了解的了,"虽然我现在在十队,但是咱们三队的战斗力绝对是没问题的。而且,估计咱们早晚要一起战斗的。"

"这话我爱听,不过咱们支队最近也没啥大案子,我那边查电信诈骗,有几个 IP 又在境外,真的都要烦死了,这种事咱们不可能每次都有机会出去抓……"

"嗯,睡觉吧,还能睡三个小时……"白松听王亮讲这些,听着听着就有点困了。

"你这就困了啊?"王亮突然说,"对了,接着说联盟,咱们好久没双排了,我这赛季又上白银了,一起玩不?要不咱们玩到八点再走?我跟你说我现在准备玩上单了……哎?你怎么打呼噜了?!"

……

睡个回笼觉真的要有多舒服就有多舒服,八点钟起床,这才是周末的正确打开方式。

约好了赵欣桥,下午两点钟,有个文化沙龙,主要是去参加一场社会学的讲座。这是赵欣桥主动想要去的,白松自然不会拒绝。

而晚上的安排,自然就是吃饭、看电影、逛街……

事实上,这种事情,白松还真的很少和赵欣桥经历过,几乎每次来,都是一堆同学一起玩,无论是郑朝沛还是周璇等等,凑热闹的最起码也有三四个。

一路顺利,在两座城市中间,办理好了入城手续,白松卡着限速,很快进入了城区。

"你这路况够熟悉的啊,现在已经不需要导航了。"王亮夸了一句。

"那是,也不看看我是谁,六环虽然快,但那是高速,要收费,里面的环线又堵车,从五环绕到那边再进城,是最好的选择。"

"有道理……"王亮点了点头,"把舍不得花钱说得这么好听,也是没谁了。"

"这条路快,你懂——"白松话说了一半,就看到前方的车子好像堵了,忙道,"六环有时候也堵车,对吧?"

车速越来越慢,刚刚开了不久,车子就停了下来。白松把车座往后移了一下,打开了天窗,伸出头站了起来,看了一会儿,道:"前面差不多1公里好像堵住了。"

"1公里？你能看那么远？"王亮表示不信，"这不是问题，问题是怎么办。"

白松打开导航软件，发现拥堵距离确实长达1公里，通过时间差不多30分钟，自言自语道："等吧。"

这个时候后面的车子也排了几百米，除非车会飞，否则只能等。

"行吧，来上京市不堵车是不完整的。"王亮听说是半小时，还算可以接受，把座往下放了一点，准备睡会儿，他早起可就没再睡，这会儿还真的有点困了。

白松拿出手机把情况跟赵欣桥说了一下，也就没啥事干，玩了几分钟"切水果"，车子一点要往前挪动的意思都没有。

此时再看看导航，还有46分钟，时间越来越长了。

前面到底咋回事？

"还要多久？"王亮没睡着，迷迷瞪瞪地问道。

"看这样子不知道要多久了，导航不准了。前面也不知道咋了，啥也看不到。"白松道。

"啊？那午饭怎么办？"

"这才十点，午饭应该问题不大吧。"白松想了想，下了车，从后备厢里掏出了一个大家伙。

天文望远镜……

"你车上还有这么奇怪的东西？"王亮指了指这个镜筒1米多长的大家伙，无语了，"你这还得组装吗？"

"没那么麻烦，看个远处又不用赤道仪不用高倍目镜的……"这是个很基础的初学者用的90mm口径望远镜，白松简单调了一下，从车的天窗那里站起来，对远处进行了观测。

"就俩车追尾。"看了一会儿，白松道，"撞得倒是不重，就是一时半会儿挪不开了。交警估计马上到吧。"

"交警？"王亮指了指已经堵上的应急车道，"交警也上不来啊。话说就俩车追尾，怎么堵了三个车道？"

"卡车。"白松道，"要是轿车，咱们这个视角估计也看不到。"

"是啊……"王亮也思考起对策来。

"这可麻烦了，交警得从反方向逆行上来，也不知道要多久。那边还不知道啥情况，要不我去看看吧。"白松道，"你开车，我过去一趟。"

"行，你去吧，带警官证了吧？"

"带了。"白松指了指望远镜，"你帮我收起来。"

虽然白松不是交警，但是也没少处理过交通纠纷，早点把路让开，他也好早点过去。

1公里的距离，慢慢跑跑步，七八分钟，白松就到了。

追尾的两辆卡车，都是厢式货车，一辆要拐弯，被另一辆给别着了，然后就追尾了，一追尾，双方都刹车，接着就这么斜着停在了路边。

唔……白松到了辆车旁……

这不是某国大片里，坏人要干坏事之前，最经典的封路桥段吗？……

第三百二十五章　交通事故

果然，交警还没来。也是没办法的事情，上京市的交警非常忙。

五环线以内，很多货车就不让走了，但是五环线上还是有不少厢式货车的。区别于普通的货车，这些全封闭的厢体并不是什么坚固的钢柱结构，这次追尾，直接把前车的车厢体撞歪了。

一般来说，追尾，后车全责，但是俩司机本来就置气，现场就动起手来了。

谁也不知道怎么拦。

交通事故现场，交警没来拍照之前，最好保持原貌，如果一辆车挪开，那后续责任谁来承担？这个白松也没权力管，但是打架还是要拉开的，这么打下去，还怎么解决问题？

"干吗呢！"白松直接吼了一句，俩人一下子停了下来，看了看白松，都有些不知所措……

一般来说，两个普通人打架，真被吼这么一嗓子，还真的有点心虚。

白松直接上前给拉开了。

打架的白松见多了，有的是真的有仇，往死里打，动手完全不节制，这种想拉开很费力，甚至完全拉不开……

但是现在更多的打架是面子问题，互相辱骂，不动手显得自己怂，这种打架的，每一方有俩人劝一下，拉拉架就拉开了……

具体是哪一种，白松基本上一眼就能看出来，这俩人就是后者，拉开后互相辱骂，不过也没有继续动手的架势。

"别打了，你们看看后面的车子堵了多少了？"白松把受伤轻、身手好的拉到一旁，"你们这车都撞了，打算这么一直堵着？这么大的人，出来跑活都不容易，一直晾着像话吗？"

"跟你有啥关系啊？"白松拉住的这个人这才回过神来，冲着白松出言不逊，"再管闲事连你也打！"

这显然还是没从刚刚打架的形势里缓过神来，这位是前车司机，差不多四十岁，身体比较强壮。

白松直接把警官证"撑"在那个人脸上："你可以试试。"

"唔……"男子这才抬头看了看白松，呃，这体格好像……好像打不过。

好吧，就是打不过，而且还是警察……开车在外跑的人，看到警察一般还是非常给面子的，前车司机直接就偃旗息鼓了。

"快把车挪开，这么大的四九城儿，愣是被你们俩人堵住一条主干道，还动手，这是想干吗？"

"可是！"另外一个人发话了，"交警没来，责任怎么断？"

说这话的是个跟白松岁数差不多的年轻男子，估计刚刚拿驾照 B 证不久。

"追尾全责，这还用断？"白松知道刚刚那个人就是追尾的后车司机。

"可是，交警没来……"

"你们俩这个事故，有争议吗？"

"有！他堵着我不让我超车！"后车司机急了，"我想超车，他不让。"

"谁不让你超车了！你要超车，你就变道啊！"前车司机吼道，"谁不让你超了？"

"变道？这俩车道只有右侧车道是大车可以通行的，我怎么变道超你！我按了半天喇叭，你就不能让让我？"

这会儿，现场已经围了不少司机，100 米以内的司机至少三五十人下来看，听到这个后车司机的话，都傻眼了。

"都看我干啥？我不是不知道靠左超车，但是我听说上京这边的规矩特别多，这里写着左侧车道禁止大车占用，在我们老家，我从来也没见过这个交通规则啊……"

"呃……"白松几次欲说话，都不知如何开口，最终弱弱地说了一句，"他也是开大车，你不敢占左边的路，他怎么让你？"

"他去……"后车司机蒙在了原地……是啊……

对啊，他也是开大车，怎么让我？

难道这大城市的路是不允许超车的？

"那就是这个车道设计有问题……"后车司机喃喃道，开始怀疑人生，开车一两千公里过来，第一次进上京市，真的有点慌了。

"真是全国3000万名卡车司机里的翘楚啊……"白松喃喃。

……

所有人都沉默了。

前车司机看了后车司机一眼，看到后车司机脸上被打后留下的伤，叹了口气。

可能是有点觉得对不起这孩子，前车司机沉思了几秒钟，从兜里拿出一包烟，给后车司机递了一根。

后面的司机们看这个情况，也都纷纷掏出了烟……

"你们俩自己把事情解决了，后面这车先挪一下，把右侧车道和应急车道让出来。"白松看这个情况也闹不起来了，"互相赔点钱，走了得了。"

"这样真的可以吗？"后车司机说话有点没底气，"不是说所有交通事故都要等交警吗？"

"你这交规怎么学的？买的证吗？"白松无语了，"这类事故，对事实无争议，没有人员伤亡……呃，你头上的伤不算。这种情况，只要双方认可，互相记录所有信息签字，就能撤离。"

撞得不算太重，前车需要找专业的地方做一次钣金。

货车不比轿车，没必要那么精细，漆面啥的根本就无所谓，但是这几个

第三百二十五章　交通事故

柱子的钣金最起码也要四五千，后面的两个门都要修。

但是，前车司机把后车司机给打了……

白松拿出派出所的那套方案，两边分别捧了一顿，又骂了一顿，把两方都说满意了，最终方案是后车司机给前车司机1000块钱，这事就算了了。

俩人都动手了，按理说都能拘留，但是后车司机伤得明显更重一些，前车司机也认可了这个方案。

虽然都有保险，但是对货车来说，几千块钱的事，不找保险也很正常，尤其是跑出来这么远，双方敲定好，后车司机擦了擦脑门上的血，回车上拿钱去了。

如此这般，后面的几个司机纷纷叫好，路终于可以畅通了。

白松帮着俩人互相记录了信息，找后面的司机借了纸、笔签了个简单的协议，后车司机把钱递给了前车司机。

"你这啥钱？怎么还有点发霉？"前车司机仔细看了看，他是老江湖了，确定是真钱，也就没计较。

第三百二十六章 郑灿

"发霉了?"白松一听这话,一下子就提起了精神,"我看看。"

前车司机不疑有他,直接把钱递给了"警察叔叔"。

白松仔细地看了看这些钱,钱的编号都是无序的,发霉的程度与自己那些钱类似。

"这样吧,你拿这些钱先走。"白松掏出自己的钱包,拿出 1000 元现金给前车司机,"我一会儿正好去银行换几张残币,顺便帮你把这个钱也换了。"

"嗯?"前车司机没明白白松这是啥套路,他也不是不收这些发霉的钱,按理说白松不必如此。

不过,白松这些钱明显也是真币,而且他也信任警察,简单道了谢,直接开车走了。

……

"你先别走,把车停在应急车道上处理一下头上的伤。"白松转过身来,对后车司机说道,白松还准备问他点别的事情,"他车那点事不影响行驶,你这血都流到眼睛旁边了。"

"好,谢谢警官。"

后面的这个小伙子刚刚写信息的时候,白松看到了他的名字,郑灿,二十三岁,湘南省人。

郑灿把车停到了路边,整个路瞬间就通畅了,二三百米内的司机都迅速上了车,路过这边的时候,纷纷给白松鸣了笛,算是谢过。

堵塞的血管瞬间通畅，上千辆车子有序启动。

过了一会儿，郑灿包扎好，又过来找白松致谢了："警官，谢谢，真的，要不是你，我不知道要被打得多惨……"

这孩子脑回路确实是有点简单，白松得出了结论。

难道不应该是感谢帮忙解决了这个事情吗？

"嗯呢，没事，你回头多学学《道路交通安全法》，怎么净犯常识性错误？"白松也不愿多计较。

"警官，不瞒您说，我的驾照的笔试……不过后面的开车考试都是我自己考的，我技术没问题，今天就是着急气坏了，他堵我十几公里了……"郑灿挠了挠头，"不对，也不能怪人家，是我不懂规则。"

白松不是交警，不愿意纠结这个，直奔正题："你这些钱，从哪里来的？"

"上一单的工钱，就是给的这个，怕我不要这种钱，还多给了1000。"郑灿很开心。

"在哪里收到的这些钱？"白松皱眉。

"湘南啊，还能在哪里？"

"湘南？"白松琢磨了一阵，怎么这么远？难道不是一个事？

白松平时很少见到发霉的钱，一笔钱来自光头，一笔钱来自这里，但是位置却南辕北辙。

"你能具体讲讲吗？"

这些跑大车的，每次能得到约定好的钱就已经不易了，怎么会多给？发霉的钱，那也是实实在在的钱啊！验钞机也是能过的！

"嗯呢，就是，上一车货，跟这个没关系。当时是拉了一些设备，嗯，他们说是设备。

"从湘南省长河市区拉到湖潭一个农村，具体的地方我不知道。当时车上跟了另外一个人，不用我导航，他给我指的路，也不让我用手机导航。"郑灿挺开心，"送完货他们还给我指着路送出来了。"

"嗯？"白松品出了不一样的味道,"你记路吗？"

"不记得了,我最记不住路了。"郑灿摇了摇头,"我后来才听说,这些人去我们车队那边特地问,你们这里有不记路的司机吗？结果大家都说我不记路,所以这既赚钱又简单的一单就给我了,真好。"

……

"滴滴！"

虽然路通了,但是1公里的堵车,尤其是应急车道的车还需要往主路上转,王亮这会儿才终于把车开了过来:"还聊啥呢？走了。"

白松示意王亮先靠边把车停在卡车前,继续和郑灿聊:"送的是啥？你还记得不？"

"不知道,反正是叉车叉上去的,不用我搬。"郑灿这才反应过来,"警官您问这么多,是怎么了？这些人,他们有什么问题啊？"

"哦,没事。"白松也不敢多聊,怕这孩子想多了,"我跟你说的事,你不要跟任何人说,警察也不行,谁也不行,知道了吗？"

"知道了。"郑灿点了点头,"之前那些人,就跟我说,多给我1000块,不允许我和身边的任何人说。警察叔叔您就不是我身边的人,对吧？"

"嗯,对。"白松点了点头,"你和我互相留一下电话,如果以后他们再找你,你方便的时候单独给我打个电话。记住,方便的时候,嗯,就是你一个人上厕所没人跟着的时候。"

"好。"郑灿点了点头。

"你现在车上拉的是什么？跟这个事情有关吗？"白松又啰唆了一句。

"没关系,都是小龙虾,要求必须一天一夜拉过来,我一口气开过来的。马上到市场了,我有导航。"郑灿如实回答。

"嗯,行。"

……

白松有一种预感,这些钱似乎都来自一个地方,但是现在这些线索也没什么用,还需要回去慢慢查。正好,白松现在办的案件,也跟湘南省有关

第三百二十六章 郑灿 | 305

系，回头有线索了可以申请出差一次。

白松上了车，王亮早早地在副驾驶上等着，这会儿，交警才逆行骑摩托车过来。

交警直接骑摩托车到了两辆车中间，停下车，看了看白松车的屁股，接着看了看后面厢式货车明显撞歪了的前杠和几乎没法看的前脸，又看了看后车司机一脑门子的血，交警蒙了。

"你这辆奥迪是坦克吗？"

说完，交警又看了看车的左右，处理了这么多交通事故……有点摸不清这个事情的门路了……应急车道上就这俩车啊……

……

白松立刻上前解释了一番。

"哦哦哦，天华市的兄弟部门，谢谢了，太感谢了！你们这休个班还帮我们解决个事情，今天警情太多了，那你们一路顺风。"交警很高兴，和白松握了握手。

"别客气。"握了握手，道了别，白松开车疾驰而去。

第三百二十七章 宁静

耽误了很久，中午之前总算是到达了目的地。

在此之前，王亮自己坐地铁离开了，白松在距离学校还有几公里的时候，就打了电话。

华清大学门口，白松来过很多次，在此之前也开自己的那辆旧车子来过，这里根本没有停车的地方，再远一点就是北明园，只能随停随走。

白松到了学校门口，赵欣桥还没出来，实在是没地方停靠，白松只能绕着学校门口的路转了一圈，五分钟后再回来时，门口已经站了两个俏生生的身影，在四处张望。

白松停下车，打开了车窗。

赵欣桥还在四望，看着一辆黑色的汽车挡在了她面前，还主动打开了车窗，以为是什么搭讪的人，面色不喜，正皱着眉，看到了窗户里白松一脸笑意，赵欣桥的表情慢慢舒展。

哈？

这也太可爱了吧……

白松看着赵欣桥的表情变化，有些忍俊不禁。

傅彤从这个角度是看不到白松的，但是她感觉到赵欣桥情绪的变化，探头看了一眼，发现是白松："不错嘛，换车了也不说一声。"

说完，傅彤左右看了看车子，直接打开了后座的车门，拉着赵欣桥的手，一起上了车。

"啥时候换车了？"傅彤问道。

"二手车，我个子高，这个稍微宽敞点。"白松转过身来，跟赵欣桥说道，"门关一下，咱们出发了，先去吃饭吧，饿死我了。"

"好，你想吃什么？"赵欣桥拉上车门，她也蛮开心，"你这刚买完车，肯定都没钱吃饭了，来一趟，我请客吧，想吃什么？自助还是烤肉？"

白松嘴角上扬，启动车子出发："吃点素的吧。"

傅彤最近比以前温柔多了，一路上白松再也没有感觉到她以前的那种压迫感，不得不让人感慨爱情的力量是伟大的。

赵欣桥的俩闺密，白松刚开始的时候都很怕，慢慢地，傅彤有所改变，周璇则基本上已经影响不到白松了。

周璇性格大大咧咧，人其实挺好的，现在靠直播，收入已经超过绝大部分人了，自从上次的事情，她看到白松再也不闹了。

下午的社会学讲座，白松蛮有兴趣，而且出乎意料的是，虽然这都是一些难懂、拗口的近乎哲学的理论，但是白松听得懂。

"这个世界变得越来越小，越来越成为一个整体，个人的世界经验却变得越来越分裂和分散。"

听完课，白松把笔记本合上，已经是下午四点半了。

"我看看你的笔记。"演讲堂的人安静地一个一个地离开，赵欣桥拿过白松的笔记看了起来，"你这字可还是写得一般，嗯，跟你人长得差不多。"

"哈……"白松不愠反喜，"你好看不就好了？"

"喂，你们俩考虑一下我的感受。"傅彤轻笑道，"一会儿我自己回去，你们俩自己玩去吧。"

"真的，假的？"白松被突如其来的惊喜给惊到了。每次来，傅彤和赵欣桥都是形影不离的，有个独处机会实在是难啊……

"哦哦哦……"惊喜过后，白松立刻反应了过来，"我开玩笑的……嗯……我一会儿给你送回去……"

"不用，我正好在附近有点事。"傅彤板着脸，站了起来。

白松突然发现，自己从傅彤的阴影里还是有点走不出来……

正有些失神，白松突然感觉肩膀被人碰了一下，转头一看，才发现是傅彤拍了拍他的肩膀。

白松一下子明白了什么，紧紧攥起了拳头。

整个演讲堂，其他人都轻轻收拾好自己的东西离开了，就只剩下了两个人。这个演讲堂类似于徐纺上次开书友会的那个，主体是个下潜式半圆结构，属于公共图书馆的组成部分。

这会儿人都走了，几个管理员从门口望了望，以为没人了，直接就把灯关上了。赵欣桥一看灯关了，准备站起来说话，被白松一把抓住袖口，赵欣桥一下子不动了。

这里一向都是开文化沙龙、演讲和读书会的地方，参加的人素质都很高，所以除了早上有人打扫，每次活动结束之后，管理员都是直接关灯，整个演讲堂一下子就变得伸手不见五指。

外面是图书馆，隔着厚厚的大门，这世间似乎从未如此安静，依稀可以听到两个人的心跳声。

"上次那个事，让你担心了。"

这几个月来，白松每次忙完案子，都会给赵欣桥发信息，说明自己的工作并不危险，但是欣桥从他的住处离开之后，两人还是第一次这么安静地在一起待着，没有第三人。

"知道就好……"想起往事，赵欣桥还是有些隐忧，不过还是很快舒展了眉头，"你现在去经侦总队那边，是不是就不那么危险了？"

"嗯，你放心吧，以后，只要是出案子，无论如何，我的安全，我一定放在第一位的。"说完，白松在心里默念了一句"还有群众的安全"。

"好。"

"对了，问你个事。"白松一直憋在心里没问。

赵欣桥没说话，静静地等着。

"我出事那次,我翻遍了咱们班的群聊记录,为什么没有一条你的聊天记录呢?"

"你陷入昏迷的那一刻,你想让我知道吗?"赵欣桥轻声问道。

"不想。"白松似乎明白了什么。

"是啊,所以,我就不知道。"赵欣桥声音越来越轻,"我帮不上忙,但是,我等你的无限连带负责呢。"

……

喧闹的上京市,静谧的图书馆,白松看不到赵欣桥的样子,但是能清晰地感受到她温柔的气息,感受着触手可及的温热,他轻轻地吻了下去。

第三百二十八章 石某的游戏队友

时间过得很快，一个下午加一个晚上，白松把赵欣桥送回学校，两人分别后，白松回到了提前订好的酒店，却发现王亮已经回到了住处，正在电脑旁皱眉思索。

"回来这么晚，干吗了这是？"王亮先发制人。

"看电影了呗。"白松身体轻飘飘的，无视了王亮的调侃，站到王亮背后，"这么努力？怎么了？是不是无假外出被逮了，这算是将功补过？"

当警察还是很受约束的，即便是休假期间，如果离开所在市区，也应该报备一下的。王亮这一懒，遇到事就不好解释了，只能跟李队承认错误，然后在这边加班了。

"如我这般的美男子，就是德艺双馨，又帅气又努力，你羡慕不来的……"

"行了，别贫了，这个案子怎么样了？"白松搬了个椅子坐在王亮的身后，看起了视频，"不是说这个网吧里没有视频录像吗？这是哪里的？"

"他们家附近的呗！这个石某，从网吧出来之后，不知道去干吗了，这附近也没啥监控，不过从他家附近的录像来看，有几处他的身影还是被我们捕捉到了。这个时候，他没有提他的包。"王亮道，"你说，会不会在这个时候，他已经把钱给藏起来了？但是我们查了各大银行，都没有存款的记录。"

"不好说，这里面的时间差可够大的，也可能他已经回家再出来，也可能没回家就被偷了。"白松道，"其实，这个案子应该没那么复杂，很可能比想象的还要简单。"

"嗯?"王亮仰头,"你的意思是,就是和他玩游戏的那个人杀的?我听队里的意思,这个人呢已经找到了,是岭南省那边的人,已经派人飞赴那边了,估计已经抓到了。"

刚说完不久,王亮的手机群里就收到了信息,说人抓到了。

白松本来也在这个群里的,但是自从走了之后,他还是自觉地从工作群里退了出来,生活群倒是没退。

白松看了眼照片,有些疑惑:"这个人不像与石某有交集的人啊,而且这哥们一看就是宅男,抓错了吧?"

俩人都不在现场,只能等着那边的线索反馈,闲来无事,白松也跟着看起了录像。

石某从网吧出来到死亡,时间颇长,而王亮从视频里捕捉到的这个石某的片段,是在石某死前两个小时左右拍摄到的,地点在石某的住处附近。

这视频几乎没有价值,能确定的也只是这会儿石某空手,与之前从银行调取的录像中提着包的形象不符。

过了差不多20分钟,远在岭南省出差的刑警们就搞明白了是怎么一回事,把相关资料和照片传到了群里。

这个人,是跟石某在游戏里随便匹配的,玩"奶妈",而且玩得相当不错。

在《英雄联盟》这款游戏里,射手类英雄一般很容易死,所以需要一个辅助类英雄,比如说"肉盾""奶妈"之类的配合,这个人"奶妈"玩得不错,所以石某与其匹配了之后,就加了好友,继续和他玩了六局。

总共七场,五胜二负。

第二场输了,最后一场输了,之后,石某不玩了,这哥们就自己继续玩了。

这些天,他还是一直在玩游戏,当时的游戏情况早就忘干净了,结果被几个刑警一问,快要吓坏了。

这个宅男老哥哪见过这种架势？

玩个游戏这么危险的吗？

连赢了几局，难不成对方都找刑警来抓了吗？

有些紧张和害怕的他断断续续地把这几局里和石某交流的东西说了一下。

石某刚开始很兴奋，很开心，中途输了一把，心里就有些不舒服，说要花钱找陪打。这个宅男老哥人也算不错，安慰了几句，希望石某不要太上头了，接着继续辅助，连赢了四把。

石某很开心，说要给宅男老哥买皮肤，老哥说不用，结果石某说自己中奖了，这都是小事，老哥也就满怀欣喜地答应了。

结果，第七把打了一大半，石某玩的射手被杀了几次之后，心态就爆炸了，后面也不好好打了，然后就输了，输完石某就下线了。

其他细节记不清了，毕竟这个哥们天天玩游戏，每天都有各种队友，如果不是石某答应送他皮肤，估计早就把这个事情忘了。

全程两个人都是打字交流。

这个回答倒是出乎所有人的意料。

难不成是因为玩游戏输了一局，于是自杀了？这也太脆弱了吧？

"哼，我就说，这个索拉卡，必须全出法强类装备，这样才能保护射手不死。"王亮仔细看了看群里的图片，包括几局详细的对战记录和游戏加好友的情况，发现确实如这个人所言，他和石某是从路人开始认识的。

第七把打完之后，这个老哥玩了一个通宵。

王亮翻着群里发的图片，突然，瞪大了眼睛，不敢置信地喊出来一句："我×！"

"怎么了？"白松也很振奋，以为王亮发现了什么关键性证据。

"他居然是钻石段位！这花钱买的吧？"

"你能有点正形吗？"白松一头黑线……

随即，白松道："你说，什么情况下，他会挂机下线呢？从网吧那里的记录来看,他的账号一直还在线,过了一个多小时后,没钱了,才自动关机的。"

"嗯。"王亮平静下来,"那就有好几种可能了,要么是玩别的,或者看电影去了,要么就是直接走了,电脑上这点钱不要了。"

"嗯,"白松道,"你在群里,让那边的老赵问一下他,这个石某玩游戏的时候,是一直认认真真地在玩,还是玩一会儿就跟不上打团,有些发愣的情况?"

王亮点了点头,在群里把询问信息发了出去。

隔了两分钟,群里传来了消息,这个宅男老哥说确实石某有发愣的情况。

"那说明,他在玩游戏的时候,还在聊天,这个才是案子的关键。"白松有些疑惑,"他没有用 QQ 聊天,也没有手机,他到底是怎么和别人聊天的呢?"

第三百二十九章　石某死因（1）

人，从来都不是孤立存在的。

理论上来说，从一个人的现在状态，大致可以推算出他以前的经历、家庭情况，乃至整个人的历史和过去。

为什么很多人觉得算命的人算得准？

和你聊一聊，看看五官、眼神、穿戴、行为举止，再思考一下提出的问题，然后把一些话说得模棱两可，基本上就能八九不离十了。

然后根据你的过往，推测你的以后，说点好听的话罢了。

算命其实本身就不是玄学，没什么玄的，当然了……在白松看来，这些人都是骗钱的，属于诈骗的一种。

毕竟，每个人都是社会的产物。

"从社会学的角度来讲，你觉得石某是个什么样的人？"白松推开窗户，外面的繁华尽收眼底。

这里是上京，无数人来，无数人离开，每天都上演着无数的悲欢离合、起起伏伏，对城市来说，这些都只是数字，对个人来说，却是无法量化的人生。

"社会学，我不懂……不过，我感觉他总觉得自己怀才不遇，是这样吧？"王亮顺着白松的眼神看了出去，他第一次拉开窗帘，16楼的快捷酒店之外的景色是如此美好。

白松坐在了窗台上，回想着石某的一生。

是不是曾经有一次，或者很多次，石某也坐在这样的窗台上，或者更高的天台上，单手轻轻抚着吉他的弦，一动不动地眺望着繁华的城市？

是否在这个灵魂消失之前，他也曾经写过动人的歌词、优美的旋律或者不朽的诗篇？

然而，此时再论这些，又有何用呢？

消失的，还是回不来。

"我懂了。"白松喃喃道。

"什么？"王亮皱了皱眉。

"王亮，你说，人在什么样的情况下，才会自杀呢？"白松问道。

"你别吓我。"王亮指了指白松，"我看你现在这个状态，就挺像要自杀的，跟看透了一切似的……"

"……"白松也没吐槽王亮，他笑了笑，王亮都这么说，那恰好说明白松的体会是对的。

"我开玩笑的……"王亮见白松不理他，说道，"自杀的人，简单地说，分两种，一种是想开了的，另一种是想不开的。"

白松不知道怎么接这个话，好像也没毛病。

"但是，无论如何，"白松还是从王亮的干扰中脱离了出来，"即便如你所说，无论是想开的，还是没有想开的，都对这世间没什么留念了。"

白松曾经说过，这世间，从未出现过真正的感同身受。

但是，白松一直尝试着融入石某的情绪之中，至少，他还是能理解石某的。

如果石某还活着，应该会比较欣慰。

人都是社会的产物，谁不希望被人认可和理解呢？

"对，很多明星自杀，咱们这些平民百姓都理解不了，觉得这么有钱还自杀？但是实际上，他们确实是因为各种各样的事，对这个世界没有了任何留恋。"王亮对白松的说法表示认可。

"嗯，其实很多人，也许包括你我，青春期成长过程中，遇到一些难事，都有过自杀的念头。有那么一刻，可能身心俱疲、万念俱灰。"白松道，"但是至少对这个世界还有留恋，比如父母需要照顾和陪伴，担心亲友过得不好，种种因素，自杀的想法会慢慢消失。"

"所以你的意思是，这个石某，他也是自杀？"王亮有些明白白松要表达的意思，"这要是自杀，咱们分局可就说不过去了，估计他家属肯定得来闹，中奖到手40万元，直接人就跳楼了，说出去谁也不信啊。"

"那你觉得杀人凶手是谁？"白松反问道。

"我不好说，但是最起码有几个怀疑对象。"王亮想了想，却没有说出任何一个名字。

大约过了半分钟，王亮憋不住了，也坐到了窗台上："哥，你这个状态不对啊，你可别跳楼啊……"

白松敲了敲窗玻璃："你有毛病啊……这窗户只能开一条缝，我这身材，你觉得我会缩骨功吗？"

"好吧。"王亮推了一下窗户，发现确实是不可能，这才放心，从窗台上下来。

刚刚走了两步，王亮又突然折返回来："你还是说吧，谁是凶手？你放心，只要你说，我就信。"

"凶手。"白松的目光似乎更深邃了一些，"就是钱。"

"钱？"王亮没听懂，"你说的是，有人把他的钱抢走了或者偷走了，然后把他杀了？"

"你怎么这么笨啊？"白松一点也不想继续思考刚刚的问题了，反正已经想完了，他都恨不得跳起来打王亮一顿，"他是因为钱，有了钱，所以自杀的！"

"这怎么可能？"王亮看着白松准备伸手打他，丝毫不避，"谁会中了奖，反而自杀了？这可是40万元！都能、都能买一辆奥迪……啊不是你那种，是奥迪新车了！"

王亮想了想,说道:"你确定他是有了钱自杀,而不是丢了钱自杀的?"
"对,这笔钱到了石某手里,是一个悲剧。"

第三百三十章　石某死因（2）

"这种悲剧，怎么不发生在我身上？"

王亮觉得白松有些不可理喻了，中奖40万元，怎么还能是悲剧？

君不见，少年王枫，为了价值40万元的黄金，甘愿多蹲几年监狱？

40万元，虽然不能让人忘记所有烦恼，但是在石某的老家买一套房还是轻轻松松的，或者最起码也能让他过上更好的生活，为什么会自杀呢？

"你刚刚还提到明星自杀，你说，他们明明很有钱，为何会自杀？"

"除了我刚刚所说的，应该还有压力巨大，过于追求完美的原因吧？"王亮试图去描述这些，"但是，更多的是抑郁症吧。"

"嗯，那你觉得，石某的这些经历，他有没有抑郁症呢？"白松说道，"其实，石某的死，原因有很多，上京市是承载他的魂的地方，那是他一生所求，而老家是承载他的身的地方，那是他一生所终。他唯独不该来的，是天华市。"

"他确实不适合这里。"王亮道，"如果不是他的老师和同学希望他来，并且想给他安排一份工作，他是不会来的。当然，他并没有去踏踏实实地工作，这倒不是说他不对，而是他这类人确实和我们不太一样。"

"嗯，你还记得他的遗书吗？"白松反问道。

"我亦飘零久！十年来，深恩负尽，死生师友。叹哉、叹哉……身无长物，既如此，勿念。"王亮一字不差地读了出来，说道，"不瞒你说，整首《金缕曲》我全背下来研究过。"

"嗯。"白松赞许地点了点头，"我从来都相信你们，无论是秦支队、孙杰、王华东,还有你。

"你们都去过现场,确定现场是自杀,那如何会不是自杀呢?

"谁能有那么大的本事,在短短两小时内,把他杀害,让他写下这样的遗书?而且,能让你们都看不出来?这一点,不可能的。

"虽然说,石某喝酒了,但是酒精的浓度完全没有达到醉酒程度,只是微醺。

"你说的,我都理解。"王亮点了点头道,"所以才纠结。"

"那你是否想过,在他死的时候,这封遗书为何这么写?他为何会觉得对不起老师和同学,他的那个'女孩'和他的父母呢?为何没有提?"白松反问道。

"嗯?"

王亮似乎一下子被击中了什么,好像摸到了真相:"他给他父母和左萍萍打了电话?"

"他父母,他是肯定没打电话的。"白松道,"不然他父母不可能不跟咱们说实话。而且,他要自杀,不可能跟父母说的。但是,左萍萍可不一定真的什么都不知道。"

"那左萍萍为何要瞒着咱们?"王亮又转不过来弯了。

"你接着听我说吧。"白松道,"很多明星,自杀之前,他们会把自己的家庭、父母都安顿好,比如说买大额的基金、房产等,也会留下遗书。他们虽然是抑郁症,但是并不笨傻。

"石某,这一辈子,最对不起的是父母,这是一定的。

"其次,应该是老师和同学。而左萍萍,对他来说,依然是一个很重要的人。这种人有时候会觉得自己的所谓爱情很珍贵。

"他怀才不遇,他在上京市八年,也许他自认为才气很足,认为自己早晚有一天可以成为歌手、演员等,但是没有。

"八年啊,八年在上京市打工,也能赚到几十万元了吧?

"但是没有,一分钱都没有。

"之前不知道努力了多少年，在上京市努力了八年，居然，不如一张两块钱的彩票，这对他来说，是何等讽刺？

"他从未被认可过。一张彩票，却告诉他，也许你这一生还有财运，但是你的才气不行，而且注定失败。

"最关键的一个问题，我们所有人都不懂。

"你真的以为，中了彩票二等奖，会开心吗？

"你差一个数字，就是500万元，而如果那个数字，是你曾经纠结过的数字，结果你选了后者，中了二等奖，你会怎么想？

"你能想象吗？"

"就差一个数，500万元没了的那种感觉……

"怀才，无用，彩票这40万元，完全没有补足他的人生，却补足了他的遗憾，让他可以放心去死。"

"你说的……确实是这么回事，所以，钱呢？"王亮问道。

"在左萍萍那里。"白松肯定地说，"我在办理李某被杀案，也就是碎尸案的时候，李某曾经多次给家里现金汇款，这种现金汇款，如果不特地去银行仔细查，是查不到的。

"这个工作，咱们没有细查吧？

"如果去查查附近所有银行的现金汇款记录，应该会有的。石某一定是给左萍萍打了电话，比如说，他准备给左萍萍10万元，剩下的30万元，让左萍萍给他的父母，如此，他放心了、安心了。

"他觉得，勉强对得起父母和左萍萍。

"但是，很显然，他高估了左萍萍，他自杀了，左萍萍把这笔钱自己留下了。"

"嗯？"王亮道，"不可能吧……石某难道不知道自己死了，左萍萍有私藏钱的可能？"

"一般人会考虑这点，但是他万念俱灰并在饮了一些酒的情况下，这样去想，就可以理解了。毕竟那是他认为的完美的爱情啊……"白松道，"还有很多事，都很好解释了。比如说，他怎么和左萍萍联系的？

"很简单，在网吧，找别人借个电话，给人家 100 块钱，很轻松的事情。

"这也能解释他为何玩游戏的时候心不在焉。

"他即便再傻，也不可能带着 40 万元现金去网吧？

"把钱放在家里，出来玩游戏。

"也许，他还曾经挣扎过，比如说，把命运交给游戏，如果可以十连胜就不自杀之类的，结果心态还是崩了……

"然后回家，被我们的摄像头发现了。

"接着，再出来汇款，喝了点酒，回家写了遗书，纵身一跃，加起来差不多两个小时。

"当然，我更倾向于，即使游戏一百连胜，也救不了他，无论如何，他都会自杀。"

白松继续看了眼外面的繁华，从窗台上下来，拉上了窗帘。

第三百三十一章　小聚

"北漂，真的这么难吗？"

王亮看着拉上的窗户，转过了头，感慨道。

王亮说这些的时候，其实就已经认可了白松的话。他伤感了一番，为石某感觉有些不值，但是想了一会儿，还是道："你说得对，是这40万的奖金把他害死了。"

"唔……"白松勉强答了一句，坐在了床上准备洗漱。

"你给李队……啊不对，你直接给秦支队打电话说这个事就好了。"王亮说道，"反正我觉得你这么说了，一定没问题的。正如你相信我们的现场勘查等，对案件分析，我同样相信你。"

"你去说吧。"白松开始脱衣服。

"我去说？为啥？"王亮一脸不解。

"这案子又不是我主办，我去说干吗？"白松翻了翻白眼，"你们忙了这么久，我去摘果子啊？"

"这怎么能是摘果子？把你叫过来，本来就是一起办案的，这个案子是你分析的，谁也抢不走啊。"王亮有些不高兴了。

"没有你们忙了这么多东西，和这些在外出差的师傅，我能分析出什么啊……再说了，这案子，我这才干了点啥？"白松道，"让你说，你就说，别提我。"

"问题是……我说，你觉得，李队能相信是我想到的？"

白松仔细地看了看王亮："为什么不行？"

王亮虽然有时候没正形，但是能这么快掌握一些相应的计算机技术，侦破这个案子也付出了很大的心血，白松可是看在眼里的。

"呃……"王亮还是不愿意，"这种事，我做不出来。"

"让你说，你就说。我现在借调在市局那边，市局那边的案子没破，这边的案子我破了，这话传过去，我怎么办？市里面的领导怎么想？肯定是觉得我没把精力放在那边啊。"白松道，"算你帮我了，这个事，你别提我就是救我。对了，你跟李队说你无假外出，没提和我在一起吧？"

"那怎么可能？我要是提和你在一起不是害你吗？"王亮瞪大了眼睛。

"那就行呗，咱俩不在一起，岭南省那边的线索一过来，案子就有了进展，我来说合适吗？线索既然有了，总不可能拖到明天再分析吧？"白松继续开导起王亮来，"让你说你就说，你是不会说话，还是想害我？"

"白松，你是不是觉得我傻？"王亮缓了十几秒，目光幽幽地问道。

白松脱光了衣服，准备洗澡了，临进卫生间之前，说道："我啊，都三个二等功了……"

这一夜，白松一晚上都没有拉开窗帘。

第二天一早，九河分局的若干小分队就开拔前往石某住处附近的所有银行。

若查到这笔钱确实作为汇款汇出，那么这个案子就可以说结束了大半。

40万元，基本上已经算是现金汇款的极限了。经典电影《天下无贼》里的傻根，当时手持6万元现金，去银行现金汇款时，需要缴纳600元手续费，因此放弃。这些年，随着转账的兴起，现金汇款已经逐渐退出了历史舞台，但是并未消失。

大额（超过50万元）转账，银行方面就该考虑是否存在洗钱的情况了。

当然，石某的这笔钱，来源非常简单、干净，因此即便他被审核，也能顺利地把钱汇出去。

白松和王亮要去参加几个校友的聚餐，说是叫上校友聚餐，其实就是郑朝沛提议组织的，实际上是要给白松庆祝一下升职。

早在前天晚上，这个事情就已经定好了。

白松是这一届同学里第一个当领导的。在部里工作的同学有几个，包括同宿舍的林雨，因为工作没满两年，没有比白松更早任职。

王亮虽然不认识这些同学，不是一个系，但是这也丝毫没有什么影响，毕竟都是校友。警官大学就是一个圈子，所有的同校生，哪怕不是一届的，但只要听说是本校的，都会很亲切。

也正因为如此，今天来的人也不只白松班上的，还有两三个大学时就认识的同学，包括周璇、赵欣桥等人，加起来足足有20多人。

地方是郑朝沛找的，档次自然不低，好在白松身上还有点钱，倒也不至于请不起一顿饭，能和大家在一起聊聊天自然是最开心的事情了。

当然，说是郑朝沛请客，但毕竟聚会的由头是白松，白松还是打算自己结账。

许久未聚，所有人都显得格外开心。这里是个独立的区域，除了吃饭的地方之外，还有单独的洗手间、食材处置台、吧台和茶室，吃饭本身倒不是一件最重要的事情了。

赵欣桥和其他女生坐在一起，王亮在白松左边，右边是大学舍友林雨。

虽然是周末，但是林雨只能中午来，他下午还有事。白松很久没和林雨聊天，聊了几句才知道他现在已经在刑侦局工作了。

实际上，刑侦局很少处理具体案件，大部分还是负责指导、制定政策、监督、技术推广以及警犬培训等。

而林雨，则负责最后一项。

"这单位不错啊……"白松好奇地问，"你这是自己选的还是被安排的？"

"自己选的，我特别喜欢狗。"林雨道，"等着啊，过些年，如果你当大领导了，你们局需要这些，跟我提就成。"

"那得到什么时候啊！"白松叹气道，大领导，跟他可不沾边啊。

"你要是自己家里想养，也有一些退役犬的后代可以选择，有些狗八九岁了，退役了，但还是可以和血统不错的犬种有后代的。"林雨给白松解释道。

"行，以后如果有机会，我肯定得麻烦你。"白松也不客气，他还是很喜欢狗的，只不过现在一个人，还总是加班，没有养狗的条件。

"咳！客气了。"林雨拍拍胸脯，"狗这方面，专业的。"

……

第三百三十二章　奔赴湘南

从之前诸葛勇家中的那个案子，包括后续的一些案子中，白松知道了警犬的厉害，不同类型有不同优势，不过暂时确实是养不了。

"到时候再说吧。"白松也知道林雨这个人有点像王华东，兴趣比较多，过几年还不知道去了哪个部门，于是道，"我还等着你早点调到我们的直属机关，以后照顾我呢。"

"你还用我照顾？"林雨清了清嗓子，"你现在可不是一般人了啊。"

"那么大声干吗？"白松看着林雨，本来两人聊天，只有他俩能听到，林雨这声音一大，所有人的目光都注视了过来。

林雨见状，咳了一声，面向桌子方向，环视一圈："忘了给大家说一声了，咱们的白队长，现在已经是一个可以写进文件的人了。"

所有人都看向了林雨和白松，想听听他怎么说。

白松扯了扯林雨，示意他不要胡说。

"没事。"林雨道，"并不涉密，文件那么多，可能外人都不见得会注意，但是涉及你我就关心了。

"是关于警察类院校在校生提高法律、科学、文化等方面水平的文件，已经准备下发了。

"其中，就讲到了科学技术对现代化办案的影响，你主持破获的那个黄金盗窃案，作为经典案例被编入了相关文件，同时被编入的案件还有19个。"

"给大家讲讲吧，"林雨也很好奇，"我看了个大概，还是亲历者自己来说比较好。"

"是啊，说说啊。"郑朝沛一脸好奇，"我现在可接触不到这种事情。"

赵欣桥、李正、周璇等人也都纷纷望着白松，期待白松的亲口讲述。

"也没啥……"白松知道这里好几个人都听说过这个事情，盛情难却，只好把案子从头到尾讲了一遍，总的来说算是正常描述，没有添油加醋。

白松也是参与过写小说的人呢，对如何描述一个故事还是比较擅长，从头到尾讲得很精彩，当大家听到那些复杂的化学反应的时候，居然鼓起了掌。

"牛啊……"

"这个可以，功成名就了……"

"是啊，可以载入历史了……"

……

本来白松还想说点啥，听到这里，只能一脸无奈地喝了口可乐。

饭桌上的气氛很不错，大家七嘴八舌的。

饭吃到一大半，赵欣桥和周璇说了几句话，就离开了座位，白松皱了一下眉，也从座位上站起来跟了出去。郑朝沛看了一下两个人的动作，不由得嘴角上扬。

赵欣桥是想去结账的，昨天晚上出去玩，虽然花钱不多，但是有些大男子主义的白松一分钱也没让她花，搞得赵欣桥很担心白松的"财政"状况。

她读研也是有收入的，虽然不多，但是家境不错的她确实也有些积蓄，结果刚刚到了前台，就被白松追上了。

"两位好，两位所订的那个屋子，郑总常年是贵宾，已经记在账上了。"前台查了一下，给二人解释道。

听了这个，白松也只能点了点头，这也是没办法的事情，毕竟这是上京，只能等着同学们去天华市，他再接待了。

"你出来干吗？"白松微愠，"老郑请客，你咋还急着结账了？"

赵欣桥闻此言，白了白松一眼，转身就要回屋。

白松立刻上前，追到赵欣桥前面，想解释一番，结果发现赵欣桥并没有不开心，这才舒了一口气："你不用担心我，我还不至于吃不起饭，现在升职了，工资也涨了呢。"

赵欣桥没好气地跟白松说道："知道了，早点回去吧。"

白松"嘿嘿"一笑，就当刚刚调侃的话没说过。

二人回了屋，大家吃得挺开心，白松看了郑朝沛一眼，郑朝沛得意地一笑，拿起杯子遥敬了一下白松。

白松无奈，只能回座位上拿起杯子，准备和郑朝沛碰个杯。王亮的手机突然响了起来。白松碰了杯，喝了口饮料，看到王亮一脸喜色。

"好，好，明白。"王亮在电话里答复道，"我下午就回去。嗯，好的，明白。"

挂了电话，王亮抑制不住喜悦："跟你说的一样。"

"过来说。"白松站了起来，把王亮叫到了一旁的茶室。

"石某确实做了现金汇款，只不过从汇款记录上看，只能看到他给左萍萍汇了40万元，具体怎么跟左萍萍说的，就不知道了。"关好了门，王亮立刻说道。

"估计给她2万元到10万元都有可能。"白松道，"这个简单，找到她，然后直接吓唬她几句就行了。她多占的钱，如果不交出来，那可是能构成侵占罪的。"

"这怕是不好吓唬吧？"王亮道，"咱们这么多天都没找她，她肯定不信石某遗书上会有什么关于财产分配的问题。"

"你说得对，我们与左萍萍之间之前不存在信息差，但是现在有了。"白松道，"她并不知道，我们已经掌握了这条线索。所以不能给她打电话让她来，这样她这一路上肯定能想出很多主意，唯一的办法，就是出一趟差，直接去找她，措手不及的那种。"

"嗯，估计李队他们也是这个意思，刚刚电话里还说让我回去准备一下出差的事情。"王亮道，"明天一大早，我就跟队里的几个师傅打飞的去湘南省出差。"

"还有谁去?"白松问道。

"孙东师傅、二队王探长。"

"都是能人。"白松点点头,"那没什么问题。石某能瞑目了,按理说,左萍萍即便是侵占罪,也不归咱们管,侵占罪属于纯粹的自诉类案件,只能去法院起诉处理。

"嗯,确实是这样。"王亮道,"吃完饭早点回去吧,我还得收拾一下东西。"

正说着话,白松的手机也响了,聊了几句,白松挂了电话后说道:"我有预感,咱们会在湘南见面。"

第三百三十三章　大海

"什么事?"王亮问道,"有急事吗?"

"不急。"白松看了看时间,"下午三点钟再说,先不着急。你明天要出差,急吗?急的话你先坐高铁走,我这边还有一点事。"

"没那么急,晚上能回去就行,我也没啥需要带的,基本上就是我包里的那些东西。"王亮也不打算问白松啥事,"我和你一起就行。"

"那行,下午你和我一起吧。"白松点了点头。

"好。"

总的来说,王亮接到的电话确实带来了好消息,这不仅证实了白松的猜想,更是把案件的进度推到了90%。

从社会公序良俗考虑,法院可能直接把40万元全部判给石某的父母。当然具体如何,就不是白松等人需要考虑的了。

聊完,俩人又回到了桌上。

"这么忙啊?"郑朝沛看到白松回来,说,"跟你喝个饮料都这么难。"

"没办法,"白松摊了摊手,"谁叫我长得帅呢?"

"噗。"郑朝沛喝了一半的可乐直接喷了,咳了几声才缓过来,"以后吹牛之前能不能先告诉我一声?"

"哈哈,别闹了,估计又有啥涉密的案子。"林雨帮白松打了个圆场,"聊点轻松的吧,咱们这么多人都在派出所、刑警队待过,你们都分别讲一讲曾经遇到的最奇葩的警情,如何?"

"对……"郑朝沛擦了擦嘴边的可乐,"讲一讲,我一天到晚都无聊死了。"

郑朝沛已经从巡警的岗位上辞职半年多了,本来就无聊,现在更枯燥了,郑总很是惆怅。

"我先说,"一哥们一下子笑了,"你们别说我污,这是正儿八经的报警。我曾经接到过一个警情,老大爷报警,说楼上扰民。

"我们去了以后,啥声音也没有。

"大爷说声音特别大,这会儿停了。我问他什么声音大,他说楼上两口子声音太大吵得他睡不着。

"最厉害的是,大爷说怕我们来了听不到,专门给我们录了下来,让我们听听声音大不大……"

"这个厉害……"

"666……"

"这算啥?我出警见过一些吸毒吸过了头的人,自己报警要求警察去抓他们。问题是警察去了以后,他们还给警察讲道理,说警察一定要乖,一定不能碰这些东西……"

"我接过报警说小区发现不明飞行物,去了发现是风筝……"

白松本来也想讲几个,不过听大家讲的也都和自己遇到的差不多,就乐得清闲,听大家抢着分享自己的故事,都是挺有趣的事情。

大家聊得很嗨,有的听着可恨,有的有趣,还有的带点粗俗,不过谁也不会在意。这本就是现实存在的东西,大家都是警校生,包括赵欣桥在内的几个女生也听得津津有味。

大家相谈甚欢,聚会这样就结束了。

白松看了看时间,先送赵欣桥,再去刚刚电话里约好的地方,完全来得及。

第三百三十四章　解决问题

开心的时间总是很短暂。送完赵欣桥,白松打开了手机,开了导航。

"说说,啥事?"王亮这才问道,"为啥你说你有可能要去湘南省?"

"刚刚接的电话,是郑灿的,和他又有了交集,总觉得我和湘南有缘啊。"白松道,"缘分啊,妙不可言。"

"他怎么找你了?啥事?"

"他昨天卸了货,去修车了。找了个修车摊,几处钣金,也没换件,按理说就几百块钱的事,结果今天对方打电话给他,让他去取车,张口要1万多。郑灿说下午三点半去取车,想找咱们帮帮忙。"

"为啥找咱们?"王亮有些疑惑。

"估计他在上京市只认识咱们,而且恰好我又是警察。"白松想了想,"去看看吧,这个郑灿,昨天和他聊的时候,在应急车道上比较着急,没有细聊。这次仔细聊一下,说不定有什么新线索。"

"行,我听你的。"

这地方位于上京市东南五环外,是回天华市的必经之路,白松很快地就到达了目的地,确实是有些偏远,附近可是不止一家汽修厂,而且很多都是维修大车的。

郑灿似乎在这里已经等了很久,白松来的时候,他还没认出白松的车。白松摇下车窗之后,他才靠了过来,跟白松讲了一下情况。

总的说来,郑灿也不傻,他哪有1万多的现金,但是又怕自己去搞不定这个事情,所以把白松叫了过来:"警官,您要是帮我,等以后,您去我那里，我请您吃好吃的。"

对于郑灿来说，这就是很高的礼遇了。不过，白松根本就不在意这个，郑灿算是个可爱的小孩子，白松自然也理解。

"行，你上车吧，一会儿把车钥匙给我，我去帮你解决。"白松道，"你就别露面了。"

白松的车玻璃上贴了膜，郑灿坐在后面的车座上，根本不会有人看到。

"谢谢警官。"郑灿特别听话地上了车，把钥匙和两千块钱给了白松。

"嗯？"白松好奇，问道，"你怎么想起来找我了？"

"我给叔叔打电话，叔叔让我找您的。"郑灿实话实说，"叔叔说了，如果一个人曾经帮助过我，那么我再找他，他反而比其他人更容易帮我。昨天的事情，我和叔叔说了，叔叔说你人很好，还会帮我。"

白松点了点头，郑灿的叔叔是个明白人："所以这个钱和钥匙的事情，也是你叔叔让你给我的？"

"嗯，叔叔说出门在外多花点钱没事的，只要能平平安安回去就行，还说我刚刚开始跑车，赚不到钱也无所谓的。"

"好。"白松答应了，很快就把车开到了修车铺门口，郑灿的车子就停在这里。

黑色奥迪车停到了郑灿的车子前面，白松自己下了车，打开了手机录音功能，王亮在车上坐着。白松围着货车转了一圈，发现前面被撞的地方基本上做了恢复，但也就是钣金喷漆。

这种钣金喷漆做的不是小轿车上那种无痕的，而是很暴力的那种，痕迹还是很容易看得出来。

"喂，干吗的！"有人看到了白松，上前问道。

"车修好了，取车来的。"白松扬了扬大车的钥匙。

"来取车的？"这人看了眼白松，见白松没啥表情，转身回了屋子，喊了一声，接着出来了两个人。

为首的是一个三十多岁的男子，个子不高，但是面色不善。

"这车是你的?"男子一脸的烦躁,似乎对这个本来十拿九稳的事情变得节外生枝,感到有些不爽。

"是我的,这是我车队的车。"白松点了点头。

"哦,行,13000,车杠里面线路坏了,全换了。"男子张口就说,"需要发票也有发票。"

"有发票的话,倒也不是不行,但不能拿假发票糊弄我。"白松也不急,顺着男子的话说道,"发票,我先看看。"

"行。"男子看白松的样子也不像拿不出来钱,就招呼一个人回去,很快,这个人拿了一沓发票就出来了,看了眼矮个子男子,得到许可之后,递给了白松。

白松接过来一看,这都是开好的发票,户头都是个人用户,开票的公司是一家教育、科学用品公司,每张的数额不等。白松在阳光下看了一下发票,认定是正式的发票。

"这个不行,我这是公司,发票的抬头必须得是公司名,还得有我公司的税号。"白松还了回去,"多少钱无所谓,你这里要是有发票,钱不是问题。"

"进来说。"矮个子男子看白松这状态,招了招手。

白松当然不怕,大摇大摆地跟了进去,聊了一下才知道,这家老板有路子。

这种发票他手头就有不少,都是正儿八经地注册过能抵税、能报账的发票,而且如果有特殊需求,他随时都可以搞出来,费率10%,量大可以谈。

这稳妥了。

白松点了点头说,车子的事情不难办,这就回一趟公司,和会计商量一下。

两人相谈甚欢,白松说完,就开着车离开了。

十几分钟之后,白松带着两辆警车回来了。

……

最终，白松在派出所警察的协调下，给了矮个子男子 300 块钱修车的费用，扬长而去，至于虚开增值税发票的事情，就交给这边派出所处理吧。

郑灿把车子开了出来，白松才有时间和他继续交流起来，并且把剩余的钱还给了他。

"你这么年轻出来跑这么远的路，你家里人放心吗？"白松看郑灿的样子，关心地问道。

"放心的。"郑灿点了点头，"其实我驾驶技术不错，我从很小的时候就跟着叔叔开车，就是不记路，但是现在有了导航，就没有任何问题了。"

"手机要是坏了或者没电了，你怎么办？"白松问道。

"我车上还有一套备用的 GPS 啊，叔叔给我装的。"

第三百三十五章　GPS

"你车上还有 GPS？"白松连忙问道，"你咋不跟我说？"

"你没有问过我。"郑灿一脸迷茫。

白松回想了一下，还真的是没问过。

"GPS 现在还运行着吗？"

"不运行了。"

"不运行那不就等于没有吗？"要是王亮这么说话，白松非得打他。

"车子没启动，当然不运行啊，现在关机了。"郑灿道，"叔叔说，这个东西只有车子启动了才运行。"

白松恨不得打自己的嘴："你把车子启动一下，打开 GPS，我调个东西。"

"好。"

这会儿两辆车都停到了安全地点，白松跟王亮说了这个情况，接着说道："你帮个忙，一会儿用电脑试试，看能不能连上他的 GPS，获取一下近期 GPS 的定位。"

王亮一言不发，拿着电脑就上了郑灿的车。

白松仔细地询问了郑灿一番，让郑灿尽可能回忆一下之前他运送设备的情况。

不得不说，郑灿开车的技术还是不错的，虽然全程没有下车，但是他大体能够估计出车上载货的重量……两吨左右。

"他们的设备挺重的，我估计有两方的体积，位置固定得很不错，开起来基本上不晃。"郑灿想了想，"就这些，其他的我感觉不出来。"

"够专业的了，"白松夸赞了一句，接着问道，"到目的地卸货的时候，对方是派了叉车过来的吗？那个地方具体有什么特征，你再给我讲讲。"

"嗯，是个有点偏远的农村，在湖潭市，但是具体的地址我说不清楚。我去的时候已经是晚上了，天色很暗。那个村子有公路，我把车开到了那里，然后就来了一辆比我的车小一点的皮卡车。车屁股和我的车对接，他们就在后面搬了半个小时左右，全程没允许我下车。"

"那个车子是什么型号的，你知道吗……"白松没抱什么希望地问道。

"知道，福特猛禽2013款，6.2升排量，新车。"郑灿打断了白松的想法，"蓝黑色的。"

"嗯？"白松一愣，郑灿没下车，但看了一眼就知道型号和排量，他应该是很喜欢车的人啊，"车牌号你看到了吗？"

"没注意。"郑灿想了想，"我对车牌号没有兴趣。"

也对……白松喃喃了几句，接着问了一下那个村子的其他情况，也就没继续问了。很明显，这个村子根本就不是对方真正的目的地，但应该也距离真正的目的地不远了。

沉思了一会儿，白松继续等待王亮那边的结果。

很快，王亮就从车上跳了下来，给白松做了个OK的手势。

"你下一步打算回湘南吗？"白松问郑灿。

"嗯呢，车子修好了，我可以回去了。"郑灿道，"说好了，要是以后来湘南，一定提前告诉我，我请你吃好吃的。以后，我尽量不跑省外的线路了，省内的，你去哪里都可以跟我说。"

"好，电话联系。"白松晃了晃手机，"我对你叔叔倒是挺感兴趣的。"

"我叔叔也这么说。"郑灿点了点头。

"那行，有机会再见，路上注意安全。"白松面带微笑地目送郑灿上了车。

"警官再见。"郑灿的笑容很单纯，他探头出来，和白松告了别。

一时间，白松看着郑灿的笑脸有些失神。

郑灿开车走了，GPS定位的事情却很值得考究一下了。

王亮调出了行车记录。郑灿这辆车已经跑了有一段时间了，定位记录非常多，而且时间混乱，只能通过GPS每一个信标重新整理，才能获取正确的信息。

要知道，定位这种事情，是以秒为单位的……这个GPS里的缓存并不多，如果时间稍微长一些，这些数据就无迹可寻了。

"需要多久？"白松启动了车子。

"快的话也要几个小时。"王亮皱了皱眉，"上百万的定位点，时间都是乱码，只能根据经纬度的逻辑分布来重塑路线，得弄个过滤程序。嗯……倒是不难。"

"嗯，不着急，你去湘南省以后再给我结果也成，我估计这两天还不会过去，而且这个案子很可能与现在市局的案子没有关系。"

"没有关系？"王亮有些疑惑，"那你这是什么案子？给谁办的？怎么不交给当地部门？"

"问题就在这里，我也不能确定一定无关。"白松耸了耸肩。

"好，我知道了，你等我消息吧，最快也得明天晚上，慢的话三五天都有可能，只要数据在这里丢不了，其他的都好说。"

"好，不急。"白松对这个事情倒是不担心。

"嗯。"王亮对白松的案子没啥兴趣，在车上也不方便，就把电脑收了起来。

一路上，白松倒是一直在考虑这个事情。

很明显，郑灿的车上拉的就是钱。如果是设备，不可能通过人力搬来搬去。考虑到后来对方给郑灿结账时的豪爽，而且开了一辆很好的车子，那拉的东西肯定是钱，而且应该就是那批发霉的钱。

两吨左右的人民币。

100元人民币，每一张的克重是1.15克，密度略大于水。一方，也就是一立方米的百元钞票，有一吨多一点，数额9000万到1亿。

那这一批钱的数额就是 2 亿左右。

白松非常纠结。这案子，虽然按理说他能偷偷地找王亮乃至柳书元帮忙，或者一起搭伙，但实际上他只能自己来办。

因为如果这个案子能够确定与市局的案子无关，白松可以随时移交出去。而如果有关，这就是涉密案件。但是白松确定不了，而且他不知道如果直接跟曹支队说，会不会被认为不务正业。

如果在三队当副队长就好了，无论什么案子，有线索就能轻松调动资源查到底。

回到天华市之后，白松先把王亮送回了家，接着自己回了趟家，收拾了一些东西，往单位赶去。

他要尽快地确认，这两个案子到底有没有关系。

一个人办案的时代，已经过去很久了，他需要更多的力量。

第三百三十六章 塑料兄弟情

石某自杀案,如果是白松自己来办,他简直不敢想。对这个案子付出重要贡献的有四五个人,这才能使得白松最后的推论有了逻辑性。

而白松能遇到郑灿这个线索,纯属运气好,但是这也侧面证明了那批发霉的钱应该不止两吨,一定还有一些通过其他途径已经流入了市场。

两吨钱,都能放到发霉……

不过,考虑到笛卡金融的涉案金额,白松笑了笑:"哈,小钱。"

白松直奔单位,天已经黑了。因为没啥着急的事,加上最近也对附近的路比较熟悉了,白松重新开车走了一趟之前把车陷进去的路。

四驱车走起这条路非常容易,当然最关键的还是因为大灯实在是太亮了,能轻松地避开路况不好的地方。

天北区相比市区,略显荒凉。距离这里2公里左右,就有几所监狱,孤零零地在路边矗立着,这里是无人机的禁飞区。

穿过了这条路,白松在废弃工厂的大门口附近找了个不显眼的地方,把车子停好。

天黑了,这附近也没什么车,白松直接从大门进了园区。

黑电台的事情,让白松产生了一个想法,他今天急不可待地过来验证一番。

无人机主要的定位方式也是靠GPS,因此晚上并不会比白天更难操作,只是视觉效果差一点。白松走到了烟囱的下面,启动了无人机,直指烟囱的方向。

无人机稳定地向上，爬到了60米的高度后，整个烟囱的情形尽收眼底。

烟囱顶端有些砖头已经脱落，白松控制着无人机转了一下，在烟囱对着经侦总队的方向，发现了问题。

这里有一个巴掌大的东西，挂着一根小小的天线。

上次和王亮去南黔省，白松见过一个全频段的干扰器，因此对电子设备也有了大体的了解。而这里的这个，是什么？

这个东西并不大，更像是个小型的黑电台，但是没有电线，也没用太阳能电池板那么高科技的东西。白松仔细地看了看，确定这个东西已经没电关机了。

从外观上看，这个小设备安装的时间并不久，因为在这个高度，风挺大的，日晒风吹，几个月就能把它变得十分"沧桑"，白松分析安装时间不超过两个月。

白松大体有了推论，上次光头来这里，应该就是为了给这个设备换电池。而临走时拿点铁，那根本就是为了掩饰真实的行为，毕竟一旦被警察发现，如果不做点掩饰，那根本说不清楚。而在这个废弃工厂偷价值几十元的铁被抓，处罚肯定是很轻的。

不得不说，光头还是有点脑子的，如果白松是辖区民警来这里巡逻发现了这个情况，肯定也是以盗窃论处。

确定了位置，白松从下面根本看不到什么，他只能控制无人机返回。

太安静了，这里是厚实的水泥地，工厂的围墙修得一般，但是地面非常坚固，估计也是为了大车的通行。这么多年过去，这里连杂草都没有长几根，也就是烟囱的底部有一些青苔。

胆子稍微小一点的，晚上一个人都不敢过来。

白松仔细地看了看之前留下的沙子等痕迹，确定这几天没人来过，又围着烟囱转了一圈，找到了攀登上去的铁扶手。

想到这里，白松又有些奇怪，无论这个东西是什么，既然没电了，为什么光头不来换电池呢？难道它的历史使命已经结束了？

这里的铁扶手是 U 形的，每一个扶手之间的距离差不多一尺，扶手已经生锈，白松稍微一用力，铁锈险些把他的手划伤。

试了试，白松踏上了第一级铁扶手。

晃悠。

白松太重了，170 多斤的体重，让这个老旧的扶手开始晃动，白松甚至怀疑他一使劲，能把扶手从砖缝里拔出来。

这肯定不是白松这个体重的人可以玩的项目了，他只能退了下来。

上一次白松离得很远，没有看见光头那些人往上爬的过程，但是白松回忆了一番，确定是五人里面的小个子做的这件事情。当时在饭店吃棒骨的时候，这个小个子还算是其中比较老实的一个。

下来之后，白松准备把现场恢复一下，把有些变弯的扶手给掰回去。

铁锈生得太严重了，加上天黑，白松一用力，手一下子被划伤了，鲜血流了出来。

白松想了想，这上面的东西已经没电了，暂时也没必要管，他背上无人机，离开了现场。

上了车，白松仔细地看了看自己的伤口，还挺深，虽然已经不再流血，但是被这地方生锈的铁器弄伤，还是不能大意。白松搜索了一下，直接去了最近的三甲医院。

没想到这个时间病人还挺多，白松排了一会儿队……

"你这个是在什么地方弄的？"急诊医生问道。

"生锈的铁器上。"白松如实回答，"锈得挺厉害的。"

大夫仔细看了看："你这个必须打破伤风针，昨天我们医院有个病人得了破伤风死了。"

白松吓了一跳："我打，您给我开处方吧。"

医生操作电脑的时候，白松问道："大夫，我能问一下，您说的那个得破伤风死的人是怎么回事吗?"

"我听说是因为爬烟囱,手被划破,也不来医院。过了几天,逐渐有些症状,他朋友都说没事。直到后来肌强直和肌痉挛严重才来,来我们医院的时候已经基本上没救了。"医生道,"这就是不打破伤风的结果啊……"

白松无言,那个小个子死了?

虽然白松不太喜欢这五个人,但是其中一个就这么死了,他还是觉得有点震惊。

第三百三十七章　取下

破伤风怎么会这么厉害？急诊科医生很忙，给白松开完处方之后就要接待下一位病人，白松也不好意思浪费医生的时间，先去交了费，然后进了处置室对伤口进行清创。

"怎么这么不小心？"护士小姐姐看了看白松的手，"你这伤得很深，会有点疼。"

"麻烦您了，尽可能清理干净点就好。"前车之鉴，白松对这个一点也不敢含糊。白松接着又问护士，"我听说咱们医院前几天有个破伤风死亡的，真的假的啊？"

"真事。那个人发病了之后不及时治疗。"护士对这些事看得比较淡，"他也不是什么好人，这个病对吸毒人群的危害格外大。本来破伤风这个病，患病且不救治，病死率就几乎为100%，一种梭菌，很厉害，他那个身体的免疫力能撑到昨天算是不错的了。"

"死亡率这么高？"白松惊呆了。

"出现症状不治疗就是这样。"护士语气平淡地说，"不过你这样就对了，来得及时，打一针TAT就行了。"

"好，谢谢护士，"白松忍着疼，"您帮我清理干净一点，下手别客气。"

"你早说啊。"护士舒了口气。

"嗞。"白松咬着牙，"没事，我不疼。"

清理完伤口，回到单位，白松捋了一下整件事情。

关于这个设备，他一个人是肯定搞不定的，无论这个设备是什么，既然安放在经侦总队附近，即便与总队的事件无关，那也是要清理的。

电子设备功能越大，功率自然就越大。一个能够支持区域性信号接收与发射任务的设备，功率通常有几十千瓦。上次在南疆省见到的那个干扰器，功率就有数千瓦。

而就目前这个设备来看，电池最多也就是12伏、三五安时的电量，假如能一次运行一周以上，那功率比起手机也大不到哪里去。

这个功率的设备，是绝对无法做到有效信号干扰和信号窃听的。

经侦总队是涉密机关，防窃听是基础工作，这东西到底是干吗的？难不成有犯罪分子想通过这个东西对经侦总队进行窃听？

当然还有一个可能，就是这东西是个摄像头，可以实时拍摄……

可是现在这个时节，五天有四天是雾霾天气，这……

实在是想不明白，白松还是决定第二天跟曹支队说一下这个情况。

周一，开完会，白松拿着一本《有机化学》去了曹支队的办公室。

"曹支队，这是给曹宇带的书。"白松道，"您可跟他说，这书我没法送他，他要是喜欢，可以找地方复印一本。"

"好，我跟他说。"曹支队心情还不错，"最近案子怎么样了？"

说完，曹支队坐到了椅子上，示意白松也坐。

"上周四周五取的笔录不多，现在还看不出来什么。"白松想了想，"我判断，还需要忙两周。到时候我能给您汇报一下阶段性的成果。"

"行，不着急。"曹支队点了点头，"你这个事，我没有跟其他领导说，你的出发点是好的，我也支持，你取的几份笔录我看了，还是有底子的，争取早点忙完，这个事，你也别跟专案组其他人多说了。"

白松感激地点了点头，复取笔录是可能得罪人的事情，他还是有点头疼的。

白松接着又说道："曹支队，我还有点别的事情要跟您汇报，是关于我用无人机的那个事情。"

"嗯，你说。"

白松也不敢把话说得太满了，直接把这几天他使用无人机的事和昨天的发现说了一下："我觉得还是有必要取下来，研究一下是个什么东西。"

"你怀疑这是个窃听或者录像装置吗？"涉及总队的安全，曹支队很重视，一下子坐得很直。

"这倒不是，但是总得知道这是个什么东西，您说对吧？"白松道，"昨天我因为手受伤去医院，听说有人因为爬烟囱手划破了，得了破伤风死了。我觉得这东西就是我刚刚说的那几个人安装的，我担心有什么别的问题。"

白松仔细地讲了昨天去医院听说的事情。

"嗯，我知道了。"曹支队示意白松可以先去忙，有事再叫他。

白松刚刚出门，曹支队就嘱咐了一句："今天就暂时别去提讯了，先把这个事情搞明白。"

"明白。"

午饭后，曹支队又叫了白松，两人一起到了门口。

"中午的时候，我让人从技侦那边借调了携带机械臂的无人机过去看了一下，确实存在你说的东西，但是它被固定得很好，而且有一个卡槽，那个卡槽的安装时间应该不短了，用机械臂取不下来。"曹支队道，"考虑到直接爬上去比较危险，我找消防部门借了一辆可以升高75米的救援车。"

白松和曹支队一起出了门，上了车，离开大院之后不久，就在工厂的院子门口看到了一辆大型消防车。

白松对一些事情可能不了解，但是曹支队非常重视。经侦总队对于泄密问题是零容忍的，哪怕这个设备不存在任何危害，也不可能放任它存在。

废弃工厂的大门已经彻底打开，门口站着几个人，不像是警察，也不像是消防员。

"这是……？"白松有些不解。

第三百三十七章 取下

"这块地是有公司归属的。"曹支队看着烟囱说道,"咱们总队进来一趟,还是要跟人家公司说一下的。"

呃……白松有些不好意思,曹支队肯定知道了他翻墙进去的事情……

有了专业的设备,这个事变得非常简单,随着消防车的升高,很快,这个体积不大的设备就被取了下来。

第三百三十八章　电话

曹支队仔细地看了看这个设备，体积也就只有一个路由器那么大，不过分量倒是挺重的，里面的电池还真不小。

曹支队看了十几秒，递给了白松："这上面的英语单词是什么意思？"

白松接过来，看了看，这是进口货，上面还有一个方向可变的信号接收与发射设备，从英文单词的释义来看，这是一个信号中继器，影响距离有一千米左右。

"类似一个 ap，也就是 Wi-Fi，能和其他的设备互联，具体的功能我就不知道了。"白松四下望了望，"这附近也没有什么设备啊。"

白松一下子看到了远处的高楼，说道："曹支队，我感觉很可能与前几天发现的黑电台有关。"

说到这里，白松一下子想到，黑电台的事情好像没跟曹支队说，结果曹支队直接点了点头："行，那我回头问问天北分局，这种东西距离咱们这里这么近，得一查到底。"

"好。"白松看曹支队应该知道了这个事，就没有多说什么。

"这东西先放你那里吧。"曹支队道，"你回去把这上面的英文全都翻译出来，然后我去找一下技术部门。"

白松回到了自己的屋子，打开了手机翻译软件，这上面很多单词他并不认识。

基本上就是一些功率、标号等信息，翻译起来还是不难的，只是这个生产厂家……

白松有些不解,为什么会感觉似曾相识呢?他可以保证,从来没有见过类似的中继器等设备……

不,见过一次,上次在南黔省发现的那个干扰器,也是一个国外的厂家生产的。但纵使白松的记忆力再好,他也记不清那是什么厂家了。

拿出手机,白松拨通了任豪师兄的电话。

"喂,师兄,您好。"白松打了个招呼。

"你好啊,白松,怎么有时间给我打电话?有什么事吗?"任豪接到白松的电话,听起来心情还不错。

"师兄,给您打电话,打扰您了。有个事情得麻烦您。就是上次,咱们一起办的那个案子,当时有一个全频段的信号干扰器,您还有印象吗?"

"有。"任豪道,"那个东西很少见,我印象比较深。"

"这东西现在在哪里?您还能找到吗?"

"不在我这里,不过也不难找。"任豪顿了几秒,"你这样吧,等我10分钟,我应该就能查到在哪里。你找这个东西有什么用吗?"

"我想看看上面的铭牌。"白松道,"金字旁的那个铭。"

"行,你等我一会儿。我找人拍照片发你微信上。"

"谢谢师兄。"

挂了电话,也就是六七分钟,白松的手机上就收到了任支队长发过来的照片。

白松打开照片,一眼就看到了那个生产厂家,这两个设备确实是一个地方生产的。

是巧合,还是……

白松还没来得及想,任豪的电话就打了过来。

"收到了吗?"

"收到了,收到了,谢谢师兄!"白松有些受宠若惊,师兄太客气了。

"别客气。"任豪唠起了家常,"好久没和你联系了,你最近怎么样?"

"挺好的。师兄您呢?"

"我还那样,没换地方。对了,你问这个设备铭牌,是有什么别的事情吗?"

"我这边有个案子发现的设备,也是这个牌子的,不知道跟您那边有没有什么联系。"

"呃……"任豪沉默了足足十几秒,"你还记得你在南溪村的时候,有个命案吗?"

"记得,人不是被抓了吗?"白松有些疑惑地问道。

"嗯。当时那个死者的同乡,也就是那个被你们救了的瘦高个,在你们走了之后不久,也被人杀害了。"

"什么?他也死了?那边的犯罪集团不都被清理干净了吗?他因为什么事被杀了?凶手抓到了吗?"白松很是震惊。

"人抓到了。与第一起命案没有直接关联。这个瘦高个,在村子里与一个外村人发生冲突,动手之后,外村人带了一把匕首,向他刺了过去,结果一下子把他杀了。凶手当天就抓到了,现在已判刑了,死缓。"任豪道,"这俩案子都很蹊跷,俩人之间看似没什么关联……可是你也知道,命案毕竟很少见。"

"确实。"想了几秒钟,白松道,"这太巧了,这俩凶手之间就没什么共同点吗?"

"没有。"任豪接着说道,"我这么说,也就当和你聊聊天,这俩案子都结案了,你也不用琢磨太多。"

"嗯,谢谢师兄了。"白松道,"应该也就是巧合吧。"

"嗯,别客气,就是随便聊几句。"任豪又继续和白松唠了几句家常,了解了一下白松最近的情况。

挂了电话,白松心事重重。

破案这种事,越是巧合越要关注。

案件的办理,就是要把所有的线索穷尽,然后组合。白松也不是不信任当地的警察，毕竟有任豪师兄关注这个案子，如果有什么问题，那一定是有所发现的。

没什么新线索，白松先在网上查了查这设备的厂家，发现这家公司确实在网上可以查到，而且还是一家先进的电子设备公司，最近也正在向手机行业进军。

既然如此，这也是巧合吗？

虽然这些年，高科技犯罪已经成为一种趋势，但是总归还是少见的。

想了想，白松给孙杰打了电话。他记得，孙杰在村子里的时候，和这个瘦高个的好朋友，就是修车的眼镜男王安泰关系很不错，也许对瘦高个的死亡多少会有一些额外的了解。

孙杰听说这事后比白松还震惊，连忙挂了电话，就去找王安泰了解了，然后把情况跟白松说了一下。

瘦高个的死因是流血过多，袭击者失手刺到了他的动脉，俩人是在吃饭的地方闹的矛盾。犯罪嫌疑人是个外村人，这是第一次与瘦高个闹纠纷，王安泰告诉孙杰，当地的警方也询问过他。

第三百三十九章　中继器

南黔省太远了，白松完全没办法把手伸过去。按照任豪师兄的说法，这个案子纯属巧合的概率反而更高一些。

把这些事暂时抛在脑后，白松利用翻译软件，慢慢地做完了翻译工作，把设备给曹支队拿了过去，并大体解释了一番生产这个设备的公司情况和设备的状态。

"从字面上来看，这个东西不具备窃听功能，对吧？"曹支队安心了一些，"我一会儿安排人去研究一下。"

"好，那曹支队，我明天继续出去提讯，没问题吧？"白松问道。

"去吧。"

曹支队说完，见白松不动，有些疑惑："你咋不走？"

"呃……曹支队，我能申请一辆车吗？"

"行，用吧，从王队那里拿。"曹支队说完，接着道，"但是以后如果用车紧张的时候，尽量还是不要占用公车，毕竟你去提讯这个事情，我没法跟其他领导讲。"

"谢谢曹支队！"白松很高兴地跑掉了。

再有三五天，比较远的几个看守所就能跑完了，剩下的，距离十几公里，用自己的车子也不心疼。

回了屋子，白松先联系了一下王亮。

王亮是乘坐高铁过去的，刚刚到达目的地，他跟白松讲了一下，这个GPS的坐标有点麻烦，可能要多等一段时间。

这倒是不着急,白松知道,即便知道了坐标点,自己一时半会儿也不会过去,而且因为有其他车子拉走了这些疑似钱的货物,坐标点并不一定有用。

白松拜托王亮,如果他有其他的查询,需要前往当地的公安局调查相关资料的话,顺便帮忙查一下那辆车子。

这种车子,放眼整个湘南省,应该也不多。只是不知道当地的查询系统是否支持直接查询车型。

和王亮聊了会儿天,白松才发现班上的微信群里聊得不亦乐乎。

昨天聊了一些派出所的奇葩案子,同学们都很感兴趣。白松班上三四十个同学,有一小半去了派出所,剩下一大半在机关单位,还有一些例如郑朝沛(辞职)、周璇没有当警察以及考研的,大家在群里聊得很嗨。

当前阶段,很多诸如命案等严重暴力犯罪,绝大部分都能得到有效的打击,但是还有些案子,诸如电信诈骗之类,一直难以让百姓满意。

这类案子破案率并不高,尤其是小额诈骗,如果使用了假ID、假用户名,犯罪成本并不高。

之前在三队的时候,王亮那边搞的电信诈骗案件,就有不少破获不了。很多游戏里的小额诈骗,有的价格低到人民币几毛钱甚至几分钱!

这真的不是扯,比如一款 2008 年在国内上市的游戏《地下城与勇士》,当年有一个低级别的图叫僵尸王,带一次 3000 个游戏币(按照当时物价大约是 2 分钱),很多人收完钱就跑掉了,这当然也是诈骗,而且真的有人报警。

案子实在是太多,假信息,假 IP、VPN 太多……总之非常麻烦。针对这类诈骗案件,最好的办法就是打防结合,一方面打击,另一方面宣传防范。

大家聊到这里,就一起呼吁了起来。

一起做一点事,多做一些宣传,能多一个人看到,可能就少一个人上当。

不得不说,人多力量还是很大的,总结了一些防骗的小知识,大家纷纷通过自己的朋友圈、社交账号进行了分享,而直播界大 V 周璇更成了这个活动的重要人物。

大家把最常见的诈骗方式集合了一下:

微信、QQ 直接发二维码借钱;

网上兼职;

年利息 8% 以上的投资;

刷单诈骗……

……

这是好事,白松突然想到,自己的某博好像还有几十万粉丝呢!

白松转发了大家总结的内容,然后就关闭了某博。

下午下班的时候,曹支队又给白松打了电话,让白松去一趟。

看来是那个设备的情况有着落了,白松一路小跑去了曹支队的办公室。

"没储存设备?"白松听曹支队讲了一番,十分不解,"这东西是什么?"

"技术部门说就是一个中继器,发射频段是超短波,具体是啥意思报告里也没提。"曹支队把一份简短的报告递给了白松,"你是大学生,还是高才生,你给我讲讲啥意思。"

白松接过了简短的报告,看完之后跟曹支队解释道:"咱们常见的 Wi-Fi 是超高频的无线电波,波长在厘米层次,发射距离短。这个东西是甚高频的无线电波,波长长,在 1 米~10 米的范围内,发射距离长。简单来说,咱们常见的 FM 广播,就是这种米波;常见的 AM 广播,就是中波,波长是 FM 的一百倍。"

"你的意思是说,这个东西是发射 FM 广播的吗?"曹支队听懂了,半导体谁都用过。

"并不是,这功率差远了。这就是个中继器,之前天北区那个黑电台不是什么高科技,但是胜在功率大。这东西是一个适配的中继器,可以给那些黑电台发射信号，用于控制和播放。

"那个黑电台没办法直接连接手机，但是通过这个中继器就可以直接播放手机上的内容，而且由于没有存储设备，即便被我们发现，也没什么有价值的线索。"

"这不是一般的犯罪嫌疑人。"曹支队点了点头，"既然不涉及咱们总队的涉密问题，就还好。不过也不能掉以轻心，这事情总队领导都知道了。这样吧，最近你不是要出去取笔录吗？我给你安排辆车，你拿着你的无人机，把这附近的高层楼顶和一些无人工厂的顶部都转一转，如果再有发现及时跟我说。"

"好的，曹支队，我这几天多转转。"白松认真地回答道。

"嗯，给你一把钥匙，你拿着。"曹支队拿出一把车钥匙，"这辆车你这两周随便用，如果有闲置就交到王队那里。"

"好，谢谢曹支队！"白松大喜。

第三百四十章　关键证人？

现在随着职务调到副科，白松的月薪已经过了 5000 元，养活自己还是很轻松的。白松打算下个月发了工资之后，自己也买一架无人机，想着，就给王华东打了电话。

"就搁在你那里吧，我看到有新的型号，续航 20 分钟左右，而且摄像头更高清，我就买新的了。"王华东听说这个事，直接说了几句，就把电话挂了。

……

白松迷茫了，按理说，他的工资应该比王华东高一些啊……

白松给王亮打了电话。

王亮等人第一天工作并不顺利，左萍萍的家很好找，但是人不好找，从左萍萍老家的人那里问到，她早就不在家了，去哪里了也没和家人说。

"你别急，"白松听得出来，王亮有点着急了，"湘南那边你也没去过吧？我记得还有各种古镇啊、国家森林公园啊什么的，可以去转转。"

"开啥玩笑啊？我这是出公差啊！"王亮无语了，"再说，哪有钱到处跑啊？"

"听到你说你也没钱，我就放心了……"白松小声嘟囔了一句，继续说道，"左萍萍拿到了这么多钱，肯定会存进银行的，明天你们去银行查查她的账户，然后根据这个来找她吧。我估计她会有大额消费，你们做好长时间作战的心理准备。"

"嗯呢，只能这样，好在来之前，李队都给我们做好了准备，各种材料带得比较齐全。"

"嗯，慢慢来。"

转过天来，白松拿好了相关手续，带着柳书元开启了提讯之路。

没有了用车的限制，白松重新回归了之前的提讯方案，按照原计划，按顺序给这些在押人员取笔录，先问的都是很配合民警的这部分人，这样一来，工作显得轻松很多。

白松很喜欢这种充实的状态，柳书元则根本习惯不了，本来下班的时间是下午六点，但跟着白松跑，每天回来都要披星戴月。

本来看守所下午五点左右就要下班了，但是白松忙完还会跑到总队附近的小区和工厂找黑电台的线索，这样一来，每天都得七点多才能休息。

一连忙了两天，周四下午，从一个负责公司内部采购的嫌疑人那里，终于获取到了一些与之前笔录和记录有明显出入的内容。

"你还记得你之前说的是什么吗？"白松平静地对嫌疑人问道，"你之前说得都很好，很多地方也很配合，而且积极配合公安机关检举他人违法犯罪，这对你的最终量刑很有利。但是，你现在跟我说的情况，可与你之前的不符。"

白松这么一问，被问的女嫌疑人的眼神就有些游离了。

"你是不是在想如何才能把这个话圆回去，这样对你最有利？"白松没给她多想的机会，"我现在只给你一次机会，我给你取完笔录之后，估计一时半会儿没人来找你。你现在如果说实话，那你还算是坦白，否则你再想坦白也没什么意义了。"

接着，白松又说道："你们这个案子同犯非常多，你自己考虑一下吧。"

女子还是不太配合："警官，我现在有点记不清了。"

"好。"白松指了指电脑屏幕，"你前面说的，我也都记录下来了。从现在开始，你后面的回答，就是记不清了，对吧？你怎么说，我怎么记。"

这些天取了这么多笔录，白松已经对主犯的样子有了初步勾勒。长相普通、身高 175cm 左右，体态中等，很少说话。白松的感觉，嗯……这个人……有点像王华东那种状态，对钱不是特别在乎的样子。

女嫌疑人看到白松准备结束询问，纠结了，但还是一言不发。

"行，你还有什么想说的吗？"

女嫌疑人不说话。

"以上属实吗？"

对方不语。

白松直接打印了一份笔录："你签字吗？不签字我直接在后面注明。"

笔录不一定需要签字，民警注明也一样有法律效力，尤其是白松全程录音、录像的这种。

女嫌疑人自从被白松揭穿说谎之后，就变得格外不配合，白松自然知道她在纠结，没必要着急，让她自己再想一想吧。

收拾完东西，白松看了看时间，应该还能再取一个人的笔录，也不拖泥带水，直接就通知管教过来把这个人带走，换下一个人。

管教来的时候，女嫌疑人突然转身，跟白松说道："警官，我想起来了，上次我确实是记性不好，我重新说。"

"可以。"白松点了点头。

管教一看这个情况，重新把女嫌疑人带到了椅子上锁好，接着就关上门离开了。

"其实，我见过他三次。"女嫌疑人想通了，"他是个很有魅力的人，对钱、女色什么的都不太在意。"

"仔细讲讲？"白松一听，还有点激动，但是没表现出来。

"我曾经勾引过他，但他无动于衷。"女嫌疑人语出惊人，"说明他非常自律！"

呃……白松看了看女嫌疑人……这大姐也有四十多了吧……

第三百四十章 关键证人？ | 359

第三百四十一章　第二处痕迹

白松相信她说的是真话了……

女嫌疑人曾经为主犯买过一些生活起居用品，全是进口货。

主犯的话很少，平时也比较谦和。女嫌疑人道："我感觉他有点不近女色，眼光特别高。"

……

聊了会儿，时间也不早了，白松打算明天再来。女嫌疑人这时候就比较配合了，在笔录上签字按手印，被管教带回了监室。

走出看守所，柳书元直接憋不住了："白松，我不知道是不是我眼光有问题，反正我觉得这个女的挺磕碜的，这么大岁数了，你说我说得对吗？"

"你的眼光没问题。"白松对此非常肯定。

"那你说，是不是在那个年龄段，比如说40多岁的人眼里，这个女的可能还行？"柳书元再次不确定地问道，"她怎么这么自信啊？"

"你问我？我比你还小一岁吧。"白松也很无语，"不过想来，再过40年，我也不会觉得这个样子的女的好看。"

"呼……那我就放心了。"柳书元这才放心，接着换了个话题，"你刚刚那招欲擒故纵，你怎么确定她能说？"

"啥欲擒故纵啊，我是看她咋也不配合，懒得和她说了罢了，我看她觉得烦。"白松说出了实话。

"啊？"柳书元愣了几秒钟，"我还以为是什么审讯技巧呢。"

"谁也不傻，只不过会选择对自己更有利的罢了。"白松走到车旁，打开了车门，"不过，确实是有一些审讯的技巧，多取几次笔录就好了。"

说到这里，白松想起师父孙唐和高子宇一起给邓文锡取笔录的三天的过程，那才展示真正意义上的审讯技巧啊。

"今天咱们忙完的时间比较早，昨天没跑完的几个地方，咱们再去一趟。"白松看了眼时间，"无人机两块电池加起来也就只能飞半小时，今天可以按时下班了。"

"嗯，没事，工作第一，忙到几点都不怕的。"柳书元看了看表，这才四点钟。

"可以啊，越来越有积极性了。"

天北区的废弃工厂真的不少，很多都在二十世纪末就已经关门了，其他的在2008年奥运会期间也基本上关停了，如今最少也荒废五年了。

今天来的这个地方，白松看着有些眼熟。

想了一会儿，白松才记起，这不是李某被杀案里装尸体的铁桶放的地方吗？

看到这个工厂，白松觉得还挺有意思，如果没记错的话，当时单恋王若依的张左的那个小仓库，就在这附近不算远的地方。

无人机起飞，白松着重看了几个高处的烟囱，结果在其中一个烟囱上发现了一个卡槽。

这个卡槽固定得不错，一看就知道跟前两天发现的是出自同一人之手，但是东西已经被取走了，白松在本子上对这个地方进行了标注，就操作无人机返回了。

这是这两天来第一次发现新的痕迹，可以看得出来，这个犯罪团伙已经"惊了"，开始回撤了。

只是不知道，这个东西是什么时候被拆的。

"又发现新的了？"柳书元叹了口气，"就是不知道，他们这些黑电台到底广播了一些什么东西，我从来也不听收音机。"

"嗯,咱们得找一些常听收音机的人问问。"

"常听收音机的?哪些人常听?现在有智能手机了,也只有岁数大一点的才听吧?"柳书元道。

"也不是,出租车司机就一直听。"白松说,"这几天我打算打车上下班了,多找几个出租车司机聊一聊。"

想到这里,白松还是有点肉痛。他的车虽然费油,但是好歹比出租车便宜一半。

"行,我也这样。"柳书元道,"反正也没多少钱。"

……

警官大学土豪多,白松算是见识了,想了想,自己的这些同学和朋友,也就王亮和他一样穷,但凡留在上京市的,都是土豪,毕竟家庭条件差一点的,根本就不敢留在那里。

还是王亮好。

从这里出发,白松带着柳书元继续探索了附近的几个高层建筑,虽然白松已经不抱什么希望,但还是把该做的工作做了。

忙活了大半天,还是没什么收获,白松开车返回,拐了个弯,就到了张左的那个仓库那里。

"来这里干吗?"柳书元有些不解,这附近可不像有什么高层建筑。

"这个仓库,是我来天华市之后,办的第一起命案的发生地。"白松指着大门紧闭的仓库,"你肯定没法想象,就这个不起眼的仓库曾经发生过一起碎尸案,而且是用的水刀切割机。"

"这么狠?"柳书元愕然,"现在什么时代了,还有这么狠的啊?我也遇到过两起命案,但都是失手打死的那种。"

"确实是挺狠的,主犯还是个小姑娘,看着文文静静的。"

"嗯,附近这几个仓库,就数这个最偏僻,确实是个合适的地方……"柳书元感慨道,"不过估计现在人都进去了,早就荒废了。"

"那倒不是,这不是杀人犯待的仓库,是她的一个爱慕者曾经待的地方。"白松解释道。

"那这个人肯定早就不租这个仓库了,瘆得慌。"

"嗯……"

第三百四十二章　湘南行（1）

柳书元说得对，估计这地方早就不知道主人是谁了，白松也没了兴趣，准备离开。

这仓库，与一年多之前来，一点变化也没有。白松感慨了一番岁月流逝之快，驱车回了单位。

还没下班，白松去跟曹支队汇报了发现的情况。

"这么说，再查下去也没什么意义？"曹支队道，"你说得有道理，咱们从侧面查一查，看看跟我们的案子有没有关系。"

白松听明白了曹支队的话，曹支队并不要白松把这个电台的案子查到底，而是只在意这个事情与经侦总队有没有关系。

这很正常，毕竟经侦总队不是一个分局，并没有完整的管辖权，只负责经济类案件，如果这个黑电台只是个单纯的黑电台，那么尽早移交才是正途。

"嗯，我还是会把精力放在咱们的案子上的。"白松拿出了今天的笔录，"曹支队，今天有点新的收获。"

曹支队接过来，发现白松给一个人取了两份笔录。于是，他花了10分钟左右的时间全部看完，问道："她上一次笔录怎么说的？"

白松回答道："我感觉她提到的这个情况没什么问题，这个女的有点自恋。"

"自恋是什么意思？"

"她说她曾经勾引过那个主犯，但是主犯对她没兴趣。"白松道，"真够自恋的……"

"你的意思是,她长得不咋样?"曹支队问道。

白松从笔记本里拿出一张个人信息表,递给了曹支队。

曹支队看了看上面的照片,沉默了几秒钟:"嗯……你说得没错。"

"我觉得至少可以肯定一点,这个主犯一定是有的,不是他们编的。"白松肯定地说道,这不仅仅是因为这个女嫌疑人的供述,这些天他可是问了不少人,多少是有些感触的。

"嗯,你继续去取吧。"曹支队点了点头,"这种表述不清的描述,确实得一个人从头忙到尾地取证比较好。"

"谢谢曹支队支持。"白松一喜,这就意味着,曹支队对他的态度,从不喜到了正常,现如今已经变得有些支持了。

"对了,今天医院那边把破伤风死亡的人的信息送过来了。"曹支队把桌子上的一份个人信息表给白松递了过去,"你拿着看看。"

到底是大机关,这种事还能这么操作的吗?让医院那边直接送过来?白松有点不理解这里面的流程,但是也没多问,接过来,看了看,这份信息与之前的信息也没什么区别。"这五个人的信息我都查到了,暂时还没有证据能抓人。"

上次买车的事情之后,白松就找机会把五个人的信息查全了,他们都是天华市人,不过这些信息也暂时没什么用。

"哦?你都有?"曹支队赞许地点了点头,"你办事还是挺负责的。"

"以备不时之需嘛,如果发现了问题,随时可以抓。"白松笑了笑。

"好,"曹支队从抽屉里拿出了一本书,"我儿子说他有些看不懂,我找人把书复印了一遍,这本书还给你。还有,他让我跟你说一声谢谢。"

"客气了,应该的。"白松接过书,跟曹支队告了别。

"等等,一会儿他可能加你微信,有时间你们可以多聊聊天。"曹支队嘱咐了一句,白松学习不错,他看得出来。

"没问题。"白松答应了之后就离开了屋子。

工作逐渐进入了正轨，白松这才找到了一点工作的状态，也就是说，从现在开始，如果他的工作遇到了其他问题需要更多的人参与，曹支队那边也会给予支持。

湘南这边，到了吃饭的时间，王探长、孙东和王亮三人找了家湘南特色的餐馆，一起坐着吃饭。

"老板，咱们这边有什么特色菜吗？"王探长算是这次出差的带队领导，在餐标范围内尽可能地让大伙吃点好的。

"几位是从外地来的吧？"服务员很热情，"咱们湘南这边好吃的可不少，不过不知道你们几位是什么口味，能吃辣吗？"

"不能不能！"三人异口同声。

真的，去南黔省那次，辣的食物已经让人难以接受了，来这边，却发现还不是一个层次的。

早上喝粥都是辣的！前几次去饭馆吃饭，跟老板说"稍微放一点辣椒没事"，"微辣即可"，结果晚上几位都差点没睡着，如果不是有工作要忙，王亮都想去医院看看肛肠科了。

"一点点辣也不能吃吗？没事，就放一点，咱们这里的菜，一点辣不放不好吃的。"服务员很是贴心地说道。

"对，一点也不吃。"王探长板着脸跟服务员说道："我点一盘西红柿炒鸡蛋。"

"好，还要什么？你们的需求，我了解了，放心，点什么菜都不放一点辣椒。"服务员也对此表示理解。

"特色菜推荐一下？"孙东问道。

"都是男士，我给你们推荐一个我们这里的特色菜，壮阳草，不错的，吃了都说好。"服务员道，"时令菜，并不贵，22元一盘。"

王探长一听："就这个了，尝尝、尝尝，还有啥？"

"咱们这边的笋子和腊肉也不错的。"

"好。"

点完餐，王探长转身问王亮："唉，你有对象吧？没有的话，我给你介绍一个。"

"他有，"孙东淡淡地说道，"我没记错的话，小姑娘才十九。"

"十九？"王探长瞪大了眼睛，用了几秒钟才反应了过来，"哦哦哦，你也才二十四，我忘了。你小子可以，有前途。"说完，拍了拍王亮的肩膀，"一会儿这个菜上了，你多吃点。"

王亮一脸黑线："王哥，我劝你还是少吃点，你看咱们这个案子，三五天能回去吗？"

"呃……"王探长被问住了，"好像……有点难。"

第三百四十三章　湘南行（2）

菜上来之后，王亮才知道，在这边，炒腊肉用的这种辣椒，并不是当地人口中的辣椒，最多只能算是菜椒。

这种大辣椒平时王亮也是很爱吃的，但是此刻看着还是有些恐惧，根本不敢吃，只能吃点肉。这腊肉确实挺好吃，很下饭，这边人也不多，几人边吃边聊。

"这个左萍萍干吗花了这么多钱？真是够可以的。"王亮有些感触地说道。

下午的时候，几人从左萍萍的多个银行账户中发现了一个新办的银行卡，并迅速去银行查询。从账户信息来看，左萍萍收到这笔钱之后，立刻就跑到别的银行，办了一张属于自己的银行卡，然后把钱直接存了进去。

毕竟对于普通人来说，一直把几十万现金放在手里，还是很不踏实的，存进银行才觉得安全。

时间不长，这张卡里的花费已经达到了16万多，剩下了23万多。

查到这个结果之后，三人向领导汇报了一下，秦支队收到这个信息之后，直接下了命令，冻结此卡。

冻结手续也已经办了，三人直接在银行把左萍萍这张银行卡冻结了180天。至于会不会打草惊蛇已经不重要了，很多类似左萍萍这种人一旦有了钱，那花钱的速度简直惊人。

第二天上午，几人将前往银联部门，去查一下每一笔钱到底花在什么地方。

"她的卡被冻结之后,她会不会跑掉?"王亮有些担心地问道。

之所以冻结,就是担心这一个晚上左萍萍就能把里面的钱全花掉,这样的话,即便这个案子破了,没什么可执行财产也是麻烦。

"跑掉了直接网上追逃,"王探长说话有些硬气,"其实这个事,我就觉得秦支队整麻烦了,什么侵占罪?依我看,就是这个左萍萍把石某的钱骗走了。咱们按照涉嫌诈骗把左萍萍一抓,剩下的看她怎么解释!"

"你这么说也不能算错,"王亮道,"要是能这样立案就好了,主动权在我们这里。不过也不用担心,左萍萍的电话查到了,她的通话记录里肯定能查到当天石某借过电话的那个人,估计最多明后天,队里就能把这个人找到了。他把手机借给了石某,即便石某给他钱,他也不可能离石某太远,多少能听到一些什么的。"

"你说得没错,挺期待的。"孙东夹了一筷子被称为"壮阳草"的紫色蔬菜,"王亮你也长大了。"

"什么呀?"王亮被孙东夸得有些不服,"我一直都是很才思敏捷的,好吗?"

孙东看了眼王亮,笑了笑,似乎明白些什么。但是他并没有多提,接着道:"他们当地人说的这个'壮阳草',我本来还以为是韭菜,这是什么东西啊?"

"当地特色呗,吃吧吃吧。"王亮哼了一声,"都是些噱头罢了,也不知道是啥野菜。"

虽然说不放辣椒,但是除了西红柿炒鸡蛋,其他的菜多少还是有辣味的,王亮有些怀念去年在南黔省的时候,那时候也是吃辣子,但是好歹有三兄弟陪自己一起难受。

一夜无话。

第二天,周五上午,王亮等三人第一时间去了银联部门,调查了左萍萍的消费记录。

账单显示,这些钱里有一大半,也就是 9 万多元,是花在了长河市的一

第三百四十三章 湘南行(2) | 369

家整容医院。

几个人还以为左萍萍账单里的这笔9万多元的花销是买车了，如果是这样，还能把车查封，还有人说可能是开店了之类的。但是现如今结果出来了，几个人发现他们还是太不懂这类女人了。

整容了……

这家医院在长河市很有名，王亮等三人这几天还见过这家医院的广告，但是任谁也没有想到，居然是这个情况。

紧接着，支队那边也找到了当时借给石某电话的人，这个人还真的听到了一些相关内容。

石某确实如白松所说，给左萍萍打电话，希望她安排一下这些钱，还嘱咐了一句，给她留5万，剩下的都给他父母。

这哥们说，石某和对方的电话打的时间很长，基本上一直在回忆两个人曾经的岁月，但是石某强调了好几遍，给对方5万，所以这哥们记忆犹新。

这份人证可以说很珍贵了，但是同时也没有了立为诈骗案件的可能。

"侵占案，移交了呗……"王探长这几天忙得有些烦，主要是对这边的饮食确实是不习惯，有些上火，"咱们又搞不了这种案子，回头也是一场空。"

"你是领导，"王亮道："你说走，咱现在就走。"

"呃，我可没说要走。"王探长可不会中了王亮的激将法。

虽然有了电话的主人这份人证，但是并不够，还是应该把这个案子查到底才行。

"继续查吧。"孙东没有多说话，望了眼北方，"一时半会儿，是回不去了。"

"是啊，她这一整容，案子的难度又变大了。"王探长叹了口气，"一会儿去一趟这家医院，看看她整了些什么地方，按照时间来说，现在应该还在恢复期，说不定挺好抓。"

白松昨晚打车回的家，今天又打车去的单位，到了单位，和柳书元一合计，才发现自己进入了误区。

出租车司机确实是常听广播，但是人家又不傻，听到一些乱七八糟的广告，立刻就会换台，难不成还可着一个广告听上半个小时？

天华市的出租车，电台基本上只播放三种东西：新闻、歌曲、相声。尤其是相声，这边的出租车司机基本上都是行家。

打了两趟车下来，白松别的没学会，倒把相声界的几代大师的名字记全了。

"如此说来，还得去找一些社区的老太太问问？"柳书元提议道，"要不这样吧，咱们下午去一趟这附近的社区卫生院，你觉得如何？"

"行，没问题。"白松觉得有道理，重新跟柳书元一起安排了行程。

第三百四十四章　上级的人

行程安排好，还未出发，白松接到了曹支队的电话。

曹支队让他们今天上午先暂时不要安排其他工作，到会议室开会。收到命令之后，二人直接取消了行程，往会议室跑去。

这些天查案子，白松已经好几天没有来会议室开早会了，不过毕竟是工作了几周了，基本上也都混了个脸熟，路上遇到的同事也都彼此点头打招呼。

404会议室。

白松他们来的时候还不到八点二十，屋子里的人已经快要坐满了，两人一起找了个靠后点的位置坐好，白松敏锐地发现台子上只有两把椅子。

等待的时间，白松随手翻了翻座位上摞的案卷，和柳书元聊了聊天，屋子里的人越来越多。

很快，曹支队领着几个人进了屋，引着两个人坐在了讲台上，然后自己站着做了个介绍。

"我给大家简单介绍一下，这两位是上级非吸（非法吸收公众存款）案件侦查局的同志，这位是林处长，这位是隋处长，都是此类案件的专家。之前，很多同志也都见过。这是咱们市局请过来给大家讲课的老师，今天上午在这里给大家培训一下，顺便给我们分享一些经验。"曹支队做完介绍，直接坐在了听众席的第一排。

白松和柳书元有些激动，上级部门就是上级部门，还有专门负责非法吸收公众存款案件的一个局。两人正激动着，却发现周围的同事都不为所动，大部分人拿出一个本子，准备记录些什么。

看来很多人都曾经见过这二位，白松也逐渐平静了下来，认真听起了课。

这应该是白松见过的经济案件方面最专业的人士了。培训以几份关键性的笔录为例，细致地讲了一下此类案件的侦破技巧和整理技巧。

讲了半个多小时，对白松并没有太大的帮助。这些和马局长曾经介绍的方法并没有太大的区别，这几份笔录白松也都看过，给了白松一种"我上我也行"的错觉。

反观柳书元，则眉头紧锁，他现在连证据册都没看完，听案子基本上算是听"天书"。

接下来讲的内容是关于钱款返还的。

一般来说，大部分钱款并不是由公安局负责返还，但是确实有一些幸运儿，他们给这个公司转的钱尚未被转走，就被公安局冻结在账户上了。

还有一部分，在账户被冻结之后，依然投资，这般进来的钱就会继续被冻结在账户上。

这种冻结一般是冻出不冻进，允许汇入款项，不允许汇出，属于单向冻结。

这两种钱款，并不需要法院之后的判决和附带民事诉讼，直接就可以安排返还。

这部分钱返还回去也是个好事，更有利于之后的统计，并且能够有效缓解一些社会矛盾。

光是这种钱，这个账户上就"趴"了几十亿，可能是这伙人之前也没想到的，不清楚这么多钱该怎么用……

这部分培训对白松也用处不大，虽然他并不懂，但是这个事情并不是他负责，但是听听还是可以的。听了一会儿，白松有些困了。

最后一个内容，是心理辅导。来的两位上级人员，有一位是专业的心理咨询师，主要是为了给在这边办案的民警提供一些心理上的疏导。

这倒是白松没有想到的……

白松在不少单位待过，工作强度最大的应该就是派出所，只是派出所真的缺少这种心理疏导，太多的工作都压在那里了。

讲到十点多钟，接下来是自由交流时间。

大家一聊天，白松发现很多人与这两位上级来的同志还挺熟悉的，聊得也比较随意，很多都是与案件无关的内容，诸如犯罪论、罪数、罪与非罪的。

看得出来，不同层次的人研究的东西确实是不一样，省级机关和国家级机关对案件的分析确实是更专业、更理论化。

其中有一个理论，叫犯罪惯性，白松听后思索了良久。

如果一个人曾经有过一些轻微的犯罪，但是得不到惩罚，那么他就会越来越放纵，产生犯罪惯性，慢慢地会升级自己的犯罪行为。

确实是有道理的，白松见过很多小偷，如果一直不被抓，胆子会越来越大，很多诈骗犯也是如此。

会后，已经快要到吃饭的时间了，白松本来准备要走了，被曹支队招呼了一声，就去了曹支队的办公室。

曹支队的办公室不大，一共就两个沙发和一把椅子，白松进去的时候发现刚刚讲课的两位领导也都在，顿时有些拘束感。

"你找个凳子，坐。"曹支队笑着招呼了一下白松，"这两位来咱们这里四次了，对我们的这个案子也算是比较熟悉了，想听听你对这个案子主犯问题的看法。"

"啊？"白松有些紧张，"我没什么看法啊……"

"没事，知道什么说什么就可以。"曹支队鼓励道。

四次……白松心想，这两个人即便是专家，但只是来几次，对这个案子的了解程度还真不一定多么深，于是鼓起勇气，把自己的想法全说了出来，最后说道："按照我对这个主犯的理解，这个人并不缺钱，他可能在这个案子之前，就是个有钱人，做事很从容，组建这个公司，他甚至不一定在前期参与过什么，但一定是发起人和主要控制人。"

"一般这种案件的发起人都是一些破产的有钱人，他们通过正常途径赚不到钱，就想走歪路。"林处长点了点头，"你说的主犯性格，倒是和我们之前分析的比较吻合。"

"嗯，不过我个人认为还是有点出入的。"白松道，"我并不认为他是破产的有钱人，他应该一直都不为钱发愁。"

第三百四十五章　出师不利

白松猜想，主犯之所以还没有被抓，最关键的原因就是参与感弱，他也许曾经想从这里多弄一些钱，但是他自己都没有想到，这个事情这么赚钱，而到了后期，他为了不暴露自己，出现的次数越来越少。

"不喜欢钱？"曹支队斟酌了一下，"这不可能，这种人会跟钱过不去吗？"

林处长想了想，道："这个小伙子说的也不是不可能。很多人有了钱之后，虽然爱钱，但是更惜命。这个公司后来的吸金能力太强，树大招风，可能与这个人之前的想法不符，降低存在感也是很正常的。这种人，有资源，有能力，懂预谋，还知进退，是个厉害的对手。"

对手吗？白松沉思着，没有说话。

按照林处刚刚讲的那个犯罪惯性理论，这个犯罪嫌疑人非常小心，说明他很可能犯罪经验很丰富，而且没少跟警察打交道，但是从未被抓过。

这种人，可能一直走在犯罪的"最前沿"，绝对的高智商人士。

"这么说来，曹支队您这边如果把这个案子破了，可能直接捣毁了一整个犯罪集团。"隋处长倒是很乐观，"祝你们旗开得胜。"

"借您吉言了。"曹支队哈哈一笑，看到茶几上的烧水壶的水也烧开了，从自己的柜子里拿出了茶叶和三个纸杯。

把自己该回答的说完，白松一直也没再插话。见状，他主动上前帮忙分了茶叶，但是只倒了两杯，给两位领导一人端了一杯，然后给曹支队的茶杯里倒了水，又接了一壶水烧上，就从这里告辞了。

长河市。

此时此刻，王亮等人遇到了一个很麻烦的问题。

这家整容医院非常大，它不仅仅是个整容医院，还背靠一家妇科医院，在当地名气很大。

不孕不育、无痛人流、整容美容三合一。

三人到了整容医院，找到了医院的驻院警务室，这边并没有民警在。三人出示了证件，一个保安装扮的人态度很平淡，丝毫没有给三人足够的重视，从头到尾不断地推托，甚至王亮感觉这个保安比他还要牛。

"医院行政部门的人什么时候回来？"王亮催促道，"你给他们打个电话，如果现在没人，约个时间，我到时候再来。"

"你别急啊，医院那边我不是刚刚问了吗？他们说等会儿就回来，至于等多久，那我怎么知道？"这人就差跷二郎腿了。

王亮虽然在很多地方算是"菜鸟"，但是他依然能看出来，这个保安手上戴了一块浪琴手表，估计要1万元左右。看来这医院没少发额外的补贴，所以保安才这么死心塌地地维护医院的利益。

过了会儿，这保安坐得累了，跷起了二郎腿，从口袋里拿出一盒中华，点着一根，美美地吸了一口，这才把烟盒举起来，跟三人问道："抽烟吗？"

"你们这里的保安，都像你这么牛吗？"孙东静静地走上前，在保安蒙着的状态下，用右手食指和中指从保安手里把烟顺了过来，然后左手一弹，烟直接灭了，下一秒就被孙东扔进了垃圾桶里。接着，孙东指了指墙上的牌子，"这是医院，室内禁止抽烟。"

保安愣了，这不按照套路出牌啊！不过，他突然想到上次在屋里抽烟，被队长罚了50块钱的事情。……生了气的他反而更横了，跷着二郎腿道："牛怎么了？牛犯法吗？哎，有哪条法律规定我不可以牛的？"

王亮这个气啊，这个小子居然把电影台词都说出来了！三个警察居然被一个保安拦住了。王亮正要说话，孙东拉了他一下，直接拿起了保安面前的电话本，翻了一下："行政科在404，直接去吧，不用理他。"

第三百四十五章　出师不利 | 377

保安想去拦三人，这才想到三人都是警察，怎么拦得住？

被无视了……

宏伟气派的医院大厦，装修得金碧辉煌，大厅里摆着几个光洁度极高的金边大镜子，只要走到镜子旁仔细照一照，再漂亮的人从自己的脸上也能看到不少瑕疵。

镜子旁，是几个整形非常成功的案例的照片，三人进来都有些晕头转向。

"您好，几位，请问有什么可以帮您？"一个长相漂亮、身材姣好的女子走到了三人面前，露出了职业化的微笑。

王亮这一刻特别想把王华东叫过来，让他品鉴一下这个女的这张脸花了多少钱。

"我们是天华市公安局的，去404办公室，找你们行政部门，刚刚在警务室那边已经联系好了。"王探长直接问道，"电梯在哪里？"

女子职业化的笑容不减，但是态度已经明显有了变化，随手指了一个方向："电梯在那边。"

三人并未在意，直接向着电梯方向走去。

过了大厅，几个人听到了吵闹声，大体的内容就是一个整容出现问题的女子在这里闹，要求医院赔偿她，并且扬言要报警。

王亮探头看了一眼，这个女的戴着一个口罩，倒是看不清楚具体的情况，几个护士装扮的人正在跟她协商。三人也不想管闲事，电梯下来了，三人直接就进了电梯。

电梯也极尽奢华，但是不经停四楼，只停三楼和五楼、六楼等楼层。

三人没办法，只能坐到了三楼，然后找到了安全通道，走楼梯上了四楼。

四楼应该是医院的医生、护士和工作人员待的地方，与一楼、三楼完全是两个世界，装修得比外面的那个警务室还要简陋。

"设计这个医院的人是个人才。"王探长不得不叹服，"楼层数不好听，所以不给客户用，自己人用，装修都免了。"

王亮深表同意。这一层的屋子还挺多，几个人转了一圈，才找到了办公室。

他上前敲了敲门，屋里没有任何人回应，尝试着开门，才发现门已经锁了。

第三百四十六章 对弈

"需要联系一下当地的警方吗?"王亮问王探长。

"这情况,估计找当地的警方也没用。"王探长想了想,"回一趟宾馆,换制服,就在他们大厅里转悠转悠。"

孙东看了眼王探长,略有深意地点了点头。

姜还是老的辣啊……王亮三人直接走楼梯下了楼。

既然已经走了楼梯,总共就四层,大家也不打算再去换电梯了,直接一口气下了楼。

一楼出口处,就是刚刚那个女子闹腾的地方,但是此时闹腾的女子已经走了,附近几个医生、护士装扮的人正在和别的来整容的女孩讲着她们脸部的瑕疵以及整容方案。

王亮看了看,刚刚那个女的确实不在了,就跟着两位前辈离开了医院。

这么长时间来王亮也不是第一次出差了,见过的各种案子也不少,此时此刻,他自然也明白为什么王探长等人不愿意联系当地警方,并且是对这个医院多了一分警惕。

半个小时后,三人再次穿了制服来到整容医院一楼。

按照路上制订的计划,三人分头行动,拿起手机四处拍照,着重检查了一下消防设置、某些科室,见到所有来咨询的顾客都盘查一番。

不出10分钟,就有几个领导模样的人下了楼,为首的是个四十多岁的女子,虽然脸上一点皱纹都没有,但是三人一眼就能看出她的真实年龄……四十五岁左右。

女子笑靥如花，直接对王探长打了招呼："哎呀，几位领导，这是来有什么事吗？怎么也不先打个电话？"

王探长笑了，这个笑容有些意味深长，很显然这个女的已经观察了他们一段时间了，不然也不会第一时间找到带队的他："没事，您这边家大业大，这么忙，我们就多看看，有事您先忙，这么大的医院，参观一下，几天都不一定逛得完。"

"领导您说笑了，"女子有点摸不透王探长的来意，也不知道这是什么级别的领导，随即邀请道，"几位别累着了，走，去我办公室坐一下。"

王探长因为多次立功受奖，虽然不是领导，但是他的警衔是一级警督。理论上说，长河市公安局副局长，如果不够资深，也就是两杠三花。所以对王探长的级别，医院的人也是摸不透。

三人也不客气，直接上了四楼。虽然电梯里没有四楼的按键，但是为首的女子用一张卡刷了一下，电梯还是在四楼停了。

还是刚刚的404办公室，里面的装修和外面一样差，从一楼坐电梯直接到四楼，这种反差格外大。

女子一个人带着三人进了办公室，其他人都撤了出去。

这里面有一组沙发，女子示意三人坐，然后给三个人各拿了一瓶矿泉水。王亮正好渴了，也不顾别的，拧开就喝了半瓶。

"这个人，在你们这里的整容情况，给我们调一下。"王探长给女子递过去一张写着左萍萍身份证号码的纸条。

"还有别的需要查的吗？"女子笑眯眯地问道。

"暂时只需要这个。"王探长道，"跟你们医院无关，我要找到这个人。"

女子一听不是来找医院事情的，立刻踏实了一大半，直接打电话喊了一个人，把纸条拿走了，接着跟三人嘘寒问暖起来。

孙东一句话不说，王亮全程装傻充愣。王探长那可是老江湖了，别看平时说话没个正形，在重案队待了二十年，能是简单的人物吗？

女子越聊越糊涂了……

过了差不多10分钟,有人敲了敲门,向女子招了招手,把这个女的叫了出去,应该是有些悄悄话不方便让三人听。

王亮早就盯上了墙上的值班表,这里有一些医院主要人员的姓名和电话,他直接拿手机拍了下来,然后若无其事地喝了口矿泉水。

很快女子就回来了,看了看三人并没有异样,这才松了口气,随即脸上堆起了笑容:"我们刚刚查到了这个客户的信息,她本来还预约了今天来做第二次手术,医生和手术器材都准备好了,但是她今天并没有来。按理说,这都应该给我们违约金的……几位来找她做什么?"

"你把她的手术信息和发票之类的东西给我复印一下就可以了。"王探长没有多解释什么,从挎包里拿出一份调取证据通知书。

"咳,我还不相信您吗?"女子并没有接王探长的手续单,直接把手里的一个文件夹递给了王探长,"这些都是复印件,这里面还有咱们医院的相关许可证的复印件,一并给您带走。"

女子显得很大气,王探长却丝毫不为所动,指了指自己的手续单:"你可以不要我的手续,但是我这边需要回执。回执需要盖医院公章。"

"呃,好说好说。"女子丝毫没有不开心,看似无所谓地接过了王探长递过来的两张纸,慢慢地走向办公桌,她的步行速度明显比平时缓慢很多,她走到办公桌之后,已经确定这份手续单没有任何问题,接着从抽屉里拿出来一个章,看都不看这份手续单,边盖章边抬头跟三人道:"咱们医院一向积极配合警察工作,如果有需要,随时来找我。"

说完,一个鲜红的印章赫然印在了文书上。

第三百四十七章　健康咨询中心

王探长简单地看了一下，也没多客套，直接告了别，三人就准备走楼梯下去。

"有电梯，别走楼梯了。"女子赶在三人前面，划了一下电梯卡，示意三人可以坐电梯下去。

"谢谢，"王探长哈哈一笑，"贵院真是不错，如此，我们就却之不恭了。"

"客气什么，这是应该做的。"女子露出不变的职业化的笑容。

电梯从楼上下来，很快就到了四楼，门开了，电梯里有几个女生，看到三个警察，有点愣。

四楼？这家医院来过好几次了，哪来的四楼啊！

几个姑娘看了看电梯外面，与电梯里差距非常大，第四层根本就不像是这家医院的一部分。

几人差点以为自己穿越了。

电梯是下行的，三人直接进入了电梯，一言不发，关上了电梯门。

一般来说，看到警察，大家都会有些安全感，但是这三人出现的方式，倒是让几个姑娘有些心虚，大家你看看我，我看看你，不知道该说什么。

"你们先等我一会儿，我得去方便一下。"电梯很快就要到一楼了，王亮打破了沉默，这才让几个姑娘呼了一口气。

"去吧，我们在大厅等你。"

王亮有些纳闷，为啥我一说要去上厕所，这几个姑娘突然就放松了？

想不通……

几个姑娘本身就在纠结到底做不做手术,此时才知晓这家医院的一些其他不为人知的秘密,于是打算从长计议,搭伙走掉了。

王亮一出电梯,就去了厕所。孙东看着王亮的背影叹了口气:"这才喝了多少水?唉,这么年轻,肾就不行了。"

"呵,这小子对象才十九岁。"王探长也没个正形,咧着嘴笑了起来。

这一幕,楼上的女子通过摄像头都看到了。

这几个警察到底什么来路?拿到了这个文件怎么笑得如此开心?她不得不多想了一些事情,随即把刚刚复印东西的工作人员叫到了监控室,准备再确定一下刚刚交出去的东西到底有没有问题。

……

王亮去了厕所,有点尿急,一进门就准备拉开长裤的拉链,这才注意到居然有两个女生在。

他瞬间惊呆了。走错了?

王亮在1秒钟之内,直接刹住了身形,然后倒着一步跨了出去。

厕所门头上,清清楚楚地画着男士的标志。

呼……

没事就好。

"对、对不起,女厕所锁门了……我们以为这边没有男的来……"俩姑娘本来是一个看门,一个如厕,如厕的那位刚结束,看门的正准备催促,结果王亮就进来了,还穿着警服,把俩姑娘吓得差点话都不敢说了。

"哦,没事。"王亮对此并不在意,"以后注意点,一楼厕所没开可以去二楼。"

俩小姑娘被说得不好意思了,道了歉,直接跑了。

王亮这还没干吗呢,愣生生地在医院吓走了两拨客户……

俩姑娘走了,王亮这才进了厕所准备"放水",但还是有些不放心,随即把厕所门也锁了。

上完洗手间，出来洗手时，王亮听到女厕所好像有人说话，而且声音还挺大。

他虽然记性一般，但还是听了出来，女厕所里说话的人，是之前戴口罩自述整容失败的那个女孩。

面对这情况，王亮还挺尴尬，他总不能去敲门问问。

算了，还是少管闲事，洗完手他就准备走，结果女厕所的门开了。

三个姑娘，一看到王亮，就立刻围了过来："警察叔叔，你们不是说不出警吗？"

王亮看了看三人，一下子就明白了怎么回事。他也在派出所待过，估计是这家医院的这类报警很多，派出所也知道这家医院是有正规资质的，出现问题警察也管不了，于是就让报警人直接去法院起诉。

医疗事故本身，起诉还是很方便的。

"你们准备一下相关资料，去起诉不就好了？"王亮直接说道。

"可是，他们医院的信息啥的，我们都没有……"

"我有，出来吧，我给你。"王亮想到王探长那边正好有文件夹，就带着几个小姑娘到了大厅，从王探长那边要了那个文件夹，从中找出来那份医院的营业执照复印件，给几个姑娘抄录了一下医院的注册信息。

"仔细查查这一伙警察，他们似乎跟咱们医院有过节。"楼上监控室里，女子看到王亮的行为，跟周围的人吩咐道。

天华市。

中午吃完饭之后，白松和柳书元抓紧时间跑了出去，寻找了几家社区医院。

这都是正规的街道卫生院，连着找了十几个人，都说没有听过乱七八糟的电台。

最终，还是一个医院的护士给了白松二人建议，可以去一些健康咨询室问问。

这些年来，越来越多的健康咨询中心开设起来，很多公司打着销售保健品的名义，在各地疯狂地宣传，天华市更是重灾区。

由于人民生活水平的提高、人口老龄化以及年轻人压力大等种种因素，大量的老年人缺少必要的陪伴，逐渐地被一些别有用心的人忽悠，购买了一些昂贵的保健品。

天华市有数家全国知名的保健品公司，而且距离天北区并不远，白松听说过。

对这些健康咨询中心，在没有接到报警、没有发现问题之前，公安还真的没什么好办法……

很快，白松二人在一家老旧的小区里，发现了一家由一楼住宅改造的健康咨询中心，挂着红色的牌子，里面有十几个老头、老太太正围坐着看电视，电视机旁，还有几个年轻人正绘声绘色地讲解着。

第三百四十八章　打成一片

"就这么进去?"柳书元看了看里面的情况,"咱们这可都是便服。"

"便服才要进去。"白松看了看里面的情况,"一会儿进去,看我怎么做,你随机应变。"

"好,没问题。"

这个地方门是开着的,进出随意,这种健康讲座是完全免费的,任何人都可以进来听,而且还有免费的枸杞水、柠檬水可以喝。当然,这里还有一些免费的廉价水果、小吃,甚至旁边还摆了一些小桶装的花生油,如果白松没有猜错,连续来听几次讲座,就可以免费领走一瓶。

免费的东西啊,谁不喜欢呢?

电视机旁的几个年轻男女笑得非常灿烂,对坐着听课的这些老人比对自己父母还热心。

白松二人一进来,这几个男女都略微皱眉,给二人倒了水,还拿了点零食。

这个健康资讯中心里的氛围特别好,不少人津津有味地看电视里播放的内容,这几个男女说话也有人听,与此同时,有些大爷大妈还在愉快地聊着天。

如果不是知道这地方是干吗的,白松都以为这是个老年大学了。

两人在这里踏踏实实地坐了十几分钟,终于引起了周围大爷大妈的兴趣,有人主动找他俩聊了起来。

白松这一聊天,立刻引起了店里的几个年轻男女的注意,不过白松不怕这些，天南地北地胡侃起来。

"小伙子，你刚刚说的那个猫，叫什么名字来着？"白松跟一个牵着狗的老太太聊天，聊到了宠物，结果被别人听到，另一个老奶奶插话问道。

"奶奶，加拿大无毛猫，又叫斯芬克斯猫，这种猫没有长毛，只有个别地方有点绒毛。刚刚这位奶奶说喜欢猫，但是猫掉毛比她家的泰迪厉害多了，我就给她推荐了这种猫。"白松笑眯眯地说道，"只是这种无毛猫，有些娇贵不说，长得并没有多可爱，不像普通猫那么毛茸茸。"

"长什么样子？给我们看看。"又有几个人围了过来。

年纪大的人，大部分都比较无聊，子女陪伴少，手头又有些闲钱，尤其在天华市，很多老年人的腰包那是相当鼓，在养宠物方面很舍得花钱。

但是由于年纪大了，收拾家很困难，宠物掉毛太厉害，让很多人望而却步。白松提到的这种猫，一下子引起了很多人的注意。

"哎呀，长得还真够吓人的。"白松从网上搜了照片给几个爷爷奶奶看，大家互相借了老花镜，拿着白松的手机传阅了起来。

这俩人是卖宠物的？店里的几个年轻男女怀疑起二人的身份来。要是卖宠物的，与他们卖保健品可并不冲突，当然也并不招人喜欢。

这几个人交换了一下眼神，最终还是没有赶走白松二人。

这些人哪个也不傻，知道这些老头老太太只是好奇，并不见得那么容易掏钱就买猫，老人们习惯于什么事都和身边的人问问再考虑做不做。

所以在这些人看来，白松和柳书元的卖猫"大业"并不会多么顺利。

白松二人并不打算卖猫，从猫出发，接着聊起了孩子（孙子孙女）的教育，最近关于老年代步车的相关政策，不同层次养老院的差异，医保怎么用最省钱……

半个小时过去了，这边的小圈子越聊越嗨，屋子里的工作人员全凌乱了，这俩人该不会是同行吧！

他们甚至怀疑，白松现在如果开始卖保健品，在这对面开个店，能把这些人全带走！

见聊得差不多了，也跟大家比较熟悉了，白松才旁敲侧击地聊起了戏曲和相声，接着聊起了半导体收音机。

这下子，刚刚被这俩小子抢了风头的大爷们，立刻转身一变成了专家，似乎要在老奶奶面前表现自己的学识有多么渊博。

聊着聊着，就聊到相声那里了。白松简单地做了引导，大家就自然而然地聊到了半导体收音机，聊到了电台，聊到了最近听到的各种各样的节目。

快一个小时过去了，终于聊到了重点，这里人多，七嘴八舌的，二人很快地听到了一些有用的信息。

"这段时间里，确实没有什么特殊的电台播报了，但是在4月中旬以前，各种'有趣'的电台还是很多的。"

"怎么个有趣法？"白松继续引导了一番，然后化身为好奇宝宝，认真地倾听起来。

第一部分就是卖药的，这部分与黑电台的U盘里存储的内容没什么出入。

第二部分是销售各种所谓的药酒、益肾强身的白酒以及一大堆保健品，除此之外，还有一些乱七八糟的电子产品，主要是老年人常用的大音量手机、广场舞播放器等。

第三部分是医疗的相关内容，主要是肝病、高血压、心脑血管等疾病的治疗广告，除此之外，还有类似于痔疮等常见病的治疗广告，给大家推荐了几家医院。

问题就出在了第三部分，这部分内容在黑电台的U盘里，是没有的。

"治高血压的这个医院效果怎么样啊？"白松好奇地问道，"我奶奶血压就有点高，我还想给她介绍家合适的医院呢。"

"我知道。"一个热心大爷站了出来，"就在天北区，天北监狱对面，健康医院。"

第三百四十九章　健康医院

聊这个话题一下子就影响到了这个小店的利益了，毕竟都是医疗。

这些人总感觉白松二人就是同行，而且段位非常高，几个人互相看着都有些焦急，不知道该怎么处理这个事情，不一会儿，其中一个人直接拿着电话进了里屋。

白松看到这个情况，微微一笑，他已经得到想要的线索了，再多待下去也没什么用，于是向各位爷爷奶奶告了别，临走的时候劝了一句大家多注意运动，也就没有多说别的。

二人这一走，屋子里的年轻男女都松了一口气，二人出门的时候还有人送。

"高，实在是高。"出了屋子走出了一段距离，柳书元看到那个店里还有人在目送他俩，向白松竖了大拇指。

"基本操作。"白松摆了摆手。

"你怎么敢保证他们不会轰你的？"柳书元虽然也看懂了一大半，但还是觉得问一问能懂得更透彻一点。

"刚开始进去的时候，他们肯定不会轰人，否则容易让里面的老爷爷、老奶奶警觉，怀疑这是专门针对老年人的直销骗局。咱们进去了不说话，不捣乱，他们也没'由头'赶我们，而当我们和老爷爷、老奶奶聊起来了，最关键的是聊的话题还让这些老人感兴趣，他们想赶我们，也没胆量了。"白松走到车旁，打开了车门。

"确实是，不过一般人真不知道怎么和这帮老人聊到一起。"柳书元佩服地说道,"这是个本事。"

"这些老人啊,其实看着也挺让人心疼的。"白松叹了口气,"保健品这类东西,就应该全封了才对,唉……"

"这也是没办法的。市场有需要。"柳书元道,"不过我倒是觉得,你真像是卖保健品的,我看你跟那些老头、老太太聊得很不错啊。"

"咳!我要是当骗子,还有骗子什么事?"

这家健康医院,白松曾经开车路过,但是从来没进去过,也不知道具体是干吗的。这家医院的位置,就在监狱对面,大楼有十三四层,很是气派,但是看着进进出出的人并不多。

二人开车到了医院门口,白松可以清楚地看到医院门口挂的几个牌子,并且在网上查了查,这确实是一家在册的私人医院。

这么大的医院,来看病的人并不多,院里还停了一些车,白松直接就开车进了医院。

停车1小时内免费,超过1小时1元,24小时以上一天10元。

停车费这么便宜!天华市一小时4块钱的停车费都算是便宜的,市中心一小时6~8元。

进了医院,因为停的车子并不多,白松很快就在靠近门诊部门的地方停下了车。

这附近还停放了大量的老年代步车。

二人走进医院的门诊大厅,一股中药味钻入了二人的鼻腔。

一楼的导诊台有位胖胖的男护士。

护士对白松二人,抬头看了一眼,接着玩起了手机。

导诊台旁,有一个医院的楼层和科室分布图,一楼是门诊大厅,这个医院不设急诊,也非24小时接诊的医院。

一般来说,小的私立医院因为人员少,不会有夜班,但是这家医院这么大,居然也没有夜班,这倒是令人称奇了。

医院的执照非常难办，但是这么一家规模较大的医院只有这么少的病人，究竟怎么赚钱？

二楼、三楼有数十个门诊科室，主要针对的是老年人常见病。地方非常宽敞，从一楼来看，估计二楼每个科室都有三四十平方米。

要这么大干吗啊？

"你说，这么开医院，不得赔死啊？"二人离开了导诊台，白松忍不住问道。

"倒也不一定。"柳书元认真地说道，"两个原因，第一个，可能是这家医院以前通过黑电台，吸引很多客户来，最近黑电台撤了，所以病人比以前少了很多；第二个，这附近的土地可能要重新规划，这里的老板醉翁之意不在酒。"

"规划？"白松还真的听不懂了。

"你别小看这家医院，对面是监狱，虽然不会给医院带来什么客户，但是这块地比我们想象的要便宜得多，而土地价格往往是投资开销里最大的一部分。

"而且私立医院的土地性质大部分都是商业用地，如果我没记错的话，这里的原土地性质应该全部都是工业用地，由此可以得知，这个医院的老板不是一般人。"柳书元明显对类似事情见识更广一些，他接着说，"这周围的土地全是工业用地，如果想变更为住宅用地，几乎不可能。但是当旁边有了一家大医院，很多事就不那么必然了……"

白松虽然也有些见识，但是对这么高深的东西，他还是处于懵懂的状态，只能点了点头，不再继续问了。

这时候，白松才想到，刚刚停车的地方，似乎一辆救护车都没有。看样子，这医院根本就没有一个整体的医疗体系，只是有个"巍峨"的建筑空架子。

所以也就是说，很可能这家医院的老板即便一分钱不赚，也不会有任何问题？白松琢磨了一下，还是觉得有问题："如果真的那么说，这医院完全没必要这么隐蔽地通过黑电台来宣传啊。"

"我刚刚那只是一个随意的猜想。"柳书元耸了耸肩,"你是领导,这事情还是得听你的安排。"

"什么领导?"白松笑骂了一句,"去楼上看看吧。"

第三百五十章 医院探秘（1）

医院的电梯里，一般都有专门的电梯员。

但是这家医院，就这么点人，也配了电梯员？这里有四部电梯，每部电梯都配电梯员的话，最起码也要雇用四个人吧？

这个"豪华配置"与外面的"低配"男导诊不太协调啊！

也许柳书元说的第二种情况是真的，似乎也只有这一个理由可以解释得通……人家医院压根不指望通过医疗来赚钱，只是想办法偷偷宣传一下，尽可能多来点人，别太冷清了。

柳书元可不知道白松内心戏这么丰富，进了楼梯直接就按了顶楼13楼的按钮。

"哎！"女电梯员没好气地把柳书元的手拿开，"去几楼，告诉我，我按。"

"顶楼。"柳书元道。

"好。"女电梯员有些不耐烦，按了13，接着还用手挡着电梯门，似乎还得再等一拨乘客再出发。

还有这种操作？白松也不好说什么，不过很快，两个老爷爷就走了进来。

"13楼。"两个老爷爷一看就不是第一次来，直接跟电梯员报了楼层。

电梯运行得很稳，看得出来医院的基础设施是不错的。在电梯里的时候，白松仔细地观察了一番，电梯的按键上，1~6层使用得比较多，除此之外，就是顶层13层。6至12层都是住院的地方，但是估计6层一层就足以满足所有病人了。

很快，13层到了，两个老爷爷从自己的包里拿出了乒乓球拍。

健身房？白松和柳书元没看懂，跟上了两位爷爷的脚步。

13层是高护病房，这也是很多医院住院楼的配置，顶层有着最好的设施，这家医院也不例外。白松有些疑惑，就这个医院这点人，难不成还有人愿意花很多钱来住高护病房？

跟随着两个老爷爷的脚步，白松发现了端倪。

这里一共有两间大的屋子，已经被改造成了老年人活动中心，而且看样子是免费开放的。

这里的活动中心，一间有两张乒乓球桌还有一些其他简单的运动设施，另一间则是一间图书室，有六七个老年人正在读书。

也许这些房间建造之初，确实是准备设置为高护病房的，所以内部的装修非常精细，里面的沙发、椅子做工考究，就连两张乒乓球桌，看起来都非常专业。

两个老爷爷来的时候，两张乒乓球桌都有人在玩了，而且还有七八个人围观。两名老爷爷应该是常客，和大家打了一圈招呼，不一会儿就上了手。

这附近最近的居民区距离这里也足足有三公里，按理说根本不会吸引人过来，但是有这样一个地方，尤其还是免费的，能吸引人过来自然也很正常。

看了会儿乒乓球，二人到了楼道，继续转了起来。

13层大约有2000平方米，除了两间活动室之外，其他屋子大多关闭，开着的也基本上堆了一些医院的杂物，以桌椅、板凳为主。

转了一圈，二人去了图书室。

这算是非常人性化的微型图书馆了。因为可能是老年人比较多，这里准备了公用的AED（自动体外除颤器）、血压计、硝酸甘油、老花镜等，但是没有管理员。

这怕不是真的福利性医院。二人进入图书室，里面挺大，有桌椅，白松从书架上找了本熟悉的书看了起来。

不知不觉,十几分钟就过去了。

"喂,白大队长,你打算在这里待多久?"柳书元转了几圈,发现白松越看越入迷,小声地在白松耳边问道。

"你看这本书。"白松把书递给了柳书元,同样压低了声音。

柳书元接过来,发现是一本小说,仔细看了看也没啥特别的,一脸疑惑地还给了白松:"没发现有什么问题啊。"

"你看看书最后一页。"白松又递给了柳书元。

"徐纺……白……白松?"柳书元看到了作者名字,愣了一下,"和你重名?"

白松轻轻地摇了摇头。

柳书元愕然,看了看书的简介,翻了翻书,把书再次还给了白松:"说了半天,敢情你这是在跟我显摆呀!"

白松参与了本书,柳书元是觉得他挺厉害的,但是他也没必要这么装吧……

"没让你看作者,出版日期是三个月之前。"白松用只有柳书元可以听到的声音说道,"这里的图书室,并不是买旧书,而是定期会采购新书。"

柳书元这才意会到白松想说什么。

之前,唐教授卖的那些书虽然出版时间很早,但是基本上都是没人动过的看起来很新的书,这样的书非常便宜,一些公益性质的图书馆基本上都是这种书。

但是买新书,成本何止提高十倍?

这家医院也太舍得花钱了吧?

"估计是医院买这些书抵税。"柳书元再次给出了解释。

白松思考了一下,点了点头,认可了柳书元的说法。在这些专业的商业行为方面,白松算是白纸一张了。

他坐的这个位置,是所有监控的死角。

这屋子里有四个监控摄像头，主要集中在门口附近，白松进来第一时间就发现了，在这里坐了一阵子，他也顺便研究了一下这附近的架构。

把书放回原处，白松没有发出什么声响，就出了门，柳书元紧跟其后。

"发现问题了吗？"柳书元疑惑地四望了一番问道，"我咋什么问题都没发现，看着很正常。"

"看着是没什么问题。"白松想了一会儿，反问道，"但是你有没有觉得这里有点像写字楼？"

第三百五十一章　医院探秘（2）

赵欣桥的母亲手术后恢复治疗的时候，白松就专门申请了高护病房。

白松自己当初受伤都没住过这种病房，不仅仅是因为花销大，而且如果不预约或者找人帮忙，花钱也订不到。

除了极少的医院全部使用内循环，有专门的负压病房之外，大多数高护病房，可以开窗通风。

但是这家医院里目前看到的所有窗户，都是打不开的，用的单向玻璃，类似于写字楼。

"应该是医院为了防止有人跳楼吧？"柳书元道，"我倒是觉得医院的窗户打不开没事，大楼里面有排风机，屋子里并不是很闷。"

"这医院真行，电跟不要钱似的。"白松疑惑地问道，"电费也可以用来抵税的吗？"

"呃，应该不是这个目的。"柳书元想了想，"你说得有道理，我去了不少医院，第一次见这种类似于写字楼的玻璃窗。"

单向玻璃，其实就是类似汽车的玻璃贴了膜，从里向外看没任何问题，从外往里什么也看不到。

绕了几圈，二人进入了安全通道。

这里是13楼，楼梯完全没办法通往楼顶，通往楼顶的楼梯上砌了一道墙，有一道厚重的铁门，完全看不到楼上的样子。

估计也是怕有人上天台，这家医院的安全设施倒是不错，想从这个医院跳楼基本上没可能。白松刚刚还试了试那些玻璃，基本上都是钢化玻璃。

两人顺着楼梯往下走，下面每一层的楼道门都是封着的，完全看不到里面的情况。看得出来，下面的几个楼层是完全没人去的，非常安静。

往下走了两三层，应该是第九、第十层的样子，楼道拐角的玻璃做了遮光处理，楼道非常黑，又很安静，显得很阴森。

楼道门那里挂着两个铁牌，上面写着"天华医科大学合作实验室"和"天华医科大学实习基地"，看样子，已经挂了不短的时间。

这一层的楼道门与其他的不同，门上有玻璃，白松打开手机的照明功能，贴在玻璃上向里面看去。

"这有什么可看的？"柳书元感觉瘆得慌，"这地方黑得跟太平间似的，在这里有啥可待的？"

"你看那个是什么？"白松指了指里面的一个箱子的轮廓。

见白松不咋怕，柳书元也鼓起一点勇气，凑了过去，大体看了两眼，不确定地道："这是停尸房吧……所以需要避光。"

白松点了点头："你说得有道理。"

呃……柳书元看着白松幽幽的目光，更瘆得慌了，他虽然也到过几次有死人的现场，但即便是警察对尸体也有着最本能的抗拒，白松怎么可以这么淡定？他甚至都觉得白松有点不正常了……

白松看了半天，也没看到什么别的，实在是太暗了，转身就准备离开，柳书元立刻跟了上去。

接下来的几个楼层都很暗，只能靠着"安全通道"指示牌上面的淡淡绿光指明方向，又下了两三个楼层，两人来到了6楼，这里的楼道门是开着的。

毕竟这是医院，楼梯间作为安全出口，有人待的楼层是不可能封锁的。

终于见到了人，两人都舒了一口气，这楼道着实让人难受，即便是白松也感觉有些别扭。

6楼是病房区，除了几个护士在楼道里转悠，剩下的都是老年人。打眼望去，这一层有二十几间普通病房，基本上一半的病房有人住。

二人刚到6楼不久,就见到一个护士慌忙地走向楼道中间的护士站,说道:"13号房2床的病人有点卒中的前兆。"

此言一出,立刻有两个医生和三四个护士站了起来,向13号房赶了过去。白松二人也跟了过去,除此之外,还有三四个人也跟了过去。

两个医生进了病房,第一时间就确诊了这个老人确实是有些卒中的状态,医生看了眼老人旁边的腊肠,指着病床旁的老人陪护人员说:"他是不是吃了不少腊肠?"

"是……"老人旁的中年妇女有些慌,她不是家属,是雇来的保姆,连忙解释道,"他自己想吃的。"

"他这个血压,怎么能吃这么多咸食?"医生顾不上指责这个妇女,跟旁边的护士道,"测血压,小剂量降压,准备静脉溶栓治疗。"

说完,几个护士就第一时间把围观的人赶了出去,白松二人自然也被赶了出去。

"这医院的水平还挺高的啊!"柳书元道。

"呃……"白松道,"实事求是地说,这属于很基础的治疗。"

"是吗?"柳书元对这些并不懂,"医生确实是个不容易的职业。"

"那个为首的医生看着还确实是挺有水平的,很淡定。"白松道,"有点举重若轻的感觉,咱们去护士站那里,看看医生的名单去。"

这会儿护士站里就剩下一个护士了,白松在照片墙上找到了医生的名字,用手机拍了下来。

"回去吧,这也没发现什么。"柳书元看到白松已经拍下了照片说道。

"先不急,从那边的楼道上去,到13楼再坐电梯下来。"白松指了指另一侧刚刚没走过的那处楼梯间。

"啊?"柳书元不太想走,"还爬上去?那边和这边能有什么区别?"

"不是为了发现什么,就是我们来这一趟,不知道有没有人注意,总而言之,咱们最好从13楼坐电梯下来。"白松略有些谨慎。

"行吧,你是领导,都依你,不过咱们走快点,我可不想在这种地方待得太久。"柳书元心有余悸。

"没问题。"白松到了另一侧的楼梯口，突然问道，"你有没有发现这个楼有问题?"

第三百五十二章　停止调查

"这楼能有什么问题啊？"柳书元发现自己和白松根本就不在一个思维层次上。白松出来办案的时候，对一些细节的发掘比他要高上好几个档次，只能虚心问道，"您老人家有话别藏着掖着，我反正没发现。"

"咱们从那边过来，到这里，一共有一个强电井和两个弱电井。这医院也不算太大，为什么要两个弱电井？"白松在楼道里有些不解地问道。

"……"

"你怎么不说话？这楼道里也没监控，你和我聊聊啊。"白松觉得想不通。

"呃……"柳书元道，"什么是强电井？什么是弱电井？是按照36伏安全电压划分的吗？"

"不是。"

聊着天，俩人很快到了实验室所在的那层楼，跟另一侧没有任何区别，白松扫了一眼就继续往上走，边走边说："强电井主要就是供电线路，一般都是220伏、380伏及以上的高压电，主要就是给大楼供电。弱电井是走光纤、电话电缆线的。"

柳书元在这个场合听白松讲这些有点头疼："医院大楼需要的缆线多，才安设了两处弱电井呗。"

"可是弱电井很大，也没必要从1楼贯穿13楼，一般来说，一根直径十几厘米的管道足以容纳所有的弱电线路。"白松道，"这医院又不是什么高科技医院，用得着那么多线路吗？"

"这可不好说。"柳书元听到这里,似乎明白了什么,"说不定人家医院建造之初,就是以'高科技'作为宣传呢?你没看到还闲置着一整层作为天华医科大学合作实验室吗?我估计这都是噱头,而且有些时候,噱头比实际上的东西还重要一些。"

"嗯,此话有理。"

到了13楼,二人坐了电梯,这回上来的不是之前的那部电梯,里面的电梯员是个男的,根本就没问楼层,直接就帮二人按了1楼的按钮,到了1楼。

门口还是没有救护车之类的特殊车辆,白松舒了一口气,毕竟刚刚还是看到有医生对病人急救的行为,他还真的有点担心自己占了特殊车位。

举目四望,也就一辆运药的卡车算是医院的车,其他的,一辆挂特殊标志的车子都没有。

白松和柳书元直接坐上了单位的车,离开了医院。

车在路上开到一半时,白松突然问道:"几点了?"

"五点四十分。"柳书元很开心,不用加班了。

"咱们几点去的医院?"白松有些疑惑,"为啥出来的时候没找咱们要钱?"

"哎,你一说还真是。"柳书元也刚反应过来,"难不成是咱们停车的时间不到一个小时?"

"怎么可能?光在活动室和图书室待的时间就很久了。我记得咱俩应该是四点左右进的医院。咱们两点钟从单位出来的,在社区医院和健康管理中心也就待了一个半小时多一点。"

"超过1小时之后,收费为1小时1元,估计1块钱人家懒得收了呗。"

"可能吧。"白松开着车,直奔经侦总队。

回到单位,已经到了下班时间,白松第一时间去找了曹支队,把下午从那家健康管理中心和医院得到的线索大体讲了一下。

而关于医院的问题,大部分都只是白松的猜想,因此跟曹支队说的时候,白松只是说去转了一圈,没发现什么有用的线索。

"健康医院吗?"曹支队听了白松下午的收获之后,眉头紧锁,好半天一言不发,白松看得都有些紧张。

"行,我知道了,这个事就不要继续查下去了。我回头把这个事情跟天北分局说一声。"曹支队说完,继续强调了一句,"明天你继续去讯问那些还没有问完的嫌疑人,小柳他得好好补一补案卷了,明天我安排别人陪你去。"

"可是,医院那边……"

"没有什么可是。"曹支队打断了白松的话,"医院的事情,我刚刚说得很清楚了。这个事,算是保密事件,从现在开始,你不可以与任何人交流今天下午的事情,包括小柳。"

"明白。"白松有一大堆话想问,但还是点了点头。

"嗯,还有,后天五一放假了,最近你也很辛苦,注意休息。"曹支队道,"你要是去哪里旅游或者回家什么的,假条早点交过来,我给你批。"

"谢谢曹支队!"

"行,你出去吧,顺便把小柳叫过来。"

"好。"

白松心事重重地离开了屋子,找到了柳书元,通知了他一下,就往自己的屋子走去。

柳书元有点疑惑,想问问白松具体是怎么回事,白松摇了摇头,没有多说,让柳书元直接去。

曹支队刚刚说这些话的时候,虽然不是很严厉,但白松看得出来,曹支队的情绪已经很收敛了。如果仅仅是这个案子经侦总队不具备管辖权,还不至于如此。

曹支队是支队领导,柳书元是民警,按常理来说,曹支队并不应该直接找柳书元说什么,即便他们之间有什么私交,也不应该让白松去喊柳书元。

如此说来,只有一个可能,那就是曹支队要亲自嘱咐柳书元关于此事的保密问题。

今天是 4 月 26 日，周五。明天照常上班。因为下周三是五一劳动节，放假的时间便成了周日到周三，当然，下周六照常上班。

五一假期，白松本来还真的打算出去转转，但是被曹支队这么一说，他反而没有玩的心情了。

脑子里思绪纷飞，白松推开门进了自己的宿舍。

嗯？

白松还以为自己走错了屋子，屋子里有人。

白松从自己铺上的东西确定了这是自己的屋子，随即跟屋子里的这位前辈打起了招呼。

第三百五十三章　舍友乔启

舍友姓乔，看样子应该有五十岁，戴着金边眼镜，看着很有文化的同时又有股威严的军人气质，说话很客气。

白松大体扫了一眼，从乔师傅挂着衣服的柜子里看到了一件白衬衣。

能和白松共享一间屋子，他肯定不是现职处级领导，但是非领导职务能穿上白衬衣，这似乎更难一些。

白松和乔师傅聊了十几分钟，才算是互相有了个了解。

乔启是转业军人，原副团级干部，差不多十年前转业到了经侦总队，因有一些特长，所以总是被借调，前一段时间被借调到了上京，今天跟着林处长和隋处长一起回来的。

虽然已经五十岁了，但是乔启的心态特别年轻，身材保持得也很好，丝毫没有发福的迹象。白松有一种直觉，如果动起手来，他一定打不过这位年龄是自己两倍多的老前辈。

"你叫白松？"乔启翻了翻自己桌上的书，"嗯？没带……我说怎么听你的名字这么耳熟，我前一段时间在上京市的书店买了本小说，作者就是你这个名字。"

"书名是……？"

乔启说完，看到白松的眼神，瞪大了眼睛："真是你写的？文笔可以啊！小兄弟，我这辈子最佩服的就是能写书的人了。"

"书是徐纺写的，她的文笔不错，我就是一粗人，也就是提供了几个剧情的灵感罢了。"白松摆摆手。

"哈哈,都是粗人,没错的。"乔启看白松有点对脾气,拍了拍白松的肩膀,"我特别喜欢你们这些大学生,我这辈子没上过太多的学,虽然喜欢读书,但还是缺少系统的教育。下班了,收拾收拾,以后一个屋子住,慢慢聊。"

"好的,乔师傅。"白松收拾起了自己的东西,随口问道,"乔师傅您转业之前是做什么的?"

"我?哈,跟你说了,我是个粗人,嗯,我之前是特战旅的教官。"乔启道,"那边是吃年轻饭的,我又不咋擅长管理,就转业了。"

"特战旅?"白松来了精神,"那您一定特别能打吧?"

"不行不行。"乔启连忙摆摆手,"年老不以筋骨为能,我都年过半百了,带带学生还行,真动手不中用了,不中用咯……"

"呃……"白松看着乔师傅摆摆手都似乎有风拂过的状态,知道自己刚刚估计错了。

不是白松打不过乔师傅,而是三个白松都不行。

能去部里相关部门当教官,这能是一般人?

"您有时间可得教教我。"白松很诚恳地说道,他的身手虽然还行,但是在专业的人看来,破绽百出。

"那不是问题。"乔启颇有些好为人师的"毛病",主动跑过来捏了捏白松的肩膀、腰和小腿,说道,"你还需要增肌,你这身高,体重 100 公斤左右比较合适,你现在也就 85 公斤吧。"

"您说得也太专业了吧?"白松头都大了,纯粹的增肌并不是很难,合理的训练外加营养的补充,再配合蛋白粉等现代健身产品,半年左右还是能搞定的,但是这样的肌肉肯定不能满足乔师傅的要求。

"嗯,也是。咱们现在主要是多人抓一人,战术有时候比单人能力要重要一些,而且你真的练成我说的样子,别一出手把人打死了……"乔启道,"但是反应能力和核心力量强一些,总归不是坏事。"

"对的对的。"白松满眼放光,现在看乔师傅,颇有一种看到武林高手的感觉，恨不能对方给自己传授点"极品武学"，"您有什么指点？我听着。"

"你家离这里多远？"乔启问道。

"20公里吧。"白松悚然，难不成让自己每天跑着上下班？

"20公里啊，有点远啊。"乔启沉思，"你这个体质，一次跑20公里，你的膝盖就跑坏了。"

"嗯嗯！"白松舒了一口气，乔师傅还是好人。

"这样吧，你一会儿看看地图，从这里到你家，在中间点附近，找个派出所。你开车过去，把车搁在派出所门口，然后跑回家。明天早上，再跑着去把车开到单位来。20公里的话，每天上午10公里，下午10公里，应该还是可以的。"乔启拍了拍白松的肩膀，"小伙子还是蛮壮实的，我以前训练战士的时候，最喜欢的就是鲁省和豫省的兵，有一股韧劲，不错。"

"乔师傅，您认真的吗？"白松瞪大了眼睛。

"嗯，就一个问题，你跑姿如何？实话实说，如果不对，我给你纠正。"乔启做了一个跑步的姿势。

行家……白松从乔启这个简单的跑步姿势上就读到了很多信息，这是一个一辈子跑的距离超过赤道周长的人……

"这个倒没什么问题，在学校每天跑5公里，学校的老师也是挺专业的。"白松如实回答。

"那就从今天开始吧。跑两个月，然后我教你一些别的。"乔启已经收拾好了东西，穿上了轻便的运动鞋，"前期可以跑七八公里，你看看把车停在哪里方便，自己选择。"

"好！"白松答应道。他知道乔师傅说的是实话，他现在的身体状态很一般，许久没有锻炼，先跑一两个月是最有效的办法了。

乔启看白松答应了，也有些高兴，想学一些格斗技能却不想吃苦，那绝对不会有任何效果。

"后天就放假了。明天下了班没事，我教你一点伪装术。"

说完，乔启拿起桌子上的书放入背包，扬长而去。

白松揉了揉脑袋，曹支队那边的事情还没想明白，就遇到新的挑战了？

不过，确实是可以多试试！最近工作压力大，有人督促着练练体能和格斗技能，这也是非常难得的事情。好的身体，才能让他更好地面对各种挑战。

第三百五十四章 锻炼

到家的时候已经八点了。

10公里,白松跑跑、走走,花了70多分钟才到家。

整个人状态都不好,有些头晕,两边的屁股都疼。长时间没有这样跑步,身体内分解糖原的能力比之前弱了太多。

明天早上再跑10公里,岂不是要死了?

可是,车子停在10公里之外,不跑着去,怎么办?

乔师傅的这一招真绝,完全不给懒人任何机会。

不过好在,明天晚上可以开车回家了,毕竟要五一放假了!

这样想着,白松心情好了不少,散着步去门口找点吃的。

今天省了10块钱油钱啊!可以吃点好的了!

想到快要过五一,再加上乔师傅说的,他现在不需要减肥而是需要增肌,白松就去了自己家门口最高档的一家餐厅。

基本上人均要50元以上!

这是一家川菜馆,白松点了一条鱼和一个肉菜,然后要了两碗米饭。

点完餐,白松先去洗手间洗手了。

这个时间段,饭店的人是最多的,川菜馆喝酒的人也不少,不过白松只是一个人,没有叫酒,洗完手就回了自己的座位。

他习惯于四处观察,旁边这桌,是几个老乡,一听口音就是鲁西北地区的,都是刚刚参加工作的年轻人,活力四射;再旁边那桌,是几个本地人,岁数偏大,正在喝酒吹牛,一个个都恨不得说自己认识世界级的领导人;对面那一桌没人；这一桌也没人，但是摆着五六个菜，每个菜都吃了不到一半，基本上把肉吃了，素菜却剩下了，人应该是走了……土豪……

白松瞬间对自己只点了两个菜表示了无奈……

"老板，再加一份白切鸡！小份的！"白松就差吼了出来。

吃完饭回到住处，白松心情格外愉悦，他毫不犹豫给王亮拨了电话。听说他最近在湘南那边吃喝都不太适应，唉……

电话接通，白松先是关心了王亮一番，接着表达了湘菜虽然微辣，但是很香很好吃，然后给王亮推荐了几家长河市的肛肠医院。

王亮开始还以为白松真的是关心自己，憋了七八秒才明白这是赤裸裸的调侃，王亮喘着粗气说道："你也算人?!"

"呃……"白松心情更愉悦了，"问你一下，GPS信号的事情怎么样了？"

"好吧……"王亮本来都不想理白松了，但是既然聊的是正事，还是平复了一下心情，"这些定位点被干扰了。"

"干扰了？"白松有些疑惑，"这个东西怎么被干扰？"

"很简单，就是车上的那个乘客带了一些屏蔽信号的设备。"王亮道。

"这么说，没线索了吗？"白松略有些失望。

"有啊。他这个屏蔽设备也不可能达到100%，在郑灿停车的时候，这个乘客应该下了车，所以那段时间的信号并不是乱码。"

"你直说有不就完了？这么大喘气干吗?!"白松瞪大了眼睛。

"谁叫你气我？坐标我给你发过去了。"王亮说完觉得心里舒服多了。

"好吧，扯平了。"白松无语了，这都什么年龄了啊，还开这些幼稚的玩笑，白松早就忘了自己也天天如此，"车子的事情如何了？"

"车子的事情，咱们搞错方向了。"王亮道，"我在这边找到咱们一个大学师兄，他们这里没办法查车型。不过，这个车很好查。"

……

第三百五十四章 锻炼

停顿了5秒钟，白松认怂了："哥，我错了，你说吧……"

"啧啧啧，这叫得我舒服。"王亮这才说道，"咱们那个师兄说，全国这类纯进口的皮卡车，尤其是这种价格昂贵的大排量汽车，几乎全部来自一个地方，就是天华港。"

"哦哦哦，略有耳闻啊。"白松立刻反应了过来，天华港的进口车在全国都是很有名的，很多买类似车辆，尤其是买进口大皮卡的客户，会不远万里来这里提车。

"嗯，估计你在市局那边也没法去查，等我回去吧，咱们队查这些，手续什么的还比较简单。"王亮道，"对了，你在市局那边怎么样了？"

"不怎么样，束手束脚的。"白松今天答应曹支队的话有些不情不愿，"还是和你们一起查案比较舒服。"

"行吧，知足吧。"王亮道，"我们现在才算惨，来这边找不到人帮忙不说，应该还被针对了。"

"啥事？怎么会被针对？"

"今天上午去了家整容医院，把左萍萍整容的事情查了出来，结果等我们从医院出来，下午再去查一些东西，就感觉有人跟着，而且什么事都有额外的阻力。"王亮顺便说了一下上午遇到的那个保安，"不只是这个保安这种不配合的状态，而是很多人似乎都对我们有了防备。"

"还有这种事？这不可能啊，单纯去查个整容的记录，并不会招惹谁吧？一般人谁脑子有坑和咱们作对啊？"

"王探长也这么说，晚上我们分析了一下，并不是有人要和我们作对，而是我们去了这家医院之后，他们似乎迫切地想探明我们行动的目的。"王亮吐槽道，"我们自己都不知道我们这次出来，除了找左萍萍还有什么其他目的，他们怎么可能查得出来？"

"这家整容医院，能量这么大？"

"那谁知道呢？本来查完这个，我们都打算再也不来这家医院了。但是如此一来，反倒是引起了我们的兴趣。嗯，这是孙哥说的。"

"行,注意安全。一切以孙东的话为准。"白松嘱咐道。

"嗯?有王探长啊,我今天发现王探长其实也很厉害,听他的不就好了?"王亮今天和王探长接触得多了一些。

"他,我能看得懂。"白松直言,"但是孙东我有点看不透,他不是一般人。"

第三百五十五章　柳

挂了电话，白松给自己的五一假期做了简单的安排……赵欣桥要来。

接着给赵欣桥打了个电话，煲了会儿电话粥，把自己这几天的情况跟欣桥聊了聊。白松怕自己的工作让欣桥担心，也就没怎么聊工作，主要提了提自己的新舍友和今天的晚餐。

不得不说，今晚的水煮鱼非常正宗，辣度恰到好处，油而不腻，听得赵欣桥都馋了，点名要吃这个。赵欣桥并不太爱吃肉类，白松听到这个很高兴，拍拍胸脯保证自己亲手下厨做给她吃。

聊完天，白松决定明天再去吃一次，顺便去后厨请教一番。

继续读了会儿书，白松满足地睡了过去。

第二天早上六点钟，白松早早起床，开始跑向车子。

在城市生活其实也有不好的地方，下了楼之后，一直到小区门口，白松看到了不少人，但是没有一个认识的。

坐上车那一刻，白松缓了差不多10分钟才敢开车，不然浑身发软，开车就不安全了。

即便如此，白松还是感觉对车子的控制能力没之前那么强了，好在白松对这辆车的安全性还算是有点信心。

到了单位，白松先跟着开了个早会。会议简单地做了个总结，并对五一假期之后的工作做了一些安排。会后，曹支队再次把白松叫到了办公室。

"五一去哪里？"曹支队先是问了这个问题。

"曹支队，您有话直说就行。"白松昨天就这个事，想了很久，一直也没想明白曹支队的意图,他甚至还考虑过,曹支队是不是在那家医院有什么其他的个人关系。

但是这些都只是猜测,白松此时此刻不想再虚与委蛇,也不想搞什么春秋笔法,直接就问了。

"嗯?"曹支队还真没想到白松会这么问。这不太符合白松的性格啊!在他看来,白松是个很懂礼貌的人。

但是他不知,昨天的一席话,让白松有些抵触情绪了,也许白松还不到那个年龄,不太懂什么叫大局观。

"这个事,确实是涉密问题。"曹支队还是语焉不详,"我是为你好,你明白吗?"

白松还是"不懂事"地问了一句:"是涉及其他单位的机密案件吗?"

"你别问。"曹支队板起了脸,"这是命令。"

"明白。"白松只能点了点头,心里更疑惑了。曹支队把他叫过来,就是为了强调这个事情?

"我不会再说第三遍。"曹支队见白松答应得还算诚恳,接着拍了拍白松的肩膀,"听我的,不会有错的。今天你就别去提讯了,最近你也忙,休息一天,五一假期要是不出去玩,就在家好好休息。出去玩的话,中午之前过来找我请假,我都在。"

"谢谢曹支队。"

白松焦思苦虑,区区一家医院,到底有啥可避讳的?

正走着路,白松突然被人拍了下肩膀,然后就被人拉到了一间屋子里。

"书元?"白松疑惑地问道。

"嘘……"柳书元探头出去看了看没人,轻轻关上了门。

"嗯,"白松压低了声音,"啥事?"

"曹支队刚刚找你了?"

白松有些疑惑:"怎么了?"

"他昨天找我,你猜找我干吗了?"

"是不是也跟你说，让你别管健康医院的事情？"白松下意识地说道。虽然曹支队不让他和柳书元交流此事，但是白松还是觉得如果需要找人交流，就只能找柳书元了。万一这个医院涉及了其他单位的保密案件，和柳书元交流至少不算泄密。

"啊？跟你提这个了？"柳书元愣了，"没跟我提这个啊……他昨天找我，让我评价一下你。看样子，我还以为是你主动要离开了。"

柳书元的话，让白松浑身一震。

到底是什么事？

为什么？

白松丝毫不怀疑，曹支队有让他回到九河分局的能力！但是，如果来了不到一个月，就被"遣返"回去，无论曹支队面上的话说得多么好听，也依然少不了他人的闲话。

当然，白松并不怕。可是，他想不通。

"你不是主动要求离开？"柳书元问道。

"当然，这边的案子咱们查得好好的。"白松顿了顿，"即便走，我也得把案子忙完了再走。"

"那没理由啊，曹支队没理由这么做啊。虽然他能让你回去，但是你来这里，是你们分局和总队商量的，他要是赶你走，也得报告上级。而且这对你是坏事，但是对他也不是什么好事。"柳书元似乎更懂这里面的事情，"他这么做，可是会把你们分局的马局长和秦支队得罪得死死的。"

"嗯？"白松眼神一凝，这个柳书元怎么知道这么多！

两人相视一眼，都一下子明白了过来。

白松这一瞬间，大脑的运转速度几乎达到了破案时候的状态了。

为什么昨天曹支队会找柳书元聊天？

白松看得出来，柳书元家境非常好，一定比王华东还要好，但是那天看到白松买了辆奥迪，柳书元却真的羡慕，他自己仅仅开了辆帕萨特。这只有一种可能，就是柳书元的父亲，是正儿八经的政府高官！

白松稍微动了动脑,想了一下市局领导的名单,唔……确实是有一位姓柳的。

怪不得当初派出所的两位老师傅都那么客气……怪不得柳书元知道那么多来……

"所以,曹支队是希望我找你聊聊天,然后通过你让我明白,他有能力让我走?"白松明白了。

曹支队其实希望白松昨天就找柳书元聊聊,但是白松这个蠢蛋,昨天真的就没找。

甚至今天第二次找白松谈话,如果不是柳书元主动找白松,白松还是没有打算和柳书元聊。

"是的,他的意思很明确了,让你不要去查那家医院的事情。"柳书元点了点头,"只要你答应不查,这个事就算是过去了。"

第三百五十六章　价值观

"但是,那不是我。"白松摇了摇头,"即便把我赶回去,甚至把我的职务免去,该查下去的东西,我,不会放弃的。"

"……"柳书元沉默了几秒钟,"你可知道,有些事不是你想的那么简单。你还记得我昨天和你聊的一些话吗?"

自一个人来到天华市的那一天起,白松就知道前路不可能一帆风顺。

"记得。"白松肯定地点了点头,"书元,我相信你是为了我好。我也相信曹支队并不是有什么私心,但是,除非告诉我,这家医院涉及其他的保密案件,或者说这里实际上是什么秘密的国防、特殊机构,如果是,我不需要知道具体情况,就会立刻放弃。"

"但是,如果,是想以别的东西来试图改变我……"白松没有继续说下去。

白松的眼神非常坚定,似乎无论柳书元怎么回答,他都不会有所变化。

柳书元笑了。

"我都有点羡慕你了。"柳书元的一句话让白松有些转不过来弯了。

官二代哪有那么好当的?白松破案优秀,立功受奖没任何问题,但是柳书元则不然,他也许可以很优秀,但是什么事都难以破格。

比如说白松这类破格提拔,就几乎不可能出现在他身上。

白松的一举一动,只代表自己,做事可以凭自己喜好,他则不然。

"羡慕我什么?"白松自嘲道,"天天身不由己的。"

"并不是,你这种纯粹是最高级的自由。"

白松沉默了，似乎在咀嚼柳书元话里的其他含义。

"好了，不和你卖关子了。"柳书元拿出一本案卷，"恭喜你，老兄，你通过考验了。"

"考验？"白松瞪大了双眼……纵使他再聪慧，这一刻也有些摸不着头脑了。

"你别看我，可不是我要考验你。"到了这个时候，柳书元连忙解释道，"是曹支队要求的，如果这个事，今天我跟你说了这些，你为了你的前途放弃了，那么谁都能理解你。毕竟你在天华市孤身一人，你想要争取一些东西，都能理解。但是那样的话，后续的案子，就不会安排你参与了。这是曹支队的意思，不是我的意思。"

柳书元再次强调之后，白松似乎明白了什么意思。

这个案子的背后，应该涉及了大人物。查这个案子，不求有功，但求无过，如果有人中途被人影响，趋炎附势，出卖了查案的队伍，那基本上就是毁灭性的打击。

想到这里，白松再次纠结了："你还记得，我们的会议室房间号吗？"

"嗯？"柳书元怀疑自己跟白松是两个世界的人，404会议室怎么了？

"没什么。"白松肯定地道，"我只负责办案，其他的别跟我说，我也不问，你也别说。"

"哈，你想啥呢？那都是高层的事情，跟你我有啥关系？"柳书元很高兴，"能和你一起查案，是我的荣幸。"

"俺也是。"白松道。

说完，白松表示根本不想看柳书元手里的案卷。他知道，这里面一定有一些重要的情况，但还是不看为妙："你把案卷还给曹支队吧，我忙我的，都是为了案子。"

"好。"柳书元更羡慕白松了。

白松知道，自己似乎介入了另外一起正在查的案子。也就是说，健康医院那里，似乎早就有单位盯上了，但是没有足够的证据查处。

第三百五十六章　价值观　｜　419

在这家医院的背后，很可能有重要人物参与，甚至纪委也已经盯上了。这些，白松不懂，也不想参与，但是此刻，他终于可以彻底放开手脚去忙了。

其实柳书元说得没错，纯粹一点，是最舒服的事情了。

回到自己的屋子，乔启正在读书，白松瞅了一眼，《亮剑》……白松不敢打扰，先回自己床上收拾东西，今天没工作，一会儿也可以在屋里读读书。

医院的案子，倒是不急于这一两天。

"你觉得田墨轩这个人如何？"乔启看到白松，读完一段，放下书问道。

"不怎么样。"白松随口答道。

"哦？讲讲？"乔启道，"我看书里，最后的评价说他也有亮剑精神，他在北大荒坚持自己的思想，直至被饿死。"

"酸腐罢了。"白松道，"书生于笔砚之间，舞文弄墨而已。"

"这么说，你是觉得文人无用咯？"乔启轻轻抚起自己的胡楂。

"并不是，文人非常有用，但是他不行。时代不一样，当时，那是个投笔从戎的年代，全国都在奋战，他在老家待得怡然自得，还瞧不起军人。李云龙第一次去，他嘲笑'既为军人，受过军校教育吗'，胜利之后，李云龙去军校学习归来，他又开始喊军人没用。喊完接着说国外有威胁，各种否定……"白松也不知道是不是受刚刚的事情的影响，一口气嘟噜了十几分钟。

"没礼貌，没涵养，莫名优越，自以为是……"

呼……说完了真舒服。

乔启大笑，觉得白松越来越让他满意，这小伙子，对脾气，有见识！

随即，乔启还是调侃了一句："也不知道你以后要是娶个知识分子当老婆，人家父亲也是个高级知识分子，看到你这舞枪弄棒的样子，会不会也出现类似的情况啊？"

啊？

白松刚刚吐槽完，一下子不敢说话了……

还真不是没这个可能……

"怎么，怕了？"乔启用左手拍了拍自己的右侧肩膀，"还跟我学吗？"

"学！"白松毫不犹豫地回答道，"我可是文武双全的！"

第三百五十七章　专业训练

"嗯，跑了两次，肌肉放松程度比昨天好了一些，你底子还是不错的。"乔启再次捏了捏白松的几处核心部位的肌肉，"还得继续跑，身体机能和核心力量达到一定水平，才能开始后续的训练。以后中午时间，适量用餐，餐后一个小时，我带你去健身房练练力量。"

经侦总队是有活动室的，也算不上健身房，但是基础的健身设备还是有的，只是没有跑步机，因为后面有小操场可以用来跑步。每天中午都有人在那里运动，白松之前也去过几次。

"好，没问题！谢谢乔师傅。"白松感觉自己很幸运。

"这两天跑得如何？你的配速能到多少？"乔启觉有必要对白松的状态再多一些了解。

"从地图上看估计有10公里，我感觉我的配速在7分钟左右。"白松如实回答。

"7分钟，还可以。"乔启点了点头，"现在的孩子能跑下来10公里的都不多了，你要争取两个月内配速达到5分钟。"

"5分钟？"白松苦笑道，"好。"

白松在上大学的时候，5公里也能跑到21分钟，而现在10公里50分钟还是很有挑战性的。

"贝克·汉姆效力曼联期间，场均跑动14公里。绝平希腊的比赛中，跑了16公里。"乔启鼓励道，"这是最简单的锻炼方式。"

"嗯！"白松明白，但他还是觉得跑步很无聊，忙凑近了问道，"乔师傅，今天我也没什么事，你教我点什么吧。"

"不急。"乔启看出白松的少年心性，想了想，"你现在倒是可以学化装。"

"化装？"白松瞪大了眼睛，"这个真的要学吗？"

"你个子太高，其实不适合学，因为体貌特征过于明显。"乔启比量了一下，"165cm 至 178cm 的身高才最合适，甚至男扮女装、女扮男装都没问题。不过，这个也是你需要掌握的，起码要达到陌生人看不出来你是谁的地步，而且你学这个，也有助于你发现他人的伪装。"

最后这句话一下子引起了白松的重视，这个真的有用！

伪装其实也是和心理学有很大关联的学科。乔启并没有一上来就讲一大堆化装的技巧，而是先讲一些心理学的知识。

伪装还要考虑物理学方面的知识，如气温、光线……

令乔启欣喜的是，这些白松居然都懂！

很多时候，士兵在学习一些课程的时候，只需要知其然，不需要知其所以然。比如说，狙击手计算风速、湿度的时候，更多的是需要经验、测距、四则运算等，不太需要明白风的形成原理、函数和空气动力学。这就好比我们用手机的时候没必要掌握所有硬件、软件参数。

但是如果能掌握就更好，技多永远不压身。

实用性的伪装技术真的是与白松想象的不太一样，真的要用各种化妆品化装……甚至真的有所谓的"人皮面具"，只是材料是高分子材料。

面具也不是说戴上就OK，毕竟材质和皮肤还是有区别的，这个时候还需要用特殊的方式再化一次妆……总之是很有意思的事情。

"有些环境下，手头没有任何东西，要充分学会利用身边环境……"乔启对白松算是倾囊相授了，将各种实用的技巧和反伪装的手段一一讲解。

一直到中午吃饭的时候，白松还沉浸其中，伪装确实是博大精深啊！

"多吃点高蛋白的东西。"在食堂坐下，乔启给白松拿了六个鸡蛋过来，"都吃了，蛋黄只吃两个就行。"

"好！"白松觉得乔师傅实在是太好了。

这要是在古代，想拜这种师傅，那可不是件容易的事情。

也就是一个小时之后，白松感觉自己想得还是太美好了……

简单的热身之后，不到 5 分钟，白松就被"压榨"到了极限。

活动室里，打乒乓球的、做俯卧撑的、聊天的，都放下了自己手上的事情，过来欣赏乔启是怎么训练小朋友的。

"老乔，可以啊，又找到训练的对象了？我看这个小伙子身体不错，应该能坚持几天。"一个四十多岁的人笑着说道。

"是啊，这是个好苗子，我看最少能坚持半个月。"

"半个月？你看他那个青筋暴起的样子，估计能坚持十天就不错了。"

"什么青筋暴起？你说的那是静脉曲张好吧，这小伙子我看能坚持一个月。"

"不可能，老乔在咱们这里这么多年了，我没见过他训练超过一个月的。"

"那咱们打赌……"

"赌就赌。你说，赌什么？"

……

正做着俯卧撑的白松听着旁边人的聊天，差点一口气喘不上来。这一刻，就差插标写价格了！

今天的锻炼，目的主要是测试和恢复，但是强度一点也不低，白松也是刚知道，乔启在这里名气这么大，看来他不是第一个被训练的对象啊……

"你别听他们乱讲。"乔启看白松已经快到极限了，"你一走神就容易出问题。你看，一说话我就走神了，你做了多少个来着？算了，我重新开始数，1……"

第三百五十八章　妆容

一想到从明天开始可以休息四天，白松就继续咬牙坚持。

一个小时怎么着也是能坚持下来的！白松感觉自己还没那么脆弱，毕竟今天只是"测试"。

下午回了屋子，白松浑身像散了架一样。

"怎么样，还行吗？"乔启问道。

"没问题！"白松道。

"嗯，行，就这个频率蛮好，以后每天跑步的状态不变，这种运动只有上班再练。周末的话，可以去游游泳之类的，舒缓一下，但是不能全放下了。"乔启道，"今天晚上还是要跑的，别忘了。"

"啊？"白松连忙道，"明天五一，我得用车，车子不开回家怎么行？"

"这还不简单？你明天早起再跑到停车的地方取车不就好了？"

……

真有办法啊……

"好！"白松咬牙答应。

乔启笑眯眯地走了过来，开始帮白松做一些恢复性的按摩："一会儿，接着给你讲伪装。"

这一天下来，基础的伪装学了些皮毛，脸上的防水妆容很有趣，白松长这么大，还是第一次化装，颇有些新奇。

这种化装不同于女性的妆容，主要是为了改变而不是为了更好看，因此技巧要求比较高。

说不定过些年，赵欣桥还得反过来请教白松如何化装。

想到这里，白松就偷偷乐，似乎从单位直接跑回家都不累了。

临下班之前，乔启从自己的柜子里拿出了一个垫子："五一在家，基础性的俯卧撑之类的还是要做的。"

"这是瑜伽垫吗？"白松问道，"这个我有。"

"你有？这个是含有一定芳纶纤维的行军垫，你不要就算了。"说完，乔启就要放回柜子，刚收回一半，突然眼前一闪，就被白松夺走了。

"乔师傅您说您啊，就是太客气了……"白松揉捏着这个垫子，材质比一般的瑜伽垫硬得多，用起来肯定没有瑜伽垫舒服，但是这东西可是买不到的。

芳纶，是具有绝缘保温性能的一种布料。而它另一个名字则广为人知——凯夫拉布。不同型号的芳纶纤维主要用于防弹衣、防弹布、桥梁加固、抗震补强……

"抢什么抢？"乔启笑骂道，"这个放的时间有点长了，你拿回去先摊平了晾一晾。"

"嘿嘿，好。"

男孩子嘛，对于带有"军工"字样的东西，总是没什么抵抗力。

白松把行军垫带上车，摊平，挂在了主驾驶座后面的晾衣架上，因为过于宽大，白松直接用挂衣架上的两个夹子夹住，下面一半多还垂在地上。

停好车子，垫子就先不拿了，白松锁好车，跑步回了家。

今天比昨天还累，回到住处的时候，白松感觉自己已经快要成仙了，脑子都是迷糊的，中午六个鸡蛋跟没吃一样。

这一趟，白松用导航软件测了一下始末的步行距离，然后算了一下配速，确实是在7分钟左右，但他全程坚持跑了下来，这令他很振奋。

晚上还能再吃一条鱼！

真土豪啊……白松自我感觉良好，现在已经是能天天下馆子点菜的人了！想到这里，白松又汲取了一点精神力量，走进了昨天的饭店。

刚进去，又被打击了。

今天这一桌又剩了这么多菜摆在这里，而且比昨天剩的还多。

昨天还好，只剩下了一点菜，今天连腊肉什么的都剩下了……暴殄天物啊……

刚刚跑完，白松还不算很饿，先找到了饭店的老板，表示想学这里的水煮鱼，并说自己昨天就来吃了。

这也不是什么私房菜，就是很普通的做法，难点不在于程序而在于刀工和火候，所以老板倒是不藏私，跟白松说可以站在厨房外面看——开放式厨房。

"小兄弟，你随便看，不过看你有些面生。"饭店老板感觉白松骗他，"昨天你来吃鱼我可没有印象。"

"我昨天真的来了，点了水煮鱼、白斩鸡什么的，感觉很不错。"白松夸赞道，"口味非常棒。"

"那我怎么没有印象？"老板挠挠头。

"哦哦哦，你等一下。"白松这才想到了什么，他还带着妆呢！

想到这里，他跑到卫生间卸了妆。因为是防水妆，白松用了乔师傅给的卸妆水，才成功地处理干净。

这说明，已经小有所成，饭店老板都认不出来他了！

看着镜子里的自己，白松紧握拳头，努力没有白费！

洗完脸再次回去，白松期待着老板惊讶的表情："你再看看，是不是有印象了？"

"什么印象？"老板愣了一下，"你刚刚把脸上的泥洗干净了？"

"泥？"白松瞪大了眼睛，"你现在还记得昨天我来这里点过餐吗？"

老板仔细地端详了白松一下："嗯，以后还是把脸洗干净一点比较好……不过我确实是没印象。"

……

敢情这老板是个脸盲？

第三百五十八章 妆容

白松激动了！他也不跟老板解释什么了，转过头去，仔细地观察着厨师的动作。

美餐一顿之后，回到家，白松给赵欣桥、王亮分别打了电话，就早早地休息了，明天还需要早起去取车。

第三百五十九章　暴风雨前

王亮他们一边在找左萍萍，一边和整容医院杠上了。

本来三人出差办案，哪里有空跟当地的医院去闹，结果医院反过来三番五次找三人的麻烦。泥人还有三分火气，何况三名刑警？

他们自以为聪明，但是怎么瞒得过三人？

孙东直接找到了当地的税务部门，提供了发票的复印件，并将大厅里公示的几十个整容案例的信息提供给了税务局，怀疑这些收入都没有报税。

王探长找到了当地的消防部门，就这家医院的消防问题指出了好几处重大隐患。

王亮则在裁判文书网上下载了十几个关于这家医院医疗问题的败诉判决，顺便讲了一下前几天遇到的女孩手术事故的事情，然后找到了几个喜欢报道这方面问题的媒体，打包发了过去。

……

白松睡得很香，第二天早上直接睡过头了。

七点半了！

白松洗漱完，饭也来不及吃，穿好衣服就跑了出去。

说好去接赵欣桥的，但是没车……

出了门，白松给赵欣桥打了个电话，跟她解释了一下。

欣桥倒是不着急，告诉白松不用管她，她可能中午才到，这让白松很安心，听着歌就跑向了存车的地方。

昨晚休息得很好，今天早上的配速快了不少，白松试了一下，自己现在的 10 公里平均配速还是可以达到 6 分钟的，但跑到目的地也是接近虚脱了。

在附近散了十几分钟步，身上的汗才基本干了。吃完早点，九点钟。

开上车子，白松打算先回家洗个澡，然后给赵欣桥打电话问她具体的车次。把车子停好，他从后备厢里拿出望远镜，晚上可以和欣桥一起看看星星，也是很浪漫的……

上次赵欣桥的母亲做完手术离开之后，每次她来都是在酒店住。而这次，赵欣桥同意在他家住，这让白松还真的有点小激动。

都说恋爱中的男女智商约等于 0，平时一向警觉的白松此时想着这些事情，对周围环境丝毫没有多注意。

而这次回来，恰好把车子停到了楼层后的黄金位置——不怕风吹日晒的车棚。很顺利的一天！

到了家门口，白松拿钥匙开门。

嗯？

没锁？

怎么会？

白松转动钥匙，门还没推开，白松却顿时冷静了下来。

这里的钥匙，王亮都没有，上次父亲来，他给了父亲一把，给了赵欣桥一把，别人是不会有钥匙的，而且白松很确定自己走的时候把门锁上了。

屋里进小偷了？一瞬间，白松的脑海里闪过几十个不同的想法。他把望远镜擎在了身前，全力把门推开。

里面无论是什么情况，总要面对！如果真的有什么面对不了的问题，扔下望远镜，他有四五秒的时间可以进入楼梯间！

作为专业素养很高的警察，白松自认为可以面对眼下的任何状况。

咣的一声，门直接被打开了。

这一下，白松用了全部的力气，如果门后有人，只要不是三四个人，肯定是要被推倒的，只要没人在门后架着枪等他，他就不会有任何危险。

只是，屋里并不是白松想象的那般……

正在聊天的赵欣桥和周璇被白松吓了一大跳！

疯了吗？

想换门了？

白松看到屋里的俩人，很是惊愕："哈，惊喜。"

"你这是惊吓吧？"赵欣桥本来正在帮白松收拾沙发，此时拍了拍胸脯，"这是自己家，你激动个啥？"

"没事没事。"白松嘿嘿一笑，把望远镜放在了地上。

赵欣桥看着白松拿望远镜的姿势，想到门没锁，心里有些不安。

白松过日子，天天这么谨慎吗？

一般人遇到这种情况，哪会反应如此剧烈啊！

赵欣桥想的这些，白松倒是不知道，连忙问道："你们怎么来这么早啊？早跟我说我就去接你们了。"

"你给欣桥打电话的时候，我们都到天华火车站了。"周璇道，"你呀，运气也太好了，找了这么好的女朋友，要是别的女孩，早就和你吵架了。"

"昨天太累了，睡过了，抱歉。"白松跟欣桥说道。他终于也明白了为啥赵欣桥答应在家里住下，原来带了闺密来。

"没事。你干吗了？这一身汗味，快去洗洗吧。"赵欣桥不在意地说。

"你们都来了，就先不急，我去菜市场买条鱼去。"白松转身欲走，本来他打算昨天晚上把菜买好的，只是担心不够新鲜，所以决定今天买，好在这里距离菜市场并不远，开车几分钟就到。

"我去吧。"周璇主动道，"你快洗洗吧。"

"别别，我去，去哪里买你不知道。"白松连忙拒绝。

"我又不是不会导航，去超市不就好了？"周璇伸手找白松要车钥匙，"你该不会是心疼车子，怕我开吧？我跟你说，我驾龄可比你长。"

这倒是令白松刮目相看了。周璇这是咋了？

"那行，太谢谢了。"白松把车钥匙递给了周璇，"车子在楼后的棚子里，还有就是买条黑鱼，大一点的，要现杀的。配菜买绿豆芽，顺便再买点别的，想吃什么，你买我做。"

"没问题。"周璇接过白松的车钥匙，直接离开了屋子。

周璇最近变化很大，也懂事了一些，都知道给白松二人制造单独相处的机会了。白松很欣慰，这小姑娘有点靠谱了，于是直接夸道："周璇现在变化很大啊。"

"人家一直都不错的，"赵欣桥抿嘴一笑，"我听她讲了好几次了，她来那次，被你治得服服帖帖的。"

"喂喂喂，这话可不能这么说，有歧义！"白松连忙摆手。

"这么多年，我还是第一次听你夸周璇呢……"

突然，电话响了起来。白松抓起电话摁下接听键，电话里传来秦支队熟悉的声音。

"我知道了。"

白松的脸黑得像是能滴出墨汁。

事发太突然了，赵欣桥满脸慌乱，白松只能紧咬牙关，憋出了几个字："跟我走。"